LIFE SUPPORT

急診醫生

TESS GERRITSEN

秦絲・格里森——著　尤傳莉——譯

媒體名人盛讚

從第一頁就緊緊抓住你不放……請準備好拋下你所有的事情，直到看完。

——John Saul

豐富多采的醫院場景描繪……令人膽寒的科學……影集《急診室的春天》風格、令人透不過氣來的快節奏……一場迅速、愉快又悚然的閱讀經驗。

——《時人》週刊（*People*）

一部令人脊椎發麻的醫療驚悚小說……在這個巧妙營造的魔術方塊中，各個色塊要到最後一頁才會拼合起來。

——《出版人週刊》（*Publishers Weekly*）

在醫學懸疑小說的領域裡，泰斯．格里森勝過羅賓．庫克（Robin Cook）；超越麥可．帕默（Michael Palmer）；是的，甚至比麥克．克萊頓（Michael Crichton)寫得更好！

——史蒂芬．金（Stephen King）

一本扣人心弦的書……托碧・哈波這個迷人女主角的偵查能力令人耳目一新。

——《美好家居》雜誌（*Good Housekeeping*）

今年最刺激的小說之一……人物刻劃深入、可信，而且完美體現……一部引人入迷的小說。

——《緬因電訊報》（*Maine Telegram*）

又一本必讀懸疑小說……一路吸引讀者到最後一頁！

——《田納西人日報》（*The Tennessean*）

角色引人共鳴，危及性命的情節彷彿緊扣住讀者的咽喉，加上托碧和迪弗拉克所面對的不確定性，全部融合在一起，使得《急診醫生》極具娛樂性，而且對於爭議性的醫療議題提出挑戰，千萬不要錯過！

——*BookPage*《書頁》月刊

震撼人心……泰絲・格里森再度成功利用專業知識、明快的寫作風格，以及不落俗套的角色，交出一本極富娛樂性的驚悚小說。

——《聖荷西信使報》（*San Jose Mercury News*）

情節發展迅速，震撼人心，出乎預料，且令人不寒而慄！

——《德州亞伯林報導日報》（*Abilene Reprorter-News*）

緊繃、懸疑，驚悚十足！

——加州《對岸時報》（*Contra Costa Times*）

真正令人膽寒……寒意從第一頁開始，然後讓你徹底入迷！

——*Rapport*

一本令人欲罷不能的醫學驚悚小說……你真的會難以放下……令你脈搏加快！

——《安德森獨立郵報》（*Anderson Independent Mail*）

充滿活力……高潮迭起的懸疑小說。

——佛羅里達州《新聞日報》（*The News-Journal*）

獻給我生命中的男性

Jacob、Adam與Josh

1

手術刀好美。

史丹利．麥奇醫師過去從來沒發現這一點，但此時在手術室的燈光下，他低頭看著刀身反射出鑽石般的明亮光芒，不禁讚嘆不已。那鋒利的新月形不鏽鋼，真是一件藝術品。事實上，美得他簡直不敢拿起來，深怕自己會玷污了其中的魔力。他在它的表面上看到了一道多色的虹彩，那是光分裂為多種最純粹的元素。

「麥奇醫師？有什麼不對勁嗎？」

他抬頭，看到戴著口罩的刷手護理師朝他皺眉。他以往從來沒注意過她的眼珠有多綠。他好像第一次真正看見好多東西。那護理師有如鮮奶油般柔滑的皮膚，沿著她太陽穴奔流的靜脈，緊貼她眉毛上緣的那顆痣。

或者那不是痣？他瞪著看。它在動，像一隻很多腳的昆蟲爬向她的眼角……

「史丹利？」負責麻醉的拉德曼醫師說話了，他的聲音打破了麥奇的驚愕。「你還好吧？」

麥奇搖了一下頭，那昆蟲消失了，又變成一顆痣，只不過是那個護理師蒼白皮膚上一個小小的黑色素微粒。他深吸一口氣，從工具托盤裡拿起手術刀，低頭看著躺在手術台上的那個女人。

頭頂的燈已經對準了病人的下腹部。藍色的外科覆蓋巾已經就定位夾好，露出一塊四方形的皮膚。這是個美好而平坦的腹部，一條比基尼線連接著兩邊展開的髖骨——在這個充滿暴風雪和冬季蒼白臉蛋的季節，是個令人驚奇的畫面。可惜他得切開來。闌尾切除手術的疤痕，勢必會破壞未來的任何加勒比海古銅皮膚。

他把刀尖抵著那皮膚，切口中央是麥氏點，位於肚臍和右髖骨前突之間，也就是闌尾的約略位置。手術刀正要劃下時，他忽然暫停一下。

他的手在抖。

他不明白，這種事從來沒有發生過。史丹利．麥奇醫師的雙手向來穩定如磐石。但現在，光是要抓住刀柄，都花了他好大的力氣。他吞嚥著，手術刀抬離皮膚。放輕鬆。深呼吸幾次。這種感覺會過去的。

「史丹利？」

麥奇抬起頭，看到拉德曼醫師皺著眉頭。兩個護理師也是。麥奇看得出他們眼中的疑問，同樣的疑問大家已經在他背後偷偷議論了好幾個星期。老麥奇醫師能勝任嗎？都七十四歲了，還能讓他開刀嗎？他沒理會他們的目光。他已經在醫療品質委員會上頭為自己辯護過，解釋他上一個病人之死的各種狀況，委員會也信服了。畢竟，開刀本來就是有風險的。當腹部累積了太多血，你就很容易搞錯界標，因而劃錯了刀。

委員會非常明智，宣布他不必負任何責任。

不過，懷疑逐漸滲透到醫院員工們的心中。從護理師們的表情、拉德曼醫師皺起的眉頭，他看得出來。那些眼睛都在觀察著他。忽然間，他也感覺到其他的眼睛。眼前掠過一個畫面，幾十個眼球飄浮在空中，全都瞪著他。

他眨眨眼，那個可怕的畫面消失了。

我的眼鏡，他心想。我得把我的眼鏡送去檢查一下了。

一滴汗滑下他的臉頰。他把手裡的手術刀握得更緊。這只是個簡單的闌尾切除手術，連低層級的外科實習生都可以完成的。他當然有辦法駕馭，即使雙手會發抖。

他專注在病人腹部，曬得一片亮金色的平坦肚皮。珍妮佛・郝希，三十六歲。外州來的訪客，她今天早上在波士頓的汽車旅館房間裡，因為右下腹部疼痛而醒來。隨著疼痛加劇，她在能見度很差的暴風雪中開車來到衛克林醫院，然後被交給白天的待命值班醫師：麥奇。她完全不知道那些擔心他能力的謠言，以及種種正在慢慢摧毀他行醫的謊言和耳語。她只不過是一個肚子痛、必須把發炎的闌尾切除的女人。

他把解剖刀壓入珍妮佛的皮膚。他的手很穩。他做得到。他當然做得到。他順暢、俐落地割開切口。刷手護理師在旁輔助，吸掉流出來的血，遞給他止血鉗。他割得更深，切穿黃色的皮下脂肪，偶爾暫停下來燒灼一下出血點。沒問題。一切都會沒事的。他會進入腹腔，切除闌尾，再出來。然後他會回家度過這個下午。或許他只要休息一下，就可以讓腦袋清醒過來了。

他劃開發亮的腹膜，進入腹腔。「撐開。」他說。

刷手護理師拿了不鏽鋼撐開器，輕輕將傷口撐開。

麥奇手伸進去，摸著腸子，溫暖而溼滑，圍繞著他戴了手套的手扭動。多麼美妙的感覺，被人體的溫暖包圍住。那就像是歡迎你回到子宮裡。他讓闌尾暴露出來。一看到那紅腫的組織，他就知道自己的診斷是對的；闌尾必須切除。他伸手去拿手術刀。

直到他再度注視著那切口，才明白有事情不太對勁。切口裡有太多腸子擠出來了，是正常的兩倍。遠超過這個女人的需要。這樣不行。他拉著一圈腸子，感覺到那溫暖而滑溜的物體滑過他戴著手套的雙手。他用手術刀切掉多餘的長度，把那一圈溼淋淋的腸子放在托盤上。好啦，他心想。這樣清爽多了。

那刷手護理師瞪著他，醫療口罩上的眼睛瞪得好大。「你在做什麼？」她叫道。

「太多腸子了，」他冷靜地回答。「這樣不行。」他伸手到腸子裡頭，抓住另一圈。這些多餘的組織不需要，只會阻礙他的視線而已。

「麥奇醫師，不要！」

他割斷。切下的腸子湧出一股弧形的熱流。

那護理師抓著他戴了手套的手。他憤慨地甩開，很氣一個小護理師居然敢干預他的手術。

「再找另一個刷手護理師來，」他下令。「我需要抽吸。得把這些血都清掉。」

「阻止他！幫我阻止他——」

麥奇另一隻空著的手去拿抽吸導管，把接頭插入腹部。鮮血咕嚕咕嚕湧入管中，然後排到儲存器內。

另一隻手抓住他的手術袍，把他拉離手術台。是拉德曼醫師。麥奇想甩開，但拉德曼不肯放手。

「放下手術刀，史丹利。」

「我得幫她清掉，她有太多腸子了。」

「放下手術刀！」

麥奇掙脫了，轉身要面對拉德曼。他忘了手裡還握著手術刀。刀身割過拉德曼的脖子。

拉德曼尖叫，一手摀住喉嚨。

麥奇後退，瞪著拉德曼手指間滲出的鮮血。「不是我的錯，」他說，「不是我的錯！」

一個護理師朝對講機喊道：「派警衛過來！他在這裡發瘋了！我們需要警衛，立刻！」

麥奇踉蹌後退，踩過一灘灘滑溜的血。拉德曼的血。珍妮佛．郝希的血。匯成了一大片。他轉身衝出手術室。

他們在後頭追。

他沿著走廊飛奔，盲目而恐慌地亂跑，迷失在走廊組成的迷宮間。這是哪裡？怎麼沒有一樣熟悉的？然後，正前方，他看到那扇窗，窗外是旋轉的雪。雪。那冰冷的、白色的蕾絲會滌淨他，洗去他手上的這些血。

在他身後，砰砰的腳步聲靠近了。有人大叫，「站住！」

麥奇又跑了三步，朝那扇四方形的窗子躍去。

玻璃碎成一百萬顆鑽石。然後冷空氣呼嘯著掠過他，一切都是白色的。一種美麗的、晶瑩的白。

他往下墜落。

2

外頭是酷熱的大白天，但是車內的冷氣開到最強，坐在後座的莫莉·匹克覺得好冷。冰涼的空氣從她膝蓋前的通風口吹出來，像是一把刀往上直插進她的迷你裙內。她身子前傾，輕敲樹脂玻璃分隔板。

「抱歉？」她說，「嘿，先生？能不能把冷氣關小一點？先生？」她又敲。

那司機好像沒聽到。也可能就是不想理她。她只能看到他金髮的後腦勺。

她凍得發抖，裸露的雙臂在胸前交抱，趕緊往一側挪動，避開通風口。她望著車窗外，看著波士頓的街道掠過。這一帶她完全不認得，但知道他們是往南。之前她看到的那個路標就是這麼指示的，華盛頓街，往南。此刻她看著窗外四四方方的建築物和鐵窗，以及坐在前門廊的一群群男人，臉上因為汗水而發亮。還不到六月，氣溫就已經逼近攝氏三十度。莫莉只要看街道上的人，就曉得今天有多熱。那些倦怠而下垂的肩膀，人行道上慢吞吞的拖拉腳步。莫莉喜歡看人。主要是看女人，因為她發現女人要有趣得多。她會研究她們的衣服，很好奇為什麼有人在炎熱的夏天穿黑色，為什麼有大屁股的胖女人要穿鮮豔的彈性褲，為什麼現在都沒人戴帽子了。她會仔細審視那些漂亮的女人如何走路，看她們的臀部微微搖晃，雙腳穩穩地踩在高跟鞋上。她很納悶美女們知道什麼她不曉得的秘密。她們的母親傳授了什麼經驗給她們，是莫莉從沒學過的。她會認真凝視她們的臉許久，希望獲得天啟，搞懂是什麼讓一個女人成為美女，她們擁有什麼她沒有的特殊魔法。

車在紅燈前停下。一個穿著厚底高跟鞋的女人站在街角，臀部往一側翹起。跟莫莉一樣，是妓女，但是年紀更大——或許十八歲，一頭柔亮的黑髮披在古銅色的肩膀上。黑髮會很不錯，莫莉傷感地想。黑髮是一種宣告。那不是介於中間的顏色，像莫莉這頭蓬鬆的頭髮，既不是金色，也不是褐色，完全宣告不了什麼。車窗貼了深色隔熱膜，那個黑髮女郎看不到莫莉盯著她。但她似乎感覺到了，因為她緩緩旋轉腳下的厚底高跟鞋，轉過來面對她。

原來她不是那麼漂亮。

莫莉往後靠坐，感覺到一種異樣的失望。

車子往左轉，繼續朝東南方行駛。現在他們遠離了莫莉平常活動的那一帶，進入了不熟悉的險惡領域。高溫逼得人們走出公寓，坐在門外的陰影處給自己搧風。車子經過時，他們盯著直看。他們知道這輛車不屬於這一帶。就像莫莉知道她不屬於這裡。拉米要派她去哪裡呢？

他完全沒給她地址。通常他會潦草寫下地址，塞到她手裡，而且她要自己設法叫計程車。但是這回路邊有一輛汽車等著她。而且是很好的車，後座沒有明顯的污漬，沒有發出臭味的衛生紙團塞在菸灰缸裡。整輛車都好乾淨。她從沒搭過這麼乾淨的車。

司機往左轉，來到一條窄街。這裡沒有人坐在人行道上。但她知道他們都在看著她。她感覺得到。她伸手到皮包裡，拿出一根香菸點燃。才吸了兩口，旁邊有一個聲音忽然冒出來：「請把菸熄掉。」

莫莉大吃一驚，四下看著。「什麼？」

「我說，把菸熄掉。車上不准抽菸的。」

莫莉覺得犯錯而臉紅，趕緊在菸灰缸裡擰熄了香菸。然後她注意到裝在玻璃分隔板上的一個小擴音器。

「哈囉？你聽得到嗎？」她說。

沒有回答。

「如果你聽得到，能不能把冷氣關小？我在後頭快凍死了。哈囉？司機先生？」

猛吹的冷風關掉了。

「謝謝，」她說。然後暗自悄聲說：「渾球。」

她找到升降車窗的電動鈕，把車窗打開一條縫。城市的夏日氣息吹進來，溫熱且帶著硫磺味。她不在意炎熱的天氣，因為感覺上像家。像她童年在南卡羅萊納州畢佛特那些潮溼且汗流浹背的夏天。該死，她好想抽根菸。但是她不想對著那個小金屬盒子吵架。

車子緩緩停下。擴音器裡傳來的聲音說：「地址就是這裡，你可以下車了。」

「什麼？這裡？」

「那棟建築物就在你面前。」

莫莉仔細望著車外那棟四層樓的褐砂石樓房。一樓窗子用木板封住了。破玻璃在人行道上閃閃發光。「你是在開玩笑吧。」她說。

「大門開著。爬兩層樓梯到三樓。右手邊的最後一扇門。不必敲門，直接進去就行了。」

「拉米完全沒跟我說是這樣。」

「拉米說你會合作的。」

「是啊，唔——」

「這只是幻想的一部分，莫莉。」

「什麼幻想？」

「客戶的。你知道是怎麼回事的。」

莫莉長嘆一聲，再度盯著那棟建築物瞧。客戶和他們的幻想。所以這個男人夢想要怎麼打炮？在一堆老鼠和蟑螂之間搞？一點點危險，一點點骯髒，讓整個感覺更刺激？為什麼客戶的夢想從來就跟她的不一樣？一個乾淨的旅館房間，有個按摩浴缸。像電影裡李察・吉爾和漂亮妓女喝著香檳。

「他正在等。」

「好啦，我馬上就去。」莫莉推開車門，踏上人行道。「你會等我，對吧？」

「我就在這裡等。」

她面對著那棟樓房，深吸一口氣，然後爬上門前的階梯，推門進去。

裡頭就跟外頭看起來一樣糟糕。所有的牆面上都滿是塗鴉，門廳裡亂堆著報紙和一個生鏽的床座。這地方被糟蹋得很慘。

她開始爬樓梯。整棟樓房安靜得詭異，她鞋子發出的喀噠聲在樓梯井中迴盪。她爬到二樓時，兩手的手掌都是汗。

這回感覺不對勁。完全不對勁。

她在樓梯平台暫停一下，朝三樓看。你害我捲入什麼了，拉米？這個客戶到底是誰？

她潮溼的手掌在襯衫上擦了擦。然後又吸了口氣，繼續爬樓梯。到了三樓的走廊，她走到右邊最後一扇門前停下，聽到裡頭傳來一陣嗡嗡聲——是冷氣嗎？她打開門。

冰涼的空氣湧出來。她走進屋內，很驚訝地發現裡面的牆面都是純白色的。房間中央是某種醫師的檢查檯，有著深紅色的塑膠皮面軟墊。上方懸著一盞大燈。房間裡沒有其他家具，連張椅子都沒有。

「你好，莫莉。」

她轉身，尋找著剛剛叫她名字的男人。但是房間裡沒有其他人。「你在哪裡？」她問。

「沒什麼好怕的。我只是有點害羞。首先，我想仔細看看你。」

莫莉望著對面牆壁上的那面鏡子。「你就在那裡，對吧？那是某種單向鏡面玻璃嗎？」

「非常好。」

「所以你希望我怎麼做？」

「跟我說話。」

「就這樣？」

「還會有別的。」

那當然了。總是會有別的。她走向鏡子，幾乎是漫不經心。他說他害羞。於是她感覺好了些，覺得自己更能掌控局面。她一手扶在穿了迷你裙的臀上。「好吧，先生。如果你想講話，反正花的是你的錢。」

「你幾歲，莫莉？」

「十六。」

「你的生理期很規律嗎？」

「什麼？」

「你的月經。」

她詫笑一聲。「我真不敢相信。」

「回答我的問題。」

「是啊，算是規律吧。」

「你的生理期是兩星期之前？」

「你怎麼會知道？」她問道。然後她搖搖頭咕噥：「啊。拉米告訴你的。」當然，拉米會知道的。手下這些小姐的大姨媽是什麼時候來，他向來都很清楚的。

「你健康嗎，莫莉？」

她狠狠瞪著鏡子。「我看起來難道不健康？」

「沒有血液方面的疾病？肝炎？愛滋病？」

「我很乾淨。你不會染到任何病的，不必擔心。」

「梅毒？淋病？」

「聽我說，」她厲聲說，「你到底要不要上床？」

接下來是一段沉默。然後那聲音輕聲道：「脫掉你的衣服。」

這才比較像話。這是她所預期的。

她朝鏡子走近，近得她的呼吸都斷續在玻璃上結成白霧。他會想要看到每個細節，客戶都是這樣的。她開始解開襯衫釦子。她解得很慢，拖長整個表演。等到釦子都解開了，她讓思緒一片空白，覺得自己退入腦中某個安全的櫃子裡，裡頭沒有男人。她搖晃臀部，隨著想像的音樂而搖擺。襯衫從她肩膀滑下，落到地板。她的乳房現在袒露出來了，乳頭因為房間裡的寒氣而皺縮。她閉上眼睛，不知怎地，這樣會讓她比較好過。來把這件事處理掉吧，她心想。趕緊跟他搞完，然後離開這裡。

她拉開裙子的拉鍊，跨出去。然後她脫掉內褲。從頭到尾都閉著眼睛。拉米曾說她有個好身體。如果好好利用，就根本不會有人注意到她的臉蛋有多麼平庸。現在她就在利用自己的身體，隨著腦中的韻律起舞。

「很好，」那男人說，「你可以停止跳舞了。」

她睜開眼睛，不知所措地注視著鏡子，看到裡頭的自己。一頭蓬鬆的褐髮。乳房小但堅挺。臀部窄得像男生的。她閉上眼睛跳舞時，是在扮演一個角色。但現在她面對著自己的影像。真正的自己。她忍不住雙臂交抱在胸前，遮住赤裸的胸部。

「去檢查檯那裡。」他說。

「什麼？」

「檢查檯。躺在上面。」

「沒問題。如果這樣能讓你興奮的話。」

「這樣能讓我興奮的。」

每個人的想法都不一樣。她爬上檢查檯，那深紅色的塑膠皮面冷冷貼著她赤裸的臀部。她躺下來，等著有事情發生。

一扇門打開，她聽到腳步聲。她瞪著眼睛，聽到那男人接近檢查檯的尾端，然後在她上方出現。他全身穿著綠色。臉上唯一露出來的，就是他的眼睛，一種冰冷的鋼藍色。眼睛下方戴著醫療口罩。

她警覺地坐起身。

「躺下。」他命令道。

「你以為你在做什麼？」

「我叫你躺下！」

他抓住她一隻胳臂。此時她才注意到他戴了手套。「聽我說，我不會傷害你。」他說，聲音變得比較輕柔、比較溫和。「你不懂嗎？這個就是我幻想的。」

「你的意思是——扮演醫生？」

「是的。」

「所以我是扮演你的病人？」

「是的，這樣嚇到你了嗎？」

她坐在那裡思索著。想起她以前為了客戶所忍受的其他各種幻想。比較起來，這個幻想似乎沒什麼大不了的。

「好吧。」她嘆氣，又往後躺回去。

他從檢查檯尾端拉出腳蹬架，展開腿托。「來吧，莫莉，」他說，「你知道兩腳該怎麼樣的。」

「非得這樣嗎？」

「我是醫生。你沒忘記吧？」

她注視著他，很好奇口罩後頭的那張臉長得什麼樣。無疑地，是個完全正常的男人。他們都太正常了。是他們的幻想讓她反感，讓她恐懼。

她不情願地抬起雙腿，放在腳蹬架上。

他鬆開檢查檯的一個機關，於是檢查檯尾端往下垂。她躺在上頭，大腿張開，裸露的臀部幾乎是懸在檢查檯的邊緣。她常常對著男人展示自己，但這個姿勢感覺上格外脆弱。那些明亮的燈光往下照著她雙腿之間。她全身赤裸躺在檢查檯上；而那個男人，雙眼帶著一種臨床的冷漠，望著她身體最私密的部位。

他用一條魔鬼氈約束帶繞住她的腳踝。

「嘿，」她說，「我不喜歡被綁住。」

「我喜歡，」他咕噥著，又把另一腳也固定住。「我喜歡我的女人這樣。」

他戴著手套的手指插入時，她瑟縮了一下。他湊近她，雙眼因為專注而瞇起，同時手指探查得更深。她閉上眼睛，設法不要去想自己雙腿之間所發生的事，但是那種感覺很難忽視。就像一隻老鼠鑽入她體內深處。他一手按著她的腹部，另一隻手的手指在她體內移動。不知怎地，這樣似乎是比任何性交更嚴重的侵犯，她只希望趕緊結束。*這樣讓你興奮了嗎，變態？*她納悶著。*你硬了沒？你什麼時候才要幹正事？*

他抽回手。她放鬆地打了個寒顫，睜開眼睛，發現他沒在看她了。他的目光正看著她視野外的一個什麼，然後點點頭。

此時她才明白，房間裡還有另一個人。

一個橡膠面罩緊扣在她的嘴巴和鼻子上。她扭動著想掙脫，但她的腦袋被用力壓在檢查檯上。她朝上伸手，拚命去抓那麻醉面罩。但是她的手立刻被拽開，手腕被迅速地牢牢綁住。她吸入一口刺鼻的氣體，覺得喉嚨灼痛。她的肺部猛咳起來。她更用力反抗，但那面罩就是擺脫不了。她又吸了一口氣；實在沒辦法。現在她的四肢開始沒感覺了。燈光似乎更暗了些。亮白轉為灰色。

轉為黑色。

她聽到一個聲音說：「現在抽血吧。」

但她不懂這句話的意義。一點都不懂。

「哎呀，要命，你搞得一塌糊塗。」

是拉米的聲音——至少這部分她聽得出來。但其他的她好像就不曉得了。不曉得自己身在何處，也不曉得去過哪裡。

不曉得她的頭為什麼這麼痛，喉嚨為什麼這麼乾。

「拜託，莫莉寶貝。睜開眼睛吧。」

她呻吟著。光是自己聲音所造成的震動，都讓她腦袋抽痛。

「睜開你他媽的眼睛吧，莫莉。整個房間都被你搞得臭死了。」

她轉身平躺，光線隔著眼皮透進來，一片血紅。她努力睜開，想看清拉米的臉。

他往下盯著她看，深色眼珠充滿厭惡。他抹了髮油的黑髮往後梳得平整而有光澤，像個黃銅頭盔似的會反光。蘇菲也在那裡，臉上的表情有點輕蔑，雙臂交抱著一對氣球奶。看到蘇菲和拉米離那麼近站在一起，就像這對舊情人還沒分手似的，搞得莫莉更悲慘了。說不定他們還在一起。那個馬臉蘇菲以往老是守在附近，想排擠莫莉。現在她又進了莫莉的房間，擅自闖入她沒有權利踏入的地方。

莫莉太氣了，想要坐起身，但眼前一黑，又往後倒回床上。「我想吐。」她說。

「你一直在吐啊，」拉米說，「快去清理一下吧。蘇菲會幫你。」

「我不要她碰我。把她弄出去。」

蘇菲冷哼一聲。「平胸小姐，反正我也不會待在你這個嘔吐房的。」她說，然後轉身走出去。

莫莉呻吟。「我不記得發生什麼事了，拉米。」

「什麼都沒發生。你回來就去睡覺了。然後吐得枕頭到處都是。」

她又設法坐起身。他沒幫她，甚至沒碰她。她身上實在太臭了。他已經朝門口走去，留下她清理自己污穢的床單。

「拉米？」她說。

「什麼事？」

「我是怎麼回到這裡的？」

他大笑。「老天，你真的喝醉了，對吧？」然後他離開房間。

她坐在床緣好久，努力回想過去幾個小時。設法要甩掉殘餘的噁心感。

有個客戶——這個她記得。穿得一身綠。一個房間裡有一面大鏡子。還有一張檢查檯。

但她不記得性交的部分。或許她抹去記憶了。或許那個經驗太令人厭惡，於是她塞進潛意識裡，就像她成功地抹去了好多童年。她只偶爾容許一小縷童年回憶飄回來，主要是好的回憶。在畢佛特長大的那些年，她的確有少數美好的回憶，她可以任意召喚出來，或者任意壓制下去。

但是今天下午的那些事，她幾乎完全記不得了。

老天，她好臭。她低頭看著自己的襯衫，發現上頭沾著嘔吐物。釦子完全扣錯了，沒拉齊的縫隙間露出皮膚。

她開始脫衣服。先脫掉迷你裙，接著解開襯衫釦子，把衣服在地板上丟成一堆。然後她踉蹌走到淋浴間，轉開水龍頭。

冷的。她就是希望用冷水。

站在蓮蓬頭底下，她覺得自己的腦袋逐漸清醒，然後另一段回憶慢慢清晰起來。那個綠衣男人，聳立在她上方。往下注視著她。還有約束帶，狠狠束緊了她的手腕和腳踝。

她低頭看著雙手，發現有瘀青，在手腕環繞一圈，像手銬痕跡。他把她綁住了——也不是太罕見。男人都有那些瘋狂的遊戲。

然後她的目光集中在另一處瘀青，位於左手臂的肘彎。顏色太淡了，她差點沒看到那個小小的藍圓圈。在那瘀青的正中央，就像靶心似的，有一個針孔痕。

她努力回想，但想不起有注射針。她唯一記得的，就是那個戴著醫療口罩的男子。

還有那張檢查檯。

冷水從她的肩膀流淌下來。莫莉打了個寒噤，凝視著那個針孔痕，很想知道自己還忘了些什麼。

3

一個護理師的聲音從牆上的對講機傳來：「哈波醫師，我們這裡需要你。」

托碧・哈波驚醒過來，發現自己之前在書桌上睡著了，一疊醫學期刊成了她的枕頭。她不情願地抬起頭，在閱讀燈的光線下瞇著眼睛。桌上的黃銅鬧鐘顯示是清晨四點四十九分。她真的睡了將近四十分鐘嗎？感覺上她頭趴下去只是片刻之前而已。當時她正在閱讀的那篇期刊文章開始文字模糊，她就想著讓自己眼睛休息一下。本來她是這麼打算的，只想從那些無趣的文字和小得難受的字體裡頭暫時解放出來一下。那期刊還停在她看到一半的那篇，現在那一頁被她的臉睡皺了。〈比較拉米夫定和齊多夫定治療CD4細胞每立方釐米小於500的HIV患者之效果的隨機對照研究〉。老天，難怪她會睡著。

有人敲門，茉汀朝醫師休息室探頭。茉汀・柯林斯是陸軍少校退役，嗓門大得像是用大聲公——完全不符合她嬌小的一五八公分身高。「托碧？你沒睡著吧？」

「我應該是不小心打了個瞌睡。外頭有什麼病人？」

「腳趾痛。」

「這個時間？」

「病人的秋水仙鹼片剛好沒了，又覺得他的痛風發作。」

托碧嘆氣。「天啊，這些瘋病人為什麼從來都不早做準備呢？」

「他們根本就把我們當成夜間藥房了。聽我說，我們還在幫他登記，所以你就慢慢來吧。」

茱汀離開之後，托碧先花了一點時間讓自己完全清醒過來。她希望自己跟病人講話的時候，聽起來還有起碼的智慧。她從書桌前站起來，走到水槽邊。她值班到現在已經十個小時了，目前為止都平靜無事。在牛頓市這種寧靜的郊區工作，就有這個好處。史普林格醫院的急診室裡，常常會有一長段時間是完全沒事，此時如果托碧真的想打個盹，就可以躺在醫師休息室的床上小睡一下。她知道其他急診室醫師都會這樣的，但托碧通常會抵抗這個誘惑。她領薪水是要值十二個小時夜班的，要是其中有任何時間拿來睡覺，她覺得都似乎太不專業了。

別再提專業了，她心想，看著鏡中的自己。她在工作時間睡著，也從自己臉上看得到後遺症。她綠眼珠的雙眼浮腫，醫學期刊的油墨印在臉頰上。她花了大錢剪的頭髮看起來像是被打蛋器攪過，金色短髮一撮撮豎起來。這就是優雅的哈波醫師的真正面目——其實沒那麼優雅。

托碧覺得很受不了，於是打開水龍頭，努力把臉上的油墨洗掉。她也潑了些水在頭髮上，用手指梳得服貼些。昂貴的髮型也只能落到這個下場了。至少她看起來不再像一朵毛茸茸的金黃色蒲公英。浮腫的眼睛和疲倦的皺紋就完全沒辦法了。都三十八歲了，托碧值班一整夜後，已經不可能再像二十五歲當醫學生時那樣立刻恢復了。

她走出醫師休息室，經過走廊，走向急診室。

沒人在裡頭。櫃檯沒有人守著，等候室也是空的。「哈囉？」她喊道。

「哈波醫師？」對講機裡面有人回應。

「大家都跑哪裡去了？」

「我們在員工休息室。你可以過來嗎？」

「不是有病人要看？」

「我們這裡出了點問題，需要你馬上過來。」

問題？托碧不喜歡這個字眼。她的心跳立刻加速，匆忙走向員工休息室，推開門。閃光燈亮起。她僵在原地，同時聽到一堆人開始齊聲唱：

祝你生日快樂！祝你生日快樂……

托碧抬頭看著頭上那些飄動的紅色和綠色裝飾彩紙。然後她看著那個蛋糕，上頭插著好幾打點亮的蠟燭。生日快樂歌唱完時，她雙手摀著臉嘆道：「真不敢相信。我完全忘了。」

「我們可沒忘，」茉汀說，又用她的廉價傻瓜相機拍了一張。「你十七歲了，對吧？」

「想得美。哪個人這麼搞笑，插了幾百根蠟燭的？」

實驗室技師摩提舉起胖嘟嘟的手。「嘿，我一直插，都沒人告訴我什麼時候該停下來。」

「你知道，摩提想測試我們的火災灑水系統——」

「其實呢，這是肺部功能測試，」另一個急診室護理師薇兒說，「托碧，所以你得一口氣把蠟燭全部吹熄，才能過關。」

「如果我沒過關呢？」

「那我們就得幫你插管！」

「快點，托碧。許個願！」茉汀催促道，「希望他高大、黝黑，而且英俊。」

「在我這個年紀，我也接受矮、胖、有錢的。」

警衛阿羅大聲說：「嘿！這三個資格我符合兩個！」

「而且你有老婆了。」茉汀立刻頂回去。

「快，托碧！許個願！」

「對，許個願！」

托碧坐在蛋糕前。其他四個人圍著她，咯咯笑又擠來擠去，活像吵鬧的小孩。他們等於是她的家人了，聯繫他們的不是血緣，而是多年來在急診室共度種種危機的革命情感。阿羅總說他們這個夜班急診室團隊是「保姆兵團」。護理師茉汀和薇兒，加上醫師托碧，全都是女性。要是碰到有泌尿科問題的男病人，那就尷尬了。

許願，托碧心想。我要許什麼願望？要從何開始？她吸了口氣吹出來，把所有蠟燭吹熄了，大家一起鼓掌。

「好厲害。」薇兒說，然後開始拔出蠟燭。她忽然望向窗戶，其他人也是。

一輛牛頓市的警車剛駛入急診室的停車場，車頂閃著藍色的警燈。

「有顧客上門了。」茉汀說。

「好吧，」薇兒嘆氣。「我們女生得去工作了。你們男生可別趁我們不在的時候，把蛋糕吃光光。」

阿羅湊向摩提低聲說：「啊，這些女生反正老是在節食……」

托碧帶頭衝進走廊，三個女人抵達櫃檯，正好急診室的自動門打開了。

一名年輕警察探頭進來。「嘿，我們外頭車上有位老先生，在公園裡發現的。你們要不要幫他看一下？」

托碧跟著那警察走出去，來到停車場。「他受傷了嗎？」

「看起來是沒有。不過他意識不清。我沒聞到酒味，所以我想或許是阿茲海默症，或者糖尿病休克。」

好極了，托碧心想。這警察自以為是醫師。「他完全清醒嗎？」她問。

「是的，他在後座。」那警察打開巡邏車的後門。

那男子全身赤裸。蜷縮抱坐在那裡，四肢細瘦，禿掉的頭不斷前後搖晃著。他正在喃喃自語，但是托碧沒完全聽清楚，大概是在說他要準備睡覺了。

「我們在公園長椅上發現他的。」另一名警察說，他看起來比另一個更年輕。「他當時還穿著內褲，但是在車裡脫掉了。我們在公園裡找到他其他的衣服，都放在前座。」

「好吧，我們最好把他弄進去急診室。」托碧轉身，朝著已經推了一張輪椅過來的薇兒點了個頭。

「來吧，大哥，」那警察催促道，「這些好心女士會照顧你的。」

那男子把自己抱得更緊，開始全身搖晃著。「找不到我的睡衣褲……」

「我們會幫你弄套睡衣褲來的，」托碧說，「你跟我們進去，先生。坐這張輪椅，我們會推你進去。」

那老人緩緩轉頭看著她。「但是我不認識你啊。」

「我是托碧醫師。讓我幫你下車吧？」她朝他伸出一隻手。

他審視著那隻手，好像從來沒看過似的。最後他終於朝她靠過去。托碧手臂抱住那老人的腰，幫著他下了車。那就像是抱起一把枯樹枝似的。老人的雙腿似乎動不了，薇兒正好把輪椅推過來。他們把老人放在輪椅上，綁好固定帶，兩隻赤腳放在腳踏墊上。然後薇兒推著他進入急診室門內。托碧和其中一個娃娃臉的警察跟在後頭。

「有什麼病史嗎？」托碧問他。

「沒有。他什麼都沒說。看起來他不像是弄傷自己什麼的。」

「他有任何證件嗎？」

「他的長褲口袋裡有個皮夾。」

「好吧，我們得聯絡他的近親，查出他有沒有什麼醫療問題。」

「我去車上拿。」

托碧走進診療室。

茉汀和薇兒已經把那病人放上輪床，正要把他的手腕約束在床邊護欄上。他還在不停唸叨著睡衣褲，同時不太認真地嘗試坐起身來。除了一張床單蓋住他的胯下之外，他全身赤裸。一陣陣雞皮疙瘩斷續出現在他光溜溜的胸部和雙臂。

「他說他名叫哈利，」茉汀說，把血壓計的袖套繞住那男子的手臂。「沒有結婚戒指。沒有明顯的瘀傷。聞起來該洗個澡了。」

「哈利，」托碧說，「你哪裡受傷了嗎？身上有沒有哪裡痛？」

「把燈關掉。我想睡覺了。」

「哈利——」

「那些該死的燈亮著，我沒辦法睡覺。」

「血壓是一五〇／八〇，」茱汀說，「脈搏一百，而且很規律。」她伸手去拿電子體溫計。

「來吧，甜心。把這個放進你嘴裡。」

「我不餓。」

「這不是吃的，親愛的。我是要量你的體溫。」

托碧站在幾步之外一會兒，只是觀察著那男人。他四肢都在動，而且儘管偏瘦，他似乎有足夠的營養。讓她困擾的是他的衛生狀況。他臉上的灰色鬍碴至少有一個星期沒刮了，指甲骯髒沒修剪。另外茱汀講他的氣味沒有錯，哈利絕對需要洗個澡了。

電子溫度計發出嗶聲。茱汀從那男人的嘴裡取出來，皺眉看著。「三十七度九。你覺得還好嗎，蜜糖？」

「我的睡衣褲在哪裡？」

「哎呀，你的腦子裡只想著一件事。」

托碧拿著筆型手電筒朝那男子的嘴巴照，看到了金牙冠的反光，總共有五顆。只要看牙齒，就可以知道一個病人的很多社會經濟狀況。補牙和金牙冠意味著中產階級或以上。爛牙和牙周病表示空的銀行戶頭，或者對於牙醫有病態的恐懼。她沒從他氣息中聞到酒精味，也沒有代表糖尿病酮症的腐爛水果味。

她開始檢查他的頭部。手指撫過他的頭骨，沒發現明顯的破裂或腫塊。她用筆型手電筒檢查他的瞳孔反應。正常。他的眼外肌肉運動和嘔吐反射也正常。所有的腦神經似乎都完整無損。

「你為什麼不走開，」他說，「我想睡覺。」

「你受傷了嗎，哈利？」

「找不到我該死的睡衣褲。你拿了我的睡衣褲嗎？」

托碧看著茉汀。「好吧，來做點血液檢查。全套血液檢驗，血中電解質，血液葡萄糖，都是急件。另外要兩個紅頭採血管，做脊髓性肌肉萎縮症和毒物篩檢。我們大概還得幫他裝導尿管，好採檢尿液。」

「了解。」茉汀已經準備好止血帶和真空採血管針頭。趁著薇兒按住那男人的手臂，茉汀就抽血。病人好像幾乎沒感覺到針頭扎入。

「好了，蜜糖，」茉汀說，拿一塊繃帶貼住針孔。「你是個非常好的病人。」

「你知道我把睡衣褲放在哪裡了嗎？」

「我馬上就去幫你拿一套新的。你等一下。」茉汀拿起那些採血管。「我會把這些用無名氏先生的名字送去檢查。」

「他的名字是哈利．司拉金，」剛才那名警察說。他已經去了巡邏車又回來，此時站在門口，手裡拿著哈利的長褲。「我檢查過他的皮夾。根據裡頭的證件，他七十二歲，住在提威婁巷一一九號。就在這條路的前面，位於那個新的住宅區布蘭特山莊。」

「最近親呢？」

「這裡有個緊急聯絡人。一個叫丹尼爾．司拉金的。是波士頓的電話號碼。」

「我會打電話給他。」薇兒說。她離開診療室，出去後把隔簾拉上。

診療室裡頭只剩托碧陪著病人。她又開始做身體檢查，用聽診器聽了心臟和肺臟，觸診摸了腹部，敲了病人的筋鍵。她又戳又按，沒發現任何異常之處。或許只是阿茲海默症，她心想，又往後站，打量著病人。她太清楚阿茲海默症的種種症狀了：逐漸衰退的記憶、夜遊、性格改變——每次改一點。黑暗會使得這些病人很痛苦。當白晝的天光逐漸消失，他們對現實的視覺聯繫也消失了。或許哈利．司拉金也是日落症候群的受害者——阿茲海默症患者常常會出現夜間的精神病症狀。

托碧拿起急診室的夾板開始寫，利用各種醫學縮寫。VSS表示生命徵象穩定（vital signs stable）。PERRL表示瞳孔等大、圓形、對光線有反應（pupils equal, round, react to light）。

「托碧？」薇兒在隔簾外喊。「我聯絡到司拉金先生的兒子了，他在電話線上等。」

「來了。」托碧說，轉身拉開隔簾。她不曉得簾外正好放著一個工具架，於是撞上去，一個金屬嘔吐盆掉下來，掉到地板上哐噹響。

托碧彎腰撿起時，聽到身後有另一個聲音——一種陌生、有節奏的喀噠聲。

哈利．司拉金的右腿前後抽動。

他癲癇發作嗎？

「司拉金先生！」托碧說，「看著我。哈利，看著我！」

那老人的目光聚焦在她臉上。他還有意識，還有辦法聽從指令。雖然他的嘴唇在動，無聲形成字句，但是沒有聲音發出來。

他的抽動忽然停止，右腿靜止不動。

「哈利？」

「我好累。」他說。

「剛剛是怎麼回事，哈利？你是想動你的腿嗎？」

他閉上眼睛嘆氣。「把燈關掉。」

托碧皺眉看著他。他剛剛是癲癇發作嗎？或者只不過是想掙脫右腳踝的束縛？他現在似乎很冷靜，兩腿都沒動了。

她穿過門簾，走到護理師的辦公桌。

「他兒子在三線。」薇兒說。

托碧拿起聽筒。「喂，司拉金先生？我是史普林格醫院的哈波醫師。你父親不久之前被送到我們急診室。他好像沒受傷，但是他──」

「他出了什麼問題？」

托碧暫停，很驚訝丹尼爾．司拉金抬高的嗓音。他那個口氣是不耐還是恐懼？她冷靜地回答：「警察在公園裡發現他，把他帶來這裡。他很焦慮不安，而且意識困惑。我沒發現他有任何局部神經的問題。你父親有阿茲海默症的病史嗎？或者任何醫療問題？」

「沒有。他從來不生病的。」

「也沒有失智方面的病史？」

「我父親腦子比我還清楚。」

「你上回看到他是什麼時候？」

「不曉得。我想是幾個月前吧。」

托碧默默消化這個資訊。如果丹尼爾．司拉金住在波士頓，那麼離這裡就是不到三十公里。父子這麼少接觸，絕對不會是因為距離的關係。

彷彿感覺到她沒問出口的問題，丹尼爾．司拉金補充：「我父親很忙。打高爾夫，每天在鄉村俱樂部的撲克牌局。我們要碰面其實不見得容易。」

「他幾個月前腦子還很清楚？」

「這麼說吧。上回我見到我父親，他給我上了一堂投資策略課。從股票選擇權到黃豆價格，無所不包。我根本聽不太懂。」

「他有在進行任何藥物治療嗎？」

「據我所知沒有。」

「你知道他醫師的名字嗎？」

「他住在布蘭特山莊，都是去看裡頭一個私人診所的專科醫生。我想那個醫師姓瓦倫堡。請問一下，我爸現在有多糊塗？」

「警方是在公園長椅上發現他的。當時他衣服都脫掉了。」

接下來有好長一段沉默。「天啊。」

「我查不出他有任何受傷。既然你說他沒有任何失智病史，那一定是有什麼急性的病症。也許是小中風，或是新陳代謝的問題。」

「新陳代謝？」

「比方血糖不正常，或是鈉含量太低。兩者都有可能造成意識困惑。」

電話那頭吐出一口大氣，聽起來非常疲倦，也或許是懊惱。現在是清晨五點，在這個時間被吵醒來面對一個危機，會讓任何人都覺得疲憊不堪的。

「如果你能過來，會很有幫助的，」托碧說，「有個熟悉的面孔，可能會讓他覺得安心。」

電話那頭依然沉默。

「司拉金先生？」

他嘆氣。「我想我非去不可了。」

「如果你們家還有其他人可以來——」

「不，沒有其他人了。總之，他會期望我出現的，好確定每件事都做對了。」

托碧掛斷電話時，覺得丹尼爾．司拉金最後那句話帶著一點威脅性：好確定每件事都做對了。她為什麼會沒把每件事做對？

她拿起電話，在布蘭特山莊診所的答錄機裡留了話，說他們的病人哈利．司拉金正在急診室，意識困惑且失去定向感。然後她撥了呼叫器給史普林格醫院的X光技師。

過了一會兒，那個技師從家裡回電，睡到一半被吵醒的聲音有氣無力。「我是文斯。你呼叫我？」

「我是急診室的哈波醫師。我們需要你趕來醫院，做一個緊急的腦部斷層掃描。」

「病人叫什麼名字？」

「哈利．司拉金。七十二歲男性，有新發生的意識困惑。」

「好的，我十分鐘之內會到。」

托碧掛了電話，看著自己的筆記。我忽略了什麼？她納悶著。我還應該搜尋什麼？她回想著所有新發生失智狀況的可能原因：中風、腫瘤、顱內出血、感染。

她又看了一眼生命徵象數字。茉汀記錄了口腔體溫是攝氏三十七．九度。不太算是發燒，但也不太算是正常。哈利會需要做個腰椎穿刺——但是要等到腦部斷層掃描先做完。如果他的頭部內有腫塊，腰椎穿刺會導致腦壓有災難性的改變。

救護車的鳴笛聲讓她抬起頭。

「現在又是什麼狀況？」茉汀說。

托碧已經趕緊朝門口跑，等到救護車發出響亮的呼一聲停下時，她已經等在門口。救護車後門打開。

「有個病人正在急救中！」那司機高聲喊道。

大家忙著把擔架抬下車。托碧匆匆看到病人一眼，是個過胖的女人，臉色蒼白，下頷無力地垂下。一根氣管插管已經用膠帶固定好位置了。

「我們在路上量不到她的血壓——覺得最好送來這裡，不要繼續趕去漢納曼醫院——」

「有什麼病史？」托碧厲聲問。

「被發現倒在地板上。六星期前曾經心肌梗塞。丈夫說她正在服用毛地黃——」

他們把病人匆忙推進急診室，在走廊上迅速往前、急轉彎進入外傷診療室，同時救護車司機仍在笨拙地按壓著病人的胸部。薇兒按了電燈開關，頭上的那些燈瞬間亮起，亮得眩目。

「好，都準備好了？她的塊頭很大。注意靜脈注射管！一、二、三，搬！」茉汀喊道。一個順暢的轉移，四雙手把病人搬離救護車擔架，放在診療檯上。沒有人需要指示。儘管急救狀態看似混亂，但其實亂中有序。那司機繼續按壓胸部。其他救護員也繼續用急救甦醒球將氧氣灌入病人肺部。茉汀和薇兒忙著在檢查檯四周整理靜脈注射管，將心電圖電線插上心臟監視儀。

「有竇性心律，」托碧看了螢幕一眼說，「暫時停止按壓。」

那司機停止按壓胸部。

「幾乎量不到脈搏。」薇兒說。

「把靜脈注射量調大，」托碧說，「有血壓了嗎？」

正握著血壓器袖套的薇兒抬頭看一眼。「五十／〇。要用多巴胺嗎？」

「用吧。恢復按壓。」

那司機雙手交疊，放在胸骨上方，又開始按壓。茉汀匆忙走到急救推車旁，拿出幾小瓶注射液和注射器。

托碧把聽診器貼在病人胸部，先聽右胸，然後左胸。兩邊都有明確無誤的呼吸聲。這表示氣管插管是插在正確的位置，肺部也注入了氣體。「按壓先暫停。」她說，把聽診器移到心臟的上方。

她幾乎聽不見心跳。

她又看了心臟監視儀一眼，看到急速的竇性心律橫過螢幕。心臟的傳導系統完好無損。為什麼這個女人沒有脈搏？要不是因為失血而休克，就是……

托碧的目光集中在頸部，立刻覺得答案很明顯。因為這個女人過胖，於是她頸靜脈鼓脹的事實就被忽略了。

「你們剛剛說，她六星期前曾經心肌梗塞？」托碧問。

「是的，」救護車司機一邊恢復按壓，一邊咕噥說：「她先生是這麼說的。」

「除了毛地黃之外，還有使用其他藥物嗎？」

「床頭桌有一大瓶阿斯匹靈。我想她有關節炎。」

就是這個了，托碧心想。「茉汀，給我一根五十CC的注射器和一根心臟針。」

「好的。」

「另外丟幾個手套和優碘棉片過來！」

那個小包飛向她。托碧在半空中接住，撕開來。「停止按壓。」她下令道。

那個司機後退。

托碧用優碘棉片迅速擦了一下皮膚，然後戴上手套，拿起五十CC的注射器。她又看了心臟監視儀最後一次。心律依然過速。她深吸一口氣。「好吧，我們來看看這個有沒有用……」她利用突出的劍突骨當界標，心臟針刺入皮膚，針尖對準心臟的角度。針緩緩插入時，她感覺得到自己的脈搏跳得好厲害。同時她把針筒的柱塞往回抽，緩緩施加負壓力。

一抹血衝進針筒。

她就停在那裡，雙手很穩。老天，讓這根針進入正確的位置吧。她又把柱塞繼續往外抽，血液緩緩吸入針筒。二十CC，三十，四十五……

「血壓？」她喊道，聽到血壓機袖套膨脹的呼嘘聲。

「有的，有血壓了！」薇兒說，「八十／五十！」

「我想現在我們搞懂這個病人的狀況了，」托碧說，「我們需要一個外科醫生。茉汀，打電話給凱瑞醫師。跟他說我們有個心包填塞的病人。」

「是因為心肌梗塞的關係？」那個救護車司機問。

「又加上高劑量的阿斯匹靈，所以她很容易出血。她的心肌大概破了一個洞。」封閉的心包裡面充滿了血，裡頭的心臟就無法擴張，無法輸送血液。

針筒滿了。托碧抽出針頭。

「血壓上升到九十五了。」薇兒說。

茉汀掛上了牆上的電話。「凱瑞醫師馬上趕來，還有他的團隊。他要我們繼續穩住她的狀況。」

「說得比做得容易，」托碧咕噥著說，手指探著脈搏。她可以感覺到心跳，但是很微弱。「她心包裡面大概又開始累積血液了。我很快就會需要另一個針筒和心臟針。可以驗一下她的血型、做血液交叉試驗嗎？另外也趕緊做全套血球計數和血中電解質檢驗吧。」

茉汀拿出一把採血管。「八個單位？」

「至少。如果有辦法，就做全套血球計數。另外請他們送一些新鮮冷凍血漿下來。」

「血壓掉到八十五了。」薇兒說。

「狗屎。又得做一次了。」

托碧又撕開一包新的注射器，把包裝紙扔到一旁。地板上已經累積了一小堆紙和塑膠垃圾，那是每回急救都會出現的。我得重複這個過程多少次？她納悶著，把針插進去。趕緊抬起你的屁股趕來醫院吧，凱瑞。憑我一個人是救不了這個女人的……

托碧不確定凱瑞醫師是否救得了這個病人。要是她的心室壁已經有破洞，那麼她需要的就不光是一個胸腔外科醫師了，而是一整組心臟繞道手術團隊。史普林格醫院是家郊區小醫院，要對付剖腹生產和簡單的膽囊切除手術完全沒問題，但是沒辦法處理大型手術。通常救護車碰到嚴重創傷的病人，都會略過史普林格醫院，直接送到布里根醫院或麻州綜合醫院那些比較大的醫學機構。

不過今天清晨，一輛救護車無意中把一個手術危機送到托碧的門口。而她和整個醫護團隊都沒有相關的訓練，去救這個女人的命。

第二個針筒幾乎吸滿了血。又是五十CC——而且沒有凝結的血塊。

「血壓又往下掉了，」薇兒說，「八十——」

「醫師，她現在心室性心搏過速了！」其中一名救護員插嘴說。

托碧朝心臟監視儀看了一眼，看到心律惡化成心室性心搏過速那種鋸齒狀的圖形。心臟的四個腔室現在只有兩個能用，於是心跳太快，無法發揮效率。

「電極貼片！」托碧大聲說，「充電到三百焦耳。」

茉汀按了電擊器上的充電按鈕。指針轉到三百焦耳。

托碧把兩個電極貼片貼在病患的胸部，上頭擦了凝膠，以確保電流可以通過人體。她把電擊板放好位置。「後退！」她說，然後按下電擊鈕。

那病人激烈抽動一下，她全身所有肌肉都同時扭動。

托碧看著監視器。「好了，我們回到竇性——」

「沒有脈搏了。我量不到脈搏了。」薇兒說。

「重新開始心肺復甦術！」托碧說，「再給我一套注射器。」

即使在托碧拆開那個小包、扭著心包膜腔穿刺術的針頭時，她也心知他們快打輸這場戰役了。她可以吸出幾公升的血，但是裡頭只會累積更多，壓迫著心臟。只要保住她的命，等到外科醫師趕到，托碧心想，這些字句成了她的咒語。保住她的命。保住她的命……

「又開始心室性心搏過速了！」薇兒說。

「充電到三百焦耳。一劑利多卡因——」

牆上的電話響了。茉汀去接。過了一會兒她喊道：「我剛剛送上去的血，摩提做交叉試驗出了狀況！病人是B型陰性！」

狗屎，還有什麼可能出錯的？托碧把電擊板放在病人胸部。「大家後退！」

「有脈搏了。」薇兒說。

「利多卡因立刻打進去，我們的新鮮冷凍血漿呢？」

「摩提在準備了。」茉汀說。

托碧看了時鐘一眼。他們急救這個病人已經將近二十分鐘了。感覺上彷彿是好幾個小時。周圍一片混亂，夾雜著電話鈴響聲，而且大家同時說話，她感覺到一剎那的不知所措。手套裡的雙手在流汗，溼冷的乳膠黏著她的皮膚。這個危機逐漸失去控制了……

控制這個詞是托碧賴以生存的。她努力維持她的生活、她的急診室的秩序。現在這個急救在她的指揮之下就要失敗了，她做什麼都挽救不了。她沒有進行開胸手術、把破裂心室縫合起來的訓練。

她看著那女病人一片斑駁的臉，軟趴趴的下頜垂肉變成紫色。就連她看著的時候，都知道病人的腦細胞嚴重缺氧，處於垂死狀態。

做胸部按壓的救護車司機筋疲力盡，跟他的救護車同伴換手。換了另外一雙有力的手開始按壓。

在監視器上，心臟軌跡惡化成一道亂糟糟鋸齒狀的線。心室纖維性顫動。致命的心律。

急救團隊以平常的策略回應。更多劑量的抗心律不整藥物、利多卡因、一乙基二甲胺酸，電擊板的電力愈來愈高。絕望中托碧又從心包抽出五十ＣＣ的鮮血。

心臟監視儀上，心跳軌跡變平，成為一道略有起伏的線。

托碧看著周圍其他人的臉，他們全都知道結束了。

「好吧。」托碧長嘆一聲，聲音聽起來冷靜得出奇。「我們宣布死亡吧。現在的時間？」

「六點十一分。」茉汀說。

他們搶救了她四十五分鐘，托碧心想。我們頂多只能做到這樣。任何人頂多也只能做到這樣。

救護員後退，其他人也是。那幾乎是一種反射動作，身體讓開，給死者幾秒鐘尊重的沉默。門忽然砰一聲打開，胸腔外科醫師凱瑞又像平常那樣戲劇化地登場。「心包填塞的病人在哪裡？」他厲聲問道。

「剛剛過世了。」托碧說。

「什麼？你們沒有穩住她嗎？」

「我們盡力了。實在沒有辦法。」

「好吧，你們急救了她多久？」

「相信我，」托碧說，「已經夠久了。」她從他旁邊擠過去，離開診療室。

來到護理師的辦公桌前，她坐下來整理思緒，打算接著要填寫急診室表格。他聽得到凱瑞醫師在創傷診療室裡，抬高嗓門在抱怨。他們在清晨五點半把他硬找來，為了什麼？一個根本無法穩住的病人？他們要毀掉他的睡眠之前，難道不能先思考一下嗎？他們不曉得他接下來一整個白天都排滿了手術嗎？

*為什麼外科醫師都這麼混蛋？*托碧納悶，頭埋進雙手裡。老天，這一夜永遠不會結束嗎？她還得再熬一個小時……

雖然腦袋疲憊不堪，但她聽到了急診室的門打開。「對不起，」一個聲音說，「我是要來看我父親的。」

托碧抬頭望著面前那個男子。瘦臉，沒有微笑，他扯著一邊嘴角打量著她，那表情簡直是憤恨。

托碧站起來。「你是司拉金先生？」

「是的。」

「我是托碧．哈波醫師。」她伸出一手。

他不假思索地握了，沒有任何溫暖。就連他的皮膚都是冰的。雖然他一定比父親年輕了至少三十歲，但是父子的相似之處一望即知。丹尼爾．司拉金的臉同樣稜角分明，同樣額頭低窄。但眼前這個人的雙眼不同。是小小的深色眼珠，而且很不高興。

「我們還在評估你父親，」她說，「檢驗室那邊還沒有報告送過來。」

他看了急診室一圈，發出一個不耐的聲音。「我八點前得趕回波士頓。可以現在看他嗎？」

「當然可以。」她離開辦公桌，帶著他到哈利．司拉金的診療室。她推開門，發現裡面是空的。「他們一定是送他去照X光了。我打電話過去，看他照完了沒有。」

丹尼爾．司拉金跟著她回到櫃檯，看著她拿起電話。他的目光令她不安，於是她轉身背對著他，撥了號碼。

「X光室。」文斯接了電話。

「我是哈波醫師。X光照得怎麼樣了？」

「還沒照。我這邊還在準備。」

「病人的兒子想看他。我請他過去吧。」

「病人不在這裡。」

「什麼？」

「病人還沒送到我這邊，還在急診室裡。」

「但是我剛剛檢查過診療室。他不在……」托碧暫停下來。丹尼爾．司拉金正在傾聽，他會聽到她聲音裡的驚慌。

「有什麼問題嗎？」文斯問。

「沒有。沒問題。」托碧掛了電話。她看著司拉金。「失陪一下。」她說，然後朝大廳走，去檢查三號診療室。她推開門，哈利．司拉金不在裡頭。但輪床還在，他們原先用來蓋住他的床單捲成一團，扔在地板上。

一定有人把他換到另一張輪床上、推到另一個房間了。

托碧穿過大廳到四號診療室，拉開遮簾。

沒有哈利．司拉金。

她回到大廳，要檢查二號診療室，可以感覺到自己的心臟跳得好厲害。二號診療室沒開燈。沒有人會把病人放在黑暗的診療室裡。不過她還是按了牆上的電燈開關。

又一張空的輪床。

「你們都不曉得把我父親放在哪裡嗎？」丹尼爾．司拉金厲聲說，跟著她回到大廳。

托碧刻意不理會他的問題，逕自走進創傷診療室，拉起遮簾。「司拉金先生呢？」她壓低聲音問護理師。

「那個老先生？」茉汀問。「文斯不是在幫他照X光嗎？」

「他說他沒接到病人。但是我也找不到人。那個兒子現在就在外頭等。」

「你去看過三號診療室了？」

「所有診療室都看過了！」

茉汀和薇兒彼此看了一眼。

「我們最好去看看走廊。」茉汀說，和薇兒匆匆進入走廊。

留下托碧去對付那個兒子。

「他人呢？」司拉金問。

「我們正在找。」

「他不是應該在你們的急診室嗎？」

「剛剛狀況有點混亂——」

「他到底在不在這裡？」

「司拉金先生，你就先去等候室坐一下吧？我會帶一杯咖啡過去給你——」

「我不要喝咖啡。你之前說我父親有某種醫療危機，而現在你找不到他？」

「護理師去問X光室了。」

「你剛剛已經打過電話去X光室了！」

「拜託，如果你去等候室稍坐一下，我們會查清楚到底……」托碧看到兩名護理師匆忙回來走向她，她的聲音逐漸變小。

「我們打給摩提，」薇兒說，「他和阿羅去停車場找了。」

「你們沒找到他？」

「他不可能跑遠的。」

托碧覺得血液從臉頰消褪，不敢看丹尼爾．司拉金，不敢對上他的目光。但她沒辦法關掉他憤怒的聲音。

「你們這裡到底是怎麼回事？」他氣呼呼問道。

兩個護理師沒吭聲，都看著托碧。他們都知道，在急診室裡，醫師就等於是一艘船的船長。是承擔終極責任的人，也是承擔終極罪過的人。

「我的父親在哪裡？」

托碧緩緩轉向丹尼爾．司拉金。她的回答聲音小得近乎耳語。「我不知道。」

四下好暗，雙腳好痛，他知道自己得回家。問題是，他不記得要怎麼回家。哈利．司拉金甚至不記得他怎麼會來到這條空蕩的街道，踉蹌往前走。他想過要在路上的某棟房子停下來求助，但他經過的每一扇窗戶都是暗的。要是他去敲其中一扇門拜託，就會出現很多問題和明亮的燈光，他幾乎確定自己會遭到羞辱。哈利是個驕傲的人，不會去要求任何人的協助。他也不會主動協助他人——就連他自己的兒子都不例外。他總相信，長期而言，慈善只會導致殘廢，他可不想撫養一個廢人。獨立就是力量，力量就是獨立。

總之，他自己會找到回家的路。

只要那個天使能再度出現。

之前她去那個可怕的地方找他，當時他被放在一張冰涼的床上，燈光照得他什麼都看不見，那些陌生人用針刺他，用探索的手指戳他。然後那天使出現了。她完全沒有弄痛他，只是朝他微笑，幫他解開手腳的束縛，然後在他耳邊悄悄說：「快走，哈利！趁他們還沒回來找你。」

現在他自由了。他逃走了，幹得好！

他繼續沿著黑暗的街道和寂靜的房子往前行，想找到熟悉的地標，好知道自己身在何處。

我一定是昏頭了，他心想。出來散個步，就迷路了。

他忽然覺得腳好痛，低頭一看，驚訝得停下腳步。

在街燈的照耀下，他看到自己沒穿鞋子，也沒穿襪子。他瞪著自己的赤腳和裸露的雙腿。還有他的陰莖，軟綿綿又皺縮地懸在那裡，淒慘極了。

我沒穿任何衣服！

他恐慌地四下看了一圈，好確定沒人在看他。這條街道空無一人。

他雙手摀著生殖器，快步遠離路燈，尋求黑暗的遮蔽。他是什麼時候脫掉衣服的？他不記得了。他蹲在某個前院裡冰冷、修剪過的草坪上，設法思考，但是恐慌得完全想不起今晚稍早發生了什麼事。他開始哭，輕聲啜泣著，光著的兩腳前後搖晃。

我想回家。拜託，啊拜託，只要我能在自己的床上醒來……

現在他抱著自己，絕望又迷失，因而沒注意到遠處街角轉過來的一對車頭大燈。直到那輛廂型車在他面前煞車停下，哈利才明白有人看到他了。他雙臂把自己抱得更緊，顫抖著蜷縮成一團。

一個聲音在黑暗中傳來。「哈利？」

他沒抬頭。他怕袒露出身體，怕被人看到他沒穿衣服的丟臉樣子。他努力緊抱住自己，成為一個愈來愈緊的球。

「哈利，我來帶你回家了。」

他緩緩抬起頭，看不見那名駕駛人的臉，但那聲音他認得。或者認為自己認得。

「上車吧，哈利。」

他撐著腳跟前後搖晃，覺得溼溼的草刷過他光裸的屁股。他的聲音變成一種又高又尖的哀號。「可是我沒有衣服！」

「你家裡有衣服。一整個衣櫃的西裝，記得嗎？」有一個輕輕的喀嗟聲，是金屬滑過金屬的聲音。

哈利抬頭，看到廂型車的門打開了。車裡一片黑暗。一名男子的剪影站在車旁，那男人朝他伸出邀請的手。

「來吧，哈利，」他低聲說，「我們回家吧。」

4

要找到一個光身子的男人，能有多難？

托碧坐在她的車上，瞇眼看著外頭的醫院停車場。上午快過了一半，對她習慣夜間的眼睛來說，陽光似乎亮得令人難受。太陽什麼時候出來的？她沒看到日出，沒有享受到任何自由的片刻可以朝戶外看一眼，此刻的天光對她的視網膜是一大震撼。這就是選擇大夜班的後果，她已經變成夜行動物了。

她嘆了口氣，發動她的賓士車。至少現在可以回家，把這一夜的大災難拋在腦後了。

但是當她駛離史普林格醫院時，還是甩不掉鬱悶的心情。才一個小時之內，她就失去了兩個病人。她很確定那個女人的死是無可避免的，她做什麼都無法挽救。

哈利．司拉金就是另外一回事了。托碧丟下一個意識困惑的病人，將近一個小時都沒人照顧。她是最後一個看到哈利的人，而儘管她想盡辦法，還是不記得自己離開診療室時是否約束了他的手腕。我一定是沒綁住他。所以他才能逃跑。都是我的錯。哈利是我的錯。

就算不是她的錯，她畢竟是急診室團隊的船長，必須負最終極的責任。現在，就在某處，一個老人正在遊蕩，赤裸而糊塗。

她放慢車速。雖然她知道警方已經搜尋過這個區域，但她仍然掃視著街道，希望能看到那名逃走的病人。位於波士頓郊區的牛頓市相當安全，而且她現在行駛經過的這一帶看起來很富裕。

她轉入一條兩旁綠樹成蔭的住宅區街道，看到維護良好的房子、修剪整齊的樹籬，車道的外頭有鐵柵門。不是那種老人會被攻擊的地帶。或許會有人把他帶進屋裡。或許，就在這一刻，哈利正坐在一間舒服的廚房裡，吃著別人提供的早餐。

你跑去哪裡了，哈利？

她繞行著這一帶，設法從哈利的目光想像這些街道。當時很黑，他又意識困惑，沒穿衣服很冷。他會認為自己要去哪兒？

家。他會想找到路，回到布蘭特山莊的家。

她中間停下兩次問了路。最後終於來到通往布蘭特山莊路的那條岔路，她差點就錯過了。岔路上沒有路牌標示，只有路口兩旁各一座柱墩，中間的鐵柵門開著。她在那裡停下，看著鍛鐵柵門的設計線條中盤繞著兩個字母，優雅巴洛克風格的B和H，代表布蘭特山莊（Brant Hill）。往下的路彎來彎去，消失在落葉樹林後方。所以這就是哈利住的社區，她心想。

她駛過那道開著的柵門，來到布蘭特山莊路。

雖然這條路是新鋪的，但兩側的楓樹和櫟樹都是完全成熟的大樹。有些葉子已經出現了第一抹豔麗秋色。已經九月了，她心想；夏天是什麼時候過去的？她循著那條蜿蜒的道路，看著兩旁的樹，注意到林下的灌木叢很濃密，還有很多陰影處，可能藏著一具身軀。警方搜尋過這片灌木叢嗎？要是哈利在黑暗中往這裡走，有可能會在那些灌木中迷路。她會打電話給牛頓市的警方，建議他們再仔細搜查這條路。

在前方，樹木忽然變得稀疏，眼前出現的那一大片景致太意想不到了，托碧驚訝得猛踩煞車停下。馬路旁有一面綠金兩色的牌子。

布蘭特山莊
僅限居民與訪客進入

那面牌子之後的風景，簡直像是一幅描繪英格蘭鄉間的油畫。她看到緩緩起伏的整齊草地，一座花園裡的樹木修剪成各種花俏的動物形狀，一叢叢染上秋色的樺樹和楓樹。還有一個閃亮如寶石的池塘裡有野生鳶尾花，兩隻天鵝平靜地在睡蓮之間滑行。池塘再過去就是「村子」，那是一批優雅的住宅，每棟外頭都有尖木樁柵欄圍起的花園。這裡的主要交通工具似乎就是高爾夫球車，上頭有白綠相間的頂篷。那些車子到處都是，停在車道上，或是沿著村裡的小路運行。托碧還看到少數幾輛在高爾夫球場裡，載著打球的人來往果嶺之間。

她望著那個池塘，忽然很納悶水有多深，想知道一個男人是否有可能在裡頭溺水？夜間的黑暗中，一個腦子糊塗的老人有可能走進水裡的。

她繼續沿著馬路，開向村子。過了五十碼，她看到一條往右的岔路，還有一面路牌。

布蘭特山莊診所
附設居民照護中心

她往右轉。

那條路蜿蜒穿過一片常綠樹森林，然後毫無預警地忽然出了樹林，來到一座停車場。前方是一棟三層樓的建築物，旁邊正要開始蓋一棟新的翼樓。在地基坑的邊緣，幾個戴著安全帽的男人正圍著建築藍圖在商討。

托碧把車停在訪客停車場，走進診所裡。

一進門，就是輕柔的古典音樂。托碧停下，對整個環境印象很好。這不是一般的等候室。淺黃色的皮革沙發，牆上掛著油畫原作。她看著茶几上的那些雜誌。《建築文摘》、《城鄉月刊》。沒有《大眾機械》。

「需要我幫忙嗎？」接待窗口後頭一名身穿粉紅色護理師制服的女人朝她微笑問道。

托碧走向她。「我是史普林格醫院的哈波醫師。昨天夜裡我檢查過你們的一個病人。我想聯絡這位病人的醫師，想知道更多病史，但是一直聯絡不上他。」

「哪位醫師？」

「卡爾．瓦倫堡醫師？」

「喔，他去參加一個醫療會議了，星期一才會來診所。」

「我可以看一下那位病人的紀錄嗎？可能會幫我釐清幾個醫療方面的問題。」

「對不起，沒有病人的授權，我們不能把紀錄給你。」

「現在沒有辦法取得病人的同意。我可不可以跟你們其他的醫師談談？」

「我先把病歷找出來吧，」那護理師走到一個檔案櫃前。「姓什麼？」

「司拉金。」

那護理師拉出一個抽屜，翻著裡面的檔案夾。「哈利還是阿格妮絲．司拉金？」

托碧頓了一下。「有一位阿格妮絲．司拉金？她是哈利的親人？」

那護理師看了一眼病歷。「她是他太太。」

哈利的兒子為什麼沒提到哈利有個太太？她很納悶，伸手到皮包裡找出一支筆。「能不能把那位太太的電話號碼給我？我真的必須跟她談一下有關哈利的事。」

「她房間沒電話。你可以直接搭電梯上去。」

「哪裡？」

「阿格妮絲．司拉金就住在樓上的護理之家。三四一號房。」

托碧敲了門。「司拉金太太？」她喊道。沒人應。她走進房內。

裡頭有收音機小聲播放著，是古典音樂節目。窗戶上掛著白色窗簾，隔著白紗，上午的陽光照進來，化為漫射的柔和微光。床頭桌上的花瓶裡插著玫瑰，落下幾片粉紅花瓣。床上躺著的女人沒有覺察到這一切。無論是花朵或陽光，還是有個訪客走進她房間。

托碧走向那張床。「阿格妮絲？」

那女人完全沒動，她朝左邊側躺著，面對著門。她眼睛半睜但失焦，背後撐著幾個枕頭，兩隻手臂蜷縮成胎兒般的自我擁抱姿勢。在床的上方，有一袋乳白色的液體滴進一條鼻胃管，再連到她的鼻孔內。雖然床單看起來很乾淨，但空氣中有一股玫瑰花香掩蓋不了的臭味。那是腦中風病房、爽身粉，加上尿和亞培安素所發出的氣味。一具身軀逐漸退化的氣味。

托碧去抓那女人的手，輕輕拉她的手臂。那手指只稍稍有點阻力，就被拉直了。沒有永久性的肌肉攣縮；顯然照服人員很努力幫她做被動性關節運動。托碧放下她的手臂，注意到她身上的肉很豐腴。儘管處於昏迷狀態，這個病人還是營養良好，沒有脫水。

托碧注視著那鬆垮的臉，很好奇那兩隻眼睛是否看到了她。這個女人是否看到了任何東西、是否能理解任何事情？

「你好，司拉金太太，」她喃喃說，「我的名字是托碧。」

「阿格妮絲沒辦法回答你，」一個聲音在她身後說，「不過我相信她聽得見。」

托碧嚇了一跳，轉身看著剛剛講話的那名男子。他站在門口——其實是填滿那個門口，一個巨大的男人有著寬闊的臉和發亮的鼻子。這張臉很不錯，她心想，因為那對眼睛很和善。他穿著一件白色醫師袍，手裡拿著病歷。

他微笑著伸出手。他的手臂太長了，袖口還不到他的手腕。像這麼大塊頭的男人，買得到夠大的醫師袍嗎？

「我是羅比．布瑞思醫師，」他說，「我是司拉金太太的醫師。你是親人嗎？」

「不是。」托碧和那男人握手，感覺自己的手像是套入一個溫暖的褐色手套裡。「我是史普林格醫院的急診室醫師托碧．哈波，醫院就在這條路前頭。」

「專業拜訪？」

「算是吧。我本來是希望司拉金太太能告訴我有關她丈夫的病史。」

「司拉金先生怎麼了?」

「哈利昨天夜裡被送到我們醫院的急診室，意識困惑又失去定向感。我還沒幫他檢查完，他就離開醫院了。現在我們找不到他，我也不曉得他身體有哪裡不對勁。你知道他的病史嗎?」

「我只照顧護理之家的住院病人。你可能要去樓下的診所，找醫師查他們的門診病人。」

「哈利是一位瓦倫堡醫師的病人，但是瓦倫堡剛好去出差。沒有他的同意，診所不肯給我任何紀錄。」

羅比．布瑞思聳聳肩。「那是這裡的既定政策。」

「你認識哈利嗎?他有什麼醫療問題是我該知道的?」

「我跟司拉金先生不熟。他來探望阿格妮絲時，我們見過。」

「所以你跟哈利講過話?」

「是啊，我們會打招呼，如此而已。我才來這裡工作一個月，很多人的名字和臉都還湊不起來。」

「你有權把哈利的病歷給我嗎?」

他搖頭。「只有瓦倫堡醫師可以，而且他需要病人的書面同意，才能透露任何資訊。」

「但是這件事有可能影響到他病人的醫療啊。」

他皺眉。「你剛剛是說，哈利離開了你們的急診室?」

「唔，是啊，他的確——」

「所以他其實已經不是你的病人了，不是嗎?」

托碧暫停下來，無法反駁。哈利的確是離開了她的急診室，已經脫離她的照顧了。她沒有迫切的原因要求看他的紀錄。

她低頭看著床上的女人。「我猜想，司拉金太太也沒辦法告訴我任何事吧。」

「阿格妮絲恐怕是完全不能說話的。」

「是中風嗎？」

「蜘蛛網膜下出血。根據她的病歷，她在這裡待一年了，好像一直是植物人狀態。但是偶爾，她會有點像是在看著我。對不對，阿格妮絲？」他說，「你是不是在看著我，蜜糖？」

床上的女人完全沒動，連眼睛都沒眨。

他走到床邊，開始檢查病人，黑色的雙手跟女人的蒼白形成鮮明的對比。他用聽診器聽她的心臟和肺臟，然後放在腹部聽她的腸音。他用手電筒照她的瞳孔。他拉直她的四肢，檢查對關節活動的阻力。最後他把她翻過去，檢查她的背部和臀部。沒有褥瘡。然後他又溫柔地幫她用枕頭塞好位置，把床單蓋在她胸部。

「看起來不錯，阿格妮絲，」他低聲說，拍拍她的肩膀。「祝你有美好的一天。」

托碧跟著他走出房間，覺得自己像個小矮人跟在一個巨人的屁股後頭。「以一個成為植物人一年的人來說，她的狀況很好。」

他打開病歷，匆忙寫下進度紀錄。「唔，當然。我們給的是勞斯萊斯級的照護。」

「收費也是勞斯萊斯級的價錢？」

布瑞思抬起眼睛，唇邊浮起第一抹笑意。「姑且這麼說吧，我們這裡可沒有任何聯邦醫療補助的病人。」

「他們全都是自費？」

「他們付得起。我們有一些相當富有的居民。」

「這個地方只供退休人士居住嗎？」

「不，我們有幾個還在就業的專業人士，他們在布蘭特山莊買房子，只是想確保能滿足未來的需求。我們提供住宅、餐食、醫療服務。如果有必要的話，還有長期照護。你大概也看到，我們已經開始要把護理之家擴大了。」

「我還注意到這裡有座非常好的高爾夫球場。」

「外加幾個網球場、一家電影院，還有個室內游泳池。」他闔上病歷，朝她咧嘴笑了。「讓你有點想要提早退休，不是嗎？」

「我不認為我負擔得起在這裡退休。」

「偷偷告訴你一個秘密：我們員工也沒人負擔得起。」他看了手錶一眼。「很高興認識你，哈波醫師。我還有很多病人要看，得先失陪了。」

「我有什麼辦法，可以查出更多有關哈利的事情嗎？」

「瓦倫堡醫師星期一回來。你到時候可以跟他談。」

「我現在就想知道自己在處理的是什麼狀況。這事情真的很困擾我。你能不能幫我看一下門診病人的紀錄？如果發現什麼有關的，就打電話給我好嗎？」她在自己的名片寫下家裡的電話號碼，遞給他。

他不情願地接過去。「我會看看我能做什麼，」他說，然後轉身走進另一個病人的房間，留下托碧獨自站在走廊。

她轉身離開那扇關著的門，嘆了一口氣。她已經盡全力去追查資訊，但是布蘭特山莊不合作。現在飢餓和疲勞逐漸拖垮她，她可以感覺自己的身體發出強烈要求。食物。睡眠。馬上。她雙腿像慢動作似的，懶洋洋地開始走向電梯。才走到一半，她停下來。

有人在尖叫。

聲音來自走廊盡頭的某個病人房間——不是疼痛的叫聲，而是恐懼的驚叫。

托碧朝那尖叫聲跑去，同時聽到身後的走廊出現其他聲音，腳步聲跟在她後頭跑。托碧領先其他人來到那個房間，推開門。

一開始她只看到一個老人跪趴在床上。腰部以下光溜溜地，皺起的臀部正在上下擺動，像狗在交配。

然後托碧看到他身子底下那個被困住的女人，揮動的雙臂幾乎被埋在糾結的床單和毯子裡頭。

「把他弄走！拜託把他從我身上弄走！」那女人叫道。

托碧抓住那男人一邊手臂，想把他拉開。他的反應是用力一推，力道大得讓托碧往後摔在地板上。一個護理師跑進房間。

「黑克特先生，停止！停止！」護理師想把那老人拉開，但也被甩在一旁。

托碧七手八腳爬起來。「你抓住一隻手臂，我抓另一隻！」她說，繞到床的另一側。她和護理師一起抓住那老人的手臂。即使被拖離那女人，老人還在持續衝刺，像個沒法關掉開關的性交機器。床上的女人蜷縮成胎兒的姿勢，在毯子堆裡哭了起來。

那男人忽然身子一扭，手肘朝托碧下巴用力撞，撞得她下巴闔上，一陣疼痛直衝腦殼。她眼前一陣白光掠過，差點鬆手，但十足的憤怒讓她硬是緊抓不放。老人又拚命想攻擊她。他們現在像動物在扭打似的，她聞得到他的汗味，感覺得到他身體的每條肌肉都竭力要對抗她。護理師沒站穩，腳下踉蹌，鬆開了手。老人便伸手到托碧腦後，一把抓住她的頭髮。他現在改朝她衝刺，勃起的陰莖對著她的臀部猛戳。厭惡和怒火衝上托碧的喉頭。她繃緊大腿，準備膝蓋要朝他胯下頂。

然後她的目標不見了。那男人被一雙巨大的黑手提起來。羅比．布瑞思抓著那老人拖過半個房間，朝護理師大吼：「幫我準備好度！五毫克肌肉注射，快點！」

護理師跑出房間。過了一會兒回來，手裡拿著注射針筒。

「來吧，我不能永遠抓著他。」布瑞思說。

「我從他的臀部打——」

「快點！快點！」

「但是他一直扭動避開——」

「要命，這傢伙好壯。你們都餵了他什麼？」

「他是臨床試驗計畫的病人——而且他有阿茲海默症——我沒辦法接近他！」

布瑞思改變一下手抓的位置，把那老人轉向，讓他背對著護理師。她捏住一片光溜溜的屁股，把注射針插進去。那老人尖叫，反抗著掙脫了布瑞思。在一陣令人眼花撩亂的動作中，他從床頭桌抓起一個玻璃水杯，朝醫師的臉揮去。

水杯砸碎在布瑞思的太陽穴。

托碧往前撲，趁那老人再度揮擊前抓住他的手腕。她狠狠扭老人的手，他手上的破玻璃杯掉地。

布瑞思巨大的手臂抱住那老人的雙肩，大喊道：「剩下的好度趕緊打完！」

護理師又把針戳進老人的臀部，推下柱塞。「全都打完了！老天，希望這個比美立廉管用。」

「這傢伙已經用美立廉了？」

「長效型的。我跟瓦倫堡醫師說過這種藥壓不住他。這些阿茲海默症病人每一秒鐘都得照看著，否則他們——」護理師猛吸一口氣。「布瑞思醫師，你在流血！」

托碧往上看，驚恐地看到鮮血沿著布瑞思的一邊臉頰往下流淌，濺在他的白袍上。剛剛的破玻璃杯割開了他太陽穴的皮膚。

「我們得止血，」托碧說，「你的傷口要縫起來。」

「我先把這傢伙送回去好好約束起來吧。來吧，先生。我們回你房間。」

那老人吐出口水。「黑鬼！放開我。」

「啊要命，」布瑞思說，「你又想攻擊我沒受傷的這半邊，對吧？」

「我不喜歡黑鬼。」

「是啊，其他人也都不喜歡。」布瑞思說，聽起來是疲倦勝過憤怒。他半拖半推地抓著那老人走出房間，進入走廊。「大哥，看起來你有資格跟束縛衣約會了。」

「哎呀。別把我縫得像科學怪人，好嗎？」

托碧小心翼翼地把針筒裡的利多卡因打完，拔出針頭。她在羅比．布瑞思的撕裂傷口兩側都打了局部麻醉劑，然後在那塊皮膚輕刺一下。「感覺到沒？」

「沒有，麻痺了。」

「你確定不要找個整型外科醫師幫你縫合？」

「你是急診室醫師，不是常常在縫合傷口？」

「對，但是如果你擔心外觀的效果——」

「我幹嘛擔心？我已經這麼醜了，多一道疤還能改善一點。」

「好吧，疤痕會讓你的臉更有特色。」她說，伸手去拿持針鉗和縫合線。之前她在物料充足的診療室裡找到她所需要的醫療用品。就像布蘭特山莊的其他一切，這些設備嶄新且昂貴。羅比．布瑞思躺的這張檢查檯可以調整成各式各樣的姿勢，非常方便於治療從頭皮傷到痔瘡等各種狀況。上方的燈光亮得連開刀都沒問題。房間的角落還有一台心臟急救推車，準備應付緊急狀況，而且當然是最先進的那一款。

她用優碘棉片又擦擦傷口，把彎曲的針穿入撕裂傷的兩邊。羅比．布瑞思側躺著，完全不動。大部分病人會閉上眼睛，但他還是睜著，凝視眼前那面牆。雖然他的塊頭大得嚇人，但眼神似乎毫無威脅性。褐色的眼珠很柔和，睫毛粗得像小孩的。

她又縫了一針，穿過他的皮膚。「那個老人割得相當深，」她說，「幸好沒傷到眼睛。」

「我想他是想割我的喉嚨。」

「他在服用長效型的鎮靜劑？」她搖搖頭。「你們最好把劑量加倍，而且把他關起來。」

「通常是這樣。阿茲海默症的病人都住在不同的病房區，可以監視他們的活動。我猜想黑克特先生溜出來了。你知道，有時候這些老先生應付不了性慾。他們失去了自我控制的能力，但身體還是想要。」

托碧剪斷線，打了最後一個結。傷口現在縫合起來了，她開始用酒精棉片清潔。「他參加了什麼臨床試驗計畫？」她問。

「啊？」

「護理師說黑克特先生參加了某種臨床試驗計畫。」

「啊，那是瓦倫堡的試驗。找老年男性注射荷爾蒙。」

「試驗目的是什麼？」

「青春的源頭，不然還有什麼？我們的顧客們很有錢，而且大部分想要長生不死。他們都很熱心想參加最新的療法。」他在檢查檯邊緣坐起身，搖了一下頭，好像要甩掉一陣突來的暈眩。

托碧忽然恐慌地想著：個子愈大、摔得愈重，要從地上扶起來也就愈困難。

「躺回去吧，」她說，「你太快起來了。」

「沒事。我還得回去工作。」

「不，你就坐在這裡，好嗎？否則你會摔倒，我就得幫你縫另一邊的臉了。」

「另一道疤，」他咕噥道，「更多特色了。」

「你已經有一個特色了，布瑞思醫師。」

他微笑，但目光看起來有點失焦。她謹慎地觀察他一會兒，準備著如果他暈倒就要扶住他。但他設法坐著沒倒。

「多談一下這個臨床試驗計畫吧，」她說，「瓦倫堡注射的是什麼荷爾蒙？」

「是混合的。生長激素、睪固酮、脫氫異雄固酮，還有其他幾種。有很多研究可以證實這些荷爾蒙有效。」

「我知道生長激素可以增加老年人的肌肉量。但是用在混合的療法裡，我沒看過太多研究。」

「不過很合理，不是嗎？當你年紀變大，你的腦下垂體功能就開始減弱。不會製造那些美好的年輕荷爾蒙。理論上，這就是我們老化的原因。因為我們的荷爾蒙停止分泌了。」

「所以瓦倫堡就用藥物取代。」

「看起來好像發生了一些效果。看看黑克特先生，的確是精力旺盛啊。」

「太旺盛了。為什麼要給阿茲海默症病人荷爾蒙呢？他們沒有同意的能力啊。」

「他大概是幾年前同意的，當時他法律上還有行為能力。」

「這個試驗進行那麼久了？」

「瓦倫堡的研究是從一九九二年開始的。去查《醫學索引》，你會發現他的名字出現在一打已經發表的論文裡。在老年醫學的研究圈子裡，人人都知道瓦倫堡這號人物。」他謹慎地下了檢查檯。過了一會兒，他點點頭。「穩得像塊磐石。所以什麼時候要拆線？」

「五天。」

「那你什麼時候要開帳單給我？」

她微笑。「沒有帳單。幫我一個忙就行。」

「喔—哦。」

「去查哈利．司拉金的病歷。如果有什麼我該知道的，有什麼我可能漏掉的，就打電話給我。」

「你覺得你可能漏掉什麼？」

「不曉得。但是我討厭自己搞砸，真的。或許哈利的腦子會變得夠清楚，可以找到回布蘭特山莊的路，甚至能找到他太太的房間。幫我注意一下。」

「我會告訴護理師們的。」

「他如果出現了，應該不難發現。」她伸手拿皮包。「他全身光溜溜的。」

托碧駛入自己家的車道，停在布萊恩的本田汽車旁邊，關掉引擎。她沒下車，只是坐在車上一會兒，享受著這寧靜的片刻時光，沒有其他人來向她提出要求。太多、太多要求了。她深吸一口氣，往後靠著頸枕。現在九點三十分，在這個郊區專業人士住宅區是寧靜的時段。大人已出門工作，小孩則去上學或送到托兒所，房子裡都空蕩蕩，等著鐘點傭人來吸塵、洗刷，然後消失，留下檸檬蠟的氣味。這是個安全的地帶，充滿了精心照料的住宅。儘管不是牛頓市最優雅的地段，但是可以滿足托碧對於某種生活秩序的需要。在急診室值完難以預料的一輪班後，她就會覺得修剪整齊的草坪很有吸引力。

在街道上，一台吹葉機忽然隆隆發動。她的寧靜時光結束了。庭園服務公司的卡車又開始他們在這個住宅區的每日入侵行動。

她不情願地下了自己的賓士汽車，爬上門廊的階梯。

她雇來陪伴母親的布萊恩已經等在前門，雙臂交抱在胸前，譴責地瞇起眼睛。他身材像騎師，是個瘦小的年輕人，但是站在門前，卻形成一道龐大的障礙。

「你媽媽今天早上坐立不安，」他說，「你不該這樣對她的。」

「你沒跟她說我會晚點回家嗎？」

「根本沒用。你明知道她聽不懂的。她預期你會清早回家，如果你沒回來，她就會在窗前那樣，你知道，走來走去，走來走去，等著你的車子出現。」

「對不起，布萊恩。我實在沒辦法。」托碧走過他旁邊，進了屋子，把皮包放在門廳的邊桌上。她不慌不忙地掛好外套，心想：不要火大。不要發脾氣。你需要他。媽媽需要他。

「你晚兩小時回來，我是無所謂，」他說，「我反正是算時薪的，而且領很多，非常謝謝你。但你媽媽，可憐，她就是不明白。」

「我工作上出了點問題。」

「她早餐碰都沒碰。那盤蛋現在都冷了。」

托碧關上門廳的衣櫥門，很用力。「我會再幫她做一份早餐。」

接下來是一段沉默。

她背對他站著，一手還放在衣櫥上，心想：我不是故意講得那麼生氣的。但是我累了，實在太累了。

「好吧。」布萊恩說。光是這個詞，就表達了一切。受傷、退縮。

她轉身面對他。他們認識到現在有兩年了，不過始終保持雇主和受雇者的關係，從來沒有越過這道界線而成為朋友。她從來沒去過他家，從來沒見過跟他同居的男人諾爾。然而這一刻，她明白，自己依賴布萊恩的程度，已經超過對任何人的依賴了。是他讓她的生活保持正常，她不能失去他。

她說：「對不起。只不過我現在沒辦法再面對另一個危機了。我這一夜過得很糟糕。」

「發生了什麼事？」

「我們失去了兩個病人。在一個小時之內。我感覺好糟糕。我不是故意把氣出在你身上的。」

他輕輕點了個頭，算是勉強接受了她的道歉。

「那你這一夜過得怎麼樣？」她問。

「她一覺睡到天亮。我剛剛才帶她出去花園。那裡總是能讓她平靜下來。」

「希望她沒把所有的萵苣都摘下來。」

「我不想告訴你這件事，不過你的萵苣一個星期前就結籽了。」

好吧，所以我種菜也失敗了，托碧心想，經過廚房走向後門。每一年，她都懷著很高的期望，開始闢一塊菜圃。她會撒上一排排的萵苣、節瓜和菜豆的種子，會成功地照顧到幼苗階段。

然後，無可避免地，她的生活會變得太忙，於是忽略了菜園。萵苣會生長得太快而開始結籽，菜豆會在藤蔓上轉黃、變得太硬。她會厭惡地拔掉所有菜，向自己承諾明年會做得更好，但心知明年還是照樣會種出一堆硬得像球棒、沒辦法吃的節瓜。

她走出門，來到後院。一開始她沒看到她母親。夏日花園已經長成一片雜草蔓生的叢林，布滿了高度到下巴的花和藤蔓。這個花園向來有種愉快的隨機性，彷彿那些花壇並不是有計畫地開墾出來，而是隨著種花人的興致而拓展，隨著每一季而愈來愈大。托碧八年前買下這棟房子時，本來計畫要清掉那些比較難以控制的植物，強力執行一些園藝學的原則。但她母親愛倫說服她放棄，愛倫當時在花園裡跟她解釋，要珍惜這片混亂。

現在托碧站在後門旁，審視著這片茂盛得看不到磚砌小徑的後院。花莖間有個什麼窸窣作響，然後她看到一頂草帽浮動。是愛倫，正跪在泥土地上。

「媽，我回來了。」

草帽往上翻，露出愛倫．哈波被太陽曬紅的圓臉。她看到女兒，於是揮揮手，手裡有東西在擺動。托碧踩過糾結的藤蔓走向她，她母親站起來，托碧看到她手裡抓著一把蒲公英。這是愛倫疾病的怪事之一，儘管她忘了那麼多事情——忘了怎麼做菜、怎麼洗澡——但她沒忘記如何分辨野草和園藝品種的花，而且大概永遠不會忘記。

「布萊恩說你還沒吃早餐。」托碧說。

「不，我以為我吃了。不是嗎？」

「唔，我要去做點早餐。你進來跟我一起吃吧？」

「可是我有好多事情要做。」愛倫嘆了口氣，四下看著那些花壇。「我好像永遠做不完。你看到這裡的這些東西嗎？這些壞東西？」她揮著手裡那把蒲公英。

「那是蒲公英。」

「是啊。唔，這些東西正在霸佔整個花園。如果不拔掉，它們就會開始擠走那邊的紫色東西了。那叫什麼來著……」

「那些紫色的花？我真的不知道，媽。」

「總之，這裡的空間只有這麼大，有些東西得清掉，要爭取更多空間。我有這麼多工作，卻從來沒有足夠的時間。」她四下看著花園，臉頰被曬得紅通通。這麼多事要做，從來沒有足夠的時間。這是愛倫的咒語，一講再講，從來不變，同時她記憶的其他部分都崩解了。為什麼這兩句話一直留在愛倫的腦子裡？她身為守寡母親、養育兩個女兒長大，難道時間的壓力、工作沒做完，給她的印象這麼深？

愛倫又跪下來開始掘土。為了什麼，托碧不知道；或許又是那些討厭的蒲公英。托碧抬頭，看到天空晴朗無雲，這個白天溫暖宜人。愛倫在這裡沒人照看也不會有事。後院的柵門鎖起來了，而且她似乎很滿足。這是她們夏天的例行常規。托碧會幫她母親做一個三明治，放在廚房的料理台上，然後自己去睡覺。到了下午四點，她會起床，然後跟愛倫一起吃晚餐。

她聽到布萊恩的車子開走了。到了六點半，他會回到這裡，陪愛倫度過一夜。托碧會再度離開，去醫院值大夜班。

這麼多事要做，從來沒有足夠的時間。這也變成托碧的咒語了。有其母必有其女，從來沒有足夠的時間。

她深吸一口氣，緩緩吐出來。今天清晨的危機所分泌的腎上腺素已經消耗光了，現在她覺得疲憊沉甸甸地壓著她，像是肩頭壓著好多石頭。她知道自己該直接去睡覺，但她好像動不了。於是她只是站在那邊看著母親，想著愛倫看起來多麼年輕，一點都不老，更像個戴著垂垮草帽的圓臉少女，在花園裡開心用泥巴做派的少女。

現在我成了她的母親了，托碧心想。而就像任何母親，她忽然意識到時間過得有多快。她在母親旁邊的泥土地跪下來。

愛倫往旁邊看著她，淺藍色眼珠中有一抹不知所措。「你需要什麼嗎，親愛的？」她問。

「沒有，媽。我只是想幫你拔點草。」

「啊。」愛倫微笑，舉起一隻沾了泥巴的手，把托碧臉頰上的一綹頭髮往後撥。「你確定你知道該拔哪些？」

「你教我吧。」

「這裡。」愛倫輕柔地抓起托碧的手，來到一叢綠色。「你可以從這些開始。」

於是，肩並肩，母親和女兒跪在泥土地上，開始拔掉蒲公英。

5

安格斯·帕門特把跑步機上的速度調快，感覺到腳下的皮帶稍稍抽動了一下。他加快步伐到九點七公里的時速。他的脈搏也加速；從跑步機把手上方裝設的數位顯示屏看得到。一一二、一一六、一二〇。他得讓心跳速度再增加，讓血液流動得更快。鞭策自己。氧氣吸入，氧氣吐出。讓那些肌肉加快運動。

在他前方的電影螢幕上，解悶的影片正在播放著一個希臘小村內卵石街道的畫面。但他的目光仍停留在跑步機的數位顯示屏上。他看著自己的脈搏緩緩上升到一三〇。終於，達到他的目標心跳速率了。接下來二十分鐘，他會試著保持這個心率，給自己一個良好的有氧運動。然後他會慢下來，讓脈搏逐漸恢復到一百、八十，逐漸下降到他平常休息的脈搏六十八。之後，他就該去使用鸚鵡螺健身器材，鍛鍊他的上半身，然後去沖澡。到時候就是午餐時間了，到鄉村俱樂部的用餐室吃一頓低脂肪、高蛋白、高纖維的午餐。同時吃幾顆他每天要吃的藥片：維他命E、維他命C、硒。這些神奇藥品可以防止老化。

一切似乎都很管用。八十二歲的安格斯·帕門特這輩子從來沒覺得這麼好過。而且他很享受自己努力的成果。他的財富是他努力賺來的，現在那些愛抱怨的小鬼一輩子都不曾那麼努力過。他有錢，而且打算活得夠久，把每一分錢都花掉。讓下一代去掙到他們自己的財富吧。現在是他發揮的時候了。

午餐之後，要跟他的朋友兼對手菲力普．多爾和吉姆．畢格羅打高爾夫。然後他可以決定要不要搭布蘭特山莊的廂型車進市區。今晚社區裡計畫要到王安劇院去看音樂劇《貓》的表演。他大概不會去。那些女士們可能會很想看那些會唱歌的貓，但他可不會；他在紐約百老匯看過那齣音樂劇，而且一次就已經太夠了。

他聽到旁邊固定式健身自行車開始呼呼響，於是往側邊看了一眼。吉姆．畢格羅正起勁地踩著。

安格斯點了個頭。「嘿，吉姆。」

「哈囉，安格斯。」

一時之間，他們只是並肩流汗，專注於各自的運動而沒有說話。在前方的螢幕上，影片畫面從希臘小村變成一條雨林裡的泥濘路。安格斯的心跳速率仍穩定保持在每分鐘一三〇。

「你聽說了什麼消息嗎？」畢格羅隔著他腳踏車的呼呼聲說，「有關哈利的？」

「沒有。」

「我看到他們……警察……他們正在池塘打撈。」畢格羅在喘氣，很難同時講話又踩腳踏車。那要怪他自己，安格斯心想。畢格羅喜歡吃甜點，而且一星期才到健身房一次。他討厭運動，討厭健康食物。七十六歲的畢格羅，看起來完全就是那個年紀。

「我吃早餐時……聽說……他們還沒找到他……」畢格羅往前傾斜，那張臉吃力得變成鮮粉紅色。

「我最後聽到的也是這樣。」安格斯說。

「奇怪了。不像哈利。」

「是啊，是不像。」

「上個週末……他表現得不太對勁。你注意到了嗎？」

「什麼意思？」

「襯衫穿反了。襪子不同雙。一點也不像哈利。」

安格斯雙眼還是看著前方的錄影螢幕。雨林中的一棵棵小樹在他前面分開。一隻紅尾蚺爬到上方的一根樹枝。

「而且你有沒有注意到……他的手？」畢格羅喘著氣說。

「他的手怎麼了？」

「在發抖，上個星期。」

安格斯什麼都沒說。他抓住跑步機的把手，專注在自己的腳步。走，走。鍛鍊那兩隻小腿，讓它們緊實又年輕。

「最奇怪的是，」畢格羅說，「有關哈利的這事情。你不會認為——」

「我不會有任何推斷，吉姆。我們就希望他會出現吧。」

「是啊。」畢格羅停止踩腳踏車。他坐在那裡喘氣，瞪著螢幕的畫面，熱帶暴風雨現在襲擊著森林裡的蕨類。「問題是，」他輕聲說，「我不會期望他完全沒事。都已經兩天了。」

安格斯忽然關掉跑步機。忘了要做緩和運動，就直接跑去鍛鍊上半身。他把毛巾搭在自己的肩膀上，走到房間另一頭的鸚鵡螺健身器材。讓他很煩的是，畢格羅下了腳踏車，也跟著他過來了。

安格斯沒理會畢格羅，坐在凳子上開始鍛鍊他的背闊肌。

「安格斯，」畢格羅說，「你難道不擔心嗎？」

「我們也沒辦法做什麼，吉姆。警方已經在找他了。」

「不，我的意思是，這不會讓你想到……」畢格羅的聲音忽然降低為喃喃低語，「史丹利．麥奇發生的事情？」

安格斯整個人僵住，雙手抓著鸚鵡螺器材的拉環。「那是好幾個月以前發生的事情了。」

「是啊，不過都是同樣的狀況。你還記得他出現時，褲子拉鍊沒拉嗎？然後他又忘了菲力普的名字。你不會忘記你最要好朋友的名字的。」

「菲力普這個人很容易讓人忘記。」

「我不敢相信你這麼不當回事。首先我們失去了史丹利。現在是哈利。要是——」畢格羅暫停，看了健身房四下一圈，好像怕有其他人聽到。「要是有什麼出錯了怎麼辦？要是我們全都生病了怎麼辦？」

「史丹利是死於自殺。」

「那是他們說的。但是一個人不會沒有理由就跳出窗子的。」

「你對史丹利這麼了解，可以說他沒有理由嗎？」

畢格羅往地上看。「也不是……」

「唔，所以嘍。」安格斯繼續拉著拉環。拉，放開。拉，放開。讓這些肌肉保持年輕……

畢格羅嘆氣。「我忍不住在想。我始終就覺得不對勁。或許這是某種……不曉得。天意吧。或許是我們活該。」

「別這麼迷信了，吉姆！你老是等著會有閃電擊中你。已經過了一年半了，我這輩子從來沒感覺這麼好過。」他伸出一條腿。「看看我的四頭肌！看到那個肌肉線條沒？兩年前根本沒有的。」

「我的四頭肌完全沒改善。」畢格羅悶悶不樂地說。

「那是因為你都沒鍛鍊，而且你操太多心了。」

「是啊，我想是吧。」畢格羅嘆氣，然後用毛巾圍住脖子，搞得他看起來像一隻老烏龜，從龜殼裡探出頭來。「今天下午還是要去打高爾夫嗎？」

「菲力普沒說不要。」

「好。那我們就在第一洞的發球區碰面了。」

安格斯看著他的朋友緩慢而沉重地走出健身房。畢格羅看起來好老，難怪；他只騎了十分鐘腳踏車，根本不算有氧鍛鍊。有些人就是沒辦法為自己的健康而努力。反之，他們只是浪費精力去擔心自己無能為力的事情。

他的背闊肌因為徹底鍛鍊而灼痛起來。他放開拉環，休息了一會兒。他看了健身房一圈，看到其他機器都有人在使用，大部分是女人，那個祖母團穿著她們的運動服和網球鞋，少數幾位還朝他拋媚眼，他覺得她們這個年紀的女人還這樣，實在很荒謬。對他來說，她們都太老了。五十歲的女人大概比較合他的胃口。不過一定要苗條，而且要夠健康，在各個方面都能跟得上他。

接下來該鍛鍊胸部肌肉了。

他的手臂攬住兩旁的握把，正要將握把拉到胸前時，忽然注意到這個健身機器有點不對勁。右邊的握把好像在震動。

他放開來，盯著那個握把。結果完全沒動，毫無震顫。然後他低頭，忽然感覺到一陣寒意。

這是怎麼回事？

他的右手在顫抖。

莫莉．匹克從馬桶前抬起頭，拉了沖水桿。她胃裡什麼都沒留，全都吐光了。百事可樂、多力多滋玉米片、早餐穀物片。她暈眩地坐在地板上，背靠著浴室的牆，聽著水聲嘩啦沖下水管。三星期了，她心想。到現在我病了三星期了。

她拖著身子站起來，踉蹌走回床邊。接著她蜷縮在那張凹凸不平的床墊上，很快就陷入熟睡。

到了中午她醒來，看到拉米進了她房間。他沒先敲門，進來就坐在她床邊搖她一下。「嘿，莫莉寶貝。胃還是不舒服？」

她呻吟著看他。拉米讓她聯想到爬蟲類，他的頭髮全都往後梳，一片油亮；他的雙眼顏色深得看不到瞳孔。蜥蜴男。但是撫摸著她頭髮的那隻手好溫柔——拉米的這一面她好久沒看到了。

他朝她微笑。「今天不太舒服，嗯？」

「我又吐了。一直吐個不停。」

「是啊，唔，我終於幫你弄來對付的東西了。」他把一罐藥片放在床頭桌。上頭的標籤有手寫的指示：每八小時吃一顆，治療嘔吐。拉米進入浴室，用玻璃杯裝滿水，回到莫莉的床邊。他打開藥瓶，倒出一顆，然後幫著她坐起身。「吃下去吧。」他說。

她皺眉看著那顆藥。「這是什麼？」

「藥啊。」

「你哪裡弄來的？」

「沒問題的，是醫師開的藥。」

「什麼醫師？」

「我想辦法對你好，想辦法要讓你好過一點，結果你一直跟我頂嘴。你吃不吃關我屁事，我才不鳥呢。」

她轉開臉，感覺到他貼著她背部的那隻手握成拳頭。然後，出乎意料地，他又鬆開手，開始撫摸她的背，溫暖而哄勸地，一下又一下。

「來吧，莫莉。你知道我很照顧你。一直是這樣，永遠會這樣。」

她苦笑一聲。「所以我就該覺得自己很特別了。」

「你的確很特別啊。你是我特別的寶貝。我最好的女孩。」他一手滑到她襯衫底下，撫過她的皮膚。「你最近好愛生氣。所以我不想表示偏愛你。但是你知道我一直在留意你的。莫莉寶貝。」他吻她的耳垂，喃喃道：「好香。」

「所以那顆藥裡有什麼？」

「我跟你說過了。吃了就可以止吐，開始可以吃東西了。成長中的女孩得吃東西啊。」他的嘴唇往下滑到她頸部，一路吻到她肩膀。「如果你不吃東西，很快地，我就得送你去醫院。你希望最後被送到醫院嗎？一堆陌生的醫師？」

「我不想看任何醫師。」她打量著手上的那顆藥，忽然好奇起來，不是對那顆藥，而是對拉米。他好幾個月都沒對她這麼貼心了，一直都沒太注意她。不像之前，她曾是他特別的女孩。當時他們夜裡會一起睡在床上，看MTV，吃冰淇淋，喝啤酒。當時他是唯一碰她的人。是唯一可以碰她的人。之後他們兩人之間的一切就變了。

他正在微笑，不是平常那種小小的、刻薄的微笑，而是連眼睛都在笑的那種。

她把藥放進嘴裡，喝了一口水吞下。

「這才乖。」他扶著她躺回枕頭上，幫她蓋好被單。「睡吧。」

「留下來陪我，拉米。」

「我有好多事情要做，寶貝，」他站起來。「生意。」

「我有事情要告訴你。我想我知道我為什麼會生病——」

「我們晚一點再談，好嗎？」他拍一下她的頭，然後離開房間。

莫莉瞪著天花板。*如果是腸胃型流感，三個星期也太久了，*她心想。她雙手放在腹部，想像著自己已經可以感覺到有一塊隆起。*我是什麼時候搞砸的？是哪個男人播的種？*她向來很小心，向來自己帶著保險套，而且學會了在前戲時以滑順如絲的手法幫對方戴上。她不是笨蛋；她曉得女生可能會染上病的。

現在她真的生病了，而且不記得自己是什麼時候犯錯的。

拉米會怪她。

她從床上起身，覺得頭重腳輕。都是餓出來的。最近她老是很餓，即使是想吐的時候。她一邊換衣服，一邊嚼著多力多滋玉米片。那鹹鹹的滋味好棒。她可以吃掉一大把，但是現在只剩幾片了。她撕開袋子，舔著裡頭的碎渣，然後看見鏡中的自己，嘴唇沾著鹽，那影像讓她反感得把袋子丟進垃圾桶，離開房間。

才一點十五分，街上還沒有熱鬧起來。她看到蘇菲就在這條街的前方，靠著一處門口，把一罐百事可樂一口氣喝掉。蘇菲光是有個大屁股，根本沒有腦子。莫莉決心不理她，直接走過去，眼睛盯著前方。

「這可不是平胸小姐嗎？」蘇菲說。

「胸部愈大，腦子愈小。」

「那麼小姐，你的腦子一定大得要命。」

莫莉繼續走，還加快腳步以避開蘇菲那種像馬嘶的笑聲。她腳下沒停，一直走到兩個街區外的電話亭。她翻查了那本破爛的工商電話簿，然後把一個兩毛五硬幣塞進投幣孔，撥了號碼。

一個聲音接了電話：「流產諮詢。」

「我要找人談一談，」莫莉說，「我懷孕了。」

一輛黑色汽車緩緩停在路邊。拉米爬進後座，關上門。

那司機沒回頭看他；向來如此。大部分時候，拉米發現自己只是瞪著那個男人的後腦勺，那是個長著金髮的窄小腦袋。這種頭髮顏色在男人身上並不常見。拉米很好奇那些妓女是不是會很喜歡。不過照他來看，只要你皮夾裡有錢，妓女其實不在乎你腦袋上有沒有毛。

這陣子拉米覺得自己的皮夾好薄。

他看著車裡四周，像平常那樣讚賞不已，但是想到駕駛座的那男人在許多方面都高高在上，又覺得怨恨。你不必知道那男人的名字或他是做哪一行的，你聞得出來他高人一等，就像你聞得出這些座椅都是皮革的。對他這樣的男人來說，拉繆勒斯・貝爾❶只不過是被風吹進車裡的一小片垃圾，很快就會被丟出去。根本不值得回頭看一眼。

拉米看著那男人露出的脖子，想著只要自己高興的話，要扭轉形勢有多麼容易。想到這裡，他感覺比較好過了。

「你有事情要告訴我嗎？」那司機問。

「是啊。我又有一個搞大肚子了。」

「你確定？」

「嘿，我了解我手下的小姐，從裡到外。我比她們還要早知道。以前每次我說的都沒錯，不是嗎？」

「沒錯。」

❶拉米（Romy）是拉繆勒斯（Romulus）的暱稱。

「那錢呢？我應該要拿到錢的。」

「有一個問題。」

「什麼問題？」

那司機伸手調整了一下後視鏡。「今天早上的約會，安妮．帕里尼沒出現。」

拉米僵住了，手抓著前面的座位。「什麼？」

「我找不到她。她沒照我們講好的，在波士頓公園等著。」

「她在那裡啊。我親自陪她走進去的。」

「那麼她一定是在我到達之前就先離開了。」

那個蠢婊子，他心想。這些婊子老是跟他作對、老是把事情搞砸，他這生意要怎麼做下去？婊子無腦。現在她們搞得他很難看了。

「安妮．帕里尼人在哪裡，貝爾先生？」

「我會找到她的。」

「快一點。一個月之內要找到。」那男人揮著一隻手。「現在你可以下車了。」

「那我的錢呢？」

「今天不會付任何錢。」

「但是我剛剛跟你說過，我又有另外一個搞大肚子了。」

「這回我們希望先送貨、再付款。十月最後一個星期。可別搞丟貨物了。現在下車吧，貝爾先生。」

「我需要——」

「下車。」

拉米爬下車，狠狠甩上車門。那輛車立刻開走，留下他火大地在後頭瞪著看。

他開始走向崔蒙特街，隨著每一步而愈來愈不安。他知道安妮．帕里尼常去的地方；他知道自己可以找到她，一定可以的。

那司機講過的話不斷在他腦袋重複。這回，可別搞丟貨物了。

電話鈴聲響了，把托碧從深深的睡夢中吵醒，深得她覺得自己好像是穿過層層泥巴、浮出地面。她笨拙地去摸電話，把話筒撞得砰通掉地。她翻身要撿回來，看到床邊的時鐘。現在是中午十二點——對她來說，就等於是午夜十二點。話筒掉到床頭桌的另一邊了。她拉著電話線把話筒拉回來。

「喂？」

「哈波醫師？我是羅比．布瑞思。」

她神志不清地躺在那裡，努力回想這個男人是誰，為什麼聲音這麼熟悉。

「布蘭特山莊的護理之家，」他說，「我們兩天前見過。你跟我問起哈利．司拉金。」

「啊，是的。」她坐起身，腦子忽然完全清醒過來。「謝謝你打電話來。」

「恐怕我沒有太多可以報告的。我找到司拉金先生在診所裡的病歷了，現在就放在我面前，看起來他的健康狀況完全沒問題。」

「什麼都沒有嗎？」

「沒有可以解釋他病情的。身體檢查很正常。檢驗報告看起來很好……」從聽筒裡，托碧可以聽到翻紙頁的窸窣聲。「他做了一次全身內分泌檢查，全部正常。」

「這是什麼時候的事？」

「一個月前。所以無論你在急診室看到的是什麼，一定都是相當急性的。」

她閉上眼睛，感覺自己的胃又緊張得打結了。「你有聽說什麼新消息嗎？」她問。

「他們今天早上打撈了池塘。沒發現他。我想這是好消息吧。」

是啊。這表示他可能還活著。

「總之，我要報告的就是這些了。」

「謝謝。」她說，掛上了電話。她知道自己應該設法再回去睡，晚上還要值夜班，而她只睡了四個小時。但羅比．布瑞思的電話讓她焦慮不安。

電話又響了。

她抓起聽筒說：「布瑞思醫師？」

電話另一頭的聲音聽起來嚇了一跳。「呃，不是。我是保羅。」保羅．霍金斯是史普林格醫院的急診室主任。公事上他是她的上司；私底下，他是個富有同情心的傾聽者，也是醫療同仁裡她少數的好友之一。

「抱歉，保羅，」她說，「我以為是另一個人又打來。有什麼事？」

「我們這裡有個問題。需要你今天下午進來。」

「但是我幾個小時前才下班，晚上還要值夜班的。」

「這不是值班，而是要你來參加行政部門的一個會議。艾里斯・寇克蘭要求召開的。」

在史普林格醫院的醫師層級組織裡，內科與外科總主管寇克蘭位於權力金字塔的最頂端。保羅・霍金斯和其他各個部門的主任，都要聽命於寇克蘭。

托碧坐起來。「這個會議是有關什麼的？」

「幾件事情。」

「哈利・司拉金？」

保羅停頓了一下。「一部分。他們還想討論別的問題。」

「他們？還有誰會去參加？」

「凱瑞醫師。行政部門。他們對於那一夜發生了什麼事有些疑問。」

「我跟你說過發生了什麼事。」

「是的，而且我試著跟他們解釋過。但是道格・凱瑞就是念念不忘，他跑去跟寇克蘭抱怨。」

她嘆氣。「保羅，你知道其實是怎麼回事吧？這跟哈利・司拉金一點關係都沒有。而是有關那個男孩福瑞塔斯。幾個月前死掉的那個。凱瑞想報復我。」

「這是完全不同的兩件事。」

「才不是。之前凱瑞搞砸了，那個男孩死了。我指出責任在他身上。」

「你不光是指出他犯錯，你還讓他因此被告。」

「那個男孩的家人問我的意見，我應該跟他們撒謊嗎？總之，他應該被告。把一個脾臟破裂的男孩丟在沒有人監控的病房區？我後來還得幫那個可憐的孩子急救。」

「好吧，所以他搞砸了。但是你對於發表意見可以更謹慎一點。」

真正的問題就在這裡。托碧之前不夠謹慎。

那是每個醫師都特別害怕的急救：一個垂死的孩子，父母在走廊上尖叫。托碧在設法救醒那個男孩時，曾懊惱地脫口而出：「這個男孩為什麼不是在加護病房？」

男孩的父母聽到了。最後，律師也聽到了。

「托碧，現在我們要專注在手上的問題。這個會議安排在今天下午兩點開始。他們本來不打算找你，但是我堅持要你來。」

「為什麼不找我？這是個秘密私刑會議嗎？」

「你設法趕來就是了，好嗎？」

她掛斷電話，看了一下時鐘。快十二點半了；她沒辦法離開，除非能找到人來陪她母親。她立刻又拿起電話，打給布萊恩。她聽到鈴響四聲，然後轉到答錄機。嗨，我是諾爾！我是布萊恩！我們很想聽到你的消息，所以請留話……

她掛斷電話，又撥了另外一個號碼——她姊姊的。拜託在家。就這麼一次，維琪，拜託幫幫我……

「喂？」

「是我。」托碧說，放鬆地呼出一口氣。

「你可以等一下嗎？我爐子上在煮東西……」

托碧聽到聽筒喀噠放下，接著是一個鍋蓋的嘩啦聲。然後維琪回到線上。

「抱歉。史蒂芬的合夥人今天晚上要來吃晚餐，我正在試做這個新甜點——」

「維琪，我實在走投無路了。我需要你幫我照看媽媽幾個小時。」

「你的意思是……現在？」維琪不可置信的笑聲好刺耳。

「我醫院裡有個緊急會議。我會載她過去你家，等到會議結束就去接她。」

「托碧，我今天晚上家裡有客人。我正在做菜，家裡還得打掃，兩個小孩就要放學了。」

「媽媽不麻煩的，真的。她會自己在後院忙。」

「我不能讓她在我院子裡瞎逛！我們才剛鋪了新草皮——」

「那就讓她坐在電視機前面。我得趕緊出門了，否則會趕不上。」

「托碧——」

她把聽筒重重放回話座上。她沒時間也沒耐心爭執了；維琪家開車要半小時。

她在後院找到愛倫，正開心地在忙一堆黑色的堆肥。

「媽，」托碧說，「我們得去維琪家。」

愛倫站起來，托碧詫異地發現她母親的雙手很髒，連身裙沾了泥土。沒有時間幫她洗澡、換衣服了。維琪會大發脾氣。

「上車吧，」托碧催促。「我們得趕快上路了。」

「我們不該去麻煩維琪的，你知道。」

「你好幾個星期沒看過她了。」

「她很忙。維琪向來很忙。我不想麻煩她。」

「媽，我們得趕緊出門了。」

「你去吧。我待在家就行。」

「才幾個小時而已，然後我們就會回來的。」

「不，我想我就待在這裡整理花園。」愛倫又蹲下，把小鏟子深深插入那堆黑色的堆肥。

「媽，我們得出門了！」托碧懊惱地抓住她母親的手臂，猛地一拽，硬把她拖著站起來，愛倫震驚得猛吸一口氣。

「你弄痛我了！」愛倫哀叫道。

托碧立刻放開她。愛倫後退一步，揉著自己的手臂，同時不知所措地瞪著女兒。愛倫的沉默，以及她眼中的淚光，讓托碧心疼極了。

「媽，」托碧搖著頭，覺得好羞愧。「對不起。真的很對不起。只不過你現在一定得跟我合作，拜託。」

愛倫低頭看著自己掉在草地上的帽子，帽簷在風中顫動。她緩緩彎腰拾起，直起身子，把帽子抱在胸前。接著她憂傷地垂下頭點了一下，走向花園柵門，站在那邊等著托碧開門。

開車到維琪家的途中，托碧設法補償愛倫。她設法裝出開心的口氣，談到這個週末她們要做什麼。她們要在屋旁再裝一個玫瑰棚架，種一叢「新黎明」品種的玫瑰，或是「火焰」品種。愛倫很愛紅玫瑰。她們會把堆肥撒在花園裡，闢一個球莖花壇。她們會吃新鮮番茄做的三明治，喝檸檬水。有那麼多事情，讓人好期待啊！

愛倫只是盯著膝上的草帽，不發一語。

她們駛入維琪家的車道，托碧打起精神準備應付接下來的難關。當然了，維琪一定又會大呼小叫，說這給她添了多大的麻煩。維琪有那麼多責任！在班特利大學生物系當專任教師。她那個目中無人的企業經理人丈夫最喜歡的字眼就是「我」。一個兒子和一個女兒，兩個都正值臭臉的青春期。托碧好幸運，單身又沒小孩！她當然是照顧老媽的不二人選。

不然我閒著沒事，還能做什麼？

托碧幫著愛倫下車，走上屋子前方的階梯。門打開來，維琪出現了，氣得臉紅。

「托碧，這個時間實在糟到不能再糟了。」

「相信我，對我來說也是。我會盡量早點來接她的。」托碧催她媽媽上前。「去吧，媽。玩開心一點。」

「我正在做菜，」維琪說，「我沒辦法看著她——」

「她不會有事的。讓她看電視。她喜歡尼克兒童頻道。」

維琪看著愛倫的連身裙皺眉。「她的衣服是怎麼回事？好髒。媽，你的手臂有什麼不對勁嗎？你為什麼在揉？」

「痛。」愛倫難過地搖搖頭。「托碧生我的氣。」

托碧覺得臉紅了。「剛剛我得把她弄上車。她不肯離開花園，所以身上才會弄得這麼髒。」

「好吧，我可不能讓她這麼髒。我的客人六點就要到了！」

「我保證，我會在六點之前回來。」托碧吻了愛倫臉頰一下。「回頭見了，媽。乖乖聽維琪的話。」

愛倫走進屋內，沒再回頭看一眼。她在懲罰我，托碧心想。因為我發脾氣，她想讓我覺得內疚。

「托碧，」維琪說，跟著她走下門前階梯到車子旁。「下回要早點跟我說。我們付錢給布萊恩，不就是為的這個嗎？」

「他沒辦法。你的小孩很快就放學回家了。他們可以看著她。」

「他們不想！」

「那就付錢給他們。你的小孩一定喜歡錢的。」托碧用力把車門關上，發動引擎。我何必說這種話？她邊把車開走邊想。我得冷靜下來。我得恢復控制，準備好面對這個會議。但她已經對維琪失控了。現在她姊姊很氣她，愛倫也很氣她。或許整個該死的世界都很氣她。

她突然有種衝動，想踩下油門不放，一直往前開，把這一切丟在腦後。找個新城市，換個新身分，展開新人生。現在的人生是一團糟，她不曉得是誰的錯。當然不完全是她的錯；她只是想盡力做到最好而已。

她開進史普林格醫院的停車場時，已經是兩點十分。她沒時間整理思緒了；會議已經開始，她不希望道格．凱瑞趁她不在場時信口開河。如果他要攻擊她，她希望在場捍衛自己。她直奔行政翼樓的二樓，走進會議室。

一進去，所有的談話都停止了。

她看了會議桌一圈，發現六個人裡頭有幾張友善的面孔。保羅．霍金斯、茱汀和薇兒。托碧在薇兒旁邊的那張椅子坐下，對面的保羅無言地點頭致意。如果她非得看著某個人，那不如找個長相好看的男人。她勉強瞥了凱瑞醫師一眼，他在會議桌的另一頭，但他的敵意明顯得不可能忽視。身為一個小人——不光是個子而已——凱瑞以挺直的姿勢和直率的威脅目光彌補他不足的身高，像一隻兇惡的吉娃娃。那一刻，他直視著托碧。

她沒理會凱瑞，而是看著內科與外科總主管艾里斯．寇克蘭。她跟寇克蘭並不熟；也很納悶史普林格醫院裡頭可有任何人跟他很熟。他那種新英格蘭人的矜持很難穿透，很少表現出情緒，眼前便是如此。醫院的管理人員艾拉．貝基特也面無表情坐在那裡，大肚腩緊靠著會議桌。這段沉默持續得有點太久了，久到令人不安。托碧的雙掌汗溼；在桌子底下，她伸手在長褲上擦了擦。

艾拉．貝基特開口。「你剛剛跟我們說到一半，柯林斯女士？」

茱汀清了清嗓子。「我剛剛是在跟你們解釋，所有事情都一口氣發生。創傷診療室有急救狀況，吸引了我們所有人的注意力。我們覺得司拉金先生狀況夠穩定——」

「所以你們就忽視他？」凱瑞說。

「我們沒有忽視他。」

「你們把他留著沒人照顧有多久？」貝基特問。

茱汀看了托碧一眼，那眼神是在無言懇求拜託幫我一下。

「我是最後一個看到司拉金先生的人，」托碧說，「那是大約五點、五點十五分的時候。我發現他不在，是在六點過後。」

「所以你們把他留著沒人照顧，有將近一個小時？」

「他正在等著要做電腦斷層掃描。我們已經通知X光技師趕來。當時我們也沒辦法幫他多做什麼。我們還是不曉得他怎麼有辦法離開診療室。」

「因為你們沒看著他，」凱瑞說，「你們甚至沒有約束他的身體。」

「我們有幫他約束，」薇兒說，「手腕和腳踝都有！」

「那他一定是什麼魔術大師。沒有人四肢約束後還能脫身的。或者有哪個人忘了把約束帶綁在固定的地方？」

兩個護理師都沒說話，她們都注視著桌面。

「哈波醫師？」貝基特說，「你剛剛說，你是最後一個看到司拉金先生的人。他當時的約束帶有綁在固定的地方嗎？」

她吞嚥著。「我不知道。」

桌子對面的保羅皺眉。「你之前跟我說有的。」

「我以為有。我的意思是。我假設我綁好了。但是那一夜狀況太混亂了。現在我——我不確定。如果他被綁住，似乎就不可能逃掉了。」

「至少這一點我們終於聽到實話了。」凱瑞說。

「我從來沒有不誠實！」她立刻反擊。「要是我搞砸了，至少我會承認。」

保羅插嘴：「托碧——」

「有時候我們同時要處理一堆危機。我們不會記得值班期間的每個細節！」

「你懂了吧，保羅？」凱瑞說，「這就是我一直在講的。我常常碰到這種防衛的態度。而且總是發生在夜班。」

「你好像是唯一抱怨的。」保羅說。

「我可以講出半打不滿的醫師名字。我們夜裡會接到電話叫我們趕來，讓不需要住院的病人住院。這是個判斷問題。」

「你指的是哪些病人？」托碧問。

「眼前我沒有資料。」

「那你去查了名字再說。如果你要質疑我的判斷，我希望能講得明確。」

寇克蘭嘆氣。「我們離題了。」

「不，這就是主題，」凱瑞說，「保羅的急診室人員能力不足，你知道那一夜急診室發生了什麼事嗎？他們居然在開該死的慶生會！我去員工休息室要找咖啡喝，結果裡面掛了一大堆彩紙！還有個蛋糕和一堆燒過的蠟燭。這個大概就是當時的狀況。他們忙著在後頭房間開派對，根本懶得——」

「你講這些都是鬼扯。」托碧說。

「你們的確開了派對，不是嗎？」凱瑞問。

「那天夜班稍早，沒錯。但是我們沒有分心。那個心包填塞的病人一送來，我們就都趕緊忙著去處理了。她需要我們全力照顧。」

「可是你也失去她了。」凱瑞說。

這句話像是一巴掌，托碧覺得臉頰發熱。最糟糕的是，他說的沒錯。她的確是失去了那個病人。她的那次值班成為一場大災難——而且是非常公然的。走進等候室的新病人都聽到哈利．司拉金的兒子在那邊滔滔不絕地抱怨。然後一輛救護車送來一個胸痛的病人，接著警察也來了——派了兩輛警車來幫忙尋找那個失蹤的病人。亂象已成定局，於是托碧嚴密掌控的急診室轉為一片混沌狀態。

她身子前傾，雙手按在桌子上，雙眼沒看凱瑞，而是看著保羅。「我們沒有後援可以處理心包填塞的狀況。那個病人應該送到創傷中心等級的醫院。我們已經盡可能想保住她的命。即使是神奇的凱瑞醫師來，我也不太相信能救得了她。」

「你打電話給我的時候已經太遲，根本沒辦法做什麼了。」凱瑞說。

「我們一知道她有心包填塞，就立刻打電話給你了。」

「那你花了多少時間才知道的？」

「她抵達醫院的幾分鐘內。」

「根據救護車的紀錄，病人是在五點二十分抵達的。你直到五點四十五分才打電話給我。」

「不，我們更早打給你。」她看了茉汀和薇兒一眼，她們兩個都附和地點著頭。

「急救紀錄上沒有記載。」凱瑞說。

「當時誰有時間去記錄？我們正忙著救她的命！」

寇克蘭插嘴：「各位，拜託！我們不是來這裡吵架的，而是要討論該如何處理這個新的危機。」

「什麼新的危機？」托碧問。

大家都驚訝地看著她。

「我還沒有機會告訴你，」保羅說，「我自己也是剛剛才聽到的。有一家報社聽說了這件事，大致上就是『被忘記的病人從急診室消失』。不久前一名記者打電話來醫院，問起細節。」

「這事情為什麼有報導價值？」

「就像那個做截肢手術切錯腿的外科醫師。大家想聽到醫院裡面出錯的消息。」

「那是誰告訴報社的？」她看了會議桌一圈，她的目光和凱瑞的只交會片刻。他別開眼睛。

「或許是司拉金的家人告訴報社的，」貝基特說，「或許他們是為了訴訟而鋪路。我們其實不曉得報社是怎麼聽到風聲的。」

凱瑞以一種平靜的惡毒口吻說：「出了錯就容易被注意到。」

「你出錯通常都能設法遮掩啊。」托碧說。

「拜託，」寇克蘭說，「如果病人找到了，結果很平安，那麼我們也就沒事。但是到現在，他失蹤已經兩天了，據我所知，也沒有人看到過他。我們只能希望警方找到他時，他還活著，而且平安無事。」

「有個記者今天上午已經打了兩次電話到急診室。」茉汀說。

「希望沒人跟他講什麼吧？」

「對。事實上，護理師掛了他的電話。」

保羅淒慘地苦笑起來。「好吧，這也是處理媒體的一種方式。」

寇克蘭說：「只要警方能找到他，我們或許可以勉強度過這場危機，沒有任何損害。不幸的是，這些阿茲海默症病人有可能會遊蕩到幾公里之外。」

「他不是阿茲海默症病人，」托碧說，「他的病史不符合。」

「可是你說過他意識困惑。」

「我不知道為什麼。我檢查他的時候，找不到任何局部問題。所有的血液檢驗結果都是正常。很不幸，我們沒能拍到電腦斷層掃描。我真希望我可以告訴你們有關他的診斷結果，但我還沒有機會完成檢查。」她暫停一下。「不過我的確有點懷疑，他會不會是有癲癇。」

「你親眼看到他發作了嗎？」

「我注意到他的一隻腿扭動，但是看不出那是不是自主的動作。」

「啊，老天。」保羅在椅子上往後靠坐。「我們就希望他不要逛到哪條高速公路或是水邊吧。他有可能會陷入麻煩的。」

寇克蘭點頭。「我們也會陷入麻煩的。」

會議結束後，保羅找托碧一起去醫院的自助餐廳。此時是下午三點，一個小時前取餐線就已經收起來了，所以他們只能找販賣機，裡頭有蘇打餅乾、洋芋片和永遠不打烊的咖啡，濃得就像電池酸液。餐廳裡空蕩無人，他們可以挑任何一桌，但保羅走到角落的桌子，離門口最遠，也離任何傾聽的耳朵最遠。

他沒看她就坐下。「這對我來說並不容易。」他說。

她喝了一口咖啡，然後小心翼翼放下杯子。他還是沒看她，而是看著桌面。中立地帶。迴避她的目光並不是保羅向來的作風。這幾年來，他們逐漸習慣於一種舒適的、有話直說的友誼。就像所有男女之間的友誼，他們兩人間當然有一些小小的不誠實。她絕對不會承認自己曾多麼被他吸引，因為承認了也沒用，而且她太喜歡他的妻子伊麗莎白了。但是幾乎在其他各個方面，她跟保羅都可以對彼此誠實。所以現在這樣她很難過，看著他只是盯著桌面，因為這讓她想到，不知他是什麼時候開始不再對她完全坦白。

「我很高興你來參加會議了，」他說，「我希望你看看我所面對的狀況。」

「你是指道格．凱瑞？」

「不光是凱瑞。托碧，他們找我下星期四參加史普林格醫院的董事會議。我知道他們會提起這件事。凱瑞在董事會裡有朋友。而且他恨不得傷害你。」

「自從那男孩福瑞塔斯死了之後，他好幾個月以來都是這樣。」

「唔，他一直在等著報復，現在讓他等到了。司拉金的案子已經被媒體報導過，醫院董事會準備要聽凱瑞對你的所有抱怨了。」

「你認為他的抱怨站得住腳嗎？」

「如果我認為站得住腳，托碧，我早就把你開除了。我是說真的。」

「問題是，」她嘆氣。「這回恐怕我是真的搞砸了。如果哈利．司拉金的約束帶被綁住了，我不懂他怎麼有辦法逃走。這表示我離開時他一定沒被綁著。我實在就是想不起來……」她因為缺乏睡眠而雙眼乾澀，而且咖啡在她胃裡翻騰。現在我喪失記憶了，她心想。這是阿茲海默症的第一個徵兆嗎？對我來說，這也是結束的開始嗎？「我一直想到我母親，」她說，「想著如果是她迷失在哪裡的街道上，我會有什麼感覺。我會多氣那些該負責的人。我一時大意，害一個無助的老人陷入危險。哈利．司拉金的家人有權利請律師來找我算帳。我只是等著這事情發生而已。」

保羅的沉默讓她抬起頭。

他低聲說：「我想，現在是告訴你的時候了。」

「什麼？」

「他的家人要調一份急診室紀錄的影本。今天上午，他們透過律師提出正式請求。」

她沒說話。胃裡的翻騰轉為噁心想吐的感覺。

「這不表示他們要打官司，」保羅說，「首先，這家人不太需要錢。而且他們可能會發現整個狀況太難堪，不能公開。一個父親光著身子在公園裡遊蕩——」

「如果哈利被找到時已經死了，我很確定他們會提出控告的。」她的頭埋進雙手裡。「啊，老天。這是我三年來的第二件官司了。」

「上回的官司是誣賴，托碧。你打贏了。」

「這回我不可能贏的。」

「司拉金已經七十二歲——他的壽命沒剩多少了。金錢的損失會比較少。」

「七十二歲還很年輕！他還可以活很多年。」

「但是他在急診室的時候顯然生病了。如果他們找到他的屍體，如果他們可以證明他的病已經到了末期，在法庭上對你會有利的。」

托碧搓了搓臉。「那是我最不想去的地方。法庭。」

「到時候如果真的發生，我們再來擔心吧。眼前還有其他的政治問題在醞釀。我們知道媒體已經得知這個消息，他們最喜歡關於醫師的噩夢報導了。如果醫院董事會開始感覺到公眾的壓力，就會逼我採取行動。我會盡一切能力保護你。但是托碧，我也可能被換掉的。」他暫停一下。「麥克·伊斯特豪斯已經表示他有興趣當急診室主任了。」

「他會是個災難。」

「他會當個應聲蟲。他不會像我這樣跟董事會抗爭。每回他們想砍掉我們一個護理師，我就簡直像是在尖叫他們謀殺。麥克只會禮貌地乖乖讓步。」

她這才第一次想到。*我把保羅一起拖下水了。*

「我們最該期望的事情，」他說，「就是他們能找到病人這樣就能平息危機了。媒體不會再有興趣，也不會有人會想告我們。一定要找到他才行——活著，而且很平安。」

「隨著每個小時過去，是愈來愈不可能了。」

他們沉默坐在那裡，眼前的咖啡逐漸冷卻，他們的友誼也面臨最大的考驗。這就是為什麼醫師不該跟醫師結婚，她心想。今晚，保羅會回家跟伊麗莎白共度，她的工作跟醫藥毫無關係。他們彼此間不會有這類緊張，不會一起擔心道格·凱瑞或醫院董事會而毀掉他們的晚餐。伊麗莎白會幫他避開這個危機，至少避開一晚。

而我，有誰能幫我呢？

6

今天晚上不會有橡皮似的雞肉了，羅比．布瑞思醫師心想，看著女侍剛在他面前放下的主菜。盤子裡是烤小羊排佐小馬鈴薯和焦糖嫩蔬菜。每一樣看起來都好柔嫩又好幼小。他刀子切過小羊排，心想：特權階級喜歡吃幼嫩的東西。但今夜，他並不覺得格外有特權，儘管他坐在一張點了蠟燭的餐桌，盤子旁有一個笛形杯裝著香檳。他看了坐在隔壁的妻子葛芮塔一眼，發現她蒼白的額頭不悅地皺起。他猜想那皺眉跟食物的品質無關；她點的蛋奶素餐非常豐盛，而且擺盤充滿藝術美感。她四下望著宴會廳裡其他的兩打桌子時，或許注意到丈夫已經觀察到的：他們坐在離講台最遠的一桌，被放逐到最沒有人注意的角落。

他們這桌有一半的座位是空的，其他三張椅子是安養院的行政人員和一個全聾的布蘭特山莊投資人。這一桌是各桌之中的西伯利亞。他掃視著宴會廳，看到其他醫師都坐在比較好的位置。克里斯．歐宣克——他和羅比同一個星期被雇用——被分配的那桌要靠近講台許多。*或許這不代表什麼。或許只是座位安排出了錯。*但是他不禁注意到克里斯．歐宣克和他之間最基本的差異處。

歐宣克是白人。

哎呀，你又在胡思亂想了。

他喝了一大口香檳，恨恨地吞下去，從頭到尾都很清楚意識到他是宴會廳裡唯一的黑人男性賓客。另一桌還有兩名黑人女性，但他是唯一的黑人男性。每回走進一個充滿人的房間，他總是會留意到這種事，念念不忘。多少白人，多少亞裔人，多少黑人？如果太多，那就無論如何會搞得他很不安，彷彿違犯了某種非公開的、可接受的額度。即使現在，身為一名醫師，他仍擺脫不了那種意識到自己膚色的痛苦。他名字後面所加的「醫學博士」也改變不了什麼。

葛芮塔朝他伸手，她的手握在他的黑色大手中，格外顯得小而蒼白。「你都沒吃。」

「我吃了。」他看著她那盤蔬菜。「你的兔子餐怎麼樣？」

「其實非常好。你吃吃看。」她叉了一匙大蒜馬鈴薯送進他嘴裡。「很好吃，不是嗎？而且這比那可憐的羊肉對你的動脈有好處。」

「一旦成了肉食者——」

「是啦，永遠就是肉食者。但我還是希望你有一天會覺悟。」

他終於笑了，思索著妻子的美。葛芮塔的美不光是情人眼裡出西施而已；人們會在她臉上看到熱情和智慧。儘管她似乎不在意自己對異性的吸引力，布瑞思卻痛苦地察覺到其他男人怎麼看她。也察覺到他們是怎麼看他，一個娶了紅髮女郎的黑人。羨慕、怨恨、困惑——當那些男人們輪流看著丈夫和妻子、輪流看著黑人和白人之時，他在他們的眼神中看到了這些。

有人輕敲麥克風，吸引了眾人的注意力。布瑞思抬頭，看到布蘭特山莊的執行長肯尼斯・佛利站在講台後面。

燈光暗下來，一張投影片出現在佛利腦袋上方的銀幕。那是布蘭特山莊的標誌，一個巴洛克的花體B和H交纏，下方印著：

在這裡，活得好就是最佳回報。

「這個口號真噁心，」葛芮塔低聲說，「為麼他們不乾脆說，在這裡，住著有錢人？」

布瑞思警告地捏了一下她的膝蓋。他當然同意她的看法，但是你不能在皮草大衣和鑽石戒指面前高談闊論你那些社會主義的看法。

講台上，佛利開始他的介紹。「六年前，布蘭特山莊還只是一個概念。當然，不是獨一無二的概念；在全國各地，當人們逐漸老去，每個州都出現了退休社區。讓布蘭特山莊獨特的並不是概念，而是在於執行，在於我們把夢想實現到什麼程度。」

銀幕上換了一張投影片：布蘭特山莊公共設施的照片，前景是天鵝池塘，高爾夫球場的起伏丘陵延伸到一片輕柔的薄霧中。

「我們知道夢想跟舒適的老年、接著舒適地死去毫無關係。夢想的重點在於活著。是開始，而不是結束。這個就是我們提供給客戶的。我們讓夢想成真。看看我們達成了多大的成就！牛頓市的布蘭特山莊正在擴大中。加州拉荷亞的布蘭特山莊已經完售。上個月，我們第三個開發案，佛羅里達那不勒斯市的布蘭特山莊也開始動工，而且百分之七十五還沒蓋好的單位已經售出。而今夜，在我們第一次破土典禮的六週年紀念日，我要宣布一個最令人興奮的消息。」他暫停，在他上方的銀幕上，布蘭特山莊的標誌再度出現在一片皇家藍的背景上。「明天早上八點，」他說，「我們的股票就要首次公開募股了。我想你們都知道這表示什麼。」

錢，布瑞思心想，聽到宴會廳一陣興奮的低語聲。初始投資人賺了一大票。而對布蘭特山莊本身而言，就表示有大筆現金的挹注，可以在其他州蓋新建案。難怪桌上擺了香檳，因為到了明天早上，宴會廳裡有一半的人就會比現在還更有錢。

觀眾爆出一陣掌聲。

葛芮塔沒拍手，羅比有點不安地注意到了。有個老套的刻板印象說紅髮的人特別頑固，在他妻子身上就是這樣。她坐在那裡，雙臂在胸前交抱，下巴昂起，就是一副不爽的社會主義者模樣。

更多投影片出現在銀幕上，也在葛芮塔的臉上照映出變換的顏色拼貼。幾張照片是拉荷亞的布蘭特山莊，設計成地中海風格的鄉間別墅，俯瞰著太平洋。一張牛頓市這邊的健康俱樂部，一群老女人穿著漂亮時髦的韻律服在跳有氧舞蹈。一張牛頓市的高爾夫球場第五洞果嶺，兩個男人站在他們有頂篷的高爾夫球車旁擺姿勢。然後一張居民在鄉村俱樂部餐廳裡的照片，一瓶香檳放在一個銀色冰桶裡面冰著。

在這裡，住著有錢人。

布瑞思在椅子上挪動一下，不安但心裡有數，知道葛芮塔對這一切必然有什麼感覺。照顧有錢人並不是他讀醫學院時的人生志業。但當時他沒料到學生貸款的壓力，也沒料到房屋抵押貸款和為小孩存大學基金的壓力。葛芮塔蹺起的腿放下，大腿擦過他的，他感覺到一股意想不到的憤怒，很氣她不明白他的立場。她是他的妻子；她可以堅守自己的原則。必須賺錢養家、付房屋貸款的人是他。何況照顧有錢人有什麼罪？有錢人跟其他人一樣會生病，他們也需要醫師，也需要同情。

他們會付錢。

他雙臂在胸前交抱，身體上和情感上都退離葛芮塔，瞪著螢幕上的投影片。所以這就是肯尼斯・佛利舉辦這場晚宴的真正目的——激起大家對首次公開募股的興奮，鼓動大家對新股票的需求。佛利的演講其實不光是針對眼前這個宴會廳的賓客，而是針對更廣大的投資大眾。他一定是被全國各地證券經紀商納入關注範圍了。今天晚上他講的每一個字，都會直接傳送到商業媒體。

一張新的投影片出現，是以藝術手法描繪正在蓋的新安養院翼樓。昨天水泥地基灌進去了，下星期另一棟附屬建築物就會開挖。他們盡快在蓋，但是需求只會持續增加。

佛利之前描述了產品，現在他在解釋這些產品的市場。下一張投影片是一張統計的長條圖，表示美國老年人口的成長，當年人口激增的嬰兒潮逐漸步入老年，就像一隻豬被蛇吞下、在蛇的體內逐步移動消化。嬰兒潮世代逐漸從天空降回地面。這就是我們的目標人口，佛利說，他的雷射筆圈著統計圖表上蛇身裡的豬。我們未來的客戶。到二〇〇五年，嬰兒潮世代會開始退休，而布蘭特山莊就是他們會想要住的地方。我們談的是成長，以及你們的投資會有超凡的利潤。嬰兒潮世代會期待自己人生有個令人興奮的新階段。他們不想擔心病痛或衰弱。其中很多人存了錢——而且是很大筆的錢。他們會變老，但他們不想覺得老。

誰想呢？布瑞思心想。當我們看著鏡子，發現瞪著自己的那張臉老得不像自己的時候，有哪個人不會有喪氣的感覺呢？

甜點和咖啡終於送到他們邊疆的這一桌了。葛芮塔嚐到鮮奶油上的配料有人工香料之類的，就不肯再碰了。布瑞思一時放縱，把兩個人的甜點都吃了。他正滿嘴鮮奶油時，忽然聽到麥克風裡有人提到他的名字。

葛芮塔手肘碰了他一下。「站起來，」她低聲說，「他們在介紹新醫師。」

布瑞思趕緊起身，不小心把一小球鮮奶油彈到自己的西裝外套正面。他只站了一秒鐘，一面向大家揮手，一面忙著拿餐巾，然後又趕緊坐下。其他三個新醫師被介紹時都站起來向大家揮手，其他人的衣服上都沒有沾到鮮奶油，其他人都沒有一臉緊張的尷尬。*我是醫學院第二名畢業的*，他心想。*我曾被票選為年度最佳實習醫師。我在種種不利的狀況下做到了這一切，而且我的家人沒拿半毛錢出來幫過我。但現在我坐在這裡，卻覺得自己是個該死的蠢貨。*

在桌子底下，葛芮塔碰了一下他的膝蓋。「這裡空氣太富裕，」她說，「我想黃金塵搞得我喘不過氣來了。」

「你想離開嗎？」

「你呢？」

他望著講台，佛利還在那裡談錢。投資回收，退休者市場的成長。老人身上有黃金。

他把餐巾扔在桌上。「我們離開吧。」

安格斯・帕門特覺得不舒服，一點都不舒服。星期四以來，他右手的顫抖發作了兩次。他發現如果自己專心，就可以壓下去，但是要花很大的力氣，而且搞得他手臂痠疼。兩回抽搐都自動停止了。過去兩天，都完全沒有再犯過，他也說服自己那顫抖沒什麼。或許是喝太多咖啡而已。

或者在鸚鵡螺健身器材上頭花了太多時間，過度伸展他手臂的肌肉了。他已經停止使用鸚鵡螺，顫抖也沒再發，這是好跡象。

但是現在，有別的事情不對勁。

他午睡醒來就注意到了。四下黑暗，於是他打開燈，看了自己的臥室一圈。所有的家具似乎都歪斜了。這是什麼時候發生的？他今天搬動過嗎？他不記得了。但是床頭桌遠得搆不著，而且只有邊緣著地，隨時要倒下的模樣。他望著那床頭桌，想搞清它為什麼沒翻倒，為什麼桌上的那杯水沒滑落掉地。

他轉身看著窗子，發現也改變位置了。現在變得好遠，像是漫長隧道盡頭的一個小方塊。

他下了床，身體立刻搖晃起來。有地震嗎？地板像是海面般波動。他踉蹌歪向這邊，然後另一邊，最後終於扶著鏡台穩住自己。然後他暫停一下，抓著鏡台邊緣，想要重拾平衡感。他感覺有個什麼滴落到他腳上，低頭看到地板溼了，同時聞到那溫暖、發酸的尿味。誰在他的臥室小便了？

他聽到鈴聲。那音符似乎在房間裡飄蕩，像小小的黑氣球。教堂鐘聲？時鐘？不，有人在按門鈴。

他踉蹌走出臥室，一路扶著牆、門框，任何能抓住的東西都好。門廳似乎拉長了，門變得離他好遠，伸手抓不到。忽然間，他的手指握住了門鈕。他勝利地輕嘆一聲，把門打開。

他驚訝地望著站在他前門廊的兩個小矮人。

「走開。」他說。

那兩個小矮人瞪著他，發出喵喵叫聲。

安格斯正要把門關上，但是沒辦法。一個女人出現了，扶著門。

「你在做什麼，爸？你為什麼沒穿衣服？」

「離開。滾出我的房子。」

「爸！」那女人現在硬要進門了。

「滾出去！」安格斯說，「別來煩我！」他轉身沿著門廳踉蹌前進，想逃離那個女人和兩個小矮人。但他們追在後頭，那兩個小矮人哭哭啼啼，那女人喊道：「怎麼回事？你到底是怎麼回事？」

他在地毯上絆了一下。接下來的事情發生得非常優雅，像是緩慢的水下舞蹈。他覺得自己身軀往前飛，滑翔。感覺到自己的手臂有如雙翼展開，飛過空中的海洋。

他甚至沒感覺到自己撞擊到地面上。

「爸！啊老天。」

那兩個該死的小矮人正在尖叫，扒著他的腦袋。現在那女人蹲下來看他，把他翻身朝上。

「爸，你受傷了嗎？」

「我會飛。」他低聲說。

她看著那兩個小矮人。「去找電話，打九一一。快去！」

安格斯動了動手臂，像翅膀拍動。

「不要動，爸。我們會叫救護車來。」

我會飛！他正在飄浮，滑翔。我會飛。

「我沒看過他這個樣子。他都不認得我了，也好像不認得自己的兩個孫女。我不知道還能怎麼辦，就打電話叫救護車了。」那女人焦慮地朝診療室看了一眼，裡頭的護理師正在設法測量安格斯．帕門特的生命徵象。「是中風之類的，對不對？」

「我檢查過後才有辦法告訴你更多。」托碧說。

「可是這樣聽起來，應該很像中風吧？」

「有可能。」托碧握了一下那女人的手臂。「你就先去等候室坐一下吧，雷西太太？等我檢查完了，就會過去找你談的。」

伊迪絲．雷西點頭。她雙手交抱住自己，走進等候區，坐在兩個女兒之間的沙發上。她們三個人相擁，那些手臂形成了一個溫暖而緊密的宇宙。

托碧轉身進入診療室。

安格斯．帕門特手腳都被綁在輪床上，正口齒不清地唸叨著陌生人跑進他家。以一個八十二歲的老人來說，他的四肢結實且肌肉出奇地發達。他只穿了一件貼身的汗衫。他女兒發現他時就是這樣，腰部以下一絲不掛。

茉汀拆下血壓計袖套，放進牆上的籃子裡。「生命徵象很好。血壓一三〇／七〇。脈搏九十四，很規律。」

「體溫呢？」

「三十八度。」薇兒說。

托碧站在老人頭部旁邊，設法吸引他的注意力。「帕門特先生？安格斯？我是哈波醫師。」

「……就跑進我房子……不肯放過我……」

「安格斯，你摔倒了嗎？哪裡受傷了嗎？」

「……該死的小矮人，跑來偷我的錢。每個人都想要我的錢。」

茉汀搖搖頭。「我從他嘴裡問不到任何病史。」

「他女兒說他向來很健康。最近沒有生過病。」托碧拿著筆型手電筒照老人的眼睛，兩個瞳孔都收縮。「她兩個星期前才跟他講過電話，他聽起來很好。安格斯！安格斯，你發生了什麼事？」

「……老是想拿我的錢……」

「他腦子裡只想著一件事。」托碧嘆氣，關掉手電筒。她繼續檢查，首先尋找頭部創傷的證據，接著檢查腦神經。她沒發現任何局部症狀，沒有一樣可以明確解釋這位老人意識困惑的原因。女兒曾敘述他走路搖晃。是小腦中風嗎？那就會影響協調動作的能力。

她解開他右手的約束帶。「安格斯，你可以碰我的手指嗎？」她手舉在他面前。「伸手碰我的手指。」

「你太遠了。」他說。

「我就在這裡，在你面前。來吧，來碰一下。」

他舉起手，在空中搖晃，像一條舞動的響尾蛇。

電話鈴響，茉汀去接聽。

安格斯．帕門特的手臂開始抽搐，猛烈而有節奏，搖得輪床咯咯作響。

「他在做什麼？」薇兒說，「是癲癇發作嗎？」

「安格斯！」托碧兩手固定住老人的臉，直視他的雙眼。他沒在看她；而是盯著自己抽動的手。

「你可以講話嗎，安格斯？」

「又來了。」他說。

「什麼？你指的是顫抖？」

「那隻手——那是誰的手？」

「是你的手。」

顫抖突然停止了。那隻手臂像重物般落在輪床上。安格斯閉上眼睛。「現在好多了。」他說。

「托碧？」茉汀說，電話講到一半轉過身來。「有一位瓦倫堡醫師在線上。他想跟你談。」

托碧接過聽筒。「瓦倫堡醫師？我是托碧．哈波。我是今天晚上值班的急診室醫師。」

「我的病人在你那邊？」

「你是說帕門特先生？」

「我剛剛才接到呼叫，知道救護車把病人送過去。發生了什麼事？」

「他在家裡，被發現意識困惑。現在他醒著，生命徵象很穩定。但是有運動失調的狀況，而且對時、地、人失去定向感。他連自己的女兒都不認得了。」

「他待在那裡多久了？」

「救護車大約九點把他送過來的。」

瓦倫堡沉默了一會兒。背景裡，托碧聽得到笑聲和談話聲。是個宴會。

「我會在一個小時之內趕過去，在我到之前，保持他的穩定。」

「瓦倫堡醫師——」

電話已經掛斷了。

她轉身看著病人。他躺著完全不動，雙眼盯著天花板。現在他的目光轉移了，先向右，再向左，彷彿在看著一場慢動作網球賽。

「我們幫他做個緊急電腦斷層掃描吧，」托碧說，「然後還得抽血做一些檢驗。」

薇兒從抽屜裡抓起一把玻璃採血管。「跟平常一樣？全套血液檢驗和SMA（脊髓性肌肉萎縮症）基因檢測？」

「加上毒物篩檢。他好像有幻覺。」

「我會打電話給X光室。」茉汀說，又伸手拿電話。

「各位，」托碧說，「還有一件事。」

兩個護理師都看著她。

「無論今天晚上發生什麼事，我們都絕對不能讓這個病人落單，一秒都不行。直到我們把他轉出急診室為止。」

薇兒和茉汀都點點頭。

托碧握住安格斯．帕門特沒被綁住的那隻手，牢牢綁在輪床的護欄上。

「畫面來了。」電腦斷層掃描技師文斯說。

托碧看著電腦螢幕上的像素形成了第一個影像：一個卵形，裡面有深淺不同的灰。這是安格斯．帕門特腦部的橫切面。幾千道照向頭顱的X光射線由電腦分析，不同密度的骨頭、體液和腦質產生了這個影像。頭骨形成一圈厚厚的白邊，像是水果的厚皮。在厚皮內，腦部看起來則是一片灰色調的果肉，上頭有蠕蟲似的黑色腦溝。

螢幕上出現一連串影像，每一張都是稍有不同的病人頭顱剖面。她看到兩個充滿腦脊髓液的黑色卵形，那是腦側室的前角。還看到尾核、丘腦。看起來沒有解剖學上的移位，沒有不對稱。沒有血液滲入腦內任何部分的證據。

「我沒看到任何急性的狀況，」托碧說，「你認為呢？」

文斯不是醫師，但身為X光技師的他，看過的電腦斷層掃描影像遠比托碧多。他皺眉看著螢幕，此時又有一個新的影像出現。「慢著，」他說，「這張看起來有點奇怪。」

「什麼？」

「就在那裡。」他指著中央的一小塊污點。「那是蝶鞍。這裡的邊緣不太清楚，你看到了嗎？」

「有可能是病人剛好在動？」

「不，照片裡其他部分都很清晰。他沒動。」文斯拿起電話，打了放射科醫師家裡的電話。

「嗨，瑞特醫師。你電腦上看到的影像都清晰嗎？很好。哈波醫師和我現在正在看著這批影像。我們想知道最後一張——」他在鍵盤上敲了幾下，螢幕上又回到前一張。「就是現在這張，看到沒？你認為那個蝶鞍是怎麼回事？」

文斯跟瑞特醫師交換意見時，托碧彎腰更湊近螢幕。文斯看到的是一個非常細微的改變——細微到她自己都會漏掉。蝶鞍位於腦的底部，是一個小口袋狀的薄骨，容納腦下垂體。腦下垂體非常重要；它所分泌的荷爾蒙控制多種功能，從生育、到兒童發育、到睡眠—清醒週期。蝶鞍的那個小小侵蝕，有可能是造成病人各種症狀的原因嗎？

「好吧，我會去做冠狀面的薄層影像，」文斯說，「還有什麼你希望我做的？」

「讓我跟瑞特談一下，」托碧說。她接過聽筒。「嗨，喬治，我是托碧。你對那個蝶鞍有什麼看法？」

「不多，」瑞特說。托碧聽到他椅子的吱嘎聲，大概是皮椅。喬治．瑞特喜歡他的奢侈品。她可以想像他坐在自己的書房，周圍環繞著最新的電腦科技製品。「以這個年紀的病人，腦下垂體腺瘤並不算罕見。八十多歲的人有百分之二十有這種腺瘤。」

「大到會侵蝕蝶鞍？」

「唔，不會。這個有點太大了。他的內分泌狀況怎麼樣？」

「我還沒檢查。他才剛因為急性意識困惑被送進急診室。這個腺瘤有可能是病因嗎？」

「不太可能，除非腺瘤造成次級代謝異常。你檢查過電解質嗎？」

「已經抽血了。我們正在等檢驗結果。」

「如果電解質都是正常的，那麼內分泌狀況就沒事，我想你得為他的意識混亂尋找別的原因。這個腺瘤太小了，不可能造成結構上太大的壓力。我已經要求文斯做一些冠狀面的薄層影像。這樣應該可以稍微更加確定。另外你大概也應該送病人去做核磁共振成像。他的主治醫師是誰？」

「瓦倫堡醫師。」

接下來是一段沉默。「這個是布蘭特山莊的病人？」

「是的。」

瑞特不耐地嘆了口氣。「我真希望你早點告訴我。」

「為什麼？」

「我不判讀布蘭特山莊病人的X光片。他們有自己的放射科醫師判讀他們所有的片子。這表示我這回的判讀他們不會付費了。」

「對不起，我不知道。這個安排是從什麼時候開始的？」

「史普林格醫院一個月前跟他們簽了一項分包協議，他們的病人不應該送到急診室，布蘭特山莊的醫師會把他們直接送到病房住院。這個病人怎麼會到你手上的？」

「他女兒慌了，打九一一。瓦倫堡醫生正在趕來的路上。」

「好吧。那就讓瓦倫堡醫師決定要怎麼處理那些冠狀面的影像。我要去睡覺了。」

托碧掛了電話，看著文斯。「你怎麼沒跟我說布蘭特山莊有個封閉的轉診制度？」

文斯露出窘迫的神情。「你之前沒跟我說這是布蘭特山莊的病人。」

「他們不信任我們的放射科醫療人員嗎？」

「我們醫院的技師照片子，但是要由布蘭特山莊的放射科醫師判讀。我猜想他們是想把專業費用留在自己的集團裡。」

又是醫院政治，她心想。每個人都在搶食同樣一塊縮水的醫療費用大餅。

她站起來，隔著觀察窗望向電腦斷層掃描室裡面。病人還躺在檢查檯上，雙眼閉起，嘴唇無聲動著。他右手的抽搐沒再復發。不過他得再做個腦波檢查，以排除癲癇發作的可能性。另外大概還要做個腰椎穿刺。她疲倦地靠在玻璃上，努力想著自己可能還漏掉了什麼，是她承擔不起後果的。

自從哈利．司拉金兩星期前從急診室消失之後，她知道醫院董事會就在密切觀察她的表現，於是她做事比平常還要謹慎。每天下午，她醒來時都想著今天他們會不會找到哈利．司拉金的屍體，想著今天她的名字會不會再度登上新聞。起初的新聞報導就已經夠痛苦了。哈利失蹤的那個星期，搞丟病人的故事上遍了當地各家電視台。她已經設法度過了那場風暴，現在那是舊新聞了，大概已經被一般大眾遺忘。但是一等到他們發現哈利的屍體，她心想，這件事又會立刻成為熱門消息。而我又會陷入尷尬的困境，要去跟律師和記者搏鬥了。

在她身後，一扇門打開，一個聲音說：「檢查檯上那位是我的病人嗎？」

托碧轉身，驚訝地看著一名個子高得出奇、身穿大禮服的男子。他看了文斯一眼，迅速打量一番，也同樣迅速地決定不理他。然後他大步走向觀察窗，望著裡頭的安格斯．帕門特。「我沒要求做電腦斷層掃描，是誰說要做的？」

「是我。」托碧說。

此時瓦倫堡的目光才轉向她，彷彿這才終於明白她值得他注意。他不會超過五十歲，但是打量她的表情帶著一種明顯的優越感。或許是那一身大禮服；看起來就像從《瀟灑》（*GQ*）雜誌裡走出來的男人，當然有理由覺得優越。他讓托碧想到一隻年輕的獅子，一頭褐色頭髮修剪完美，像鬃毛似的往後梳，雙眼是琥珀色的，機警而不甚友善。「你是哈波醫師？」

「是的，我想幫你節省一些檢查時間，就先要求做電腦斷層掃描了。」

「下回，讓我自己決定要做什麼檢驗吧。」

「不過先做了好像比較有效率啊。」

那琥珀色雙眼瞇起。他好像正要回嘴，然後又改變心意，只是點了個頭，就轉向文斯。「麻煩把我的病人放回輪床上。我已經幫他安排好要住院，在醫療翼樓的三樓。」說完他就要離開。

「瓦倫堡醫師，」托碧說，「你想聽聽你這位病人電腦斷層掃描的結果嗎？」

「有什麼好報告的嗎？」

「蝶鞍有一個小小的侵蝕。看起來他是長了一個腦下垂體腺瘤。」

「還有別的嗎？」

「沒有，但是你大概會想再要求做薄層影像攝影。既然他已經躺在電腦斷層掃描的檢查檯上——」

「沒有必要。把他送上樓就好，我會開住院醫囑。」

「那麼，那個病變呢？我知道腺瘤並不是很緊急的狀況，但有可能需要動手術切除。」

瓦倫堡醫師不耐地嘆了口氣，轉身面對她。「我完全知道有那顆腺瘤。哈波醫師。到現在我已經追蹤兩年了。做薄層影像攝影只是浪費錢而已。不過謝謝你的建議。」他說完就走出去。

「天啊，」文斯低聲說，「那麼踐幹嘛？」

托碧隔著觀察窗望著安格斯．帕門特，他還在默默自言自語。她不同意瓦倫堡的判斷；而且她認為進一步的X光檢驗可以證明自己是對的。但是病人已經不歸她負責了。

她看著文斯。「來吧，我們去把他搬上輪床。」

7

門上的招牌是灰底淺藍字：**產前諮詢**。莫莉聽到裡面的電話鈴聲正在響，於是在門口猶豫了一下。她手抓著門鈕，聽著一個女人在門內喃喃說話的聲音。

她吸了口氣，走進去。

那接待員一開始沒看她，而是忙著講電話。莫莉很怕打斷了這個忙碌的女人，於是站在櫃檯的另一頭，等著有人注意到她。最後那接待員終於掛斷電話望向她。「我能幫你什麼忙嗎？」

「唔，我是要來找人談的……」

「你是莫莉．匹克？」

「是的。」莫莉點頭，鬆了口氣。他們正在等她。「我就是。」

那接待員微笑，就是那種只有嘴巴笑，沒延伸到臉上其他部分的。「我是琳達。我們通過電話。我們去另外一個房間吧？」

莫莉四下看了一眼接待區。「我要去看護理師還是什麼的嗎？因為或許我應該先上個小號。」

「不，今天我們只是談談，莫莉。洗手間就在外頭走廊上，如果你現在就有需要的話。」

「我還不急。」

她跟著那女人進入相鄰的房間。那是個小辦公室，有一張辦公桌和兩張椅子。一面牆上有一幅懷孕女人腹部的巨大海報，畫得好像那肚子從中間切半，讓你看到裡頭的寶寶，圓胖的小手和小腿蜷曲起來，閉著眼睛在睡覺。辦公桌上放著一個懷孕子宮的塑膠模型，是3D的拼合模型，可以一層接一層拆開來，腹部、子宮，然後是寶寶。另外還有一本大圖畫書攤開來，秀出的那一頁是一幅空的嬰兒推車圖片，展示這張圖片似乎很奇怪。

「請坐，」琳達說，「你要不要喝杯茶？或是蘋果汁？」

「不用了。」

「你確定？真的不麻煩的。」

「我不渴，謝謝你。」

琳達在莫莉對面坐下來，於是兩個人直視著彼此。那女人的微笑變成一臉關切。她的眼珠是淡藍色的，如果加上一點妝，可能會很漂亮，可惜那張臉太平庸又太嚴肅了。這個女人沒有一點——無論是郊區主婦的燙髮，或是高領連身裙，或是繃緊的小嘴巴——讓莫莉感到自在的。她簡直像是來自另外一個星球，因為她們兩人在各個方面都太不相同了。她感覺到對方也意識到這種不同，從琳達坐在她辦公桌後頭、挺起雙肩、瘦骨嶙峋的雙手在面前交疊的模樣，都看得出來。莫莉忽然覺得有必要把裙子邊緣往下拉，有必要將雙臂交抱在胸前。而且她有一種好久不曾有的感覺。

她覺得羞愧。

「現在，」琳達說，「告訴我你的狀況，莫莉。」

「我的，呃，狀況？」

「你在電話裡說你懷孕了。有什麼症狀嗎？」

「是的，我想有的。」

「是些什麼症狀，可以告訴我嗎？」

「我，呃……」莫莉低頭看著自己的膝上，迷你裙往上縮到大腿。她在椅子上蠕動了一下。「早上我會噁心想吐。我老是想上小號。另外我有一陣子月事沒來了。」

「你上回月經是什麼時候？」

莫莉聳聳肩。「我不太確定，我想是在五月的時候。」

「那是四個多月前了。晚了那麼久，你不擔心嗎？」

「唔，我向來沒太注意，你知道。然後我又得了腸胃型流感，以為這是遲了的原因。另外，我——我大概是不願意去想這事情。去想這可能表示什麼。你知道那是怎麼回事的。」

琳達顯然不知道。她只是一雙小眼睛直盯著莫莉。「你結婚了嗎？」

莫莉吃驚大笑。「沒有。」

「但是你有……性行為。」那個字眼說得像是清喉嚨，一種低沉、哽住的聲音。

莫莉坐立不安。「唔，是啊，」她回答。「我有性行為。」

「沒有保護嗎？」

「你是指我有沒有用保險套？有，當然有。不過我猜想我……有了一次意外。」

再一次，那女人又發出那種清喉嚨的聲音。她雙手在桌上交疊。「莫莉，你知道你的寶寶現在是什麼樣子嗎？」

莫莉搖頭。

「你知道你懷的是一個寶寶吧？」那女人把桌上那本圖畫書推過來，翻到接近開始的一頁。她指著一張畫，是一個蜷縮成一小團肉球的寶寶。「四個月的嬰兒就像這樣。他有一張小臉，有小手和小腳。看到他已經多麼完美了？是個真正的寶寶。不是很可愛嗎？」

莫莉不安地在椅子上挪動著。

「你幫他取名字了嗎？你不覺得應該幫他取個名字嗎？因為很快地，你就會開始感覺到他在你的體內動來動去，你總不能只是喊他喂。你知道小孩父親的名字嗎？」

「不知道。」

「唔，那麼你的爹地叫什麼名字？」

莫莉吞嚥了一下。「威廉，」她說，「我爹地的名字是威廉。」

「這個名字真好！我們就用威廉的暱稱『威利』喊這個寶寶吧？當然了，如果是女生，我們就要換個名字了。」她微笑。「現在有好多女生的好名字！你甚至可以讓她用你的名字。」

莫莉不知所措地看著她，輕聲問：「你為什麼要對我這樣？」

「怎樣，莫莉？」

「你正在做的……」

「我是想提供你一個選擇。唯一的選擇。你有一個寶寶。四個月大的胎兒。天主給了你一個神聖的責任。」

「但是，操我的可不是天主啊。」

那女人猛吸口氣，雙手掩住喉嚨。

莫莉在椅子上扭動著。「我想或許我該走了——」

「不。不，我只是想把所有選擇告訴你——所有的。你的確有選擇，莫莉，別讓任何人否定這一點。你可以為這個寶寶選擇活著，為了小威利。」

「拜託別這樣喊他。」莫莉站起來。

琳達也站起來。「他有個名字。他是個人。我可以幫你聯繫兒童領養機構。有很多人會想要你的寶寶——成千上萬個家庭就等著要一個。現在你該多想想另一個人，而不是光替自己想了。」

「但是我得替自己想，」莫莉說，「因為其他人不會替我想的。」她走出辦公室，然後走出那棟建築物。

她在一座電話亭發現了一本波士頓的工商電話簿，裡頭有一家計畫生育聯盟的診所，在市區另一頭。

我得替自己想。因為其他人不會替我想的。絕對不會有。

她搭上巴士，換了兩趟車，在離目的地一個街區外下了車。

人行道上有一群人。莫莉聽到他們在齊聲喊口號，但是不明白在喊什麼。那只是一陣吵雜的聲音，有節奏地發出來。兩名警察站在人群一旁，雙臂交抱在胸前，一副無聊的模樣。

莫莉停下腳步，不確定是否該往前走。人群的注意力忽然轉向街上，那裡有一輛車剛在路邊停下。兩個女人從建築物裡出現，迅速而昂然地穿過人群。她們幫著一個滿臉驚恐的女人下了汽車的乘客座，然後交扣雙臂抱住她，三人開始朝建築物走。

那兩名警察終於開始行動，他們擠進擁擠的人群，想要為那三個女人開路。

一個男人喊道：「她們就是在那棟建築物裡對寶寶做這種事！」然後朝人行道丟了一個瓶子。

玻璃碎裂。鮮血在人行道上濺出一片觸目驚心的深紅色。

人群開始喊道：「殺嬰兇手。殺嬰兇手。殺嬰兇手。」

那三個女人低著頭，盲目地跟著警察爬上階梯，進入建築物。門轟然甩上。

莫莉覺得有人在拉她的手臂，一個男人塞了一本小冊子到她手裡。

「來，加入我們一起戰鬥。」他說。

莫莉低頭看著手裡那本小冊子。封面是一個微笑金髮嬰兒的照片。我們都是上帝的天使，上頭印著。

「我們需要新的生力軍，」那男人說，「這是防止撒旦的唯一辦法。」他朝她伸出手，手指枯瘦得像骷髏。

莫莉雙眼泛淚地溜掉了。

她趕上一輛回家的巴士。

快五點時，她終於爬上樓梯回到自己的房間。她累得雙腿快要走不動，最後一層樓梯都差點爬不上去。

她才剛倒在床上片刻，拉米就推開門走進來。「你跑去哪裡了？」

「去散步。」

他踢了她的床一下。「你該不會自己偷偷去接客吧？我可是隨時盯著你。隨時注意你在做什麼的。」

「別煩我了。我想睡覺。」

「你在自己的時間跑出去跟誰搞嗎？你就是在忙這個？」

「滾出我的房間。」她伸出腳把他踢下床。

這是大錯。拉米抓住她的手腕，狠狠扭了一下，她都以為自己的骨頭被折斷了。

「不要！」她尖叫。「你弄斷我的手臂了——」

「你忘記自己是誰了，莫莉寶貝。也忘記我是誰。我可不喜歡你沒告訴我要去哪裡，就自己跑出去。」

「放開我。拜託，拉米。拜託不要再弄痛我了。」

隨著一個厭惡的冷哼聲，他放開了她。他走到那張藤編的舊梳妝台前，她的皮包就放在上頭。他把皮包翻過來，裡頭的東西全掉在地板上。從她的皮夾裡，他抽出十一元——她所有的錢。如果她真的是自己偷偷去接生意，當然不會只拿到這點酬勞。他把鈔票塞進自己的口袋時，忽然注意到那本小冊子——封面有個金髮小孩的那本。我們都是上帝的天使。

他撿起來大笑。「這個天使狗屎是什麼？」

「沒什麼。」

「你從哪裡拿到的？」

她聳聳肩。「有個人給我的。」

「誰？」

「我不曉得他的名字。就在計畫生育聯盟那邊。有好多神經病在街上，大喊又推擠。」

「那你跑去那裡做什麼？」

「沒什麼。我什麼都沒做。」

他又走回床邊，抓住她的下巴，輕聲說：「你沒背著我跑去做什麼事情吧？」

「你這話是什麼意思？」

「沒經過我同意，誰都不能碰你，你懂嗎？」他的手指狠狠摳進她的臉，她忽然害怕起來。拉米聲音很輕柔，而他聲音變小的時候，就是他發狠的時候。她曾在其他女孩臉上看過他留下的瘀青，還有牙齒被打掉所留下血淋淋的缺口。「我還以為我們很早以前就講好的。」

他手指的壓力讓她雙眼冒出眼淚。她低聲說：「是的。是的，我……」她閉上眼睛，準備要挨拳頭了。「拉米，我搞砸了。我想我懷孕了。」

讓她驚訝的是，拳頭始終沒落下來。反之，他鬆開她，發出一個幾乎像是低笑的聲音。她不敢看他，一直懇求地垂著頭。

「我不曉得是怎麼發生的，」她說，「我不敢告訴你。我猜想我就……你知道，自己處理掉。然後我就不必告訴你了。」

他的手落在她頭上，但那碰觸很溫柔，是撫摸。「現在你知道我們不是這樣做事的。你知道我會照顧你。你得學著信賴我，莫莉寶貝。你得學著跟我傾訴。」他的手指滑到她臉頰，溫柔得像在搔癢。「我認識一個醫師。」

她僵住了。

「我會處理的，莫莉，就像我處理其他事情一樣。所以你別去做其他安排了。懂嗎？」

她點頭。

他離開房間後，她緩緩張開四肢，吐出一口大氣。這回她輕鬆逃過一劫了。直到此刻，會面結束了，她才明白自己差點就要受傷了。你不會違抗拉米的，如果你想保住牙齒的話。

她又餓了；她老是好餓。她伸手到床下要拿那袋多力多滋玉米片，然後才想到她早上吃光了。她坐起身來，在房間裡到處找吃的。

她目光落在那張金髮嬰兒的照片。小冊子還躺在地上，拉米扔下的地方。

我們都是上帝的天使。

她拿起小冊子，審視著那嬰兒的臉。這是女生還是男生？她無法分辨。她對小嬰兒所知不多，自從脫離童年之後，她很多年身邊都沒有小嬰兒了。她只有一個模糊的印象，膝上抱著她的妹妹莉莉。她還記得莉莉的紙尿布所發出的塑膠窸窣聲，以及皮膚的爽身粉甜香。她還記得莉莉沒有脖子，只有兩邊肩膀之間冒出來那個柔軟的小圓球。

她躺下來，雙手放在腹部，感覺自己的子宮，堅實得像個柳橙，在皮膚下隆起。她想到琳達那本圖畫書上的畫——那嬰兒有完美的手指和腳趾。像個芭莉口袋娃娃，你一手就可以抓住。

我們都是上帝的天使。

她閉上眼睛，疲倦地想著：那我呢？上帝，祢忘掉我了。

托碧脫掉手套，扔進垃圾桶裡。「都縫好了。現在你去學校，就可以跟其他同學炫耀了。」

那男孩終於鼓起勇氣，看著自己的手肘。之前托碧幫他縫傷口時，他始終雙眼緊閉，一眼都不敢偷瞄。現在他敬畏地注視著那道藍色尼龍線縫過的痕跡。「哇。縫了幾針？」

「五針。」

「這樣很多嗎？」

「一針都嫌太多。或許你該放棄滑板了。」

「才不要。反正我玩別的，也照樣會受傷的。」他坐直身子，溜下診療檯。立刻就往旁邊歪倒。

「哦—喔，」茉汀說，從他的腋下撈住，把他放到一張椅子上。「你動作太快了，小鬼。」她把男孩的頭按到他的兩邊膝蓋之間，朝托碧翻了個白眼。青少年。只會說大話，一點膽量都沒有。這一個大概明天早上會大搖大擺走進學校，得意地炫耀他的新戰疤。至於他差點暈倒在護理師懷裡的部分，他不會多事提起的。

對講機響起聲音，是薇兒。「哈波醫師，三樓西翼有急救狀況！」

托碧趕緊站起來。「我馬上過去。」

她經過大廳跑向樓梯，沒等電梯。她靠兩條腿可以更快趕到。

爬了兩層樓梯，她來到三樓西翼走廊，看到一位護理師推著急救推車進入一道門。托碧隨即跟著她進入那間病房。

兩位病房區護理師已經站在床邊，一個抓著氧氣面罩按在病人臉上，同時以甦醒球將氧氣注入肺部，另一個護理師在執行胸部按壓。剛剛推著急救推車的那位護理師則拉出心電圖電線，把電極片貼在病人的胸部。

「發生了什麼事？」托碧問。

正在按壓胸部的護理師回答了：「一開始我發現他在抽搐。然後他就整個人癱軟——停止呼吸——」她的話隨著她前傾加壓而斷斷續續。「瓦倫堡已經在趕來的路上了。」

瓦倫堡？托碧看了病人的頭部一眼。她無法辨認，因為氧氣面罩遮著，看不清他的臉。「這位是帕門特先生嗎？」

「過去幾天他狀況一直不太好。今天早上我試過要讓他轉到加護病房。」

托碧擠到床頭。「把心電圖的電線接上，我來幫他做氣管插管。準備七號插管。」

那位急救推車的護理師遞給她喉頭鏡，又撕開氣管插管的包裝袋。

托碧在病人頭部旁彎下身子。「好吧，我們動手了。」

氧氣面罩拿開。托碧把病人的頭往後傾斜，喉頭鏡葉片滑入病人喉嚨。她立刻就看到聲帶，然後把塑膠插管放入正確的位置。氧氣管又重新接上，護理師繼續按壓甦醒球。

「心電圖接上了，」那個急救推車護理師說，「看起來是心室纖維性顫動。」

「充電到一百焦耳。把去顫電擊板遞給我！另外準備一劑利多卡因——一百毫克。」

一口氣有太多命令了，那名急救推車護理師看起來不知所措。在急診室裡，每個任務都是在眨眼間完成，不必醫師說半個字。現在托碧真恨不得她帶了茉汀跟她一起上樓。

托碧把電擊板放在胸部。「後退！」她下令，然後按下電擊鈕。

一百焦耳的電流通過安格斯．帕門特的身體。

每個人的雙眼都趕緊轉向心臟監視儀。

心跳軌跡猛地往上升，然後又滑回到底線。一個嗶聲出現，出現一個QRS複合波的窄波峰。然後又一個，再一個。

「有了！」托碧說。她伸手去探頸動脈。有脈搏了，微弱、但絕對存在。

「誰去打給加護病房，」托碧說，「我們需要一張床。」

「我量到血壓了，收縮壓八十五——」

「能不能抽血，緊急驗一下血中電解質？另外給我一根血液氣體採集針。」

「來，醫師。」

托碧拿掉採血針的套子，沒浪費時間去找手腕上的橈動脈，而是直接找股動脈。她的針刺入鼠蹊，對準脈搏的方向。一道鮮紅色血液表示她命中目標了。她的針筒裡採了三ＣＣ的血，然後遞給一位護理師。

「好了，好了。」托碧用酒精棉按住鼠蹊的針孔，深吸一口氣。利用寶貴的片刻評估整個情勢。他們有了暢通的氣道，有了心律，有了還算可以的血壓。他們做得不錯。現在她可以提出關鍵的問題了：為什麼這個病人會陷入緊急狀況？

「你剛剛說，他失去血壓之前曾經抽搐發作？」她問。

一位護理師回答，「我很確定那是癲癇。我十點巡房的時候就看到了。他的一隻手臂在抽動，而且他沒有反應。我們有長期醫囑，必要時給他靜脈注射煩寧，我正在準備的時候，他就停止心跳了。」

「靜脈注射煩寧？瓦倫堡交代的？」

「治療癲癇的。」

「注射了多少？」

「從他住院以後？或許六劑吧。大約一天一次。通常發作的都是他的右手臂。另外他的平衡感也不行。」

托碧皺眉看著病人。她忽然想起哈利·司拉金抽動的腿，記憶鮮明。「他們的診斷是什麼？知道病因嗎？」

「還在想辦法。他們找了神經科醫師會診，但我想還沒找出問題。」

「他已經住院整整一星期了，他們還不曉得病因是什麼？」

「唔，反正沒人告訴我。」那個護理師看了看其他護理師，那兩人也都搖頭。

他們聽到瓦倫堡的聲音，這才發現他走進病房了。「有什麼狀況？」他問，「他穩定下來了嗎？」

托碧轉身面向他。兩人目光相遇時，她覺得他眼中閃過一絲惶恐，一閃即逝。

「他剛剛心室纖維性顫動，」托碧說，「之前有癲癇和呼吸暫停。我們做了心臟電擊，現在他恢復竇性心律了。我們正在等加護病房的病床。」

瓦倫堡點點頭，不自覺地就去拿病人的病歷。他是在迴避她的目光嗎？她看著他翻閱紙頁，不禁羨慕他的鎮定，他的優雅。頭髮一絲不亂，白色大衣沒有一條不該有的皺褶。而托碧則是穿著她慣常鬆垮的刷手服，感覺像是從髒衣籃裡撈出來似的。

「我聽說，他有過幾次癲癇發作。」托碧說。

「我們還不確定那是癲癇。腦波檢查並沒有確認。」他放下病歷，看著心臟監視儀，上頭有一條正常的竇性心律繼續橫過螢幕。「看起來一切似乎都控制住了。我可以從這裡接手，謝謝你。」

「你排除了毒素嗎？傳染性因子呢？」

「我們找神經科醫師會診了。」

「那位醫師有特別往我剛剛講的那些方面找嗎？」

瓦倫堡迷惑地朝她看了一眼。「為什麼？」

「因為哈利·司拉金也顯示出一模一樣的狀況。他有局部癲癇、急性意識困惑——」

「很不幸，意識困惑是這個年齡的人常會有的狀況。我不太認為這像感冒一樣，是會傳染上的。」

「但是他們兩位都住在布蘭特山莊。他們都有同樣的臨床表現。或許他們都吸收到同樣的毒素。」

「什麼毒素？你可以講得明確一點嗎？」

「沒辦法，但是神經科醫師或許可以縮小範圍。」

「我們已經有一位神經科醫師在參與這個病例了。」

「他有診斷結果嗎？」

「那你有嗎，哈波醫師？」

她暫停，被他敵意的口吻嚇一跳。她看了護理師們一眼，但他們刻意迴避她的目光。

「哈波醫師？」一名護理師助理探頭進來。「急診室在電話上等。他們樓下有個病人。頭痛。」

「跟他們說我馬上下去。」托碧又轉向瓦倫堡，但是他已經戴上聽診器，很有效地切斷了進一步討論。托碧只好懊惱地離開病房。

下樓梯時，托碧一直提醒自己，安格斯．帕門特不是她的病人，輪不到她擔心。瓦倫堡醫師專攻老年醫學；他當然比她更能照顧這個病人。

但她就是忍不住一直在心煩這件事。

接下來八小時，她專注在一連串夜班的常見疾病，胸痛、胃痛和嬰兒發燒。但是偶有喘息機會，她的思緒就又立刻回到安格斯．帕門特身上。

還有尚未尋獲的哈利．司拉金。他失蹤已經超過三星期了。昨天夜裡的溫度降到攝氏零度左右，她值班時想到這麼冷，想像光著身子在寒風中遊蕩是什麼感受。她知道這樣只是在懲罰自己。哈利．司拉金並沒在這樣的寒夜中受苦。幾乎可以確定，他已經死了。

天亮時，急診室的等候室終於清空了，托碧回到醫師休息室。書桌上方有一排醫學教科書。她查著書名，然後抽出一本神經學課本，查閱索引裡面的「意識困惑」條目。有超過二十筆，包括各式各樣不同的診斷，從發燒到酒毒性譫妄。她瀏覽著那些小標題：新陳代謝的。傳染性的。退化的。腫瘤性的。先天的。

她判定意識困惑這個詞太粗略了；她需要更精確的，一個身體徵象或一個檢驗數據，可以指出正確的診斷。她回想著哈利．司拉金的腿，在輪床上抽搐。然後想起那個護理師說帕門特先生的腿。癲癇？根據瓦倫堡的說法，腦波檢查已經排除了這個可能。

托碧闔上那課本，哀嘆著起身。她得去看帕門特先生的病歷。或許有某個異常的檢驗結果，或某個身體的狀況，並沒有進一步追查。

現在是七點，她終於下班了。

她搭電梯到四樓，走進加護病房。在護理站，七台心電圖監視儀上的心律痕跡顫動著掠過螢幕。一名護理師坐在那裡盯著那些監視儀看，像被催眠似的。

「帕門特先生是哪一床？」托碧問。

那護理師彷彿彷彿被人從催眠狀態中喚醒。「帕門特？這個姓我沒印象。」

「他昨天晚上從三樓西翼轉過來的。」

「我們沒收到那邊轉入的病人。只有那個你從急診室送來的心肌梗塞。」

「不，帕門特是急救狀況後的病人。」

「啊，我想起來了。他們取消了轉入。」

「為什麼？」

「你得去問三樓西翼那邊。」

托碧走樓梯到三樓。護理站一片空蕩，電話的保留鍵在閃爍。她走到病歷架查姓名，但是沒發現帕門特。她愈發懊惱，沿著走廊來到病房，推開門。

她僵住了，眼前的景象令她驚呆。

晨光照進窗戶，亮烈的光線集中在安格斯．帕門特躺的那張床上。他的眼睛半睜，臉色白中泛青，下頷軟綿綿地垂向胸部。所有的靜脈注射管線和監視儀電線都已經被拔掉。他顯然已經死了。

她聽到門咻的一聲打開，轉身看到一名護理師推著醫療推車走出病房，穿過走廊。「發生了什麼事？」托碧問她。「帕門特先生是什麼時候過世的？」

「大約一個小時前。」

「為什麼沒有呼叫急救狀況？」

「當時瓦倫堡醫師就在病房這裡。他決定不要幫病人急救。」

「我還以為病人已經轉到加護病房了。」

「他們取消了。瓦倫堡醫師打電話給病人的女兒，他們都認為沒有必要轉到加護病房，或是再採取什麼額外手段。於是就讓他走了。」

這個決定托碧無法反駁；安格斯．帕門特已經八十二歲，而且昏迷了一星期，復元的希望很渺茫。

她還有一個問題要問：「她的家人同意做屍體解剖嗎？」

那護理師抬起頭。「他們不會做屍體解剖。」

「但是一定要解剖啊。」

「葬禮全都安排好了。葬儀社已經派車要來運走大體。」

「病歷呢？」

「病房區的職員收去整理了。現在只等著瓦倫堡醫師開具死亡證明。」

「所以他還在醫院裡？」

「應該是。他在門診樓層找一個會診醫師討論。」

托碧去護理站，病房區的職員剛好不在座位上，但是帕門特先生未裝訂的病歷放在桌上。托碧很快翻到最後，閱讀瓦倫堡醫師寫的最後一筆。

已通知家屬。呼吸停止——護理師無法偵測到脈搏。檢驗時，聽診無心跳。瞳孔位於正中央且固定。清晨五點五十八分宣布死亡。

裡頭沒提到驗屍解剖，沒推測有任何潛在的疾病。

輪子運轉的吱嘎聲讓她抬起頭來，兩名醫院的工友推著一台輪床出了電梯，走向三四一號病房。

「慢著，」托碧說，「你們是來接帕門特先生的嗎？」

「是的。」

「等一下。先不要帶走他。」

「大體運送車已經在趕來的路上了。」

「大體先不要動。我得先跟家屬談過。」

「可是——」

「先等著就是了。」托碧拿起電話，呼叫瓦倫堡到三樓西翼。沒有回應。那兩名工友站在走廊等，看著對方聳聳肩。托碧又拿起電話，這回是打給病人的女兒，她的號碼就登記在病歷表上。響了六聲沒人接，她掛斷，此時已經懊惱到了極點，看著那兩名工友把輪床推進病房。她跑過去，跟著進了病房。「我跟你們說過了，病人留在這裡不要動。」

「女士，我們接到的指示是要接走他，帶他下樓。」

「有什麼搞錯了，我知道。瓦倫堡醫師還在醫院裡。你們先等到我跟他談過再說。」

「要跟我談什麼，哈波醫師？」

托碧轉身，看到瓦倫堡站在病房門口。

「驗屍解剖。」她說。

他走進病房，門在他身後緩緩關上。「剛剛就是你呼叫我嗎？」

「是的。他們正要把屍體載去葬儀社的停屍間。我請他們等一下，讓你先安排好解剖再說。」

「沒有解剖的必要。」

「你不知道他之前為什麼會有緊急狀況。你不知道他為什麼會變得意識困惑。」

「中風是最可能的原因。」

「電腦斷層掃描沒顯示出中風。」

「那回的電腦斷層掃描可能做得太早。而且不見得能看到腦幹的梗塞。」

「這是猜測，瓦倫堡醫師。」

「不然你要我怎麼辦？下令替死去的病人做腦部掃描？」

那兩名工友認真看著這場激烈的交鋒，目光輪流轉向兩名醫師。此時瓦倫堡雙眼緊盯著托碧，等她回答。

她說：「哈利．司拉金也有一模一樣的症狀。急性的意識困惑，以及看似局部的癲癇發作。這兩個病人都住在布蘭特山莊，兩人之前都很健康。」

「這個年齡層的人很容易中風的。」

「但也有可能是別的原因，只有解剖可以確定。你有什麼理由反對解剖嗎？」

瓦倫堡醫師臉紅了，怒氣明顯得讓托碧幾乎要往後退。他們瞪著彼此一會兒，然後他似乎恢復鎮定。

「不進行解剖的原因，」他說，「是因為病人的女兒拒絕。我要尊重她的意願。」

「或許她不明白這件事有多麼重要。要是我能跟她談過——」

「想都不要想，哈波醫師。你只會侵犯她的隱私而已。」他轉向兩名工友，完全恢復原有的霸氣。「你們可以把他運下樓了。」他又輕蔑地看了托碧最後一眼，然後離開病房。

托碧沉默地看著兩名工友把輪床推到床邊就位。

「一、二、三，搬。」

他們把大體搬到輪床上，綁好胸部約束帶。這不是為了安全，而是為了美觀。輪床有可能顛簸，上下的坡道可能很陡，你可不希望屍體不小心摔到地上。屍體上方再架上一塊假床墊固定好，然後把一條長床單罩在整個裝置上頭。一般人經過走廊看到，會以為這只是一張空的輪床。

他們把大體推出房間。

托碧獨自站在那裡，聽著輪子的吱嘎聲漸去漸遠。她想著接下來會發生什麼事。在樓下，在太平間，會有一些文件要完成，有一些授權書和釋出證明要簽。然後死者會被搬上大體運送車，運到葬儀社的停屍間，在那裡，死者的體液會被排掉，代之以防腐液體。

或者會是火化？她納悶著。一切都燒成炭灰和微量元素，不留下任何解答？如果她想知道安格斯·帕門特的診斷結果，這是最後的機會了。或許也能因此得知哈利·司拉金的診斷結果。她抓起電話，再度打給病人的女兒。

這回一個聲音輕聲回應：「喂？」

「雷西太太嗎？我是哈波醫師。我們上個星期見過，在急診室。」

「是的，我記得。」

「很遺憾你父親過世。我剛剛才聽說。」

對方嘆息一聲，聽起來疲倦的成分大過悲慟。「我們其實也料到了。而且要我老實說，那是某種……唔，解脫吧。聽起來好可怕。但是一個星期來，看著他……那樣……」她又嘆了一口氣。「他不會想那樣活著的。」

「相信我，沒有人想要那樣活著。」托碧猶豫了一會兒，思索著該怎麼措詞。「雷西太太，我知道跟你談這件事的時機很不好，但是實在沒有別的時機了。瓦倫堡醫師說你不希望做解剖。我知道家屬很難同意這樣的事情。但是我真的覺得，以這個案例來說，是必須做解剖的。我們不曉得你父親的死因，解剖的結果有可能——」

「我並不反對解剖。」

「但是瓦倫堡醫師說你拒絕。」

「我們從來沒討論過這件事。」

托碧暫停一下。瓦倫堡醫師為什麼要跟我撒謊？她說：「那麼，你同意解剖了？」

雷西太太只猶豫了幾秒鐘。然後她輕聲說：「如果你覺得有必要的話。我同意。」

托碧掛了電話。接著她正要打給病理部，然後又決定算了。即使家屬同意，只要主治醫師反對，史普林格醫院沒有一個病理學家會執行驗屍解剖的。

為什麼瓦倫堡醫師這麼堅決要避免解剖？他怕會發現什麼？

她看著電話。決定吧。你得現在就做出決定。她拿起聽筒，打給查號台。她說：「查波士頓市，市立法醫處。」

查號台花了好一會兒才查出號碼，又花了好一會兒才轉接到正確的分機。她等待時，腦中可以想像出安格斯．帕門特的大體運到太平間的畫面。電梯下降，到地下室的門打開。經過的走廊上方有水管，發出嘩啦聲。

「法醫處，我是史黛拉。」

托碧立刻恢復專注。「我是牛頓市史普林格醫院的哈波醫師。可以幫我轉接法醫主任嗎？」

「羅伯森醫師在休假，我可以幫你轉接給副主任迪弗拉克。」

「好的，麻煩你。」

接著是幾個喀啦聲，然後一個男子的聲音，疲倦而毫無起伏地說：「我是迪弗拉克醫師。」

「我有一個病人剛過世，」她說，「我想有必要做個解剖。」

「可以請問為什麼嗎？」

「他一個星期前住進我們醫院。救護車送他過來時，我在急診室看到他——」

「有外傷嗎？」

「沒有。他意識困惑，失去定向感。這些是小腦問題的徵象。今天上午稍早，他呼吸停止，然後就過世了。」

「你懷疑有任何犯罪行為嗎？」

「沒有，但是——」

「那麼你們自己醫院裡的病理學家就可以執行解剖了。你不必跟我們通報死亡，除非病人是在住院的二十四小時之內死亡。」

「是的，我知道這不是你們平常的驗屍案子。但是那位主治醫師不肯下令驗屍，所以我們的病理學家就不會執行。這就是為什麼我打電話給你。病人家屬已經同意了。」

她聽到一聲長嘆，還有翻紙頁的聲音，幾乎可以看到那個男人坐在辦公桌前，疲倦且過勞，周圍環繞著無數和死亡相關的事物。一個沒有歡樂的職業，她心想，迪弗拉克的聲音很不快樂。

他說：「哈波醫師，我想你不太清楚我們法醫處的角色。除非是疑似犯罪行為，或是有公共衛生——」

「這個案例可能會有公共衛生的問題。」

「怎麼說？」

「這是我這個月在我們急診室裡碰到的第二個案例了。兩名老年男性，兩人都顯示出急性意識困惑、小腦有問題的徵象。另外讓我困擾的是：這兩位病人都住在同一個退休社區，他們喝同樣的水，在同一個用餐室吃飯。他們大概彼此認識。」

迪弗拉克醫師沒說話。

「我不曉得這是怎麼回事，」托碧說，「從病毒性腦膜炎到園藝用的農藥都有可能。我很不希望忽略一個可以預防的疾病。尤其如果會危害到其他人。」

「你說有兩個病人？」

「是的。第一個在三個星期前來過我急診室。」

「那麼解剖第一個病人，應該可以提供你答案。」

「第一個病人沒有解剖。他在醫院裡失蹤了，始終沒找到。」

迪弗拉克沉默了一會兒，然後輕聲嘆了口氣。再度開口時，她聽得出他的語氣中帶著一點之前沒有的興趣。「你剛剛說，你在史普林格醫院？那個病人的姓名是什麼？」

「安格斯．帕門特。」

「他的屍體還在那裡嗎？」

「我會去確定這件事。」她說。

她跑下四層樓梯，來到地下室。一盞天花板的日光燈閃得像個頻閃閃光燈似的，於是她沿著走廊急步往前時，雙腿就好像隨著一個個停格的畫面而斷續抽動。她來到一扇標示著「只限授權人員進入」的門，進入太平間。

裡頭燈開著，接待櫃檯有一台收音機播放著，但是櫃檯後沒有人。

托碧走進解剖室。不鏽鋼解剖檯上是空的。接著她檢查冷藏室，裡頭的冰櫃是解剖前儲存屍體的地方。一陣寒氣冒出冰櫃，帶著微微的臭氣。死肉的氣味。她打開燈，看到兩張輪床。她走到第一張，拉開屍袋的拉鍊，裡頭是一個老女人的臉，睜著雙眼，鞏膜因為出血而紅得嚇人。托碧顫抖著拉上屍袋的拉鍊，走到第二張輪床旁。那是一具很大的屍體，她拉開拉鍊時，一股惡臭冒出來。一看到那男人的臉，她就別開臉，忍著不要吐出來。那屍體右臉頰的肉都腐爛了。

壞死性鏈球菌，她心想，那些肉被細菌吃掉了。

「這個地方是禁止進入的。」一個聲音說。

她轉身，看到太平間的值班員。「我在找安格斯·帕門特。他在哪裡？」

「他們把他推到裝卸區了。」

「已經要把他送走了？」

「大體接運車剛到。」

「狗屎。」她咕噥道，衝出太平間。

托碧沿著走廊快跑，來到裝卸區的門。她推開門出去，上午的陽光直射在她臉上。她在那強光中眨眨眼，迅速看清狀況：一名工友站在空的輪床旁。大體接運車正要開走。她衝過那工友旁邊，跟著移動的車子奔跑，敲打駕駛座旁的車門。

「停下。停下！」

那司機煞車，降下車窗。「什麼事？」

「你不能帶走大體。」

「我得到授權。院方已經簽字了。」

「這具大體要交給法醫處。」

「沒有人跟我說過。據我所知，家人已經跟葬儀社那邊安排好了。」

「現在這個案子必須交給法醫驗屍。你可以去跟法醫處的迪弗拉克醫師確認。」

那司機回頭看了裝卸區一眼，那名工友一頭霧水地站在那邊看熱鬧。「老天，我不知道……」

「聽我說，我會負全責，」托碧說，「現在倒車。你得把大體卸下來。」

那司機聳聳肩。「就聽你的吧，」他咕噥著，然後換到倒車檔。「不過有人會因此挨罵的。我只希望不會是我。」

8

麗莎又在對他放電了。這成了丹尼・迪弗拉克逐漸學著忍受的日常煩惱之一：他的女性助手老是隔著護目鏡、眨巴著眼睛看他，她對他私生活的好奇心永不滿足，而且她對他選擇忽視她的攻勢顯然非常懊惱。他不懂她為什麼對他這麼感興趣；他猜想她會被他吸引，只不過是沉默的男人比較有挑戰性而已。

比較老的男人，他認命地向自己承認，看了年輕的助理一眼。麗莎沒有皺紋，沒有白髮，沒有鬆垮的皮膚。套用他自己青春期兒子的慣有說法，二十六歲的她是個金髮正妹。*那麼我兒子在背後說我是什麼？*他很納悶。老屁股？老古板？對派屈克這樣的十四歲男孩來說，四十五歲一定遙遠得像是下一個冰河期。

但我們距離死亡都比自己以為的更近，迪弗拉克心想，往下看著驗屍檯上的那具赤裸屍體。上方的燈光照下來，殘酷且毫不留情，凸顯出屍體皮膚上的每一道皺紋和每一顆痣。胸膛的灰色毛髮，脖子的角化性皮脂漏，都是隨著年邁而無可避免的改變。就連金髮、皮膚光滑無瑕的麗莎，有一天也會有肝斑的。

「看起來這位是喜愛戶外活動的人士，」他說，戴了手套的手指摸著屍體額頭上一塊粗糙的皮膚。「光化性角化症。他這裡有曬傷。」

「不過以一個老人來說，他的胸肌很不錯。」麗莎當然會注意到這種細節。她對健身房上了癮，兩年前開始迷上後，她就不斷追求體態的完美，不斷用一個音節的縮寫字談論腹肌、背闊肌、重複動作。肌肉迷都是這樣，似乎都偏好一個音節的字。迪弗拉克常看到麗莎朝水槽上方的鏡子看一眼，打量鏡中的自己。她的頭髮完美嗎？金髮瀏海捲得恰到好處嗎？曬出來的褐色調皮膚還維持住嗎？或者她得再去她公寓屋頂曬上二十分鐘？迪弗拉克覺得年輕人這種對美貌的關注，既好笑又令人迷惑。

迪弗拉克現在少數照鏡子的時候，就是刮鬍子。當他難得認真看著鏡中的自己時，總是很驚訝現在銀色頭髮和黑色的一樣多。他從自己臉上看得到歲月的痕跡：眼睛周圍的紋路加深，雙眉之間鐫刻著永遠的皺痕。他也看到自己變得多麼疲憊又憔悴。三年前離婚之後，他就瘦了些；兩個月前他兒子派屈克離家去住寄宿學校後，他又瘦了更多。當他的私人生活一層接著一層剝落，他的體重也隨之減輕。

今天早上，麗莎還針對他瘦了發出評論。最近看起來不錯啊，醫師！她愉快地說，這句話只證實年輕人有多麼盲目。迪弗拉克不認為自己看起來不錯。他望向鏡子時，只看到一個該吃百憂解的人。

這個解剖不會讓他的心情有所改善。

他對麗莎說：「我們把他翻過來吧，我想先檢查他的背部。」

他們一起把屍體翻成側躺。迪弗拉克調整了燈光，觀察死後血液沉積所形成的色斑，以及臀部因為體重壓迫軟組織所形成的兩大片蒼白區塊。他手套裡的一根手指按了一下那片有如瘀血的色斑，看到按過的地方變成白色。

「屍斑還沒固定，」他說，「這裡有一塊擦傷，就在右肩胛骨的位置，但是不嚴重。」

他們又把屍體翻回原來的仰天姿勢。「他已經處於完全屍僵狀態。」麗莎說。

迪弗拉克看了病歷一眼。「死亡時間是清晨五點五十八分。很符合。」

「手腕的那些瘀血呢？」

「看起來是約束帶造成的。」迪弗拉克再度翻閱病歷，看到護理師寫的紀錄：病人持續激動不安，於是約束四肢。要是所有要驗的屍體都把死亡狀況記錄得這麼詳盡就好了。當一具屍體推進他的解剖室之時，光是死者身分已經確定，他就覺得很幸運了；而若是屍體完整無損又沒臭味，那就更幸運了。有時碰到最惡劣的臭味，他和助理們就得穿戴上防護服和氧氣裝置。不過今天，他們只要戴手套和護目鏡就夠了，因為這具大體已經在醫院篩檢過愛滋病和肝炎，確定沒有問題。儘管解剖從來不會愉快，但這回應該是比較無害的，而且大概也不會有什麼特別的發現。

他把燈光調整一下，往下直照著解剖檯。這具屍體的雙臂像針墊——醫院死亡者的典型狀況。迪弗拉克在左上肢看到有四個注射部位，右上肢則是五個。右鼠蹊也有個針孔傷——大概是為了動脈血液氣體分析而抽血的。這名病人死得並不平靜。

他拿起解剖刀，做了個Y字形切口。然後把整片胸骨提起來，露出胸腔和腹腔。裡頭的器官看起來都很正常。

他開始取出那些器官，一邊口述他的發現。

「這具屍體是一名營養良好的白人男性，八十二歲……」他暫停。這個年齡不可能正確。他翻到病歷的第一頁，查了一下出生年月日。年齡沒有錯。

「我會猜是六十五歲。」麗莎說。

「這上頭寫了，八十二歲。」

「有可能搞錯了嗎？」

迪弗拉克審視著屍體的臉。影響老化程度的主要因素，是遺傳基因和生活方式。他看過八十歲的女人看起來像六十歲，也看過三十五歲的酒鬼看起來像老人。或許安格斯・帕門特只不過是受惠於不顯老的遺傳基因。

「我稍後會再確認年齡，」他說，繼續口述。「死者今天上午五點五十八分在麻州牛頓市史普林格醫院過世，他是在七天前住進這家醫院的。」再一次，他拿起解剖刀。

迪弗拉克執行過解剖太多次，因而對他來說，大部分的動作都根本不必思考。他切斷食道和氣管，還有幾根主要血管，將心臟和肺臟取出。麗莎把這些內臟放在秤上頭，唸出重量，然後將心臟放在砧板上。迪弗拉克沿著冠狀動脈血管切開。

「我不認為這位有心肌梗塞，」他說，「冠狀動脈看起來很乾淨。」

他切下脾臟，然後是小腸。那一圈圈似乎永無止境的腸子感覺冰冷而滑溜。然後他把胃臟、胰臟、肝臟那一整大塊切下來。沒看到腹膜炎的徵象，也沒聞到厭氧菌的臭味。這就是解剖一具新鮮屍體的樂趣所在。沒有臭味，只有肉店的血味。

在砧板上，他劃開胃臟，發現裡頭是空的。

「那家醫院的食物一定很爛。」麗莎說。

「根據他的病歷，他沒辦法吃東西。」

到目前為止，迪弗拉克以肉眼檢視，沒看到任何可以指出死因的狀況。

他繞到屍體的頭部，劃出切口，把頭皮往前翻，像個橡皮面具似的罩住臉部。麗莎已經準備好電動開顱鋸，鋸開頭骨時，兩人都沒說話。

迪弗拉克拿起頭頂骨。在腦膜脆弱的保護之下，腦部的外貌像是一團灰色的蠕蟲。腦膜看起來沒有任何異常，不像是有感染。迪弗拉克也沒看到任何硬腦膜出血的徵象。

腦部要拿出來，做更仔細的檢視。他拿起解剖刀，迅速切斷視神經和血管。他手探得更深，想把腦切離脊髓時，忽然感覺到一陣尖銳的痛。

他立刻收回手，瞪著被割破的手套。「狗屎。」他喃喃說，走向水槽。

「怎麼了？」麗莎問。

「我割到自己了。」

「流血了嗎？」

迪弗拉克脫掉手套，檢視左手中指。一道細線般的血從那極細的傷口湧出。「解剖刀割破兩層手套。狗屎，狗屎，狗屎。」

他從檯面上抓起一瓶優碘，朝手指擠出一道褐色液體。「死吧，混蛋。」

「他ＨＩＶ檢驗是陰性的，對吧？」

「對。幸好。」他說，用面紙吸乾手指上的優碘。「這種事情不應該發生的。我太大意了。」現在他很氣自己，重新戴上手套，又回到屍體邊。腦部已經切開所有的連結。他小心翼翼用雙手撈起來，用生理食鹽水沖掉血，把溼淋淋的腦部放在砧板上。他以肉眼檢視，旋轉著檢查各個表面。各個腦葉看起來很正常，沒有任何腫塊。然後他把腦部放進一桶福馬林裡固定，一個星期後再準備切片，放在玻片上。最可能發現死因答案的地方，就是在顯微鏡之下。

「迪弗拉克醫師？」他的秘書史黛拉的聲音從對講機裡傳來。

「什麼事？」

「有一位卡爾．瓦倫堡醫師在線上。」

「我再回電給他吧。現在我正在解剖。」

「其實呢，這就是他堅持現在跟你談的原因。他希望你停止解剖。」

迪弗拉克直起身子。「為什麼？」

「或許你應該自己跟他談。」

「那我就非接這通電話不可了，」他對麗莎嘀咕，脫下他的手套和圍裙。「你繼續進行肌肉切片檢查和肝臟切片吧。」

「我不是應該等到你跟他談過後嗎？」

「都已經進行到這個地步了，就把組織切片都完成吧。」

他回到自己的辦公室接電話。即使門關上了，房間還是瀰漫著福馬林的氣味，黏在他的衣服、他的雙手上帶進來。他自己聞起來就像個保存的樣本，藏在這個沒有窗子的辦公室裡。一個玻璃瓶中的男人，被困住了。

他拿起電話。「瓦倫堡醫師嗎？我是迪弗拉克醫師。」

「我相信發生了一個誤會。帕門特先生是我的病人，我完全不明白你為什麼要幫他執行解剖。」

「是史普林格醫院的一位醫師要求的。」

「你是說哈波醫師？」電話裡傳來一個厭惡的冷哼聲。「她根本沒參與病人的照護，她沒有資格找你解剖。」

「根據病歷，她在急診室檢查過這位病人。」

「那是一星期前了。此後病人就由我照顧，外加幾位專科醫師。我們都不覺得有解剖的必要。而且我們當然不認為該由法醫負責解剖。」

「她跟我說過，這會是一個公共衛生的問題。」

又是一個厭惡的冷哼聲。「哈波醫師不是太可靠的消息來源。或許你還沒聽說過。史普林格醫院正在調查她在急診室犯的錯，很嚴重的錯。她可能很快就會丟了工作，換作是我，就不會信任她的任何意見。迪弗拉克醫師，這是職權的問題。我是主治醫師，我現在告訴你，解剖是浪費你的時間，也是浪費我所繳的稅。」

迪弗拉克忍住一聲嘆息。我不想處理這個，我是病理學家。我寧可處理死人屍體，也不想處理活人的自尊。

「另外，」瓦倫堡說，「還有家人。病人的女兒會很不高興自己父親的屍體被切開來，甚至可能會考慮採取法律行動。」

迪弗拉克緩緩直起身子，困惑地抬起頭來。「但是瓦倫堡醫師，我跟那個女兒談過了。」

「什麼？」

「今天上午，雷西太太打來跟我討論驗屍的事情。我跟她解釋原因，她似乎很理解。她沒有表示反對。」

電話另一頭沉默了片刻。「那一定是我上次跟她談過之後，她又改變心意了。」瓦倫堡醫師說。

「應該吧。無論如何，解剖已經做完了。」

「這麼快？」

「今天上午這裡剛好沒什麼事。」

又是暫停片刻。瓦倫堡再度開口時，聲音忽然變小了。「屍體——會完整歸還給家屬吧？」

「是的，還有所有器官。」

瓦倫堡清了清嗓子。「那這樣他們應該會滿意了。」

有趣了，迪弗拉克掛電話時心想。他始終沒問我解剖時發現了什麼。

他腦袋中回憶一下剛剛的對話。他只是被捲入了一個郊區醫院的小小人事鬥爭裡嗎？瓦倫堡描述哈波醫師是個不重要的醫師，一個正在被監督的女性，或許跟同事意見不合。她要求驗屍，只是想羞辱另一個醫師同事嗎？

今天早上，他應該要運用一點權謀的推理，應該要查出她真正的打算。但迪弗拉克的邏輯傾向於比較具體的。他向來從自己所能看到、碰觸到、聞到的蒐集資訊。一具屍體的秘密在解剖刀下會輕易展露，但人類的動機對他始終是個謎。

對講機響起來。「迪弗拉克醫師？」史黛拉說，「托碧・哈波醫師在線上。你要我把電話接過去嗎？」

迪弗拉克想了一下，判定自己沒有心情去跟一個已經毀掉他一天的女人講話。「不要。」他說。

「那我要怎麼跟她說？」

「說我下班回家了。」

「唔，如果你真的想這樣的話……」

「史黛拉？」

「什麼事？」

「如果她再打來，就還是幫我擋掉。說我沒辦法接電話。」

他掛斷電話，回到解剖室。

麗莎正彎腰對著砧板，以解剖刀切下一片肝臟。他進去時，她抬起頭。「怎麼樣？」她問，「要完成切片嗎？」

「完成吧。然後把器官放回體內。家屬希望全部歸還。」

她又切了一片，然後暫停。「那腦部呢？還需要一個星期才能固定。」

他看著浸泡著安格斯．帕門特腦部的那個福馬林桶。然後低頭看著自己貼了繃帶的手指，想到那把解剖刀如何割穿了兩只手套，切進自己的肉。

他說：「就留著腦部吧。把頭頂骨放回去，頭皮縫合好。」他又戴上一副新的手套，伸手到一個抽屜裡拿出針線。「他們不會發現缺了腦部的。」

托碧懊惱地放回電話。解剖完成了嗎？兩天來她一直試著要聯絡丹尼・迪弗拉克，但每回他的秘書說都說他不在，而且那個口氣表明不歡迎托碧打電話去。

烤箱發出警示聲，托碧把火關掉，拿出裡頭的瓷鍋。今天的晚餐她又是敷衍了事，超市買來的冷凍義大利千層麵，加上不太新鮮的生菜沙拉。她一直沒空去採買生活雜貨，家裡沒牛奶了，於是她倒了兩杯水，放在廚房餐桌上。她的整個生活似乎就淪落到這樣，只是一再敷衍湊合。冷凍晚餐，髒碗盤堆在水槽裡，從乾衣機裡直接拿出來的皺襯衫。她想著自己這種深深的疲倦是不是因為染上了流感，或者只是因為精神上的倦意拖垮了她。她打開廚房的後門喊道：

「媽，晚餐準備好了！進來吃飯吧。」

愛倫從一叢蜂香薄荷後頭冒出來，聽話地走進廚房。托碧幫著母親在水槽裡洗了手，讓她坐在桌前。她把餐巾圍著愛倫的脖子綁好，一盤千層麵推到母親面前。那些麵已經切成可以入口的小塊，生菜沙拉也都切好了。她將叉子塞到愛倫手裡。

愛倫沒吃，只是坐在那邊等，望著女兒。

托碧自己也坐下來，吃了幾口千層麵。她注意到愛倫沒吃。「這是你的晚餐，媽。放進嘴裡。」

愛倫把空叉子放進嘴裡，專注嚐著。

「來，我幫你。」托碧把愛倫的叉子放進盤內，叉了一塊千層麵，舉到愛倫嘴邊。

「不錯。」愛倫說。

「再吃一塊。繼續，媽。」

此時門鈴響了，愛倫抬頭看。

「一定是布萊恩提早來，」托碧說著站起身。「你繼續吃，別等我。」

她把母親留在廚房，自己去應門。「你來早了。」

「我想或許可以幫你們晚餐加點菜，」布萊恩進門時說。他舉起手裡的紙袋。「冰淇淋。你媽媽最喜歡草莓口味的。」

她接過紙袋時，注意到布萊恩沒看她；其實他似乎在迴避她的目光，背過身子去脫掉夾克，掛在門口的衣櫥裡。就連他轉過來面對她時，目光都還是看著別處。「她晚餐吃得怎麼樣？」他問。

「我們才剛坐下來吃。她今天吃飯有點問題。」

「又來了？」

「我留給她的午餐三明治她都沒碰。剛剛還看著千層麵，好像那是什麼外太空來的東西。」

「啊，這個我可以處理——」

廚房傳來一個很大的碰撞聲，然後是破瓷片滑過地板的聲音。

「啊老天！」托碧說著奔向廚房。

愛倫不知所措地站在那裡，往下看著砸破的瓷鍋。千層麵濺得整個地板都是，還噴到一面牆上，乳酪和番茄醬染出一片嚇人的痕跡。

「媽，你在做什麼？」托碧喊道。

愛倫搖搖頭咕噥說：「燙。我不曉得那麼燙。」

「天啊，你看看這一團糟！這些乳酪都……」托碧抓住垃圾桶，氣憤又懊惱地拖到破瓷鍋旁。她跪下來清理時，發現自己快掉淚了。我快發瘋了。我生活中的每件事情都一塌糊塗。連這個我都處理不來。就是沒辦法。

「來吧，愛倫甜心，」他聽到布萊恩說，「我們來看看你的手。啊親愛的，你的手得沖一下冷水。不不，不要抽回去，甜心。我來幫你弄，好痛，是不是？」

托碧抬頭看。「怎麼了？」

「你媽媽的手燙傷了。」

「好痛，好痛，好痛！」愛倫尖叫。

布萊恩帶著愛倫到水槽，在她手上沖冷水。「這樣好一點了吧？等一下我們來吃冰淇淋，你會覺得更舒服。我帶了草莓口味的。很好吃喔。」

「好吃。」愛倫低聲說。

托碧羞愧得臉頰發熱，看著布萊恩溫柔地用毛巾擦乾愛倫的手。托碧都沒注意到她母親燙傷了。她默默地繼續撿起破瓷片和凝結的乳酪塊，接下來用抹布擦掉醬汁，也擦了牆壁。然後她坐在桌前，看著布萊恩哄愛倫吃冰淇淋。他的耐心，他的溫柔哄騙，讓托碧更覺得內疚。是布萊恩注意到愛倫燙傷了手，是布萊恩看到她的需要；托碧只看到破掉的瓷鍋和地板上的混亂。

現在已經六點十五分了，托碧該準備去上班了。

她沒有力氣起身。於是坐在那裡，一手撐著額頭，想再拖一會兒。

「我有件事情要告訴你，」布萊恩說。他放下湯匙，用餐巾溫柔地擦過愛倫的嘴。然後他對上托碧的目光。「這件事我真的很抱歉。這不是個容易的決定，但是……」他把餐巾放在桌上。「有另一個工作找我。我沒辦法拒絕，那是我多年來一直想做的。不是我去找另一份工作──機會就這樣找上門來。」

「怎麼回事？」

「我接到一通電話，是雙松護理之家打來的，就在附近的衛斯理鎮。他們想找個人開始做一個藝術治療的新方案。托碧，是他們找我去的，我沒辦法拒絕。」

「這件事你從來沒跟我提過。」

「我昨天才接到電話，今天上午去面談過了。」

「所以你就這樣接了那工作，都沒先跟我說？」

「我必須當場做決定。托碧，那是朝九晚五的工作，這表示我就可以跟其他人一樣正常上下班了。」

「他們開多少薪水給你？我可以付更多。」

「我已經接受那份工作了。」

「多少？」

他清了清嗓子。「不是錢的問題。我不希望你認為原因出在錢。而是……各方綜合起來。」

她緩緩往後沉坐。「所以我出更高的酬勞，也沒法挽留你了。」

「對。」他低頭看著餐桌。「他們希望我盡快過去上班。」

「那我媽怎麼辦？要是我找不到人照顧她呢？」

「我相信你找得到的。」

「我有多少時間可以找替手？」

「兩星期。」

「兩星期？你認為我可以憑空變出一個人來？當初我花了好幾個月才找到你的。」

「是的，我知道，但是——」

「那我應該怎麼辦？」她聲音中的絕望似乎懸在空中，像是一片醜陋的布幕。

他緩緩抬起頭看她，目光出乎意料地冷漠。「我喜歡愛倫。你知道的。而且我向來盡力照顧她。但是托碧，她不是我母親，而是你的。」

這番簡單的實話讓她完全無法回嘴。*是的，她是我母親，是我的責任。*

她看著愛倫，發現母親完全沒注意到這一切，只是拿起餐巾對摺又對摺，因為專注而皺起額頭。

托碧說：「你有認識什麼人，會想做這份工作的嗎？」

「我可以給你幾個名字，」他說，「有幾個人可能會有興趣。」

「那就太好了。」

他們隔桌看著彼此，這回不是以雇主和受雇人，而是以朋友的身分。「謝謝你，布萊恩，」她說，「謝謝你為我們所做過的一切。」

在客廳裡，時鐘敲了一下，表示六點半了。托碧嘆了口氣，從椅子上不情願地起身。

該去上班了。

「托碧，我們得談一談。」

她的目光從一個正在氣喘的三歲小孩身上抬起，看到保羅．霍金斯站在診療室門口。「可以等一下嗎？」她問。

「事情很急。」

「好吧，我先打完這一劑腎上腺素，馬上就出去。」

「我在員工休息室等你。」

茉汀遞給她腎上腺素注射瓶時，托碧看到她眼中的疑問。她們兩人在想的是同一件事：現在是星期四晚上十點，急診室主任為什麼會出現在這裡？他穿著西裝、打了領帶，不是平常在醫院的裝束。托碧已經開始覺得不安，抽出了十分之二ＣＣ的腎上腺素到針筒裡，然後硬擠出歡樂的口氣跟那小孩說：「我們會讓你的呼吸順暢很多很多。你坐著不能動，這個感覺就像蜜蜂叮一下，但是很快就結束了，好嗎？」

「我不想要蜜蜂叮我，我不想要蜜蜂叮我。」

那男孩的母親抱緊他。「他討厭打針。你就打吧。」

托碧點頭。要跟一個三歲小孩討價還價，總之是太沒希望了。她打了針，引來一聲足以讓牆上油漆剝落的淒厲尖叫。但同樣突然地，尖叫聲結束了，那個男孩雖然還在吸鼻子，但眼睛渴望地緊盯著注射器。

「我想要那個。」

「我可以給你一個新的，」托碧說，然後遞了一個新的注射筒給他，但是把針拔掉。「以後在澡盆裡面可以玩。」

「我要回家給我妹妹打針。」

他母親翻了個白眼。「她一定愛死了。」

那男孩的喘氣聲似乎已經好轉了，於是托碧讓茉汀去對付他們，自己到員工休息室找保羅。她進門時，保羅站起來，但是沒開口，直到她關上門。

「今天晚上醫院裡面開了董事會，」他說，「剛剛才開完。我想我應該直接過來，跟你解釋發生了什麼事。」

「想必又是有關哈利．司拉金了。」

「這是我們討論的問題之一。」

「還有別的？」

「解剖的事情也被提出來了。」

「原來如此。我覺得我應該坐下來聽這個消息。」

「或許我們兩個都該坐下來。」

她在一張餐椅坐下，跟他隔著餐桌相對。「如果這是個『燒烤哈波醫師大會』，那為什麼沒找我去參加？」

保羅嘆氣。「托碧，你和我或許可以熬過哈利．司拉金的危機。事實上，到目前為止，你在這個案子的運氣不錯。司拉金的家人都沒提過要打官司，負面新聞報導似乎也已經結束了。就我所聽說的，布蘭特山莊和瓦倫堡醫師已經壓下了任何新的報導。」

「瓦倫堡醫師為什麼要幫我忙？」

「我想是因為會對布蘭特山莊不利，讓人知道他們某個有錢的住戶像個遊民似的在街上流浪。你知道，他們可不是一般退休社區，而是白金等級的，什麼都要做到最好，而且也會收最貴的錢。如果他們住戶的安全有疑問，那就無法吸引新的住客了。」

「所以瓦倫堡要保護的是他的搖錢樹，而不是我。」

「無論原因是什麼，他幫你擺脫了困境。但是現在你惹火他了。你腦袋裡到底在想什麼？居然去找法醫？把一個死亡的病患送去驗屍？」

「那是唯一能得到診斷結果的方法。」

「那個人已經不是你的病人了。要不要解剖，應該是由瓦倫堡決定的。」

「但是他一直逃避問題。他要不是不想知道死因，就是很怕被發現。我想不出別的辦法了。」

「你搞得他很難看，讓整件事像是某種刑事案件。」

「我是擔心公共衛生的問題——」

「這不是公共衛生問題，而是政治麻煩。瓦倫堡醫師今天晚上也去參加了會議。還有道格·凱瑞的那些同盟。今天是燒烤大會沒錯，你是主菜。現在瓦倫堡威脅，說以後所有布蘭特山莊的住院病人不會送到史普林格醫院了，而是要送去湖濱醫院。這樣就會傷害到我們。或許你不明白，布蘭特山莊只是一條大鏈子的其中一環而已。他們跟一打其他的護理之家都屬於同一個集團，而這些護理之家向來都把住院病人轉到我們這邊的。你知道光是他們的髖部開刀，我們醫院就賺了多少錢嗎？再加上經尿道前列腺括除術、白內障，還有痔瘡，這些病人的數量很多，而且大部分人除了有聯邦醫療保險之外，還有補充性保險。我們損失不起這些轉診的病人。但是瓦倫堡醫師就拿這個來威脅我們。」

「就只因為那個解剖？」

「他有很好的理由火大。你打電話給那個法醫時，就害瓦倫堡醫師顯得不稱職，甚至更糟糕。現在我們又開始接到記者的電話了，這可能會是另一次負面宣傳。」

「一定是道格・凱瑞去跟媒體通風報信的。這種陰險的招數就是他的作風。」

「好吧，唔，現在瓦倫堡很不高興自己的名字可能會上報。董事會很不高興他們可能會失去所有布蘭特山莊轉診的病人。」

「所以當然每個人都對我很不高興。」

「你會驚訝嗎？」

她緩緩吐出一口氣。「好吧，所以你們把我狠狠燒烤過，現在我被烤成酥脆的肉乾了。」

保羅點點頭。「瓦倫堡醫師要醫院開除你。當然還得先通過我這一關，因為我是急診室主任。我沒有什麼操縱的空間。」

「你怎麼跟他們說？」

「說開除你有個問題。」他不安地笑了一聲。「我採用了一個你可能不贊成的拖延戰術。我說你為了要反擊，可能會控告醫院性別歧視。他們聽了很緊張。如果有什麼他們會怕的，那就是一個愛抱怨的女性主義者了。」

「真是榮幸啊。」

「這是我唯一想得到的辦法。」

「真好笑，這是我永遠也想不出來的。我還是女人呢。」

「還記得那個護理師控告性騷擾的案件嗎？拖了兩年，史普林格醫院最後花了天價律師費。我只能用這招暫時阻止他們，讓他們再考慮一下。也幫你爭取一點時間，等到風頭過去。」他一手撫梳過頭髮。「托碧，我現在很為難。他們對我施壓，要我解決這個狀況。我不想傷害你，真的不想。」

「你是要我辭職嗎？」

「不。不是，那不是我來找你的原因。」

「那你要我怎麼做？」

「我在想，或許你應該休息幾個星期。同時，法醫處的驗屍報告會出來。我相信結果會顯示那個病人的死亡是自然原因。這樣瓦倫堡就可以擺脫困境了。」

「而且他就會原諒一切。」

「希望如此。反正你已經排了下個月要休假。你可以現在就開始休，延長到三、四個星期。」

一時之間，她只是坐在那裡思索，心裡推演著一連串骨牌效應。一個行動產生的結果，又會影響另一個結果。「那誰會幫我代班？」她問。

「我們可以找喬．賽福林來幫你值班。他現在只是兼職的，我很確定他會願意。」

她直視著保羅。「那我就永遠別想要回我的工作了，對吧？」

「托碧——」

「介紹賽福林來醫院工作的，不就是道格．凱瑞嗎？他們不是哥兒們嗎？你沒把所有人都考慮進去。要是我繼續休假，喬．賽福林會補上。我的工作就要不回來了，你很清楚的。」

他沒說話，只是看著她，表情莫測高深。這麼多年以來，她因為被保羅．霍金斯吸引，而沒看清兩人之間的關係。他的微笑、他的友善都被她過度解讀而放大了。直到現在她明白了，又碰上了自己最脆弱的時刻，這個打擊就更加痛苦。

她站起來。「我要照原來排定的時間休假。不會提早。」

「托碧，我正在盡力保護你。你一定要了解，我的位置也不穩靠。要是我們失去了布蘭特山莊的轉診病人，史普林格醫院會受到傷害。董事會就會找替罪羊的。」

「我不怪你，保羅。我了解你為什麼會這麼做。」

「那你為什麼不照我的建議？先去休假。你的工作還會在這裡等著你的。」

「有書面的保證嗎？」

他沉默了。

她轉身朝向門口。「我也是這麼想的。」

9

莫莉．匹克站在那裡看著公用電話，想鼓起勇氣去拿聽筒。這是她今天第二度來到這個電話亭。第一回她根本沒進去，就轉身離開了。現在她站在電話亭裡，門在她身後關上，沒有什麼能阻止她打電話了。

她顫抖著雙手拿起聽筒，開始撥號。

「長途台總機。」

「我想打對方付費電話。打到南卡羅萊納州的畢佛特。」

「我要說是誰打去的？」

「莫莉。」她說了要打的號碼，然後閉上眼睛往後靠，心臟怦怦跳，等著接線生幫她接通。

她聽到電話鈴聲響了，害怕得覺得自己可能就要吐出來，吐在電話亭裡。天啊，幫幫我。

「喂？」

莫莉趕緊挺直身子。是她母親的聲音。「媽媽，」她脫口而出，然後接線生的聲音插入：

「有一通來自莫莉的對方付費電話。你要接受嗎？」

電話另一頭有好長一段沉默。

拜託，拜託，拜託。跟我講話吧。

「女士？你要接受付費電話嗎？」

電話那頭長嘆一聲，然後：「啊，應該吧。」

「請通話。」接線生說。

「媽媽，是我。我是從波士頓打來的。」

「所以你還在那裡了。」

「是啊。我一直想打電話給你——」

「你需要錢或什麼的，對吧？」

「不！不，我過得還好。我，呃……」莫莉清了清嗓子。「我還過得下去。」

「唔，那很好。」

莫莉閉上眼睛，真希望她母親的聲音不要那麼無動於衷。希望媽媽會哭出來，然後要她回家。但媽媽的話中沒有淚意，只有那毫無生氣的聲音，直刺莫莉的心臟。

「所以你打來，有什麼特別的原因嗎？」

「呃……沒有。」莫莉一手揉過眼睛。「其實沒有……」

「你想說什麼嗎？」

「我只是——我想跟你問候一下。」

「好吧。那麼，聽我說，我正在忙著做飯，要是你沒有其他的事情——」

「我懷孕了。」莫莉低聲說。

沒有反應。

「你聽到了嗎？我就要生小孩了。想想看，媽媽！我希望是個女孩，這樣我就可以把她打扮得像公主一樣。還記得你以前常常幫我縫的那些洋裝嗎？我會買一台縫紉機，學著做衣服。」她現在笑著，隔著淚眼拚命講得好快。「但是你得教我，媽媽，因為我自己永遠做不好。我從來沒學過暗針縫——」

「是有色人種嗎？」

「什麼？」

「這寶寶會是有色人種嗎？」

「我不知道——」

「什麼意思，你不知道？」

莫莉猛地一手摀住嘴巴，忍住啜泣。

「你的意思是，你根本不知道？」她母親說，「太多人，你數不清了？」

「媽媽，」莫莉低聲說，「媽媽，其實不重要，這畢竟是我的寶寶。」

「啊，很重要。對這裡的人來說很重要。你認為他們會怎麼說？還有你爹地——他一定會氣死的。」

有個人敲了電話亭的門，莫莉轉身看到一個男人指著自己的手錶，揮手要她出來。她轉身背對他。

「媽媽，」她說，「我想回家。」

「你不能回家。這個狀況不行。」

「拉米叫我拿掉，叫我殺了我的寶寶。他今天叫我去醫生那邊，我不知道該怎麼辦。媽媽，我需要你告訴我該怎麼辦……」

她母親疲倦地嘆了口氣。然後低聲說：「或許那樣是最好的。」

「什麼？」

「把它拿掉。」

莫莉不知所措地搖著頭。「但它是你的孫子啊——」

「照你懷上的那種方式，那不是我的孫子。」

那男人又敲了門，吼著要莫莉掛斷電話。她一手掩住耳朵，擋掉他的聲音。

「拜託，」莫莉啜泣著。「讓我回家。」

「你爹地現在沒辦法應付這種事情，你知道的。你讓我們經歷了那樣的羞愧，而且我之前一再告訴過你會有什麼下場。但是你不聽，莫莉。你從來就不聽。」

「我不會再惹任何麻煩了。拉米和我已經完了。現在我只想回家。」

電話亭外的那個男人現在用力捶著門，吼著要她滾出電話亭。莫莉拚命往後抵著門，免得他闖進來。

「媽媽？」她說，「媽媽？」

傳來的回應帶著一絲勝利的滿足感。「你自己造的孽，現在你得自己吞下苦果了。」

莫莉仍把電話聽筒緊貼在耳邊，心知她母親已經掛斷了，但還是無法相信。跟我講話。告訴我你還在那裡。告訴我你永遠會守候我。

「嘿，婊子！他媽的放開那個電話！」

她無言地讓聽筒從手中滑落。聽筒懸在那裡，撞著電話亭。她茫然地走出來，沒看到那個仍在咒罵她的男人，沒聽到他講的任何一個字。她只是離開。

沒辦法回家。沒辦法回家。現在沒辦法，再也沒辦法了。

她走著，對眼前的一切視而不見，感覺不到雙腿移動，只是穿著高跟鞋不太穩地走著。她的痛苦阻絕了所有的身體感覺。

她沒看到拉米朝她走來。

那一拳打中她的下巴下方，讓她往後踉蹌靠在建築物的牆上。她抓住鍛造的鐵窗穩住自己，免得倒下去。她不明白剛剛發生了什麼事；只知道拉米在朝她大吼，且她的腦袋痛得嗡嗡作響。

他抓住她一隻手臂，把她拖進前門。在門廳裡，他又打她。這回她倒下去了，四肢大張趴在樓梯上。

「你他媽的跑去哪裡了？」他吼道。

「我有——我有事情要做——」

「你有個約診，記得嗎？他們想知道為什麼你沒去。」

她吞嚥著，盯著階梯，不敢看他的臉。她只希望他會相信她撒的謊。「我忘了。」她說。

「什麼？」

「我說我忘了。」

「你這個蠢婊子。我叫你今天上午非去不可的。」

「我知道。」

「你腦袋裡一定是裝了屎。」

「我一直在想別的事情。」

「好吧，他們還在等你。你快點出去上車吧。」

她往上看。「可是我還沒準備好——」

「準備？」拉米大笑。「你唯一要做的，就是躺在一張檢查檯上，張開兩腿。」他拉著她站起來，把她推向前門。「去吧。他們派了那輛操他媽的禮車來接你。」

她踉蹌走出去，來到人行道上。

一輛黑色汽車停在路邊，等著她。隔著暗色玻璃，她幾乎看不清司機的輪廓。

「去吧，上車。」

「拉米，我身體不舒服。我不想去。」

「別跟我鬼扯。上車就是了。」他打開車門，把她推進後座，然後甩上門。

車子駛離路邊。

「嘿！」她對司機說，「我要下車！」後座和前座間隔著一面樹脂玻璃。她用力捶著那玻璃，想吸引他的注意，但是他沒反應。她望著玻璃上裝設的那個小擴音器，認出來，忽然感覺到一陣寒意。她記得這輛車，她曾經搭過一次。

「哈囉？」她說，「我認識你嗎？」

那司機根本沒回頭。

她往後靠坐著皮革椅墊。同樣的車，同樣的司機。她記得那一頭金髮，幾乎是銀色的。上回他載她去多徹斯特時，屋裡有另一個男人等著他，戴著綠色口罩。另外還有一張附了約束帶的檢查檯。

她的寒意轉為恐慌，看了前面一眼，發現快到一個十字路口了。最後一個，接下來就要上高速道路了。她凝視著紅綠燈，心中祈禱：變紅燈，變紅燈！

另一輛車切到他們前面。司機趕緊踩下煞車，莫莉身體突然往前傾。他們後方的車子猛按喇叭，車陣尖嘯著停下。

莫莉推開車門，跳出車子。

那司機大喊：「回來！你馬上給我回來！」

她衝過兩輛停著的汽車間，急步上了人行道，她的高跟鞋清脆敲著路面。該死的鞋跟，差點害她跌倒。她恢復平衡，開始沿著街道奔跑。

「嘿！」

莫莉回頭看了一眼，震驚地看到那個金髮男已經把車子停在路邊，自己徒步追上來，在一片按喇叭的車陣中閃來閃去。

她笨拙地跑著，高跟鞋響亮，害她跑不快。到了那個街區的末端，她又回頭看一眼。

那司機逼近了。

他為什麼不肯放過我？

她的反應就是獵物的本能——趕緊逃命。

她往右轉入一條窄街，努力沿著起伏不平的紅磚道，朝上坡的烽火台丘跑。才跑了一個街區，她就已經喘不過氣來，而且小腿好痛——都怪這雙該死的鞋子。

她回頭看一眼。

那司機也爬坡追上來。

新的恐慌讓莫莉速度更快。她左轉，然後右轉，迂迴著更深入烽火台丘的迷宮。她沒停下來回頭看，心知他就緊追在後。

此時她雙腳已經被鞋子磨出瘀青，而且因為剛冒出來的水泡而刺痛。我跑不贏他。

她繞過另一個轉角，看到一輛計程車停在路邊，引擎空轉著。她趕緊衝過去。

那司機驚訝地回頭，看到莫莉撲進後座，拉上車門。

「嘿！現在我不載客。」他厲聲說。

「開車就是了，快！」

「我在等一個客人。你滾出我的車子。」

「有人在追我。拜託，你能不能繞著街區開？」

「我哪裡都不去。你快下車，否則我要用無線電找警察來了。」

莫莉小心翼翼地抬起頭，朝車窗外看。

追她的那名男子就站在幾碼外，掃視著街道。

她立刻又蹲低身子躲在車內。「是他。」她低聲說。

「我才不管是誰。我要叫警察來了。」

「好吧。你去叫！我這輩子難得一次，還真的需要警察。」

她聽到他伸手拿了無線電的麥克風，然後又聽到他咕噥一聲：「狗屎！」把麥克風放回架上。

「你到底要不要叫警察來？」

「我不想跟警察講話。為什麼你不肯照我的話做，乖乖下車？」

「為什麼你不肯繞著這個街區開一下？」

「好啦，好啦。」那司機無奈地咕噥了一聲，鬆開煞車，駛離路邊。「那傢伙是誰啊？」

「他要開車載我去某個我不想去的地方。所以我就逃走了。」

「要載你去哪裡？」

「我不知道。」

「猜猜怎麼著？我也不想知道。我不想知道你混亂生活的任何事情。我只希望你離開我的車。」他猛轉到路邊停車。「現在你下車吧。」

「那個人還在附近嗎？」

「這裡是劍橋街。我已經載著你過了幾個街區。他還在另一頭遠得很呢。」

她抬起頭迅速看一下。街上有好多人，但是沒有那名禮車司機的蹤影。「或許有一天我可以付你錢。」她說著下了車。

「或許有一天我能飛到月亮去。」

她迅速走著，先是沿著劍橋街，接著轉入薩伯瑞街。她一直走，直到深入北城區的巷道迷宮間才停下來。

她在一座墓園的外頭看到有張長椅。「卡布氏丘墓園」，標示牌上這麼印著。她坐下來，脫掉鞋子。水泡破了，腳趾有瘀青。她累得連再走一個街區都沒辦法，於是她只是赤腳坐在那裡，看著觀光客漫步走過，他們手上拿著波士頓市區熱門的觀光路線「自由之路」的小冊子，每個人都享受著這個難得溫暖的十月午後。

我不能回到我房間。我不能回去拿我的衣服。拉米要是看到我，一定會殺了我。

快四點了，她很餓；打從早餐的兩個草莓甜甜圈和一杯葡萄柚汁之後，她就再也沒吃過東西。對街一家義大利餐廳飄過來的香味快把她逼瘋了。她打開自己的皮包看，裡面只有幾塊錢。她房間裡還藏著錢，得找個拉米不在的時候，想辦法回去拿。

她又穿上鞋子，痛得皺起臉。然後她一跛一跛地沿著街道，走向一座電話亭。拜託幫我這個忙，蘇菲，她心想。就這麼一次，拜託對我好一點。

蘇菲接了電話，她的聲音低而謹慎。「喂？」

「是我。我要你去我房間裡——」

「不可能。拉米正在這裡發飆。」

「我需要我的錢。拜託去幫我拿，然後我就離開那裡。你以後再也不會看到我了。」

「我才不要靠近你的房間呢。拉米現在就在裡頭，把房間翻得亂七八糟。你有什麼東西都會被他搜出來的。」

莫莉垂頭喪氣，靠著電話亭。

「聽我說，離這裡遠一點。不要再回來了。」蘇菲說。

「但是我不曉得還能去哪裡！」莫莉的聲音忽然顫抖，然後啜泣起來。她絕望地靠著電話亭蜷縮，頭髮一綹綹垂到臉上，被淚水沾溼。「我沒有地方可以去……」

蘇菲沉默了一會兒，然後說：「嘿，平胸小姐？聽我說。有個我認識的人，我想她可能會幫你。只能讓你窩個兩天，然後你就得靠自己了。嘿，你在認真聽我講嗎？」

莫莉深吸一口氣。「是的。」

「在憲章街。轉角有一家麵包店，隔壁是一家旅舍。她在二樓租了個房間。」

「誰？」

「你說找安妮就行。」

「你是拉米的小姐，對吧？」

那女人從門鏈上方往外看，那扇門開了一道窄縫，莫莉只看到她的半張臉——捲曲的瀏海是鮮豔的紅髮，藍色眼珠外頭是疲倦的黑眼圈。

「蘇菲叫我來的，」莫莉說，「她說你或許可以收留我——」

「蘇菲應該先問過我的。」

「拜託——我可以睡在這裡嗎——今天晚上就好？」莫莉顫抖著，雙臂交抱住肩膀，朝昏暗的走廊前後張望。「我沒地方可以投靠。我會很安靜的。你甚至不會曉得我在那裡。」

「你做什麼惹火了拉米？」

「沒有啊。」

那女人伸手要關上門。

「慢著！」莫莉喊道。「好吧，好吧。我猜我的確惹火了他。我不想再去看那個醫生……」

門又緩緩打開一些。那紅髮女人的目光往下，停在莫莉腰部，沒說話。

「我好累，」莫莉低聲說，「我睡在地板就行，好嗎？拜託，今晚就好。」

那門關上了。

莫莉發出一聲絕望的嗚咽。然後她聽到門鏈喀噠拉開，門又打開了。現在可以看到那女人全身，她印花連身裙底下的腹部隆起。「進來吧。」她說。

莫莉進入房間。那女人立刻關上門，把鏈條插回去。

一時之間，她們看著彼此。然後莫莉的目光往下，停留在那女人的肚子。

那女人看到莫莉的目光，聳聳肩。「我不是胖，而是懷了寶寶。」

莫莉點點頭，兩手摸著自己微微隆起的腹部。「我也懷了一個。」

「我照顧老人二十二年了。在紐澤西的四家安養院工作過。所以我知道該怎麼照顧好他們。」

那女人指著她放在托碧家餐桌上的履歷。「我這一行做很久了。」

「是啊，我看到了。」托碧說，拿起愛達．鮑加的履歷，瀏覽她的過往工作經驗。那些紙頁有一股菸臭。這個女人身上也是，她鬆垮的衣服帶著菸臭，把整個廚房都染上了那股氣味。為什麼我還要裝模作樣？托碧心想。我不要這個女人待在我屋裡。我不要她接近我母親。

她把那份履歷放在餐桌上，逼自己朝愛達．鮑加微笑。「我會先留著你的履歷，等我做出決定。」

「你現在就需要人，不是嗎？你的徵人廣告上是這麼寫的。」

「我還在面試應徵者。」

「可以問一下有很多人來應徵嗎？」

「有幾個。」

「願意做夜班的人不多，但是我上夜班沒問題。」

托碧站起來，清楚表明這場面談結束了。她帶著那女人走出廚房，沿著門廳往前門走。「我會考慮的。謝謝你來這麼一趟，鮑加太太。」她簡直是把那女人推出屋子，關上門。然後她背靠門站著，彷彿要阻擋鮑加太太再闖進她家來。只剩六天了，她心想。我要怎麼在六天內找到人？

在廚房裡，電話鈴聲響起。

是她姊姊打來的。「你面談進行得怎麼樣？」維琪問。

「沒有適合的人選。」

「你的徵人廣告不是有人回應嗎？」

「一個是老菸槍，兩個幾乎不懂英語，還有一個讓我想把家裡的烈酒都鎖起來。維琪，這樣不行。我沒辦法把媽媽交給其中任何一個人照顧。你得讓媽媽在你家過夜，直到我找到適合的人為止。」

「她夜裡會起來亂逛，托碧。她有可能在我們睡覺時打開爐火。我得考慮到我的小孩。」

「她從來不會去開爐火的，而且她通常都會一覺睡到天亮。」

「那找臨時工仲介公司呢？」

「那只是短期的解決辦法。我不能老是讓生面孔進出我家。那樣會把媽媽搞得很糊塗的。」

「至少是個辦法。現在這麼急，不找他們，就得送去老人院了。」

「不行，不能送到老人院。」

維琪嘆氣。「這只是個建議。我也在替你著想。我希望自己有辦法做更多……」

但是沒辦法，托碧心想。維琪有兩個小孩貪婪地爭取母親的關注，她已經忙不過來了，硬把愛倫塞到他們家，只是更加重維琪的負擔。

托碧走到廚房窗前，往外看著花園。她母親站在工具小屋旁，手裡拿著一把掃葉耙。愛倫似乎記不得掃葉耙是用來做什麼的，只是不斷用耙齒刮過磚砌小徑。

「你還要面試幾個人？」維琪問。

「兩個。」

「他們的履歷看起來還好嗎？」

「看起來很好。不過所有人在紙上看起來都很好。直到你跟他們面對面，才會聞到他們身上有酒味。」

「啊，不可能那麼糟糕的，托碧。你對整個過程太悲觀了。」

「那你過來跟他們面談。下一個應該隨時會到——」此時剛好門鈴響起。「一定是他來了。」

「我馬上趕過去。」

托碧掛斷電話，到前門去應門。

門廊裡站著一個老人，一張憔悴而蒼白的臉，肩膀往前垮。「我是來應徵的。」他只說了這幾個字，就被一陣咳嗽打斷了。

托碧趕緊請他進屋，讓他坐在沙發上。他猛咳時，托碧去倒了一杯水給他，看著他咳，然後他清了清嗓子，又咳了一下。只是感冒的尾聲，他在咳嗽間告訴她。現在已經好多了，只剩這個支氣管炎。不會妨礙工作能力的，絕對不會。他以前病得更重時也照樣工作，這輩子都在工作，從十六歲就開始了。

托碧聽著，主要是出於憐憫，而非興趣，同時她的目光集中在茶几上的履歷。華勒斯．杜根，六十一歲。她知道自己不會雇用他，從看到他的第一眼就知道了。但她不忍心立刻趕走他。於是她坐在那裡，被動地保持沉默，聽著他說起自己是怎麼來到人生這個悲慘的地步。說他多麼需要這份工作，這個年紀要找到工作有多難。

他還坐在沙發上時，維琪到了。她走進客廳，看到那男人，停下腳步。

「這位是我姊姊，」托碧說，「這位是華勒斯．杜根。他是來應徵的。」

華勒斯站起來跟維琪握手，但很快又跌坐回去，又是一陣咳嗽。

「托碧，可以跟你談一下嗎？」維琪說，然後轉身走進廚房。

托碧也跟著進入廚房，把門帶上。

「那個人是怎麼回事？」維琪壓低聲音說，「他看起來像是得了癌症，或者肺結核。」

「他說是支氣管炎。」

「你該不會想雇用他吧？」

「到目前為止，來應徵的人裡頭，他是最好的一個。」

「你在開玩笑。拜託告訴我你是在開玩笑。」

托碧嘆氣。「很不幸，不是開玩笑。你沒看過其他人。」

「他們比他還糟糕？」

「至少他看起來很和善。」

「啊，當然。等到他暈倒了，媽媽得幫他做心肺復甦術嗎？」

「維琪，我不打算雇用他。」

「那為什麼不趕快送走他，免得他咳死在你的客廳裡？」

門鈴響了。

「天啊……」托碧說，推開廚房的門。她經過華勒斯．杜根旁邊時，給了他一個歉意的眼神，但是他正低頭用手帕摀著嘴，又咳了起來。她打開前門。

一個嬌小的女人朝她微笑。她年約三十五，一頭褐髮剪成黛安娜王妃的髮型。「哈波醫師？很抱歉我來早了。我怕找不到你家，就提早來了。」她伸出一隻手。「我是珍．諾蘭。」

「請進。我正在跟另一位應徵者談，但是──」

「我可以跟她談，」維琪插嘴，走上前來跟珍．諾蘭握手。「我是哈波醫師的姊姊。我們去廚房好嗎？」維琪看著托碧。「同時，你就去跟杜根先生談完吧。」然後她又跟托碧咬耳朵補充：「趕緊擺脫掉他就是了。」

華勒斯．杜根已經知道結局了。托碧回到客廳時，發現他低頭看著茶几，一副挫敗的表情。

他的履歷放在面前，三張紙，照年代順序記錄著他四十五年的工作生涯。這個紀錄很可能走到盡頭了。

他們又繼續聊了一會兒，主要是出於禮貌，而不是必要。兩個人心裡都明白，他們再也不會見面了。最後他終於走出門時，托碧關上門，大感解脫。畢竟，憐憫是不可能成事的。

然後她去了廚房。

裡頭只有維琪一個人，正看著門外。「你看。」她說。

在外頭的花園裡，愛倫正緩緩沿磚砌小徑往前走。旁邊是珍．諾蘭，點頭看愛倫指著一種植物，然後是另一種。珍就像一隻輕靈的小鳥，對同伴的一舉一動很警覺。愛倫暫停下來，朝腳邊某個東西皺眉，然後彎腰拾起來，是一支鬆土耙。此時她把那鬆土耙在手上轉來轉去，好像要尋找線索，好搞懂那是用來做什麼的。

「你發現了什麼？」珍問。

愛倫舉起那鬆土耙。「這個，是刷子。」愛倫似乎立刻知道講錯了，於是搖搖頭。「不，不是刷子。這個是——你知道——你知道的。」

「是用來種花的，對不對？」珍鼓勵她。「是耙子，用來挖鬆泥土的。」

「對。」愛倫滿面笑容。「是耙子。」

「我們把它放到一個安全的地方吧，才不會搞丟，也免得你們不小心踩到。」珍拿了耙子，放在獨輪推車上。然後她抬頭，看到托碧，朝她微笑揮手。接著她攬住愛倫的手臂，兩個人繼續沿著小徑往前走，繞過屋子轉角消失了。

托碧覺得肩上無形的重擔似乎卸下了。她看著姊姊。「你覺得怎麼樣？」

「她的履歷看起來很好，而且三家不同的養老院都給了她很棒的推薦信。我們得調高時薪，因為她有護理師執照。不過我敢說她值得。」

「媽媽好像喜歡她。這點是最重要的。」

維琪滿足地嘆了口氣，任務完成，覺得自己很有效率。「看吧，」她說，關上後門。「其實也沒那麼困難嘛。」

又做了一天工作，又賺了一點錢。又解剖完一具屍體。

丹尼．迪弗拉克離開解剖台，脫下手套。「解剖完畢了，若伊。左上肢有穿刺傷，脾臟撕裂導致體內大量出血。絕對不是自然致死的。沒有意料之外的事情。」他把手套扔進污染性廢棄物的垃圾桶內，然後看著若伊．許恩警探。

許恩還站在解剖台邊，但目光沒看著那個取出內臟的空蕩體腔，而是癡癡望著迪弗拉克的助理麗莎。真浪漫啊。羅密歐與茱麗葉，隔著一具屍體相會。

迪弗拉克搖搖頭，去水槽洗了手。他在鏡中看到了這段剛萌芽羅曼史的進行。許恩警探稍稍站直身子，縮起小腹。麗莎笑著，金髮瀏海往後撥。即使在解剖室裡，自然的力量還是有辦法發展。

即使其中一方是已婚、中年、過胖的警察。

要是許恩想對著一雙藍色眼眸扮演情郎，那也不關我的事，迪弗拉克心想，冷靜地擦乾手。

但是我應該警告他，他不是第一個在這裡荷爾蒙失調的警察。最近警方人員變得很愛來參與解剖，而且不是為了看屍體。

「我要回辦公室了。」迪弗拉克說，走出解剖室。

二十分鐘後，許恩敲了迪弗拉克辦公室的門，然後走進來，一臉難為情的快樂笑容，那種表情就是心知自己行為愚蠢，而且心知其他每一個人都明白，但是不在乎。

迪弗拉克判定自己也不在乎。他走到檔案櫃前，拿出一個檔案夾遞給許恩。「這是你要求的最終毒物篩檢報告。還需要其他什麼嗎？」

「呃，還有那個寶寶的初步檢驗。」

「符合嬰兒猝死症。」

許恩拿出一根香菸點燃。「我就是這麼想的。」

「可以把那個擰熄嗎？」

「啊？」

「這棟大樓禁煙。」

「你的辦公室也是？」

「菸味都不會散的。」

許恩大笑。「在你這一行，醫師，你還真的不太有資格抱怨氣味的事情。」不過他還是在迪弗拉克推給他的咖啡碟上擰熄了香菸。「你知道，那個麗莎很不錯。」

迪弗拉克什麼都沒說，猜想保持沉默為妙。

「她有男朋友嗎？」許恩問。

「我不會知道。」

「你的意思是，你從沒問過？」

「對。」

「你都不會好奇？」

「讓我好奇的事情有很多，但是不包括這件事。」迪弗拉克停頓一下。「順便問一聲，你老婆和小孩都還好吧？」

許恩慢了半拍才回答：「他們很好。」

「所以你家裡一切都順利？」

「是啊，那當然。」

迪弗拉克嚴肅地點著頭。「那麼你很幸運。」

許恩臉紅了，低頭看著那份毒物篩檢報告。警察見識過太多死亡了，迪弗拉克心想，所以他們急著抓住生活中所有能碰到的快感。許恩很聰明，基本上很正派，但現在他正在掙扎，要處理他在鏡中看到的第一絲中年跡象。

麗莎偏挑這個時候走進來，手裡拿著兩個裝了顯微鏡玻片的托盤。她朝許恩燦笑，看到他只是別開眼睛，她似乎有點錯愕。

「上層托盤是喬瑟夫．奧戴特的肝臟和肺臟切片。下層是帕門特的腦部切片。」麗莎又偷偷看了許恩一眼，然後重拾她的自尊，用一種公事公辦的口吻說：「腦切片你只要蘇木精與伊紅染色，還有PAS染色，對吧？」

「你做了剛果紅染色嗎？」

「也放在這裡了。只是以防萬一。」她轉身走出去，自尊完整無損。

過了一會兒，許恩也離開了，像個短暫懊悔的羅密歐。

迪弗拉克拿著那兩個托盤的玻片回到解剖室，打開顯微鏡的燈。第一個玻片是喬瑟夫．奧戴特的肺臟。老菸槍，他心想，專心觀察那些肺泡。毫無意外，他在解剖時已經看到那些肺氣腫的病變。他又看了幾個切片，接著去看肝臟的。硬化且脂肪浸潤。也愛喝酒。要是喬瑟夫．奧戴特沒朝自己腦袋開槍，最後他的肝臟或肺臟也同樣會害死他。自殺的方法很多。

他對著錄音機口述自己的發現，然後把奧戴特的玻片放在一旁，去拿下一個托盤。

安格斯．帕門特腦部的第一個玻片在顯微鏡之下現形。腦部切片的顯微鏡檢驗是解剖驗屍的例行程序。這個玻片顯示出大腦皮質切片，以PAS染色法染成豔桃紅色。他調整焦距，於是那些細胞變得清楚了。有整整十秒鐘，他隔著接目鏡看，想搞清自己看到的是什麼。

人為的，他心想。一定就是這樣。組織標本在固定或染色過程中變形了。

他拿起那個玻片，換上另一個，重新調整焦距。

再一次，一切看起來全都不對。正常的大腦皮質應該是一片神經元組織的均一背景，點綴著一顆顆紫色的細胞核；但眼前這個看起來像是一片粉紅和白色的泡沫。到處都是泡泡，彷彿大腦灰質被顯微鏡才看得到的蛾類給吃掉了。

他緩緩從接目鏡抬起頭，然後往下看著自己的手指——被解剖刀割破過的中指。割傷現在癒合了，但他還可以看到皮膚上的那條細痕，傷口最近才收口。割傷時，我正在處理腦部。我已經接觸了。

這個診斷要確認才行。要找個神經病理學家諮詢，要用顯微鏡觀察，要查閱臨床紀錄。他還不必急著策劃自己的葬禮。

他雙手冒汗，把顯微鏡的燈關掉，吐出一口長氣。然後他拿起電話。

他的秘書沒花多少時間，就查到托碧．哈波在牛頓市家中的號碼。鈴響六聲後，一個不耐煩的聲音接起來。「喂？」

「哈波醫師嗎？我是法醫處的丹尼．迪弗拉克。你現在方便講話嗎？」

「我一整個星期都在想辦法要聯絡你。」

「我知道。」他承認。想不出有什麼藉口可以告訴她。

「你對帕門特先生有診斷了嗎？」她問。

「這就是我打電話來的原因。我需要你那邊提供更多病史。」

「你那邊不是已經有他住院的病歷了？」

「是的，但是我想跟你談談有關你在急診室所看到的情形。我還在設法解讀組織切片。我現在需要的，是一個更完整的臨床狀況。」

他聽到電話那一頭傳來像是打開水龍頭的流水聲，然後托碧喊道：「不，關掉！關掉，水都流到地板上了！」聽筒喀啦放下，接著是奔跑的腳步聲。她回到線上。「聽我說，我現在不太方便。我們可以當面討論嗎？」

他猶豫著。「我想當面談更好。今天下午？」

「唔，今天我休假，晚上不值班，但是我得安排一個臨時保姆。你什麼時候下班？」

「只要有必要，我可以待到很晚都沒關係。」

「好，我會設法在六點前趕到。你們辦公室在哪裡？」

「艾班尼街七二〇號，就在市立醫院對面。六點已經是下班時間，所以前門會鎖上。你繞到大樓後面停車。」

「我還是不確定你找我要討論什麼事，迪弗拉克醫師。」

「等你看到組織切片之後，」他說，「你就會明白了。」

10

快六點半時，托碧開車來到艾班尼街七二〇號那棟兩層樓紅磚建築後方的停車場。她駛經三輛一模一樣的廂型車，每一輛側面都標示著「麻州法醫處」的字樣。她把車停在靠近建築後門的一個停車格裡。醞釀了一整個白天的雨終於開始下了，溫和的水花為昏暗加上一抹銀白。現在是十月下旬，這陣子天黑得好早；她已經開始想念夏天時漫長而溫暖的黃昏了。那棟砌著紅磚的建築，看起來像是教堂裡地下室的牆面。

她下了車，走過停車場，在雨中低著頭。才剛走到後門的入口，門忽然打開。她驚訝地趕緊抬頭。

一名男子站在門口，在背後走廊的燈光照射下，只看得到一個高高的剪影。「哈波醫師嗎？」

「是的。」

「我是丹尼．迪弗拉克。他們通常六點就鎖門了，所以我一直在注意，看你到了沒有。進來吧。」

她走進那棟建築物，擦掉雙眼的雨水。在燈光中眨著眼睛，她望著迪弗拉克的臉，好把電話裡的聲音跟眼前這名高大的男子對起來。他跟她原先預料的年紀差不多，四十五歲上下，一頭黑髮裡頭夾雜著大量的銀絲，而且亂糟糟的，好像他之前一直緊張地用手指亂抓。他的眼珠是深藍色，眼窩深得彷彿是從黑色凹洞裡注視著她。雖然他露出微笑，但她感覺是硬擠出來的；那迷人的笑容很短暫，泛過雙唇，然後就不見了，代之以一種她不太能確定的表情。或許是焦慮，也或許是憂心。

「大部分人都下班了，」他說，「所以現在這裡真的安靜得像停屍間。」

「我已經盡力早一點趕過來，但是我還得安排臨時保姆。」

「所以你有小孩了？」

「沒有。保姆是要陪我母親的。我不喜歡讓她單獨留在家。」

他們走樓梯上樓，迪弗拉克稍稍領先，白色長袍拍著他的長腿。「很抱歉要你臨時趕來。」

「你一直不肯接我電話，然後突然間又非得今天晚上跟我談。為什麼？」

「我需要你的臨床意見。」

「我不是病理學家。執行解剖的人是你。」

「但是你在病人活著的時候檢查過他。」

他推開樓梯間的門，來到二樓走廊，開始往前走，步伐緊張而有力，搞得托碧得小跑才能跟上。

「這個病例曾經找過一位神經科醫師會診，」托碧說，「你跟他談過嗎？」

「談過了，他說在病人陷入昏迷之前，他從來沒檢查過他；但是等到病人昏迷後，已經沒有什麼跡象或症狀可以檢查了。」

「那瓦倫堡醫師呢？他是主治醫師。」

「瓦倫堡醫師堅持是中風。」

「唔，結果是嗎？」

「不是。」他打開一扇門，按了牆上的電燈開關。這個辦公室裡放著實用的鋼製辦公桌、椅子，還有一個檔案櫃。非常井井有條，托碧心想，看著那些疊整齊的紙張，以及排列在書架上的教科書。整間辦公室裡唯一有個人色彩的東西，就是檔案櫃上一盆顯然被忽略的蕨類，還有辦公桌上一個相框裡的照片。那是一個十來歲男孩，頭髮蓬亂，在陽光下瞇著眼睛，手裡提著一條釣到的鱒魚。那男孩的臉是迪弗拉克的翻版。她在桌旁的一張椅子坐下。

「要不要來點咖啡？」他問。

「我寧可來點資訊。你到底在解剖時發現了什麼？」

「肉眼檢查的話，什麼都沒有。」

「沒有中風的證據？」

「沒有血栓，也沒有出血。」

「那心臟呢？冠狀動脈？」

「正常。事實上，像他這個年紀的男人，我從沒看過有這麼乾淨的左前降支動脈。沒有梗塞的證據，新的或舊的都沒有。不是心因性死亡。」他在辦公桌後坐下來，望著她的眼神好專注，搞得她得逼自己不要別開眼睛。

「毒物方面呢？」

「才一個星期。初步篩檢顯示有地西泮和癲能停。兩個都是在醫院給藥，治療癲癇的。」他身體前傾。「當初你為什麼堅持要解剖？」

「我跟你說過了。他是我看到第二個表現出那些症狀的病人。我希望有個診斷。」

「再跟我說一次症狀。你記得的全都說出來。」

她覺得被那對深藍色的眼睛緊盯著，自己實在很難專心。她往後坐，目光轉到他桌上的那疊紙，然後清了清嗓子。「意識困惑，」她說，「他們兩個進入急診室的時候，都對時間和地點失去定向感。」

「先告訴我關於帕門特的狀況。」

她點點頭。「他女兒發現他在家裡走路歪倒不穩，叫了救護車送他來急診室。他不認得自己的女兒或孫女。以我所蒐集到的狀況，他有視覺幻覺，認為自己可以飛。我檢查他的時候，沒發現任何創傷的證據。神經系統方面，唯一局部徵象似乎是指鼻測驗異常。我一開始以為可能是小腦中風。但是還有其他的症狀，我找不到解釋。」

「比方呢？」

「他好像有某種視覺扭曲。他沒辦法判斷我站得有多遠。」她暫停，皺眉。「啊，那就解釋了小矮人。」

「你說什麼？」

「他抱怨有小矮人跑去他家。我猜想，他講的小矮人是他兩個孫女，大約十歲。」

「好，所以他有視覺扭曲，還有小腦的徵象。」

「還有癲癇發作。」

「是的，我看到你在急診室的紀錄裡提到過。」他伸手去拿他辦公桌上的一個資料夾，打開來。她看到那是病人在史普林格醫院紀錄的影本。「你描述他的右上肢有局部癲癇發作。」

「雖然醫師開了抗痙攣藥，但那樣的發作在他住院期間又斷續出現過。護理師是這麼告訴我的。」

他翻著病例。「瓦倫堡醫師幾乎都沒提到。不過我倒是看到這裡有一張藥單，是癲能停，上頭簽名的是他。」他抬起眼睛看她。「很顯然，你說癲癇發作是對的。」

為什麼我有可能會不對？她心想，忽然有點火大。現在輪到她身體前傾了。「你旁敲側擊了半天，就乾脆告訴我你的診斷吧。」

「我不想影響你對這個案子的記憶。我需要你回想時客觀公正。」

「跟我直說的話，會替我們雙方省下很多時間。」

「你趕時間嗎？」

「今天我休假，迪弗拉克醫師。晚上我待在家裡可以做很多其他事情。」

他沉默打量她一會兒。然後他往後靠坐，重重嘆了一口氣。「聽我說，很抱歉我一直避而不談，但這件事也讓我很震驚。」

「為什麼？」

「我想我們碰到的是一種感染原。」

「細菌性？病毒性？」

「都不是。」

她皺起眉頭。「不然還有什麼？難道是寄生蟲？」

他站起來。「我們下樓去解剖室吧？我讓你看切片。」

他們搭電梯到地下室，進入空蕩的走廊。現在過七點了。她知道法醫處還有其他人值班，但在這一刻，沿著安靜的走廊往前行，感覺上整棟建築裡只有她和迪弗拉克。他帶著她走進一道門，按了牆上的電燈開關。

天花板的日光燈組閃爍著亮起，刺眼的光線從各種發亮的表面反光。她看到一台冰箱、不鏽鋼水槽、一個放著定量分析設備的操作台，還有一台電腦終端機。一個架子上排列著一罐罐人體器官，懸浮在防腐劑中。空氣中有淡淡的福馬林氣味。

他走到一具顯微鏡前，把燈的開關打開。顯微鏡上另有一個教學接目鏡；兩人可以同時看到顯微鏡下的狀況。他把一個玻片放在顯微鏡下，坐下來調整焦距。「你看一下。」

她拉過來一張凳子，頭湊到他旁邊的另一個接目鏡。她看到裡頭像是白色泡泡漂浮在一片桃紅色的大海中。

「我學組織學已經是很久以前了，」她承認，「提示我一下吧。」

「好。你認得出我們在看的是什麼組織嗎？」

她羞愧得臉紅了，真恨不得自己有辦法說出答案。此刻她痛苦地意識到自己的無知，完全答不上來。她臉湊在接目鏡上說：「我真不想承認，但是我看不出這是什麼。」

「這不表示你的專業訓練很差，哈波醫師。這個切片太異常了，所以很難辨識出是什麼組織。我們在看的這個，是安格斯．帕門特大腦皮質的切片，PAS染色。粉紅色是背景的神經網，裡頭的細胞核染成了紫色。」

「那些泡泡是什麼？」

「我本來也有同樣的疑問。正常皮質不會有那些小洞的。」

「好怪。那看起來像是我家廚房的粉紅色海綿。」

他沒反應。她困惑地抬起頭來，看到他盯著她看。「迪弗拉克醫師？」

「你立刻就看出來了。」他喃喃說。

「什麼？」

「它的模樣看起來正是如此。粉紅色海綿。」他往後靠坐，一隻手揉著眼睛。在驗屍室刺眼的燈光下，她看到他臉上疲倦的皺紋，以及淡淡的鬍碴。「我想我們碰到的這個，是海綿狀腦病變。」

「你指的是，像是庫賈氏病？」

他點頭。「這種病變可以解釋切片裡的病理改變，以及臨床的大致狀況。智力衰退，視覺扭曲，肌抽躍。」

「所以那不是局部癲癇發作？」

「對。我想你所看到的，是驚嚇引起的肌抽躍。劇烈重複的痙攣，由很大的聲響所引起。用癲能停是無法控制的。」

「庫賈氏病不是極為罕見嗎？」

「百萬分之一。通常是攻擊老人，狀況很零星。」

「但是的確有一些群聚型病例。去年，在英格蘭——」

「你講的是狂牛症。那似乎是一種變異的庫賈氏病，也或許就是同樣的一種病，現在還不完全確定。英格蘭的受害者被感染，是因為吃了有牛海綿狀腦病變的牛肉。那是一次很少見的爆發，而且後來也沒有再發生過。」

她又回去看顯微鏡裡，然後輕聲說：「這個有沒有可能是群聚感染？安格斯．帕門特不是我第一個看到有這些症狀的人。哈利．司拉金也是。他在帕門特之前幾個星期來我們急診室，也有同樣的疾病表現。意識困惑，視覺扭曲。」

「那些都是非特定的徵象，我們要解剖才能確認。」

「那對司拉金先生來說是不可能的。他還處於失蹤狀態。」

「那就沒有辦法診斷了。」

「他們兩個都住在同一個社區，有可能接觸到同樣的病原。」

「不同於普通感冒，庫賈氏病的傳播是透過普恩蛋白。這是一種異常的細胞蛋白。要直接組織接觸才會感染。比方眼角膜移植。」

「英格蘭那些人是因為吃牛肉而得病的。我們這裡碰到的不也可能是這樣嗎？他們可能一起吃飯——」

「美國牛很乾淨。我們這裡沒有狂牛症。」

「我們怎麼能確定？」她現在被激起好奇心了，腦子裡急切追溯著這條新的思路。她回想起那天夜裡哈利進入急診室的情形，想到那個不鏽鋼盆砸在地板上，然後是哈利一隻腿蹭著輪床的聲音。「我們現在碰到的情形是，兩個住在同一個社區圍牆裡的男人，表現出同樣的症狀。」

「意識困惑還不夠精確。」

「哈利．司拉金有過抽搐狀況，我本來以為是局部癲癇發作。現在我明白，那可能是驚嚇引起的肌抽躍。」

「我需要有屍體讓我解剖。如果沒有哈利．司拉金的腦組織，我沒有辦法做出診斷。」

「唔，你對安格斯．帕門特的診斷有多確定？」

「我已經把切片寄給一位神經病理學家，請他幫我確認。他會在電子顯微鏡底下觀察切片。可能要花幾天才能得到結果。」然後他低聲補充：「我只希望我是錯的。」

她審視他，這才明白他臉上不光是疲倦而已，還有恐懼。

「在解剖的過程中，」他說，「我割傷了自己，就在取出腦部的時候。」他搖搖頭，發出一個奇怪的諷刺笑聲。「我切開過上千個顱骨。處理過有愛滋病、肝炎，甚至狂犬病的屍體。但是從來沒割傷過自己。然後安格斯．帕門特躺在我的解剖檯上，看起來是自然致死的，在醫院住了一星期，沒有感染的證據。結果我做了什麼？我割傷我的手指，就在處理那個該死的腦部時。」

「診斷還沒確認。有可能是人為的。或許切片的準備過程出了錯。」

「我也是一直這麼希望。」他盯著顯微鏡，好像在打量一個不共戴天的敵人。「割傷自己的時候，我雙手捧著腦部。那個時機真是糟到不能再糟了。」

「那也不表示你感染了。你真的得到那個病的機會，絕對是非常小的。」

「但還是存在，還是有可能的。」他看著她，她無法反駁，也無法提供任何虛假的保證。她只能保持沉默，至少這樣比較誠實。

他關掉顯微鏡的燈。「這種疾病的潛伏期很長。所以可能要到一年、兩年後，我才會知道。即使過了五年，我還是沒辦法放心，一直等著第一個徵象出現。至少這種死法比較不痛苦。一開始是失智、視覺扭曲，或許還有幻覺。然後惡化為譫妄，最後就陷入昏迷狀態……」他疲倦地聳了一下肩。「我想這樣比死於癌症要好。」

「我很遺憾，」她喃喃說，「我覺得自己也有責任……」

「為什麼？」

「是我堅持要驗屍的。我害你處在一個危險的境地。」

「是我害自己處在這樣的境地。我們都是，哈波醫師。這是隨著工作而來的危險。你在急診室工作，有個人對著你咳嗽，你會染上肺結核。或者你針頭刺到自己，會得肝炎或愛滋病。」他把玻片拿起來，放進一個托盤中。然後用一個塑膠罩蓋住顯微鏡。「每個工作都有危險，就像早上起床就會有種種風險。開車去工作，走到信箱去取信。或者搭飛機。」他看著她。「意想不到的並不是我們會死掉，而是什麼時候、哪種死法。」

「在這個階段，或許還有一些方法可以阻止感染。或許打一針免疫球蛋白——」

「沒用的。我查過文獻了。」

「你跟你的醫師討論過了嗎？」

「我還沒跟任何人提過這件事。」

「連家人都沒提？」

「我的家人只剩下我兒子派屈克，他才十四歲。那個年紀，要操心的事情已經夠多了。」

她想到他辦公桌上的那張照片，那個頭髮蓬亂的男孩舉著那隻釣到的鱒魚。迪弗拉克說得沒錯，十四歲的男孩太小了，不該逼他面對父親的生死問題。

「那麼你打算怎麼辦？」她問。

「確認我的人壽保險沒有欠繳保費。然後祈禱有最好的結果。」

羅比·布瑞思穿了一件紅襪隊的T恤和破舊的運動長褲去開門。「哈波醫師，」他說，「你來得真快。」

「謝謝你願意見我。」

「是啊，唔，我們家狀況不是最好的時候。睡覺時間，你知道。一堆牢騷和討價還價。」

托碧踏入前門。樓上有個小孩正在尖叫。不是痛苦的尖叫，而是生氣的，伴隨著跺腳聲，以及某個硬物砸在地板的聲音。

「我女兒三歲大，正在學習權力的意義。」布瑞思解釋。「要命，當父母還真是愉快啊。」他拴上前門，帶著托碧進入走廊，往客廳走。她再次深深覺得他塊頭真是大，雙臂肌肉好發達，從肩膀根本無法直直垂下。她在沙發坐下，他則坐在一張很舊的活動躺椅上。

樓上的尖叫聲還在持續，聲音更嘶啞，間斷夾雜著響亮、戲劇化的吸鼻聲。另外還有一個女人說話的聲音，冷靜而堅定。

「這是兩個巨人的對撞，」布瑞思說，「我太太，她立場比我強悍得多。我呢，我只會翻身裝死。」他看著托碧，笑容褪去了。「所以你要找我談有關安格斯·帕門特，是怎麼回事？」

「我才剛從法醫處過來。他們已經有了初步診斷：庫賈氏病。」

布瑞思驚奇地搖了一下頭。「他們確定嗎？」

「還需要一位神經病理學家確認。不過症狀符合診斷。不光是只有帕門特而已。還有哈利・司拉金也符合。」

「兩個庫賈氏病？那有點像是被閃電擊中兩次。你怎麼能確定？」

「好吧，我們無法確定哈利的狀況，因為沒有屍體。但是如果兩個布蘭特山莊的居民都真的有庫賈氏病呢？這會讓你好奇，他們是不是有共同的感染來源。」她身子往前湊。「你跟我說過，哈利的診所就診病歷上頭，他的健康紀錄良好。」

「沒錯。」

「他過去五年開過刀嗎？比方眼角膜移植？」

「我不記得在病歷裡看過任何這類紀錄。我猜想，開刀是有可能得到庫賈氏病的。」

「這種事有過報導。」她暫停。「還有另一個傳播的途徑，就是注射人類生長激素。」

「所以呢？」

「你跟我說過，布蘭特山莊在研究對老人注射荷爾蒙。你說過你們病人的肌肉質量和體力都顯示有進步。你們所注射的生長激素，有沒有可能是受到污染的？」

「現在生長激素都不是來自死人的腦部了，而是人工合成製造的。」

「如果布蘭特山莊是使用到舊有的存貨呢？感染了庫賈氏病的生長激素？」

「舊有的生長激素在市場上已經消失很多年。而且瓦倫堡醫師進行這個臨床試驗計畫好幾年了，從他還在羅斯林研究院就已經開始。我從來沒聽說他的病人有得庫賈氏病的。」

「我對羅斯林研究院沒什麼印象，那是什麼樣的地方？」

「是一家老年醫學研究中心，在康乃狄克州。瓦倫堡醫師來到布蘭特山莊之前，在那邊當了幾年研究員。你去查老年醫學文獻，就會發現一些源自羅斯林的研究。而且有半打的論文上頭，瓦倫堡是列名作者的。他是荷爾蒙補充療法的權威。」

「我都不曉得。」

「研究老年醫學的人才會曉得。」他從椅子上起身，走進隔壁房間，回來時拿著幾份論文，放在托碧面前的茶几上。最上面是一篇從《美國老年醫學學會期刊》影印的一九九二年文章。列出三名作者，第一個就是瓦倫堡醫師。文章標題是：〈超越海佛列克極限：在細胞層面延長壽命〉。

「這是最基本的研究，」布瑞思說，「利用荷爾蒙療法，把一個細胞的最大壽命——海佛列克極限——設法再延長。要是你認為我們的衰老和死亡是一種細胞的過程，那麼你就會想要延長細胞的生命。」

「但是必須要有某個數量的細胞死亡，才是健康的啊。」

「沒錯。我們的黏膜和皮膚隨時都會有細胞死掉，但是會再生新的細胞。不會再生的是比方骨髓和腦部及其他重要器官，這些細胞只會變老和死去。結果我們也會死去。」

「但是如果有這種荷爾蒙療法呢？」

「這就是研究的關鍵。哪一種、或哪幾種荷爾蒙的組合，能延長細胞的壽命？瓦倫堡醫師從一九九〇年就開始研究這個。而且他發現了一些很有希望的結果。」

她抬頭看著他。「護理之家的那個老人——那個很會打架的？」

布瑞思點頭。「他的肌肉質量和力氣，大概是年輕很多的男人才會有的。很不幸，阿茲海默症搞壞了他的腦袋。荷爾蒙也幫不上忙。」

「他們用的是什麼荷爾蒙？你剛剛提到過是多種荷爾蒙的組合。」

「被認可的研究顯示，生長激素、脫氫異雄固酮（DHEA）、褪黑激素，以及睪固酮很有希望。我想瓦倫堡目前的臨床試驗計畫，是使用不同比例的這些荷爾蒙，或許外加其他幾種。」

「你不確定？」

「我沒參與這個臨床試驗計畫。我負責照顧其他的安養院病人。嘿，現在這個計畫似乎希望渺茫。沒人曉得哪種有用。我們只知道，當我們變老，腦下垂體就會停止製造某些荷爾蒙。或許青春的泉源，就是某種人類還沒發現的腦下垂體荷爾蒙。」

「所以瓦倫堡醫師為他們注射補充荷爾蒙，」她說，「其實也不知道是哪種奏效。」

「說不定有用。我覺得布蘭特山莊有一些看起來很健康的八十歲老人，很活躍地穿梭在那個高爾夫球場。」

「他們也很有錢，有運動的習慣，而且生活無憂無慮。」

「是啊，唔，誰曉得呢？或許長壽的最佳預測指標，就是銀行戶頭的健康程度。」

托碧翻了一下那份研究文章，放在茶几上。她再度看著發表日期。「他從一九九〇年就開始做荷爾蒙注射，從來沒有碰到過庫賈氏病的案例？」

「那個臨床試驗計畫在羅斯林研究院進行了四年。然後他來到布蘭特山莊，繼續他的研究。」

「他為什麼離開羅斯林？」

布瑞思大笑。「你想會是為什麼？」

「錢。」

「嘿，那也是我來布蘭特山莊的原因。豐厚的薪水，不必跟保險公司爭執。而且這裡的病人真的會聽從我的建議。」他暫停。「至於瓦倫堡醫師，我聽說還有別的原因。上次我去參加老年醫學會議，聽到了一些八卦。有關瓦倫堡醫師和羅斯林的一位女研究員。」

「啊，如果不是錢，就是色。」

「不然還有什麼？」

她想著卡爾．瓦倫堡醫師穿著他的晚禮服，像一隻有琥珀色眼珠的年輕獅子，她可以輕易想像他成為女性渴望的目標。「所以他跟一個研究同事有曖昧，」她說，「那也沒什麼好吃驚的。」

「那事情聽說是有三個人牽涉在內。」

「瓦倫堡醫師、那個女人，還有誰？」

「另一位羅斯林的醫學博士，男的。我聽說他們三個人之間的關係很緊張，後來三個人都辭職了。瓦倫堡醫師來布蘭特山莊，繼續他的研究。總之，這麼一來，他注射荷爾蒙就有整整六年了，沒有發生過災難性的副作用。」

「也沒有庫賈氏病的病例。」

「沒有過紀錄。應該是別的可能，哈波醫師。」

「好，我們再想想，這兩個老人可能會是怎麼感染的。一次外科手術，比較小型的，比方眼角膜移植。可能記錄在他們的診所病歷上，只是你看漏了。」

布瑞思發出一個火大的聲音。「總而言之，你為什麼緊抓著這件事不放？我也不時會碰到自己的病人死掉，但是我不會念念不忘。」

她嘆了口氣，在沙發上往後靠坐。「我知道自己追究也改變不了什麼。我知道哈利大概死了。但是如果他真的有庫賈氏病，那麼我看到他的時候，他就已經快死了。我做什麼都救不了他。」她看著布瑞思。「或許我就不會覺得，要對他的死負那麼大的責任了。」

「所以這是內疚的問題，是嗎？」

她點點頭。「還有某種程度的自利。哈利的兒子所雇用的律師已經在找急診室工作人員錄證詞。我不認為自己有任何辦法避免被告。但是如果我可以證明自己看到哈利時，他已經感染了一種致命的疾病——」

「那麼你所造成的損害，在法庭上看起來就不會那麼嚴重了。」

她點點頭，覺得很羞愧。你爸當時已經快死了，司拉金先生。有什麼大不了的？

「我們還不確定哈利死了。」布瑞思說。

「他已經失蹤一個月了。不然他還會怎麼樣？問題只不過是要找到他的屍體而已。」

在樓上，哭叫聲停止了，戰役終於結束了。那種安靜只是更凸顯了他們談話中這段不安的沉默。腳步聲沿著樓梯下降，一個紅髮女人出現，皮膚很白，在客廳的燈光照耀下，那張臉白得像是透明的。

「我太太，葛芮塔，」布瑞思說，「這位是托碧．哈波醫師。托碧只是過來跟我談一下工作的事情。」

「很抱歉剛剛那些尖叫，」葛芮塔說，「她每天睡覺前都要鬧一場。再跟我說一次，羅比，當初我們為什麼要生小孩？」

「為了把我們優越的DNA傳下去。麻煩的是，寶貝，她遺傳了你的脾氣。」

葛芮塔坐在丈夫旁邊的扶手上。「那叫做堅定，不是脾氣。」

「是啊，唔，無論你怎麼說，對耳朵很折磨。」他拍拍妻子的膝蓋。「托碧是史普林格醫院的急診室醫師。我臉上的傷口就是她幫我縫好的。」

「啊。」葛芮塔感激地點點頭。「你縫得真好，幾乎沒留下疤。」她突然皺眉看著茶几。「羅比，希望你有提議要給客人飲料。要不要我去泡茶？」

「不，寶貝，沒關係的，」羅比說，「我們這邊都談完了。」

我想這就是暗示我該離開了，托碧心想。不情願地站起來。

羅比也站起來。他吻了妻子一下說：「不會很久的。我只是去診所一下。」然後又轉向驚訝看著他的托碧。「你想看那些診所病歷，對吧？」他問。

「對，當然了。」

「那我們在那邊碰面。布蘭特山莊。」

11

「我知道你往後還會一直拿這件事煩我，」羅比說，把布蘭特山莊診所樓下前門的鎖打開。「去查這個，去查那個。要命，我想乾脆讓你自己看那些該死的病歷，這樣你就知道我沒瞞著你什麼。」他們走進去，前門在他們身後轟然關上。沿著空蕩的走廊發出一連串回音。他往右轉，打開一扇標示著「病歷室」的門。

托碧開了燈，驚訝地眨著眼，望著眼前檔案櫃排成的六條小走道。「照字母順序？」她問。

「對。從那邊開始，Z從另外一邊。我去找司拉金（Slotkin）的病歷，你去找帕門特（Parmenter）。」

托碧朝著P走去。「我不敢相信你們有這麼多病歷。布蘭特山莊真有那麼多病人嗎？」

「不。這裡是歐卡特健康集團旗下所有安養院的檔案儲存中心。」

「就像個企業集團嗎？」

「對。我們是他們的旗艦機構。」

「所以他們旗下有多少安養院？」

「我想有十多個吧。我們財務和轉診服務都是集中處理的。」

托碧找到P開頭的檔案櫃，翻著那些病歷。「我找不到。」她說。

「我找到司拉金的了。」

「那帕門特的在哪裡？」

布瑞思來到她的那條小走道。「啊，我忘了。他過世了，所以他們大概把他的病歷移到非現有病人那一區。」他走到檔案室後方的幾個檔案櫃前。過了一會兒，他關上抽屜。「一定是拿出來了。我找不到。你就先看哈利的病歷吧？仔細看，看到你滿意為止，也可以證明我沒漏掉任何細節。」

她坐在一張空的辦公桌前，打開哈利．司拉金的檔案。裡頭是以病痛的性質分類，「目前疾病」列在第一頁。她沒在這一頁看到令人驚訝的內容：良性攝護腺肥大、慢性背痛、耳硬化症所造成的輕微聽力喪失。全都是意料之中的老年問題。

她翻到過往的病史。再一次，是一份典型的清單：三十三歲，闌尾切除手術。六十八歲，經尿道前列腺刮除術。七十歲，白內障手術。大部分時候，哈利．司拉金都很健康。

她翻到看診紀錄，裡頭有醫師的筆記。大部分都是例行性檢查，由瓦倫堡醫師簽字，偶爾還有一位泌尿科醫師巴泰爾寫的。托碧一頁頁翻過去，暫停在一筆兩年前的紀錄。她無法辨認那個醫師的簽名。

「這是誰寫的？」她問。「簽名看起來像是Y開頭的。」

布瑞思瞇起眼睛，看著那個難以辨識的字跡。「考倒我了。」

「你認得這個名字嗎？」

他搖搖頭。「偶爾需要一些專科醫師看診時，我們會找外頭的醫師來。那次是來看什麼的？」

「我想這個寫的是『鼻中膈彎曲』。一定是耳鼻喉科。」

「牛頓這邊有一位耳鼻喉科醫師姓葛瑞利。但是他的簽名應該是G開頭，不是Y開頭。」

她知道葛瑞利醫師。史普林格醫院急診室偶爾也會找他諮詢。

她翻到檢查紀錄，哈利最近的血液檢驗和生化檢驗是以電腦報表印出來。全都在正常範圍內。

「以他這個年紀的人，他的血紅素相當好，」她注意到，「十五，比我還好。」她翻到下一頁暫停下來，皺眉看著一份電腦印出的資料，標題是：牛頓診斷中心。「哇，你們的人真的沒有成本控制觀念，對吧？看看這些檢驗紀錄。放射免疫分析，包括甲狀腺激素、生長激素、催乳激素、褪黑激素、促腎上腺激素，還有，」她翻到下一頁，「還有。這個內分泌全套檢查是一年前做的，三個月前又做了一次。牛頓的這家檢驗室可賺大錢了。」

「瓦倫堡會要求為他所有的荷爾蒙注射病人做這套檢查。」

「但是這份病歷裡頭，完全沒提到荷爾蒙臨床試驗計畫。」

布瑞思沉默了一會兒。「感覺上的確很奇怪，對吧？哈利不在臨床試驗計畫內，還要求做這些檢驗。」

「或許布蘭特山莊想讓牛頓診斷中心多賺點錢。這個病人的內分泌全套檢查大概要花上幾千元。」

「是瓦倫堡要求做的？」

「檢查報告上頭沒寫。」

「看醫囑單。跟日期做交叉比對。」

她翻到「醫囑」那部分。那幾頁是醫師手寫醫囑的影本，每一個都有簽名和日期。

「好，第一次內分泌全套檢查是瓦倫堡要求做的。第二次開全套檢查醫囑的是那個寫字很潦草的傢伙。假設是葛瑞利醫師吧。」

「一個耳鼻喉科醫師為什麼會要求做內分泌全套檢查？」

她瀏覽一下醫囑的其他部分。「這裡又是那個簽名，日期是將近兩年前了。他的醫囑說手術前給予煩寧，早上六點以廂型車將病人送到衛斯理的郝華茲外科中心。」

「什麼手術？」

「我想這裡寫著『鼻中膈彎曲』。」她嘆了口氣，闔上病歷。「這些資料不是很有幫助，對吧？」

「所以我們可以離開這裡了嗎？葛芮塔現在大概對我很不爽了。」

她不情願地把病歷遞還。「抱歉今天晚上把你拖來這裡。」

「唔，我真不敢相信我這麼配合你。你還需要看帕門特的病歷嗎？」

「要是你能幫我找到的話。」

他把哈利．司拉金的病歷塞回檔案櫃裡，砰一聲關上抽屜。「老實告訴你，哈波醫師，那不會是我的優先事項。」

客廳裡亮著燈。托碧開上車道，把車子停在珍．諾蘭那輛SAAB旁邊，她看到窗簾透出的溫暖光芒，也看到一個女人的剪影站在窗前。那個守望的身影往外看著黑暗，整個畫面讓人覺得安心。讓她知道有人在家，有個人在守候。

托碧自己開鎖進門，走入客廳。「我回來了。」

站在窗前的珍．諾蘭轉身，去收拾自己的雜誌。在沙發上，一份《國家訊問報》攤開來，那一版的標題是「驚人的靈媒預言」。珍趕緊拿起報紙，帶著難為情的微笑轉向托碧。「這是我今天晚上的智力刺激。我知道自己應該閱讀些嚴肅的東西，增進自己的智慧。但是老實說——」她舉起那份小報，「——我抗拒不了任何有丹尼爾．戴—路易斯❷封面的東西。」

「我也抗拒不了。」托碧承認。兩人都大笑，安心地坦承所有女人都有些共通的幻想。

「今天晚上過得怎麼樣？」托碧問。

「非常好。」珍轉身迅速扶正沙發上的靠墊。「我們七點吃晚飯，她幾乎把所有東西吃光光。然後我讓她洗了個泡泡浴。但是我想我其實不該讓她洗的。」她有點懊惱地說。

「為什麼？發生了什麼事？」

「她洗得太高興了，都不肯出來。最後我還得把洗澡水先放掉。」

「我好像沒讓我媽洗過泡泡浴。」

「啊，看她洗真的好有趣！她把泡沫弄在頭上，還吹得到處都是。你真該看看地板上的一團糟。那就像看著一個小孩玩耍。其實某種程度來說，她也的確是小孩。」

托碧嘆氣。「而且這個小孩隨著每一天都變得更幼小了。」

「不過她真是個好孩子。我照顧過的很多阿茲海默症病患並不好。他們愈老就變得愈壞。我不覺得你母親會變成那樣。」

「對，她不會。」托碧微笑。「從來就不會。」

珍拿起其餘的雜誌，一起放進她的背包裡。其中有一本《現代新娘》。夢想者的雜誌，托碧心想。根據珍的履歷，她是單身。三十五歲的她，似乎跟很多托碧認識的女人一樣：未婚，但抱著希望。焦慮，但還不到不顧一切的地步。對這些女人來說，有深色頭髮電影明星的照片就夠了，直到有一個活生生的男人走進她們的生命——如果真有這麼一個人會出現的話。

她們走到前門。

「所以，你覺得一切都進行得很順利了？」托碧說。

「啊，是的。愛倫和我相處得很好。」珍打開門，又停下。「我差點忘了。你姊姊打過電話來。另外有一個法醫處的先生打來。他說他會再打給你。」

「迪弗拉克醫師？他有說是什麼事嗎？」

「沒有。我跟他說你稍後會回家。」她微笑揮手。「晚安。」

托碧鎖上前門，回到臥室去打電話給她姊姊。

「我以為你今天晚上休假。」維琪說。

「是休假沒錯。」

「我之前打去，是珍接的電話，我還嚇了一跳。」

「我拜託她過來幫忙陪媽媽幾小時。你知道，我很樂意每六個月能有一天晚上出門玩。」

❷ Daniel Day-Lewis，美國著名演員，三度榮獲奧斯卡影帝。

維琪嘆氣。「你又在生我的氣了。對吧？」

「不，我沒有。」

「你有。托碧，我知道你被媽媽綁住了。我知道這樣似乎不公平。但是我還能怎麼辦？光這兩個孩子就快把我逼瘋了。我要上班，而且大部分家務事也都還是要我做。我覺得自己只能勉強撐著而已。」

「維琪，這是比賽嗎？看誰吃苦最多？」

「你都不曉得照顧小孩是什麼滋味。」

「對，我的確是不曉得。」

維琪沉默了好一會兒。托碧心想我不曉得，是因為我從來沒有機會。但是她不能怪維琪。是托碧自己的野心，讓她完全專注在事業上。四年醫學院，三年住院醫師期，沒有時間談戀愛。然後愛倫的記憶開始退化，托碧也逐漸承擔起她母親種種事務的責任。這不是她原先的計畫，不是她刻意選擇的道路，只不過她的人生就是變成這樣。

她沒有權利生她姊姊的氣。

「聽我說，你星期天能不能過來吃晚餐？」維琪問。

「我那天晚上要值班。」

「我永遠記不住你的班表。你現在還是值班四夜、休息三夜嗎？」

「大部分是這樣。我下星期是休星期一和星期二。」

「啊，老天。那兩天晚上我們都不行。星期一是學校參觀日。星期二是漢娜的鋼琴演奏會。」

托碧什麼都沒說，只是聽著維琪如常唸叨她每天事情排得有多滿、要配合四個人不同的時間表有多困難。漢娜和蓋柏瑞這陣子好忙，就像所有小孩一樣，所有童年的空閒時間都塞滿了音樂、體操、游泳、電腦課程。維琪老是忙著開車送他們去這裡、送他們去那裡，到最後頭都昏了。

「沒關係的，」托碧最後終於打斷，「我們就下次再約吧。」

「我真的想邀你來。」

「我知道。我十一月第二個週末休假。」

「啊，我會記下來。我得先去跟其他人確定沒問題。下星期再回電跟你說，好嗎？」

「好。晚安，維琪。」托碧掛上電話，一手疲倦地梳過頭髮。太忙、太忙。我們甚至找不出時間修補彼此之間的橋梁。她沿著走廊來到她母親的房間，朝門內看。

在夜燈的柔和光線下，托碧看得到愛倫睡著了。她躺在床上像個小孩，嘴唇微張，那張臉平滑無憂。有一些時候，就像現在，托碧會看到愛倫小時候的影子，可以想像出一個小女孩有愛倫的臉，也有愛倫的種種恐懼。那個小孩後來怎麼了？她一路退縮，埋藏在那一層層麻木的成年期底下嗎？現在她只不過是因為到了生命的尾聲，那一層層麻木逐漸剝落，於是那個小女孩重新浮現了嗎？

她碰觸母親的前額，把她幾綹灰髮撥到旁邊。愛倫驚動一下，睜開眼睛，困惑地看著托碧。

「是我，媽。」托碧說，「你睡吧。」

「爐子關了嗎？」

「是的，媽。門也鎖上了。晚安。」她吻了愛倫一下，離開房間。

她決定先不要去睡覺。沒必要打亂平常的作息節奏——再過二十四小時，她就又要回去值晚班了。她倒了一杯白蘭地給自己，拿著進入客廳。她打開音響，放了一張孟德爾頌的CD進去。小提琴獨奏聲響起，純淨而憂傷。這是愛倫最喜歡的協奏曲，現在也成了托碧的最愛。

到了樂曲漸強的高潮，電話鈴聲響起。她把音樂關小聲，拿起話筒。

是迪弗拉克。「抱歉這麼晚打來。」他說。

「沒關係。我才剛到家沒多久。」她在沙發上往後靠坐，手裡拿著白蘭地杯。「聽說你稍早打來過。」

「是你的管家接的，」他暫停，她聽到他那邊背景裡播放著歌劇音樂。是《唐．喬凡尼》。這就是我們，她心想，兩個單身的人，各自坐在家裡，跟自己的音響為伴。「你之前說過要去查那些布蘭特山莊病人的病史。我只是想知道，你有沒有查到什麼。」

「我看到哈利．司拉金的病歷了。沒有手術接觸到庫賈氏病的狀況。」

「那荷爾蒙注射呢？」

「完全沒有。我想他沒有參加那個臨床試驗計畫。至少，他的病歷上沒記錄。」

「那帕門特呢？」

「我們找不到他的病歷。所以不曉得他是不是有手術接觸到。你明天可以去問瓦倫堡醫師。」

他什麼都沒說。她發現《唐．喬凡尼》的音樂停止了，現在迪弗拉克獨自靜坐在家中。

「我真希望能告訴你更多，」她說，「你這樣等著診斷結果，感覺一定很糟糕。」

「我這個傍晚過得不太好，」他承認。「我發現閱讀人壽保險的條款實在很無聊。」

「啊，真慘。你今天晚上不會是這樣度過的吧？」

「葡萄酒有幫助。」

她同情地咕噥道：「度過一個糟糕的白天之後，通常我會建議喝白蘭地。事實上，我手裡現在就有一杯。」她暫停，忽然衝動地說：「你知道，我反正整夜都不會睡，向來都是這樣。歡迎你過來跟我一起喝一杯。」

他沒立刻回答，她閉上眼睛，心想：老天，我幹嘛說這些？為什麼我要讓人家覺得我這麼渴望有個伴？

「謝了，但是我今天晚上開心不起來。」他說，「或許下回吧。」

「好的，下回吧。晚安。」她掛上電話時，心想，我還期待什麼？期待他會開車過來，他們一整夜大眼瞪小眼？

她嘆了口氣，又重新播放孟德爾頌小提琴協奏曲。在小提琴的樂聲中，她喝著白蘭地，等待黎明到來。

12

吉姆．畢格羅厭倦葬禮了。過去幾年他參加過好多葬禮，最近還變得愈來愈頻繁，像是逐漸加快的鼓聲。很多朋友的死都是預料得到的，他七十六歲了，已經比大部分朋友都長壽。現在死神也追上他了。他可以感覺到死亡的腳步接近，可以清楚想像自己僵硬的軀體躺在打開的棺材裡，臉上搽了粉，頭髮梳好，灰色羊毛料西裝燙平且扣好釦子。同樣的這批人群排隊經過棺材旁，默默致上他們最後的敬意。現在棺材裡躺的雖然是安格斯．帕門特而非畢格羅，但只是早晚的問題。換一個日子，他的棺材就會在這個葬禮廳陳列。每個人都有旅程告終的一天。

排隊行列往前；畢格羅也跟著往前。他在棺材旁停下來，往下看著他的好友；就連你也難逃一死，安格斯。

他走過去，來到中央走道，在第四排坐下，然後看著那一排布蘭特山莊的熟悉面孔。有之前一直努力打電話、送燉菜追求安格斯的鄰居安娜．華倫泰，有鄉村俱樂部裡打高爾夫球的同伴，還有葡萄酒品酒會的那些夫妻，以及布蘭特山莊業餘樂團的樂手們。

菲力普．多爾呢？

畢格羅掃視著廳內，尋找菲力普，知道他應該會來的。才三天前，他們還一起在鄉村俱樂部裡面喝酒，低聲談到他們的撲克老牌友安格斯、哈利和史丹利．麥奇。現在他們三個都走了，只剩下菲力普和畢格羅。只有兩個人玩撲克，好像也沒勁，菲力普當時說。他本來計畫要把一疊撲克牌偷塞進安格斯的棺材裡，算是某種臨別禮物，讓這個撲克高手帶到天上玩。他的家人會介意嗎？不曉得。他們會覺得這種廉價的禮物塞進棺材的絲緞襯裡很不像話嗎？他們講到這裡哀傷地笑了起來，又各自喝了杯通寧水。要命，菲力普當時還說，反正他要塞就是了；安格斯會很高興的。

但是菲力普今天沒帶著撲克牌出現。

安娜·華倫泰擠進他這一排，坐在他旁邊的椅子上。她的臉搽了厚厚的粉，極力想遮掩自己的蒼老，但怪異的是，反而更凸顯每一條皺紋。又一個飢渴的寡婦，他被她們包圍了。通常他會避免跟她交談，免得她誤以為他對她有意思，但眼前沒有別人夠靠近、可以交談。

他湊向她低聲問：「菲力普人呢？」

她看著他，好像很驚訝他會跟她說話。「什麼？」

「菲力普．多爾。他應該要來的。」

「我想他身體不舒服吧。」

「他怎麼了？」

「我不知道。他前兩天晚上要求退出劇院之旅。說他眼睛不舒服。」

「他沒跟我說。」

「他上星期才開始痛的，還說要去看醫生。」她深深嘆了一口氣，直直望著前方的棺材。「真可怕，不是嗎？身上每個地方都一個接一個出毛病。我們的眼睛、我們的臀部、我們的聽力。我今天才發現自己的聲音變了，之前都沒注意到。我看了我們去法尼爾廳拍的錄影帶，真不敢相信我的聲音聽起來那麼老。我不覺得老，吉姆。我都不認得鏡子中的自己了……」她又嘆了口氣，一滴淚滑下臉頰，在搽了粉的臉上刻出一條痕跡。她擦掉淚，留下一抹粉白的印子。

菲力普的眼睛不舒服。

畢格羅想著這句話，同時那排哀悼者繼續經過棺材旁，周圍的椅子發出吱呀響聲，壓低的說話聲紛紛傳來：「還記得當時安格斯……」「不敢相信他走了……」「據說是某種中風……」「不，我聽說的不是這樣……」

畢格羅忽然站起來。

「你不留下來參加追思禮拜嗎？」安娜問。

「我——我得去找個人講些事情。」他說，從她前方擠出去，來到中央走道。他覺得她在後頭喊他，但他沒回頭看，逕自走出前門。

他先開車到菲力普的小木屋，離他住的那棟只隔幾戶。門鎖住了；他按了電鈴，沒人應門。畢格羅站在門廊上，隔著玻璃窗往裡瞧，但唯一能看到的就是門廳，裡頭有一張小櫻木桌，還有個黃銅傘架。地板上有一隻鞋——他覺得好怪。不對勁。菲力普對於整潔向來是一絲不苟的。

他穿過花園柵門走出來，注意到信箱是滿的。這點也不像菲力普。

他的眼睛不舒服。

畢格羅回到車上，開過將近一公里的蜿蜒道路，來到布蘭特山莊診所。他走到接待的窗口時，雙掌已經汗溼，脈搏跳得好快。

窗口裡的女人沒注意到他——她正忙著朝電話裡抱怨。

他敲敲窗子。「我要見瓦倫堡醫師。」

「稍等一下。」她說。

他滿懷懊惱地看著她別過身子，開始在鍵盤上打字，一邊還在講電話，有關保險部分負擔和授權號碼之類的。

「我有很重要的事情！」他說，「我要知道菲力普．多爾發生了什麼事。」

「先生，我正在講電話。」

「菲力普也生病了，對吧？他眼睛不舒服。」

「你得去問他的醫生。」

「那就讓我見瓦倫堡醫師。」

「他去吃午餐了。」

「他什麼時候會回來？什麼時候？」

「先生，你真的得冷靜下來——」

他手伸進窗口內，按了電話的掛斷鍵。「我要見瓦倫堡！」

她椅子往後推，退到他碰不到的地方。另外兩個女人忽然從檔案室出現，瞪著眼前這個在等候室大罵的瘋子。

一扇門打開，出來一名醫師。是個高大的黑人，往下看著畢格羅。他的名牌上印著羅比．布瑞思醫師。

「先生，有什麼問題嗎？」

「我要見瓦倫堡。」

「他現在不在診所裡。」

「那你告訴我，菲力普怎麼了。」

「誰？」

「你知道的！菲力普．多爾！他們說他病了——說眼睛不舒服。他在醫院裡嗎？」

「先生，你不如先坐一下，讓這幾位小姐去查一下檔案。」

「我不要坐下！我只想知道他是不是跟安格斯得了一樣的病。跟史丹利．麥奇一樣的病。」

前門打開，一名女病人進來。她僵住了，瞪著畢格羅發紅的臉，立刻感覺到危機正在發生。

「去我辦公室談吧？」布瑞思醫師說，他的聲音低柔，朝畢格羅伸出手。「就在走廊前面。」

畢格羅往下瞪著，那醫師的手出奇地大，蒼白手掌上有一道粗而黑的生命紋。他抬頭看著布瑞思醫師。「我只是想知道。」他輕聲說。

「知道什麼，先生？」

「我會像其他人一樣生病嗎？」

那醫師搖搖頭——不是針對問題的回答，而是表示不知所措。「你為什麼會生病？」

「他們說過沒有風險——他們說那個手術很安全。但接著麥奇病了，然後——」

「我不認識麥奇先生。」

畢格羅看著接待員。「你記得史丹利．麥奇的。告訴我你記得史丹利。」

「當然記得，畢格羅先生。」她回答。「他過世的時候，我們都很遺憾。」

「現在菲力普也走了，不是嗎？我是唯一剩下的。」

「先生，」其中一個女職員在窗口裡面喊，「我剛剛去查了多爾先生的病歷。他沒生病。」

「那他為什麼沒去參加安格斯的葬禮？他應該要去的！」

「多爾先生家裡有急事，臨時離開了。他要求把他的病歷轉到他在拉荷亞的新醫師那邊。」

「什麼？」

「上頭是這樣寫的。」她舉起病歷，封面夾著一張字條。「是昨天授權的。上頭寫著『病人因為家中急事而遷移——不會回來了。所有病歷都轉到加州拉荷亞布蘭特山莊』。」

畢格羅來到窗口，瞪著那字條上的簽名：卡爾・瓦倫堡醫師。

「先生？」是那個黑人醫師，一手放在畢格羅的肩膀上。「我相信你很快就會接到你朋友的消息。聽起來他是臨時接到通知而離開了。」

「但是他怎麼可能家裡有急事？」畢格羅輕聲說。

「或許有人生病了，或是有人死了。」

「菲力普沒有家人。」

布瑞思醫師瞪著他。辦公室裡的幾個女人也是。他看得到她們站在窗口內，像是遊客看著動物園圍欄裡的動物。

「這裡有事情不對勁，」畢格羅說，「你們不會告訴我的，對吧？」

「我們可以談一談。」那個醫師說。

「我要見瓦倫堡醫師。」

「他去吃午餐了。但是你可以跟我談。請問你是——」

「畢格羅。吉姆．畢格羅。」

布瑞思打開通往診所走廊的門。「你來我辦公室吧，畢格羅先生。你可以告訴我一切。」

畢格羅望著門後那條白色的長廊。「不，」他說著退後。「不，算了——」

然後他跑出前門。

羅比．布瑞思敲了門，進入卡爾．瓦倫堡的辦公室。這個房間就像主人一樣，充滿了高人一等的好品味。布瑞思並不熟悉昂貴的家具品牌，但連他都看得出品質極好。巨大的辦公桌是某種他認不出來的熱帶異國紅木所製造的。掛在牆上的畫作是那種通常要花上一筆巨款買的抽象作品。瓦倫堡背後的窗外是一片黃昏景象。夕照的光線透進來，在瓦倫堡的頭部和雙肩形成一輪光圈。簡直像個聖人啊，布瑞思心想，站在桌前。

瓦倫堡抬頭。「羅比，什麼事？」喊羅比，而不是布瑞思醫師；表示他地位比我高。

布瑞思說：「你還記得一個叫史丹利．麥奇的病人嗎？」

因為背光，瓦倫堡的表情看不清。他緩緩往後靠坐，昂貴的皮革椅子發出吱呀聲。「你怎麼知道這個名字的？」

「從你的一個病人吉姆．畢格羅那邊聽來的。你認識畢格羅吧？」

「當然認識了。他是我在這裡最早的病人之一，也是布蘭特山莊的第一批居民。」

「唔，畢格羅先生今天午後來診所，情緒很激動。我不確定我搞懂了他的說法。他一直鬧著說他的朋友都生病了，想知道自己會不會是下一個。他提到麥奇先生的名字。」

「是麥奇醫師。」

「他是醫師？」

瓦倫堡醫師指著椅子。「坐吧，羅比。你這麼高站在我面前，實在很難跟你談這件事。」

布瑞思坐下，立刻發現自己失策了；他失去了身高的優勢，兩人隔桌彼此直視。現在瓦倫堡擁有一切優勢：資歷、種族，還有個更好的裁縫。

「畢格羅先生說的是怎麼回事？」布瑞思問。「他好像很怕生病。」

「我完全不知道。」

「他提到他和他的朋友動過的某種手術。」

「不曉得。」

瓦倫堡搖頭。「或許他指的是荷爾蒙臨床試驗計畫？每星期的注射？」

「如果是那個，他就沒有必要擔心了。我們的臨床試驗計畫並不是什麼革命性的創舉。你很清楚的。」

「所以畢格羅先生和他的朋友們都接受了荷爾蒙注射？」

「是的，這也是他們搬到布蘭特山莊的原因之一。為了我們最尖端的研究。」

「你提到尖端這個字眼真有趣。畢格羅完全沒提到注射的事情。他特別用了procedure這個字，好像是指某種手術。」

「不，不。他沒動過任何手術。事實上，我記得他唯一必須開的刀，就是切除鼻腔息肉。當然了，那塊息肉是良性的。」

「唔，那麼，你們荷爾蒙臨床試驗計畫呢？有任何嚴重的副作用嗎？」

「完全沒有。」

「所以這個試驗不可能導致安格斯．帕門特的死？」

「診斷結果還沒確定。」

「哈波醫師告訴我，是庫賈氏病。」

瓦倫堡整個人僵住，布瑞思忽然明白自己不該提起托碧．哈波的名字。不應該透露自己跟她有任何接觸。

「唔，」瓦倫堡輕聲說，「那就解釋了病人的症狀了。」

「那麼畢格羅先生擔心的事情呢？他擔心自己和其他朋友都得了同樣的病？」

瓦倫堡搖頭。「你知道，我們的病人很難接受自己已經走到人生的終點。安格斯．帕門特八十二歲了。衰老和死亡是我們所有人都會經歷的。」

「麥奇醫師是怎麼死的？」

瓦倫堡頓了一下。「那是個讓人非常難過的事件。麥奇醫師精神崩潰了，他從衛克林醫院的一扇窗子跳出去。」

「天啊。」

「我們所有人都很震驚。他是非常優秀的外科醫師。即使都七十四歲了，他都還能繼續開刀，一直工作到他……出事那一天。」

「有進行解剖嗎？」

「他的死因顯然是外傷。」

「對，但是有進行解剖嗎？」

「不曉得。他死亡前，是由衛克林醫院的外科醫師照顧的。大約在跳樓的一個星期後過世。」他思索的雙眼打量著布瑞思。「這一切好像讓你很困擾。」

「我想是因為畢格羅先生很煩惱吧。他還提到另一個名字，是他另一個生病的朋友。叫菲力普．多爾。」

「多爾先生沒事。他搬到加州拉荷亞的布蘭特山莊了。我剛剛接到他簽名的授權書，要把他的病歷轉過去。」他翻著桌上的檔案，最後拿出一張紙：「這是他從加州傳真過來的。」

布瑞思瀏覽了一下那張紙，看到最底下有菲力普．多爾的簽名。「所以他沒生病？」

「我幾天前才在診所看過多爾先生，是例行的檢查。」

「結果呢？」

瓦倫堡醫師看著他的眼睛。「他健康得很。」

回到自己的辦公室，布瑞思繼續處理他白天的病歷和口述資料。六點半時，他終於關掉他的袖珍型錄音機，低頭看著剛清理過的桌子。他發現自己一直盯著之前寫在一份檢驗報告背面的一個名字：史丹利．麥奇醫師。今天下午在診所發生的事情依然困擾著他。他想著吉姆．畢格羅提到的其他名字：安格斯．帕門特、菲力普．多爾。這三個人之中的兩個死掉了，並不令人驚訝。

他們都老了；統計學上的壽命都已經到了極限。

但是年老本身並不是死因。

今天他在吉姆．畢格羅的眼中看到了恐懼，真正的恐懼，而且他一直甩不掉那種不安的感覺。

他拿起電話撥給葛芮塔，跟她說他會晚點回家，因為他得去衛克林醫院一趟。然後他收好自己的公事包，離開辦公室。

此時診所裡空蕩無人，走廊裡只有盡頭的一盞日光燈還亮著。他走過燈下時，聽到了微微的嗡響，抬頭看到一隻昆蟲的屍體困在不透明的塑膠板裡頭，翅膀拍動著掙扎。他關掉牆上的開關。走廊陷入黑暗，但他還聽得到上方的嗡嗡聲，那隻蟲子瘋狂地猛拍翅膀。

他走出大樓，進入潮溼而有風的夜晚。

他的豐田汽車是診所停車場裡唯一的汽車。停在一盞保全燈下頭，看起來不像原來的綠色，而比較接近黑色，像甲蟲的發亮外殼。他停下來，從口袋掏出車鑰匙。然後他抬頭看著護理之家亮著的窗子，看著病人在房間裡安靜不動的剪影，還有那些病人茫然瞪視的閃爍電視螢幕。他胸中忽然湧出一股深深的沮喪。他所看到的，在那些窗內，是生命的盡頭。也是他自己未來的寫照。

他上了車，開出停車場，但仍拋不開深深的沮喪。那感覺像冷霧般緊黏著他的皮膚不放。我當初應該選擇小兒科的，他心想。嬰兒，開始，看著長大而非衰敗的身軀。但是在醫學院時，大家都說未來的醫療熱門是老年醫學，嬰兒潮年代的大軍已經走向老邁，一路消耗種種醫療資源。

人們一輩子醫療照護的錢有九成都花在最後幾年。錢會流向那裡；醫師賺錢也就得走向那裡。羅比．布瑞思很務實，於是選擇了專攻老年醫學。

啊，但這個專科讓他好沮喪。

他駛向衛克林醫院時，想著如果當初自己選了小兒科，現在人生會變成什麼樣。他想到自己的女兒，她剛出生時，他在產房裡看著她皺巴巴的小臉，聽著她憤怒地大哭，他還記得當時心中的喜悅。他想起凌晨兩點起床餵奶的疲倦，爽身粉和發酸牛奶的氣味，在暖水裡洗澡的嫩滑嬰兒皮膚。在許多方面，嬰兒就像非常老的老人。需要你幫他洗澡、餵食、換衣服，需要你幫他換尿布。他們無法走路也無法說話。他們要靠人照顧才能活下去。

他抵達衛克林醫院時，已經七點三十分了，這個小小的社區醫院就在波士頓市界的最邊緣。他穿上自己的白色長袍，確認印著「羅比．布瑞思醫師」的名牌別好了，這才走進醫院裡。他不是這裡的醫師，也無權要求看任何病歷；不過他賭的是：沒人會費事問他。

在病歷部，他填好了一張申請史丹利．麥奇病歷的表格，遞給一名小個子的金髮女職員。她看了他的名牌一眼，猶豫著，顯然發現他不是院內員工。

「我是布蘭特山莊診所的，」他說，「這位是我們以前的病人。」

她去拿了病歷，然後他拿到一張空辦公桌旁坐下來。病歷封面用麥克筆寫著：已死亡。他打開檔案，看著第一頁，裡頭列著身分資料：姓名、出生年月日、社會安全號碼。地址立刻吸引了他的注意力：麻州牛頓市提威婁巷一〇一號。

布蘭特山莊的地址。

他翻到下一頁。這份病歷只有一筆住院紀錄——史丹利．麥奇死前的那次。他喪氣地看著主治醫師於三月九日口述的病史和身體檢查狀況。

七十四歲，之前健康的白人男性醫師入院，因從四樓窗戶墜樓、造成嚴重頭部創傷而進入急診室。意外發生前，病人已刷手著裝，在執行常規的闌尾切除手術。據手術室護理師說法，麥奇醫師雙手明顯顫抖。他沒有解釋，便切除了幾吋外觀正常的小腸，造成病人大量出血，以致死亡。手術室人員試圖將他從手術檯拉開時，他割傷了麻醉醫師的頸動脈，接著逃離手術室。

走廊上的目擊者看到他頭朝下跳出窗子。他在停車場被發現，沒有反應，且多處傷口流血。

在急診室插管並穩定後，病人住進創傷病房，頭骨多處骨折，脊椎應有壓迫性骨折……

身體檢查部分是典型的外科風格，簡短列出病人傷勢和神經方面的摘要。頭皮和臉部有撕裂傷。頂骨和顱骨沾著擠壓而出的灰質。右眼瞳孔放大。無自主呼吸，對疼痛刺激無反應。布瑞思心想，這個病人的傷勢很符合頭朝下落在停車場的狀況。

他繼續翻，看到外科醫師的筆記：「X光報告：粉碎性骨折第六頸椎、第七頸椎、第八胸椎。」這也顯示是頭朝下落地，墜落力道直接沿著脊柱傳送。

史丹利．麥奇住院一星期，多重器官系統逐漸惡化。他昏迷且接上呼吸器，再也沒有醒來過。首先是他的腎臟停擺，大概是因為傷勢嚴重造成的。然後他罹患肺炎，兩度量不到血壓，引起腸梗塞。最後，跳出四樓窗子的七天之後，他的心跳停止。

他翻到病歷後面的檢驗資料。總共七天的電腦列印資料，持續檢驗電解質和血液化學物質、細胞計數，以及尿液分析。他一直翻，瀏覽著耗費數千元的檢驗，用在一個從第一天就知道他必然會死亡的人身上。

他看到一份標示著病理檢驗的報告，暫停下來。

肝臟（解剖）：

肉眼觀察：重量一六〇〇公克，表面有小範圍區域的急性出血。無慢性纖維化病變。

顯微鏡觀察：蘇木精及伊紅染色，零散區域有染色不全的脫水乾細胞。符合局部凝固性壞死，應係局部缺血所引起。

布瑞思翻到下一頁，發現是一份插入的血液計數報告。他又翻了一頁，發現已經是封底，沒有別的了。

他往前翻，想找病理報告的其他部分，但只看到描述肝臟的那一頁。這說不通。病理科驗屍為什麼會只驗一個器官？肺臟、心臟、腦部的報告在哪裡？

他問櫃檯是否還有史丹利．麥奇的其他檔案。

「那是唯一的一份。」那名職員說。

「但是病理報告有些不見了。」

「你可以直接去找病理科。他們的報告都有留副本。」

病理科在地下室，是一排天花板很低、通道狹窄的小房間，牆壁漆成白色，貼了一些畫面迷人的旅遊海報。薄霧籠罩的坦尚尼亞塞倫蓋蒂，彩虹之下的夏威夷考艾島，松石綠海水裡的一座紅樹林島嶼。一架收音機輕聲播送著搖滾樂。那間實驗室裡面只有一個正在工作的技師，鑑於這裡工作的性質，她似乎歡樂得有點荒謬。她自己就是一抹鮮豔的色彩，臉頰搽了腮紅，眼影是閃亮的綠色。

「我想找一份三月做的解剖報告，」布瑞思說，「病人的檔案裡沒有。病歷部門建議我來找你們。」

「病人的姓名是什麼？」

「史丹利．麥奇。」

那名技術人員搖著頭走向檔案櫃。「他真是個大好人。我們都很難過。」

「你認識他？」

「外科醫師常常下來查他們病人的病理報告，所以我們跟麥奇醫師當然很熟悉。」她拉開一個抽屜，開始翻著檔案。「他聖誕節送了一台咖啡機給我們科。我們都說那是麥奇紀念咖啡機。」她直起身子，站在那邊皺眉望著打開的抽屜。「好奇怪。」

「怎麼了？」

「我找不到。」她關上抽屜。「我很確定麥奇醫師做了解剖。」

「有可能歸檔錯誤嗎？歸到史丹利（Stanley）的S？」

她打開另一個抽屜，尋找檔案，又關上。然後她轉向另一個剛走進實驗室的技術人員。

「嘿，提姆，你看到過麥奇醫師的解剖報告嗎？」

「不是好一陣子之前做的嗎？」

「是今年稍早。」

「那應該放在檔案櫃裡。」他把一個托盤的玻片放在檯面上。「去查賀曼試試看。」

「我怎麼都沒想到賀曼？」她嘆氣，朝實驗室另一頭走去，進入一間辦公室。

布瑞思跟著他。「誰是賀曼？」

「不是誰，而是什麼。」她打開燈，房間裡的一張辦公桌上放著一台個人電腦。「那就是賀曼。賽柏特醫師的寶貝計畫。」

「賀曼是做什麼的？」

「他——應該說它——是要讓回溯性研究很容易查。比方說，如果你想知道孕婦吸菸會造成多少周產期死亡❸，你就鍵入吸菸者和周產期，然後會得到一份相關病人曾被解剖的清單。」

「所以你們所有的解剖資料都在裡頭？」

「一部分。賽柏特醫師兩個月前才開始輸入資料，離完成還早得很。」她坐在鍵盤前，打了史丹利．麥奇的名字，然後點了「搜尋」。

❸周產期死亡（perinatal death），指每千個活產中，懷孕二十八周以上和活產後一周內之胎兒死亡數。

螢幕上秀出搜索到的資料。是史丹利．麥奇的解剖報告。

那名技術人員讓出座位。「請便。」

布瑞思在電腦前坐下來。根據螢幕上的資料，這份報告是在六星期前輸入；實體的檔案一定是之後才遺失的。他按了「下一頁」，然後開始閱讀。

這份報告描述了驗屍時屍體的肉眼外觀：多條靜脈管線，剃光的頭部，頭皮左邊有數條神經外科手術所留下的切割痕跡。接著描述內臟。肺臟充血且因為發炎而腫脹，心臟顯示有一次新鮮梗塞，腦部有多處出血。肉眼檢查的發現，符合外科醫師的診斷：嚴重頭部創傷加上雙側性肺炎。新鮮的心肌梗塞大概是臨終事故。

他點了腦部的顯微鏡報告，雙眼忽然盯著各種創傷描述中的一個句子：「……在神經氈背景之上，有形狀不定的空泡。某些神經元退化和反應性星狀膠細胞增生，加上庫魯斑，剛果紅染色陽性，如小腦切片所見。」

他立刻點到最後一頁，目光往下來到最後的診斷：

一、創傷引起的多處腦內出血。

二、既有的庫賈氏病。

在停車場裡，羅比．布瑞思坐在自己的車內，想著接下來他該做什麼。或者是不該做任何事。他權衡著自己行動的各種可能後果。這事情對布蘭特山莊的聲譽會是毀滅性的打擊。媒體一定會大作文章，而且會有醒目的標題：**富有與死亡。金錢買到狂牛症。**

他會丟掉工作。

你不能保持沉默。托碧・哈波是對的。我們手上有個致命的傳染病爆發，而且我們不知道來源。荷爾蒙注射？食物？

他伸手到座位底下拿他的手機。他身上還帶著托碧・哈波的名片；於是找出來，打了她家的電話。

一個女人接了。「哈波家。」

「我是布蘭特山莊的布瑞思醫師。我可以跟托碧・哈波講話嗎？」

「她不在家，不過我可以幫你留話。你的號碼是幾號？」

「我現在在我的車上。只要跟她說她是對的。跟她說我們有了第二個CJD的案例了。」❹

「你說什麼？」

「她曉得意思的。」後視鏡裡有一對車前大燈閃過，他回頭看到一輛車緩緩在他旁邊那排車道移動。「她什麼時候會在家？」他問。

「她現在在上班——」

「啊。那麼我就去史普林格醫院一趟。不必留話給她了。」他掛斷電話，把手機放回座位底下，然後發動汽車。他駛出停車場時，注意到同樣那對大燈也朝停車場的出口移動。但是在繁忙

---

❹ CJD即庫賈氏病（Creutzfeldt-Jakob disease）的縮寫。

的車陣中，他很快就再也看不到那輛車了。

開車到史普林格醫院花了半小時。他轉入停車場時，已經餓得頭痛了。他停進訪客區的停車格，關掉引擎，在車上坐一會兒，按摩著太陽穴。只是輕微的頭痛，但也讓他想起自己早餐後就沒吃過東西了。他只會在醫院待幾分鐘，跟托碧講一下他的發現，然後這事情就讓她接手。他現在唯一想做的，就是回家，吃晚餐，陪女兒玩。

他下車，鎖上，然後走向急診室入口。才走沒幾步，就聽到後方傳來的引擎聲。他轉身，瞇眼看著那對緩緩接近的車前大燈。那輛車停在他旁邊。他聽到駕駛座旁車窗下降的電動嗡嗡聲。

一名男子朝他微笑，那頭金髮顏色好淺，在停車場燈光下看起來像是銀色的。「我想我迷路了。」

「你要去哪裡？」布瑞思問。

「厄文街。」

「離得可遠了。」布瑞思朝打開的車窗走近一步。「你得回到公路上，右轉，然後開四或五——」

那砰、砰聲讓他猝不及防。胸口的重擊也是。

布瑞思猛地後退，被那無故的重擊嚇呆了。他伸手去摸剛開始發痛的胸口，發現自己無法深呼吸。暖意滲出他的襯衫，流淌到他的手指。他低頭看到自己的手沾著深色液體，一片溼亮。

又一聲砰，他的胸部挨了第二記重擊。

布瑞思踉蹌了一下，想重新站穩腳步，但雙腿好像自行折疊。他雙膝跪地，看到路燈的燈光開始像水一般搖晃。

最後一顆子彈轟入他的背部。

他倒下，臉貼著冰冷的柏油地面，碎石子扎著他的臉頰。那輛車開走，引擎的轟隆聲逐漸隱入黑夜。他一手壓著胸口想止血，但手臂沒力氣，只能虛弱無力地輕按著。

*老天，不要在這裡，*他心想。*不要是現在。*

他開始爬向急診室的門，同時設法按住胸部的傷口，但隨著每一次心跳，他都感覺更多熱流湧出來。他努力盯著紅色發亮的招牌：*急診室*，但他的視線老是失焦，那招牌上的字開始搖晃，像是滲出來的血。

急診室的雙扇玻璃門就在正前方。一個人影忽然出現在那個溫暖的四方形燈光中，然後停在幾呎之外。布瑞思拚命伸手，發出氣音：「救我，拜託。」

他聽到那女人大喊：「有個人在這裡流血！馬上來幫忙！」

然後他聽到腳步聲奔向他。

13

「插第三根靜脈注射針！」托碧喊道。「十六號針頭！乳酸林格氏液，全開——」

「檢驗室說O型陰性血馬上送來。」

「凱瑞人呢？」

「他剛剛還在醫院，」茉汀說，「我再去呼叫他一次。」

托碧戴上無菌手套，伸手去拿手術刀。在明亮的創傷診療室燈光下，布瑞思的臉亮著汗水與恐懼。他往上盯著她，睜大的眼睛下方是發出嘶嘶聲的氧氣面罩，他的呼吸急促，拚命喘著。貼在他胸部的繃帶又開始緩緩滲出紅色。一個從產科病房找下來的麻醉護理師已經準備要插管了。

「羅比，我要幫你置入一根胸管，」托碧說，「你有壓力性氣胸。」她看到他迅速點一下頭表示理解，他的下巴因為預期有更多疼痛而繃緊。但是當她的刀劃過他肋骨上方的皮膚時，他並沒有畏縮；皮下注射的利多卡因已經麻痹了他的神經末梢。托碧聽到一陣空氣洩出的聲音，知道已經劃開胸腔了。她也知道自己的判斷沒錯，那顆子彈造成肺部穿孔，隨著羅比每次吸氣，空氣就從肺部的破洞洩入肋膜腔，形成足夠的壓力，使得心臟和大血管移位，也壓迫到其他未受損傷的肺部組織。

她一根手指滑入切口撐開，把透明的塑膠胸管插入。薇兒將胸管的另一端接上低壓抽吸系統。一道鮮紅色的液體立刻衝進管中，通到引流收集器內。

托碧和薇兒彼此互望一眼，兩人都有同樣的想法：他的血正流進胸腔——而且很快。

她看了羅比的臉，發現他正盯著她，把她喪氣的表情看在眼裡。

「狀況……不好。」他低聲說。

她捏了一下他的肩膀。「你做得很好，羅比。外科醫師隨時都會到。」

「冷。覺得好冷……」

茉汀用一條毯子蓋住他。

「我要的O型陰性血呢？」托碧喊道。

「剛送到。我立刻掛上去——」

「托碧，」薇兒低聲說，「收縮壓降到八十五。」

「拜託，快點。趕緊幫他輸血！」

門彈開，道格．凱瑞走進來。「病人的狀況怎麼樣？」

「胸部和背部有槍傷，」托碧說，「X光片顯示有三顆子彈，但是我察看有四個穿入孔。壓力性氣胸，還有——」她指著胸管引流收集器，裡頭已經累積了一百CC的鮮血。「——那是剛剛幾分鐘裡面累積的。收縮壓在往下掉。」

凱瑞看了一眼掛在燈箱上的X光片。「我們開胸吧。」

「我們需要一整組心臟團隊，說不定要繞道——」

「沒辦法等了。我們得立刻止血。」他直視托碧，她感覺到昔日對這個人的厭惡又湧上心頭。道格．凱瑞是個混蛋，但眼前她需要他。羅比．布瑞思需要他。

托碧朝麻醉護理師點頭。「動手插管吧。我們會幫他準備好。薇兒，打開那個開胸手術托盤……」

每個人都在診療室裡匆忙準備時，麻醉護理師抽了一劑依托咪酯到注射針筒裡。這種麻醉劑會讓羅比完全失去意識，以便插管。

托碧拉開羅比的氧氣面罩，看到他往上看，雙眼拚命盯著她的。多年來，她有太多次在病患眼中看到恐懼，也都逼著自己按捺住情感，專注於手上的工作。但這回，眼前這個人她認識，而且是她逐漸喜歡的人。

「一切都會沒事的，」她說，「你要相信我。我不會讓任何事出錯的。」她雙手輕捧著他的臉，露出微笑。

「就靠你……幫忙了……哈波。」他喃喃道。

她點頭。「沒問題，羅比。現在，你準備要睡覺了嗎？」

「結束後……叫醒我……」

「你會覺得一下就醒來了。」她朝麻醉護理師點頭，她把依托咪酯注入靜脈注射管。「睡吧，羅比。就這樣。我會陪著你，等到你醒來……」

他的雙眼一直盯著她。她會是他注視的最後一個影像，他看到的最後一張臉。她看著意識從他雙眼逐漸褪去，他肌肉逐漸變得鬆弛，他的眼皮慢慢閉上。

我不會讓任何事出錯的。

她拿掉氧氣面罩。麻醉護理師立刻把羅比的頭往後傾斜，喉頭鏡的葉片滑入喉嚨。她只花了幾秒就找到聲帶，將氣管內管推入，進入氣管。然後接上氧氣，用膠帶將內管固定好位置。現在就由呼吸器接手，把精確比例的氧氣與氟烷混合氣體注入他的肺。

我不會讓任何事出錯的。

托碧呼出一口緊繃的氣，趕緊穿上手術罩袍。她知道他們違反了各式各樣的無菌規範，但是也沒辦法。沒時間刷手了——她戴上手套，走到手術檯旁。

她站在道格．凱瑞正對面。病人的胸部已經匆忙抹上優碘，手術部位也鋪著無菌手術巾。凱瑞劃下切口，乾淨俐落直達胸骨。沒時間講究精緻了；三根大口徑的靜脈注射管將生理食鹽水和全血迅速輸入，但血壓還在繼續下降，收縮壓只剩七十。托碧以前目睹過幾次緊急開胸手術，那種殘酷的程度每次都讓她驚駭。她一陣作嘔之感湧上來，看著凱瑞拿著電鋸割開胸骨，製造出一片骨灰和飛濺的鮮血。

「狗屎，」凱瑞說，看著胸腔裡面。「這裡至少有一公升血。抽吸！給我幾條消毒毛巾！」

咕嚕咕嚕的抽吸導管聲音好大，托碧幾乎聽不到心臟監視儀所發出的嗶—嗶心跳聲。薇兒抽吸時，茉汀就撕開一疊無菌包裝的毛巾。凱瑞把其中一條塞進胸腔，拉出來時，已經是溼透的紅。他把那毛巾丟在地上，又塞了一條進去。拉出來後還是被鮮血浸透。

「好了，我想我看到血是從哪裡冒出來的。看起來是升主動脈——流血速度很快。托碧，我需要更多手術視野……」

抽吸導管還在咕嚕嚕抽著血。雖然大部分血都清掉了，主動脈還是持續冒出血來。

「我沒看到子彈，」凱瑞說。他看了X光片一眼，然後又望著打開的胸腔。「有出血處，但是那顆該死的子彈在哪裡？」

「你不能就把出血處補起來嗎？」

「子彈有可能還嵌在主動脈血管壁上。我們補好了、把胸腔縫合，稍後可能又會出現另一個破洞。」他伸手去拿持針鉗和外科縫線。「好吧，我們先把這個出血處封住。然後再來找……」

托碧幫忙把那片肺臟撐開，好讓凱瑞動手。他縫得很快，縫合針在主動脈血管壁穿入又拉出。他把縫線打結、血流停止時，房間裡的每個人都同時鬆了口大氣。

「血壓？」他大聲問。

「保持在七十五。」薇兒說。

「繼續輸血。還有更多血袋嗎？」

「馬上就送到了。」

「好的。」凱瑞吸了口氣。「我們來看看還有什麼……」他抽掉累積的血，清理胸腔以便檢查。然後，他拿著一塊海綿沿著主動脈輕拍，以取得更好的視野。

忽然間，他的雙手僵住了。「幹，」他說，「子彈——」

「什麼？」

「就在這裡！幾乎貫穿了對面的血管壁！」他開始縮回手。

一道鮮血忽然往上噴，濺上了他們兩個人的臉。

「不！」托碧喊道。

凱瑞慌張地從托盤上抓起一把止血鉗，朝噴出的鮮血中伸去，但他毫無手術視野，只能在一片晃動的血海中摸索。鮮血流出胸腔，滲入托碧的手術罩袍。

「沒辦法止血——他整個該死的血管壁好像都裂開了——」

「鉗住！你沒辦法鉗住嗎？」

「鉗住什麼？主動脈碎掉了——」

心臟監視儀發出尖響。麻醉護理師說：「心搏停止！他心搏停止了！」

托碧朝螢幕看一眼，心電圖變成了水平的直線。

她手伸進胸腔裡那一池溫熱的鮮血，抓住心臟，她按摩著，一次、兩次，用自己的手幫助羅比的心跳。

「不要！」凱瑞說，「你這樣只是讓他流更多血！」

「他心跳停止了——」

「你改變不了的。」

「那我們要做什麼？」

監視儀仍在發出尖響。凱瑞低頭看著打開的胸腔，一池發亮的紅色。自從托碧停止心臟按摩後，噴血就停止了。現在只剩緩慢的滴流，從打開的胸腔滴到地板上。

「結束了，」他說。他默默退開，手術罩袍到腰部都溼透了。「沒有東西可以縫合，托碧。整條主動脈斷成好幾截。整個被子彈炸爛了。」

托碧看著羅比的臉。他的眼皮微張，下巴鬆弛。呼吸器還在運轉，自動把氣體灌入一具死屍。

麻醉護理師關掉開關。房間裡陷入一片寂靜。

托碧一手放在羅比的肩膀上。隔著無菌手術巾，他的肌膚感覺好結實，而且依然溫熱。

我不會讓任何事出錯的。

「對不起，」她低聲說，「真的很對不起……」

警方的出現早於羅比的太太。他們抵達的幾分鐘內，最早趕到的兩名巡邏警員就封鎖了犯罪現場，然後又忙著把半個停車場都拉起封鎖線。等到葛芮塔·布瑞思匆忙進入急診室時，已經有牛頓警局和波士頓警局派來的半打警車，閃爍的燈照遍整個停車場。托碧正站在櫃檯旁和一名警探講話時，看到葛芮塔走進急診室大門，一頭紅髮被風吹得亂七八糟。等候區裡滿是警察，外加少數幾個不知所措的急診室病人，葛芮塔邊哭邊詛咒著擠過人群。

「他在哪裡？」她喊道。

托碧中斷和警探的談話，朝葛芮塔走去。「我很遺憾——」

「他在哪裡？」

「他還在創傷診療室。葛芮塔，不，暫時不要去那裡。先給我們一點時間——」

「他是我丈夫。我得去看他。」

「葛芮塔——」

但是葛芮塔逕自擠過人群，走向診療區，托碧只好追在後頭。葛芮塔不曉得該去哪個房間，於是前後穿梭尋找。最後她終於看到標示著「創傷」的房門，於是推門進去。

托碧緊跟在後。穿著罩袍、戴著手套的丹尼．迪弗拉克站在屍體旁抬起頭，看著兩個女人進來。羅比躺在那裡，沒有遮蓋，胸部大開，垂垮的臉死氣沉沉。

「不，」葛芮塔說，她的聲音從呻吟升高，成為一種椎心的高音調哭號。「不……」

托碧伸手抓住她一隻手臂，想帶她離開房間，但是葛芮塔甩開，跌跌撞撞地來到丈夫旁邊。她雙手捧著他的臉，吻他的眼睛、他的額頭。插管還在原處，一端從他嘴裡伸出來。她想拆掉膠帶，把那根冒犯的塑膠管拿掉。

丹尼．迪弗拉克一手按住她的手，阻止她的動作。「對不起，」他低聲說，「那根管子不能拿掉。」

「我不要這東西插在我丈夫的喉嚨裡！」

「暫時必須留在那裡。等我檢查完了，就會拿出來。」

「他媽的你是誰？」

「我是法醫，迪弗拉克醫師。」他說，望著剛走進創傷診療室的那名警探。

「布瑞思太太？」那名警探說，「我是許恩警探。你和我去找個安靜的地方坐下來吧？」

葛芮塔沒動。她還是站在那裡低聲呢喃著，手捧著羅比的臉，表情藏在濃密的紅髮後頭。

「布瑞思太太，我們需要你幫忙，查出發生了什麼事。」那警探輕碰她的肩頭。「我們去別的房間，坐下來談一談吧。」

最後葛芮塔終於肯離開床邊。到了門口，她停下來回頭看著她丈夫。

「我馬上回來，羅比。」她說，然後緩緩走出房間。

房間裡剩下托碧和迪弗拉克。「我原先不曉得你在這裡。」她說。

「我大約十分鐘之前趕到的。外頭有那麼多人，你可能沒看到我。」

她看著羅比，很好奇他的身體是否依然溫暖。「我真希望我們可以關閉急診室，真希望我可以回家。但是持續有病人進來，帶著他們的肚子痛或流鼻水，還有他們該死的雞毛蒜皮小毛病……」她忽然淚眼矇矓起來，於是擦擦眼睛，轉身朝房門走。

「托碧？」

她站住，沒出聲，沒回頭看。

「我得跟你談談。有關今天晚上發生的事情。」

「我已經跟一堆警察談過了。醫院員工沒人看到發生了什麼事。我們是在停車場發現他的。他正爬向醫院大樓……」

「凱瑞醫師認為他是主動脈失血過多而導致死亡，你贊同這個意見嗎？」

她吸了一口氣，不情願地轉身面對他。「凱瑞醫師說了算。」

「對於這個手術，你記得些什麼？」

「主動脈有一個小缺口。他補起來。但是接著我們看到子彈……穿過……有個撕裂處。動脈被切穿。然後血管壁爆開……」她吞嚥著別開眼睛。「那是個噩夢。」

迪弗拉克什麼都沒說。

「我認識他，」她低聲說，「我去過他家。我見過他太太。天啊。」她轉身離開房間。

她能找到的唯一避難所，就是醫師們睡覺的休息室。她進去關上門，坐在床邊哭，身體前後搖晃。她甚至沒聽到敲門聲。

迪弗拉克悄悄進來。他已經脫掉罩袍和手套，此刻站在床邊，不太確定該說什麼。

「你還好吧？」最後他開口問。

「不好。我一點都不好。」

「很抱歉剛剛問你的那些問題。但是我非問不可。」

「你對這件事太冷血了。」

「我必須知道，托碧。眼前我們幫不了布瑞思醫師，但是我們可以找出一些答案，這是我們欠他的。」

她臉埋進雙手裡，努力想控制自己，不要再哭了。她的淚水感覺上只是讓她更丟臉，因為他就站在那兒，看著她哭。她聽到他坐在椅子上椅子的吱呀聲。等到她終於設法抬起頭，就對上他的雙眼。

「我原先不曉得你認識被害人。」他說。

「他不是被害人。他的名字是羅比。」

「好吧，羅比。」他猶豫了一下。「你們是好友嗎？」

「不。不算……不算要好。」

「你好像非常難過。」

「你不懂，對吧？」

「不完全懂。」

她吸了口氣，緩緩吐出。「這種事累積久了，終究會爆發的，你知道。大部分時候，我們失去了一個病人，都還可以應付。然後碰到有個小孩沒救回來，或是某個我們認識的人。忽然間，我們就明白我們根本應付不了……」她一手抹過眼睛。「我得回去工作了。外頭一定還有病人在等。」

他抓住她的手。「托碧，不知道我講的這些話對你有沒有差別，但是我認為你做什麼都救不了他。他動脈的損傷太毀滅性了。」

她低頭看著他的手，有點驚訝他還抓著不放。他似乎也被自己心血來潮的碰觸嚇一跳，趕緊放開。兩個人沉默坐在那裡一會兒。

「這個打擊太大了，」她說，抱著身子，發現自己的目光又忍不住回到他臉上。「我每天晚上都會走過停車場，所有護理師也是。如果這回是搶劫造成的，那麼我們任何一個人都會成為目標。」

「史普林格醫院發生過其他的攻擊事件嗎？」

「我能想到的只有一次——一名護理師被強暴。但是這裡不是波士頓市中心。我們在這裡通常不必擔心自身的安全。」

「郊區也有壞人的。」

一個敲門聲讓他們兩個人都嚇一跳。托碧打開門，發現是許恩警探。

「哈波醫師，我得問你幾個問題，」他說著走進來，把門帶上。這個房間忽然顯得非常擁擠。「我剛剛跟布瑞思太太談過，她認為她丈夫可能是要來這裡找你的。」

托碧搖頭。「為什麼?」

「這也是我們想不透的。大約六點半時,布瑞思醫師打過電話回家,跟他太太說要開車到衛克林醫院,會晚點到家。」

「那他去了衛克林醫院嗎?」

「我們正在確認。但是我們不明白的是,為什麼他最後會來到這裡。你知道原因嗎?」

她搖搖頭。

「你上回見到布瑞思是什麼時候?」

「昨天晚上。」

許恩揚起一邊眉毛。「他來史普林格醫院?」

「不,我去他家。他幫我查一份病歷。」

「你們碰面是為了要看病歷?」

「是的。」她看著迪弗拉克。「就在我見過你之後。當時你剛告訴我安格斯・帕門特的診斷。我就在想哈利・司拉金——不曉得他是不是也有庫賈氏病。所以羅比就去查司拉金的診所病歷。」

「什麼病?」許恩打岔。

「庫賈氏病。是一種致命的腦部感染。」

「好吧。所以你和布瑞思醫師昨天晚上碰面。然後呢?」

「我們開車到布蘭特山莊,去看了病歷。然後各自回家。」

「你們中途沒去別的地方？他沒去你家？」

「沒有。我大約十點半到家，只有我。之後他沒打過電話給我，我也沒打給他過。所以我不曉得他為什麼今天會要來找我。」

有人敲門。這個房間能容得下幾個人？托碧心想，一面打開了門。

是薇兒。「我們有個病人左側肢體無力、講話不清楚。血壓是二一五／一三〇。他在二號診療室。」

托碧回頭看了許恩一眼。「我沒有別的可以告訴你了，警探。我有病人要看，要先失陪了。」

次日早上八點，托碧的車子開入她家的車道，停在珍的深藍色SAAB旁邊，關掉引擎。她太累了，一時還沒辦法下車去對付愛倫，於是她坐在車上一會兒，望著外頭的枯葉被風吹過草坪。這是她畢生最糟糕的夜晚之一，先是羅比的死，接著又是一連串重症的病人——一個中風、一個心肌梗塞，還有一個肺氣腫末期的，情況危急到必須插管。此外，還有那些警察帶著嘈雜的對講機走來走去，為整個急診室帶來一種混亂之感。昨夜是滿月嗎？她很納悶。一些行星排成某種瘋狂的位置，為她的急診室帶來了混亂？然後還有許恩警探，老是逮住每個機會來突襲她，要求再問一個問題。

一陣強風吹得車子微微搖晃，隨著車裡的暖氣關掉，她開始覺得冷了。最後寒氣終於逼得她下車，走進屋裡。

她一進門，就聞到廚房傳來的咖啡香，聽到瓷器發出的悅耳叮噹聲。「我回來了。」她喊道，把外套掛在衣櫥裡。

珍出現在廚房門口，笑容溫暖而友好。「我才剛沖了一壺咖啡，你要喝一杯嗎？」

「我很想，但喝了我就睡不著了。」

「啊，是無咖啡因的。我猜想你不會想喝普通的咖啡。」

托碧微笑。「那麼，謝了，我要一杯。」

她們坐在餐桌前喝咖啡時，灰白的晨光照進窗內。愛倫還沒醒，托碧感到內疚，因為自己如此高興可以暫時拖延一下，享受這一刻的寧靜。她往後靠，吸著從自己杯裡冒出的熱氣。「這真是天堂啊。」

「其實呢，這只是一杯哥倫比亞烘焙豆咖啡。」

「可是我不必去磨豆子，不必倒出來。我只要坐在這裡，就能喝到。」

珍同情地搖頭。「聽起來，你這一夜過得很糟糕。」

「糟到我根本不想談。」托碧放下杯子，撫摸著臉。「那你這一夜過得怎麼樣？」

「有點混亂。你母親睡不太著。她起來又睡下，睡下又起來，在屋裡徘徊。」

「啊好慘。為什麼？」

「她跟我說她得去學校接你，到處在找她的車鑰匙。」

「她好多年沒開過車了。我不懂她為什麼又會突然要找車鑰匙。」

「唔，她說不能讓你一直在學校等，這事情好像對她真的很重要。她很擔心你可能會冷。」

珍微笑。「我問她你幾歲了，她說你十一歲。」

十一歲，托碧心想。就是爸爸過世那一年。一切都落到媽媽肩頭的那一年。

珍從桌邊起身，去水槽洗了她的杯子。「總之，我昨天晚上讓她泡了澡，所以你不必再幫她洗了。另外我們半夜吃了一大份點心。我想她還會睡上一陣子，說不定會睡一整個白天。」她把杯子放在水槽旁的檯面上，然後轉身看著托碧。「她一定是個很棒的母親。」

「的確很棒。」托碧喃喃說。

「那麼你很幸運。比我幸運……」珍的目光悲傷地轉到地板。「但是不可能每個人都得到理想的父母，對吧？」她吸了口氣，好像還要說別的，然後只是微笑，去拿她的皮包。「明天晚上見了。」

托碧聽到她走出屋子，關上前門。珍離開之後，廚房似乎顯得好空，毫無生氣。她站起來，沿著走廊來到她母親的房間外。她往內窺看，發現愛倫正在睡覺。托碧悄悄走進去，坐在床邊。

「媽？」

愛倫翻身仰躺著，眼睛緩緩睜開，看著托碧。

「媽，你覺得還好嗎？」

「好累，」愛倫喃喃說，「我今天好累。」

托碧一手放在愛倫的額頭，沒發燒。她撥開母親眼前的一綹銀髮。「你沒生病吧？」

「我只是想睡覺。」

「好吧。」托碧低頭吻了一下愛倫臉頰。「那就睡吧。我也要去睡了。」

「晚安。」

托碧走出房間，讓愛倫的房門開著。她決定讓自己房間的門也開著，這樣如果她母親喊她的話，她就聽得到。她沖了澡，換上平常睡覺穿的T恤，坐在床上時，電話鈴響了。

她接起來。「喂？」

一個男人的聲音，有點耳熟。「可以請問你是誰嗎？」

她覺得這個人真沒禮貌，於是說：「如果你不知道你打給誰，先生，那我也幫不了你。再見。」

「慢著。我是波士頓警局的許恩警探，我只是想查出這是誰的電話號碼。」

「許恩警探？我是托碧．哈波。」

「哈波醫師？」

「是的。你打的是我家的號碼。你不曉得嗎？」

對方沉默了一下。「不曉得。」

「唔，你怎麼會有我家的號碼？」

「重撥。」

「什麼？」

「布瑞思醫師車上的座位底下有一支手機，我幾分鐘前才發現的，剛剛我按了重撥鍵。」許恩暫停一下。「他最後一通電話是打給你。」

維琪花了半小時才趕過來照看愛倫，托碧則又花了四十分鐘穿過上午的車陣來到波士頓。等到她被許恩警探問完話，整個人已經又累又煩躁，打算要對第一個敢惹她的人破口大罵。她應該做的事情，就是直接開車回家，爬上床睡覺。

但她卻用她的汽車電話打給維琪，說她還有另一個地方要去。

「媽看起來不太好，」維琪說，「她是怎麼回事？」

「她昨天還好好的。」托碧說。

「唔，她剛剛吐了。我讓她喝了點果汁，我想她現在好一點了。不過她只想睡覺。」

「她有抱怨其他的嗎？」

「主要是胃不舒服。我想你應該帶她去看醫師。」

「我就是醫師啊。」

「好吧，你當然最懂了。」維琪說。

托碧掛斷電話，被她姊姊搞得火大，聽到愛倫生病的事情也讓她有點心煩。只是腸胃型流感吧，她心想。媽媽過幾天就會恢復健康的。

她離開警察局，直接開到艾班尼街七二〇號的法醫處。

迪弗拉克似乎立刻就感覺到她惡劣的心情。他禮貌地帶她去自己的辦公室，沒問她就倒了杯咖啡，放在她面前。她想喝，她需要咖啡因。

她很快喝了幾口，然後迎視他的目光。「我想知道為什麼許恩盯上我。為什麼他要騷擾我。」

「有嗎？」

「我剛剛浪費了一個小時跟他在一起。聽我說，我不知道羅比為什麼打去我家。我昨天夜裡不在家——接電話的是我媽的保姆。我剛剛才知道這件事的。」

「那個保姆知道布瑞思為什麼打去嗎?」

「她聽不懂那個留話。布瑞思跟她說他正要開車去醫院找我，所以她也就沒轉告我這事情了。相信我，丹尼，我和羅比之間沒什麼。沒有戀愛、沒有上床，什麼都沒有。我們只能勉強算是朋友。」

「但是你對他的死似乎非常難過。」

「難過?羅比在我面前流血至死!我兩隻手、還有手臂，全都沾滿了他的血。我手指握住過他的心臟，想按摩讓他恢復心跳，想保住他的命。我他媽的為什麼不該難過?」她吸了口氣，拚命忍住眼淚。「但是你處理的不是活人，所以你不會懂。你只處理屍體。」

他沒說話。沉默似乎把她最後幾個字的痛苦和憤怒更放大了。

她在椅子上往後靠坐，一隻手掩住臉。

「你說得沒錯，」他低聲開了口。「我不會懂。我不必看著別人死在我面前。或許這就是為什麼我選擇這個領域，免得去看那樣的狀況。」

她抬起頭，但是不想看他的雙眼。於是她瞪著他書桌的一角。「我想你還沒完成解剖吧。」

「今天早上做完了。沒有非預期的發現。」

她點頭，還是不看他。

「那帕門特先生呢?那個神經病理學家確認了你的診斷嗎?」

「是庫賈氏病沒錯。」他淡淡地說，聲調毫無起伏，完全聽不出這個診斷對他個人必然造成的災難。

她望著他，注意力忽然集中在迪弗拉克的危機，以及他的恐懼上。她看得出他沒睡好，他的雙眼似乎下陷，焦慮不安。

「這只不過是我必須接受的事情，」他說，「可能染上庫賈氏病。不曉得自己還能再活兩年或四十年。我一直告訴自己，我走出去也可能會被巴士撞死。人生就是這樣，有種種風險，我們只是又倖存了一天。」他挺直身子，好像試圖甩掉沮喪的心情。然後，意想不到的是，他笑了。「反正我的人生也沒多刺激。」

「我還是希望你能活得久一點。」

他們兩個都站起來，然後握了手，這個動作對朋友來說似乎太正式了。雖然他們兩個人的關係還不算是朋友，但她覺得正在往那個方向發展，而且她希望如此。現在，當她看著他的雙眼，忽然困惑起來。因為她發現自己被他吸引，對他手中的暖意感到依戀。

他說：「前天晚上，你邀我過去你家喝杯白蘭地。」

「是啊。」

「我當時沒接受，因為我——我對這個診斷還處於震驚狀態。我會害我們兩個那一晚都很難受的。」

她想起自己是怎麼度過那一夜的，心情低落地獨坐在沙發上，翻著醫學期刊，同時音響裡播放著憂傷鬱的孟德爾頌。你不太可能讓我更難受的。她心想。

「總之，」他說，「不曉得我可不可以回報一下。快中午了。我在這裡待了一整個上午，忽然很想離開這棟該死的建築物。要是你沒事——如果你有興趣跟我一起的話——」

「你的意思是……現在？」

她沒料到這個。她望著他片刻，想著自己一直好希望這樣的狀況發生，又怕對這個邀請會錯意。

他似乎誤以為她的猶豫是不情願。「對不起，這麼臨時邀你。或許下回吧。」

「不。我的意思是，好。我現在可以。」她很快地說。

「真的？」

「只有一個條件，如果你不介意的話。」

他歪著頭，不確定她要說什麼。

「我們可以去公園裡坐坐嗎？」她嚮往地說，「我知道現在外頭有點冷，但是我已經一個星期沒曬到太陽了。現在我真的很希望陽光照在我臉上。」

「你知道嗎，我也希望。」他咧嘴笑了。「我去拿大衣。」

14

他們脖子繞著圍巾、緊靠著坐在一張公園長椅上，從外帶紙盒裡拿起還冒著熱氣的披薩吃。他們點的口味是泰式花生雞肉——兩人的首選竟然都是這個。「英雄所見略同」，迪弗拉克之前笑著說，兩人走在秋葉落盡的枯樹下，來到這張池塘邊的長椅。雖然風很冷，但是天空清朗，陽光明亮。

他像是換了一個人，托碧心想，抬頭看著迪弗拉克的臉，他的頭髮蓬亂，臉頰被風吹紅了。帶他走出那棟沮喪的建築物，遠離那些屍體，他就完全變了一個人，連眼睛都帶著笑意。她很好奇自己是不是看起來也不一樣了。風把她的頭髮吹向各個方向，而且她兩手被披薩搞得髒兮兮，但這一刻她覺得自己好久以來沒這麼有魅力了。或許是因為他看著她的眼神；最強大的美化力量，她心想，就是有一個性感的男人朝你露出微笑。

她臉朝上昂起，享受著明媚的陽光。「我都忘記曬太陽的感覺有多好了。」

「你有那麼久沒看到太陽？」

「感覺上有好幾個星期了。首先是一直在下雨，而少數出太陽的日子，我又都在睡覺。」

「那你當初為什麼選擇夜班？」

她吃掉最後一口披薩，仔細擦掉手上的醬汁。「一開始其實是沒得選。我剛完成急診科住院醫師訓練期的時候，史普林格醫院只剩夜班還有職缺。一開始，我覺得值夜班很好。急診室過了晚上十二點就沒什麼人，有時候我還能逮到空檔睡一下。然後我回家，補睡久一點，剩下的白天都可以玩。」她想到這裡搖搖頭。「那是十年前。二十來歲的時候，少睡很多都可以應付。」

「中年就完了。」

「中年？這是講你自己吧。」

他大笑，雙眼在陽光下瞇起。「所以現在十年後，你是三十來歲的老女人了？但是你還在值大夜班。」

「經過一陣子之後，就會逐漸覺得很順手。一起工作的都是同樣的幾個護士，是我能信賴的人。」她嘆氣。「然後我媽的阿茲海默症惡化，我就覺得自己白天應該在家，幫她做一些事情。所以現在我雇了一個人晚上去我家睡覺，然後我早上值完班回家再接手。」

「聽起來，你是一根蠟燭兩頭燒。」

她聳聳肩。「我也沒有太多選擇，不是嗎？真的，我已經很幸運了。至少我雇得起幫手，還能繼續工作，不像其他很多人。而且我母親——即使是在她最讓人生氣的時候，她也還是很……」她暫停，想找個能準確敘述愛倫本質的字眼。「仁慈，」她說，「我母親一直、一直很仁慈。」

他們目光交會。此時一陣寒風吹過池塘，搖撼著頭頂的枯樹枝，她打了個冷顫。

「我有個感覺，你應該很像你母親。」他說。

「仁慈？不。我很希望我是。」她看著被風吹出漣漪的池塘。「我想我太沒耐性、太熱切了，仁慈不起來。」

「唔，你的確是很熱切。哈波醫師。我從第一次跟你談話時就知道。而且我從你臉上可以看到各種情緒。」

「好可怕，不是嗎？」

「這樣大概對心理比較健康。至少你會表現出來。老實說，我如果能有你的一些熱切就好了。」

她悲慘地承認，「我如果能有一點你的克制就好了。」

披薩吃光了。他們把紙盒扔到垃圾桶，開始散步。迪弗拉克似乎不覺得冷，他長長的雙腿邁著輕鬆而優雅的步伐，大衣沒扣上釦子，圍巾在肩後飄垂。

「我所碰到過的病理學家，沒有一個不克制的，」她說，「你們全都這麼擅長擺出撲克臉嗎？」

「意思是，我們的個性都這麼無趣嗎？」

「唔，我認識的病理學家似乎都好安靜。不過他們能力也很強，好像知道所有的答案。」

「我們的確知道啊。」

她看著他毫無表情的臉大笑。「演得很好，我都完全相信了。」

「其實呢，在病理科當住院醫師的時候，他們就會教你這一招：讓自己看起來很聰明。被當掉的人，就轉去外科了。」

她頭往後一仰，笑得更厲害了。

「不過你剛剛說的是真的，」他承認，「安靜的人會走病理學。這一行會吸引那些喜歡在地下室工作的人。他們覺得看顯微鏡要比跟活人講話自在。」

「對你來說是這樣嗎？」

「我必須說是的。我不太擅長跟別人相處。這大概也解釋了我為什麼會離婚。」

他們沉默地走了一會兒，風把幾朵雲吹到他們頭頂，他們在斷續的雲影間前行，然後陽光又出現了。

「她也是醫師嗎？」托碧問。

「也是病理學家。非常聰明，但也非常克制。我甚至沒注意到我們之間有什麼不對勁。直到她離開我。我想，這證明我們兩個都很會擺撲克臉。」

「這樣對婚姻似乎不太好。」

「是啊，很不好。」他突然停下，低頭看著自己的皮帶。「有人在呼叫我。」他說，皺眉看著呼叫器上顯示的號碼。

「公用電話就在前面那裡。」

迪弗拉克打電話時，托碧就站在電話亭外頭，閉上眼睛享受飄移雲朵間的短暫陽光，享受活著的片刻喜悅。她幾乎沒注意迪弗拉克在電話裡講了什麼。直到她聽到布蘭特山莊，才突然轉身看著電話亭裡面。

他掛斷電話，出了電話亭。

「什麼事？」她問，「是有關羅比的，對不對？」

他點頭。「剛剛呼叫我的是許恩警探。他在衛克林醫院，訪談那裡的員工。他們跟他說，布瑞思醫師昨天傍晚去過那裡。找過病歷部門和病理科，詢問一個布蘭特山莊居民史丹利．麥奇的舊資料。」

她搖搖頭。「我沒聽過這個名字。」

「根據衛克林醫院那邊的說法，麥奇是在三月因為墜樓頭部重傷而死亡。許恩感興趣的是驗屍時發現的診斷。那種疾病他昨天晚上才聽過。」

在天上，一片雲遮住了太陽。在突來的陰影下，迪弗拉克的臉看起來灰白而冷淡。

「是庫賈氏病。」

從二十一樓會議室的窗子，卡爾．瓦倫堡可以看到古老的波士頓麻州州議會大廈裝飾華麗的圓頂，以及更遠些波士頓公園裡的那些樹，樹枝在亮烈的藍天下有如骨骼一般。所以這就是高層管理人員享受到的視野，他心想。當我們其他人在牛頓市做真正的工作，讓布蘭特山莊的客戶們活得安好時，肯尼斯．佛利和他的會計人員則坐在市中心這間豪華的辦公室裡，讓布蘭特山莊的錢活得安好，而且成長迅速。佛利的亞曼尼複製人，瓦倫堡心想，看著圍坐在會議桌旁的其他人。瓦倫堡只模糊記得他們的名字和職稱。那個穿著藍色條紋西裝的男子是一位資深副董；那個紅髮女人則是財務主管。除了瓦倫堡和公司律師羅斯．哈德威之外，這群人都是職稱好聽的抄寫匠而已。

一名秘書拿著一個裝了咖啡的廣口玻璃瓶進來，優雅地倒在五個骨瓷咖啡杯中，然後將杯子擺在桌上，外加水晶糖缽和鮮奶油小壺。這個會議不會有凌亂的糖包。她暫停一下，謹慎地等著佛利是否有其他任何指示。結果沒有。坐在桌邊的五個人等到那個秘書離開，把門帶上。

然後布蘭特山莊的執行長肯尼斯・佛利開口。「今天上午，我又接到哈波醫師的電話。她再一次提醒我布蘭特山莊沒有善盡職責，說我們可能有更多居民會生病。這個問題說不定變得比我原先預料的更嚴重。」他看了全桌一圈，目光定在瓦倫堡身上。「卡爾，你跟我保證過，說這個問題已經解決了。」

「是解決了沒錯。」瓦倫堡說，「我已經跟迪弗拉克醫師談過，也跟衛生局派來的人碰了面。我們都認為現在沒有緊張的理由。山莊裡的用餐設施完全符合衛生法規，水源是來自市政府的自來水管線。而讓每個人都很興奮的那些荷爾蒙注射劑——我們有文件可以證明是最近製造的，絕對安全。迪弗拉克相信這兩個案例純粹是巧合。用科學用語來說，就是『統計上的群集』。」

「所以，你確定衛生局和法醫處都滿意了？」

「是的。他們都認為既然沒有緊張的理由，所以這件事完全不必公開。」

「但是哈波醫師知道這件事。我們得準備好回應她的提問。因為如果她知道這件事，那麼一般大眾也很快就會知道了。」

「有媒體來詢問這件事嗎？」哈德威問。

「到目前為止沒有。但是往後可能會有一些不需要的注目落在我們身上。」佛利又盯著瓦倫堡。「所以再跟我們說一次，卡爾，說我們完全不必擔心這種疾病。」

「你們完全不必擔心，」瓦倫堡說，「我要強調，這兩個病例是不相干的，只是湊巧。」

「如果有更多病例出現，那就不太像是巧合而已了。」哈德威說，「而是會變成公關的大災難。因為那樣看起來，好像我們根本沒有好好追查問題。」

「這就是為什麼哈波醫師的來電讓我擔心，」佛利說，「基本上，她是在通知我們她知情。而且她在盯著我們。」

哈德威說：「這聽起來像是威脅。」

「的確是威脅。」那位財務主管說，「我們的股價今天早上才又上升了三個百分點。但是如果投資人聽說我們的居民一個接一個死了，而且我們沒做任何事情去防止，那麼股價會發生什麼事？」

「但是沒有什麼好防止的啊，」瓦倫堡說，「這純粹是大驚小怪，完全沒有事實根據。」

「我覺得哈波醫師聽起來相當理性。」佛利說。

瓦倫堡醫師嗤之以鼻。「問題就出在這裡。她聽起來很理性，但其實她一點也不是那樣。」

「那她的目的到底是什麼？」財務主管問。「錢？注意力？一定有個動機是我們可以對付的。肯尼斯，你今天早上跟她談的時候，有聽到任何暗示嗎？」

佛利低聲說：「我想這事情其實跟布瑞思醫師有關。他過世的時機很不湊巧。」

提到羅比·布瑞思，每個人都暫時沉默下來，低頭看著桌子。沒有人想多談那位死者。

「她認識布瑞思醫師。」佛利說。

「或許不光是認識而已。」瓦倫堡一副厭惡的口氣說。

「不管他們的關係是什麼，」佛利說，「布瑞思醫師的死讓她非常心煩，激發她提出這些問題。而且她對於他的謀殺案調查似乎有內部管道。不知怎地，她知道麥奇醫師的診斷，知道他生前住在布蘭特山莊。這些消息從來沒有對外公開過的。」

「我知道她是怎麼曉得的，」瓦倫堡說，「法醫處。她跟迪弗拉克曾一起吃午餐。」

「你是從哪裡聽說的？」

「我自然有消息管道。」

「狗屎，」那個財務主管說。於是在場的唯一女人帶頭說出了粗話。「那麼她有了姓名和事實可以洩漏，股票往後就別想再漲了。」

佛利身體前傾，嚴厲地注視著瓦倫堡。「卡爾，你是醫療主任。到目前為止，我們都聽從你的判斷。但是如果你錯了，如果我們再有一個居民被發現有這種病，那我們的擴張計畫可能就完了。要命，甚至我們原先已經有的都會完蛋。」

瓦倫堡不得不按捺住他聲音裡的惱怒，設法讓自己聽起來完全冷靜，又真實表現出他充滿自信。「我會再說第三次。如果必要的話，說上十幾次都行。這不是疫情，這種病不會再出現在我們任何一個居民身上。要是再有的話，我就交出我的股票選擇權。」

「你那麼有把握？」

「一點都沒錯。」

佛利一副鬆了口氣的表情，往後靠坐。

「那麼我們唯一要擔心的，」財務主管說，「就是哈波醫師的大嘴巴。很不幸，她如果到處說，會對我們造成很大的損害，即使她說的一切都毫無憑據。」

在場每個人都在想著有什麼辦法。一時之間沒人吭聲。

最後瓦倫堡開口了：「我想我們不理她就是了。不接她的電話，不證實她的任何說法。最後她只會傷害到自己的可信度。」

「同時，她也傷害到我們，」財務主管說，「有沒有什麼……我們可以施加的壓力？比方她的工作。我以為史普林格醫院的董事會打算開除她。」

「他們試過了，」瓦倫堡說，「但是急診室主任堅持不肯，於是他們就退讓了。至少暫時是這樣。」

「那你的朋友呢，那個外科醫師？他不是說鐵定會讓她被開除嗎？」

瓦倫堡搖頭。「凱瑞醫師就像我認識的其他外科醫師一樣，自信過頭了。」

那個財務主管不耐地嘆了口氣。「好吧，那我們要怎麼對付她？」

佛利望著瓦倫堡。「或許卡爾的想法沒錯，」他說，「我們什麼都別做。她現在正努力要保住工作，我想她會輸掉這場戰役。我們就讓她自我毀滅吧。」

「或許再稍微幫點忙？」財務主管小聲建議道。

「我想沒有必要，」瓦倫堡說，「相信我，托碧．哈波就是她自己最大的敵人。」

站在新掘墓穴的這一頭，托碧看到對面的他，稍微低著頭，目光往下看著棺材。羅比的棺材。即使沒穿白袍，瓦倫堡醫師看起來還是完全像個有同情心且高尚的醫師。他隱藏著什麼不高尚的想法？托碧很好奇。那一小群布蘭特山莊的醫師和行政人員似乎都有同樣的表情，彷彿全都戴著一模一樣的哀悼面具。他們之中，有哪個真正是羅比的朋友？光看他們的臉，她看不出來。

瓦倫堡醫師似乎感覺到有人在看他，於是抬起頭，看到了托碧。一時之間，他們望著彼此。然後他別開目光。

一陣冷風吹過這群人，翻滾的枯葉落入墓穴。羅比的女兒在葛芮塔的懷裡開始大哭起來，不是傷心的哭泣，而是被大人限制行動太久的懊惱。葛芮塔把女兒放下地，小女孩立刻溜掉，咯咯笑著在大人的雙腿所組成的叢林之間穿梭。

那位牧師沒辦法對抗一個大笑的小孩，於是一臉認輸的表情，把最後幾句話縮短，闔上他的聖經。哀悼者開始魚貫走向遺孀時，托碧看不到瓦倫堡了。直到她繞到墓穴的另一頭，才看到他正走向那些停著的汽車。

她跟著他，還喊了他兩次，他才終於停下腳步，轉過身來看著她。

「我一直想要聯絡你，都快一個星期了，」她說，「你的秘書從來不肯把電話轉接給你。」

「我有很多事情要忙。」

「我們現在可以談嗎？」

「這不是好時機，哈波醫師。」

「那什麼時候才是好時機？」

他沒回答。只是轉身離開。

她跟上去。「布蘭特山莊有兩個確定染上庫賈氏病的病例了，」她說，「安格斯．帕門特和史丹利．麥奇。」

「麥奇醫師是墜樓死亡的。」

「他也有庫賈氏病。這大概也是害他跳出窗子的原因。」

「你講的是一種無法治療的疾病。我應該覺得是自己的疏忽嗎？」

「一年出現了兩個病例──」

「統計學上的群集。這是個很大的母體，哈波醫師。在大波士頓地區，總會有幾個這樣的病例。那兩個人只是剛好都住在同一個社區而已。」

「如果這是個更有傳染力的普恩蛋白呢？現在布蘭特山莊就可能還有新的病例潛伏著。」

他轉身面對她，表情醜惡得讓她後退一步。「你仔細聽著，哈波醫師。人們花錢買布蘭特山莊的房子，是因為他們希望過著沒有憂慮、沒有恐懼的生活。他們一輩子努力工作，有資格享受這樣的生活。他們負擔得起。他們知道自己會得到全世界最好的醫療照護。他們不需要聽什麼瘋子理論，說他們的食物裡有一種致命的腦部疾病。」

「你關心的就是這個？讓你的病人安心？」

「他們花錢就是要買安心的。要是他們失去了對我們的信任，就會打包搬家，把房子賣了。布蘭特山莊就會變成一座被廢棄的空城。」

「我並不想毀掉布蘭特山莊。我只是覺得你們應監控你們的居民，留意是不是有症狀。」

「你想想這樣會引起的恐慌。我們的食物很安全，我們的荷爾蒙針劑是來自信譽良好的製藥公司。就連衛生局都認為沒有理由監控任何症狀。所以別再試圖嚇唬我們的居民了，哈波醫師。否則你就等著律師去敲你家的門吧。」他轉身要離開。

「那羅比・布瑞思呢？」她脫口而出。

「他怎麼樣？」

「他就在得知麥奇診斷之後被殺害，這件事讓我覺得很不安。」好吧，她說出來了。她直接說出心中的懷疑，以為瓦倫堡會狠狠反擊，為自己辯護。

但結果，他只是轉身看著她，鎮定地露出一抹詭異的微笑。「是啊，我聽說你把這個想法推銷給警方。不過他們已經放棄這個理論了，因為他們找不到任何相關的證據。」他暫停一下。「順便說一聲，他們還跟我問了一些有關你的問題。」

「警方？什麼問題？」

「問我是否知道你和布瑞思之間有什麼關係？我知道他夜裡曾帶你去我們的診所嗎？」他的笑容更深了，到最後看起來還比較像是在低吼。「我覺得很有趣，你們女人總是覺得黑人比較有性吸引力。」

托碧猛地抬高下巴，驚愕又憤怒。她氣得往前逼近他。「該死。你沒有權利這樣說他。」

「一切都還好嗎，卡爾？」一個聲音說。

托碧猛地轉身，看到一個高個子、幾乎全禿的男子站在附近。就是棺木入土儀式時站在瓦倫堡旁邊那個衣著講究的男子。他有點驚惶地看著她，她這才明白自己的臉氣得發紅，雙手緊握成拳。

「我不小心聽到了，」那個男人說，「你要我打電話找誰來嗎，卡爾？」

「沒事，紀登。哈波醫師只是有點——」他再度露出那奸詐的滿足微笑，「為了羅比的死而心煩。」

你這個混蛋，托碧心想。

「再過半小時有個董事會議。」那個禿頭男子說。

「我沒忘。」瓦倫堡看著托碧，她在他眼中看到了勝利的閃光。他把她逼得失控，按捺不住脾氣，這個叫紀登的人在旁邊目睹了。掌控局勢的人是瓦倫堡，不是她，而他以微笑傳達了這個事實。

「那我們就回頭見了。」那個禿頭男子說，又關切地看了托碧最後一眼，這才走開。

「我想我們沒什麼可以談的了。」瓦倫堡醫師說，也要離開。

「等到下一個庫賈氏病的病例出現吧。」托碧說。

他轉頭，給了她最後的、憐憫的眼神。「哈波醫師，我可以給你一個建議嗎？」

「什麼建議？」

「找個生活重心吧。」

我有生活重心，托碧想著，在急診員工休息室恨恨地吞嚥著咖啡。該死，我有生活重心的，或許不是她還在當住院醫師時所想望的生活，不是她會選擇的生活。但有時候你沒得選擇，有時候你只能接受艱難的狀況。責任，義務。

愛倫。

托碧喝光她的咖啡，又倒了一杯，又熱又黑，就像是朝她胃裡潑更多酸液，但是她急需咖啡因。羅比的葬禮佔去了她平常的睡眠時間，她只勉強回家休息兩個小時，昨天傍晚就又趕來上班。現在是早晨六點，她完全靠自動反射本能撐著，加上偶爾一陣原始情緒的爆發。憤怒、懊惱。她同時感覺到這兩者，心知等到值班結束時，等她一個半小時後終於走出醫院大門時，她只是又走進另外一堆責任和憂慮之中。

找個生活重心吧，瓦倫堡這麼說。而這剛好就是她的生活重心，一直壓在她肩頭的。

昨天傍晚，她換好衣服要去工作時，看著鏡中的自己，忽然發現有些頭髮不是金色，而是白色的。這是什麼時候發生的？她是什麼時候青春不再、踏入了中年？儘管不會有人發現那些白髮，但她還是拔掉了，心知還是會再長出來，同樣會是白色的。死去的黑色素細胞不會再生。沒有青春的泉源。

到了七點三十分，她終於走出急診室大門，停下來吸了一口早晨的空氣。沒有消毒酒精、消毒劑和走味咖啡的空氣。今天看起來會是晴朗的一天。薄霧已經開始消散，露出幾小片模糊的藍天。光是看到這個，她就覺得好過一些，接下來四天她休假，可以補眠。而且下個月她已經排了兩星期的假期。或許她可以把愛倫交給維琪照顧，真正去度個假。去海灘旁的飯店，冷飲和熱沙，或許甚至談個小戀愛。她已經好久沒跟男人上床了。她曾希望能發生在她和迪弗拉克之間。她最近常常想到他，想得臉頰發熱。自從吃過那唯一的一次午餐之後，他們講過兩次電話，但兩人的時間表衝突，要碰面實在很困難。

而且他們上次通電話時，他的口氣好冷淡。心不在焉。*所以，我這麼快就把他嚇跑了嗎？*

她逼自己不要再去想迪弗拉克。該回去想幻想中的男人，以及熱帶的度假地點了。

她走到停車場，上了自己的車。我下午要打給維琪，她開回家的路上想著。如果她沒辦法、或不肯照顧老媽，那我就雇個人一星期。管他要花多少錢。托碧好幾年來都乖乖存退休金。現在該開始花錢，好好享受了。

她轉入自己家的那條街道，心跳忽然恐慌得掉了一拍。

一輛救護車和一輛警車停在她的房子外頭。

她還沒來得及轉入車道，那輛救護車就閃著警燈開走，沿街道加速離去。托碧把車停下，跑進屋裡。

一名制服警察正站在她的客廳裡，在一本線圈筆記本上寫字。

「發生了什麼事？」托碧問。

那警察看著她。「請問貴姓？」

「這是我的房子。你在這裡做什麼？我媽呢？」

「他們剛剛載走她，要送她去史普林格醫院。」

「她出了什麼意外嗎？」

珍的聲音說：「沒出意外。」

托碧轉身，看到珍站在廚房門口。「我叫不醒她，」珍說，「所以我就打電話叫救護車。」

「你叫不醒她？她完全沒反應嗎？」

「她好像動不了。也沒法說話。」珍和那警察互相交換了一個眼色，托碧無法解讀。此時她才忽然想到：為什麼會有警察來我家？

她在這裡是浪費時間，她心想，轉身要離開，打算跟著救護車去史普林格醫院。

「女士？」那名警察說，「如果你在這裡等一下，會有個人來跟你談——」

托碧沒理會他，走出屋子。

等到她把車開進史普林格醫院停車場，已經想像過最壞的狀況。心臟病發，中風，愛倫昏迷且接上呼吸器。

一名白天班護士站在櫃檯後。「哈波醫師——」

「我母親在哪裡？有一輛救護車把她送來了。」

「她在二號診療室，現在狀況已經穩定了。慢著，先不要進去——」

托碧走過櫃檯，打開二號診療室的門。

看不到愛倫的臉，被擠在輪床周圍工作的醫護人員擋住了。保羅·霍金斯才剛插完管。一名護士正在掛一袋新的靜脈輸液，另一個則拿著幾支採血管在忙。

「發生了什麼事？」托碧問。

保羅往上看了一眼。「托碧，你可以出去外頭等嗎？」

「發生了什麼事？」

「她剛剛停止呼吸。她有嚴重的心跳過慢，不過現在脈搏恢復到——」

「心肌梗塞？」

「心電圖上看不出來。我們還在等心肌酶的檢驗結果。」

「啊老天、啊老天……」托碧往前擠到輪床邊，握住她母親的一隻手。「媽，是我。」

愛倫沒睜開眼睛，可是那隻手動了，好像要掙脫。

「媽，一切都會沒事的。他們會好好照顧你。」

此時愛倫的另一隻手開始動，拍打著床墊。一名護士趕緊抓住愛倫的手腕，套入約束帶。看到那隻虛弱的手被困住、在約束帶裡拚命掙扎著，托碧實在受不了。「有必要綁那麼緊嗎？」她厲聲說，「你害她都有一塊瘀青了——」

「她會把靜脈管線弄掉。」

「你害她血液無法循環！」

「托碧，」保羅說，「請你到外頭等。我們控制住情況了。」

「媽媽不認識你們任何一個——」

「你這樣只會影響我們的工作。請你離開。」

托碧後退一步，發現他們都看著她。她意識到保羅是對的；她在這裡很礙事，搞得他們很難做出必要的決定。她自己負責危急病人時，從來不讓家屬待在診療室裡的。保羅也不應該。

她輕聲說：「那我在外頭等。」於是走出去。

走廊裡有個男人在等她。四十出頭，一臉嚴肅。頭髮剃光。「哈波醫師嗎？」他問。

「是的。」

他講話時那副像是在打量她的模樣，讓她覺得他是警察。他亮出警徽確認了。「我是奧普潤警探。可以請教一些有關你母親的問題嗎？」

「我才要請教你幾個問題。為什麼我家有警察跑去？是誰打電話找你們的？」

「是諾蘭女士。」

「這是醫療緊急狀況，為什麼要打電話給警察？」

奧普潤警探指著一間空的診療室。「我們進去那裡談吧。」他說。

她困惑地跟著奧普潤進去。他關上門。

「你母親生病多久了？」他問。

「你是指她的阿茲海默症？」

「我是指她現在的病。她被送到醫院來的原因。」

托碧搖頭。「我還不曉得她到底是哪裡出狀況……」

「除了阿茲海默症之外，她還有其他慢性病嗎？」

「你為什麼問我這些問題？」

「據我所知，你母親過去這個星期病了。昏睡，嘔吐。」

「她好像有點累。我以為那是腸胃型流感——」

「流感，哈波醫師？諾蘭女士不這麼認為。」

她專注看著他，完全搞不懂是怎麼回事。「珍跟你說了什麼？你說她打電話給你們——」

「是的。」

「我想跟她談。她人呢？」

他沒理會她的問題。「諾蘭女士提到了一些傷。她說你母親抱怨雙手燙傷。」

「那個燙傷幾個星期前就痊癒了。我跟珍說過是怎麼回事的。」

「還有她大腿的瘀青呢？那是怎麼來的？」

「什麼瘀青？我根本不曉得她有任何瘀青。」

「諾蘭女士說，她兩天前問過你有關那些瘀青。她說你沒辦法解釋。」

「什麼？」

「你能解釋一下那些瘀青嗎？」

「我想知道她到底為什麼要說這些，」托碧說，「她人在哪裡？」

奧普潤審視她一會兒，然後搖搖頭。「以眼前的狀況，哈波醫師，」他說，「諾蘭女士不希望你聯繫她。」

做完電腦斷層掃描後，愛倫就轉入加護病房，托碧終於可以去探望了。她做的第一件事情，就是拉開床單，檢查母親身上的瘀青。總共有四個不規則的小斑，在她左大腿外側。她不敢置信地瞪著那些瘀青，心裡痛罵自己怎麼會這麼盲目。這是什麼時候、怎麼發生的？是愛倫弄傷自己的嗎？或者那些傷是另一個人的手造成的，一再去掐她脆弱的皮膚？她又把床單蓋好，站在床邊憤怒地抓著側邊的床欄沉默許久，設法不要讓怒氣影響她的判斷。但她忍不住想：如果是珍掐的，我會殺了她。

有人輕聲敲窗，然後維琪走進來。她什麼都沒說，只是走到床的另一側，站在托碧對面。

「她還在昏迷狀態，」托碧說，「他們剛做過頭部掃描，顯示她有大量腦出血，但是暫時沒辦法排掉。我們只能觀察，還有等待。」

維琪還是保持沉默。

「今天早上一切都好瘋狂，」托碧說，「他們注意到媽的大腿上有幾塊瘀青。珍跟警察說是我掐的。她還讓他們以為——」

「是的，她跟我說過了。」

托碧瞪著她，被姊姊毫無高低起伏的聲音搞得很詫異。「維琪——」

「上星期，我跟你說過媽媽生病了。我跟你說她在吐，但是你好像根本不關心。」

「我以為那是流感——」

「你都沒帶她去看醫生，對吧？」維琪看著她的眼神，彷彿她是個陌生人。「有件事我沒跟你說，珍昨天打過電話給我。她要求我別跟你提。但是她很擔心。」

「她說了什麼？維琪，她說了什麼？」

「她說……」維琪顫抖著吐出一口氣。「她說她很擔心現在發生的事情。她剛接下這份工作時，注意到媽媽的雙臂有瘀青，好像有人抓住她用力搖。那些瘀青褪色了，但接著到了這星期，新的又出現了，在大腿。你看到了嗎？」

「每天幫媽洗澡的是珍——」

「所以你沒看到？你甚至不知道有瘀青？」

「她沒問過我有關瘀青的事情！」

「還有燙傷呢？媽手上的燙傷呢？」

「那是好幾個星期之前發生的！當時媽媽拿起一缽剛出爐的熱菜。」

「所以她的確被燙傷過。」

「那是個意外！布萊恩當時也在場。」

「你的意思是，那是布萊恩的責任？」

「不。我的意思不是那樣。」

「那麼是誰的責任，托碧？」兩姊妹隔著睡著的愛倫瞪著彼此。

「我是你妹妹，」托碧說，「你很了解我的。你怎麼能相信一個陌生人的話？」

「我不曉得。」維琪一手撫過頭髮。「我不知道該相信什麼。我只希望你告訴我到底發生了什麼事。我知道媽很難對付。她有時候比小孩還糟糕，照顧她很不容易——」

「你怎麼知道不容易？你從來沒主動幫忙。」

「我有家人啊。」

「媽媽也是你的家人。這一點你丈夫和小孩好像不明白。」

維琪昂起下巴。「你又想用這件事來害我內疚了。你老是這樣。誰受苦最多，誰最有資格當聖人。聖女托碧。」

「別再說了。」

「所以你是什麼時候按捺不住的？你是什麼時候終於爆發，開始打她的？」

托碧猛地後退，震驚得說不出話來，生氣得不敢開口，深怕自己會口不擇言。

維琪的嘴唇顫抖，雙眼盈滿淚水，她說：「啊，老天。我沒有那個意思。」

托碧轉身走出隔間，一路沒停，直到她走出醫院大樓，進入停車場，上了自己的車。

她首先開到珍．諾蘭的房子。她皮包裡有地址本，她找出來查了珍住在哪裡。是在布魯克萊，史普林格醫院的東邊。

開了六公里多，她來到那個地址，那是一棟綠色屋頂的雙拼式房屋，位於一條沒有樹木、毫無生氣的街道上。前廊有幾個花盆，裡頭的土壤乾硬，長著幾棵垂死的雜草。窗子裡頭的布簾緊閉，完全看不到裡頭。

托碧按了門鈴。沒有回應。她敲門，然後用力捶。開門，你該死。告訴我你為什麼要對我這樣！

「珍！」她喊道。

隔壁鄰居的門打開，一個女人謹慎地探出頭來。

「我要找珍．諾蘭。」托碧說。

「別敲了。她不在裡頭。」

「她什麼時候會回來？」

「你是誰？」

「我只是想知道珍什麼時候會回來。」

「我怎麼知道？好幾天沒看到她了。」那女人關上門。

托碧好想丟石頭砸破珍的窗子。她又捶了一下門，然後回到自己車上。

就在此時，她忽然被這一切壓垮了。愛倫在昏迷中。維琪變成一個怨恨她的陌生人。托碧前後搖晃著，努力不要哭出來，不要崩潰。結果她自己車子的喇叭聲讓她趕緊挺起身子。原來她太用力往前靠，壓到方向盤了。街上一個剛好經過的郵差停下來瞪著她。

她發動車子開走了。我要去哪裡？我要去哪裡？

她開向布萊恩的房子。他會支持她的說法。愛倫燙傷手的那天，他也在場；他可以替她的人格擔保，他很清楚她對愛倫有多麼盡心盡力。

但是布萊恩不在家，來應門的是他的伴侶諾爾，說他要四點半才會下班。諾爾問托碧要不要進去喝杯咖啡，或是別的飲料？你看起來需要坐下來休息。

他的意思是她看起來糟透了。

她拒絕了。接下來因為不曉得該去哪裡，她就開車回家。

門前的警車不見了。三個鄰居站在她屋外的人行道上交頭接耳。托碧的車駛近時，他們轉頭望著她。等到她駛入車道，他們就散開來各自回家了。懦夫，他們何不乾脆當面問她是不是毆打自己的母親？

她氣沖沖進屋去，用力甩上門。

屋裡一片寂靜。沒有愛倫。沒有人在花園徘徊，沒有人在看上午的卡通節目。

她坐在沙發上，頭埋進雙手裡。

15

「我懷的是女孩，」安妮說。她的手指滑過被單，撫摸著肚子。「我想要女孩，因為我不曉得要怎麼撫養男孩，我不曉得要怎麼樣才能讓他變成好人。現在很難碰到好男人了。」

在黑暗中，她們並排躺在安妮的床上。唯一的亮光來自窗外的那盞路燈。偶爾有一輛車子經過，會帶來片段的亮光，於是莫莉在那短暫片刻可以看到安妮的臉，頭枕在枕頭上，平靜地往上看著天花板。跟安妮躺在床上很溫暖。她們今天洗了床單，兩人一起坐在自助洗衣店裡咯咯笑，翻著舊雜誌，同時床單在烘乾機裡面轉了又轉。現在每回莫莉翻身時，就會聞到乾淨的洗衣粉氣味，還有安妮的氣味。

「你怎麼知道是女孩？」莫莉問。

「唔，醫師當然會知道。」

「你看過醫師？」

「我不想回去看那個醫師了。不喜歡那個地方。」

「那你怎麼知道是女孩？」

安妮的雙手又開始摸著肚子。「我就是知道。我碰到過一個護士，她跟我說，如果媽媽有那種感覺，真的很強烈的，那就絕對錯不了。這個是女孩。」

「我對我的沒有感覺。」

「或許對你來說還太早，莫莉。」

「我沒感覺是男孩或女孩。你知道，它好像還不是一個人。感覺上好像只是肚子有一大團肥肉而已。我不是應該感覺到愛或什麼的嗎？我的意思是，懷孕的人不都應該是這樣嗎？」她翻身看著安妮的臉，在窗子透進來的微光中只有輪廓。

「你一定對它有感覺的，」安妮輕聲說，「不然你留下它還有什麼理由？」

「我不知道。」

莫莉感覺到自己的手在被子裡被安妮握住了。她們十指交纏躺在那裡，呼吸完全同步。

「我不曉得我在做什麼，也不曉得我為什麼要留下它，」莫莉說，「我當時糊裡糊塗的。然後拉米打我，我太氣他了，他叫我做什麼，我就偏不去做。所以我沒去那個地方。」她暫停一下，又看著安妮。「他們是怎麼做的？」

「做什麼？」

「拿掉啊。」

安妮打了個寒噤。「我只做過一次。去年，拉米送我去那個地方。那些人都穿著藍色衣服。他們不肯跟我講話，只是叫我躺在檢查檯上閉嘴。他們給我吸了一種氣，接著，我就只記得醒過來，肚子消下去。空了……」

「是女孩嗎？」

安妮嘆氣。「我不知道。他們把我送上車，載回拉米那邊。」安妮放開莫莉的手，她似乎不光是身體上收回了手而已。她退入了某種私人小隔間，裡頭只有她和她的寶寶。

安妮沉默了好一會兒，然後開口了。「莫莉，」她說，「你知道你不能繼續待在這裡的。」那些話的聲音好小，卻帶著令人震驚的力道。

莫莉翻身側躺，面對著安妮。「我做錯什麼了？告訴我，我做錯什麼了？」

「沒有。只不過不能繼續這樣下去了。」

「為什麼不行？我會做更多。你說什麼我都會——」

「莫莉，當初我說你可以住幾天。現在都兩個多星期了。親愛的，我喜歡你，但是羅倫佐先生，他今天上樓來找我。抱怨我多了一個人同住，說我們當初租房子的協議不是這樣的。所以我不能讓你留下來。現在你跟我住，這裡已經夠小了。等到我的寶寶出生——」

「那至少還要一個月。」

「莫莉。」安妮的聲音一直很平穩，現在變得更堅定。「你得自己去找個地方住。我不能收留你了。」

莫莉翻身背對著安妮。*我以為我們可以成為一家人：你和你的寶寶，我和我的。沒有男人，沒有混蛋。*

「莫莉？你還好吧？」

「我沒事。」

「你懂的，對不對？」

莫莉疲倦地聳了一下肩膀。「應該吧。」

「我不是要你馬上搬走。你可以花幾天，想想要去哪裡。或許你可以再給你媽媽打一次電話。」

「是喔。」

「她一定會答應讓你回家的。她是你媽媽。」

莫莉沒回答，安妮伸出手攬住她的腰。另一個女人身體的暖意，另一個女人隆起的腹部壓著她的背部，讓莫莉充滿了渴望，無法抗拒。她轉身面向安妮，雙臂抱著安妮的腰，把她拉近，感覺到兩個人的肚子像兩個熟透的水果般緊貼在一起。忽然間，她好希望自己在安妮的子宮裡，好希望自己是安妮的小孩，回到母親的懷抱裡。

「讓我留下，」她低聲說，「拜託讓我留下吧。」

安妮堅定地推開莫莉的手。「不行。我很抱歉，莫莉，但是不行。」她轉身，匆忙移到床的另外一邊。「晚安。」

莫莉躺著不動。我說錯了什麼？我做錯了什麼？拜託，你要我做什麼我都會去做。你吩咐就是了！她知道安妮沒睡著；兩人之間的黑暗充滿了張力。她感覺到安妮整個人蜷縮得跟她一樣緊。

但是兩個人都沒說話。

呻吟聲吵醒了她。一開始莫莉還被殘餘的夢境搞得糊塗。夢中有個嬰兒漂浮在池塘裡，發出奇怪的聲音。青蛙的聲音。然後她睜開眼睛，發現天還沒亮，她躺在安妮的床上。浴室門縫底下透出光來。

「安妮？」她說，但是沒聽到回答。

她翻身閉上眼睛，想躲開那道干擾的銀光。

一個砰咚聲把她完全嚇醒了。

她坐起身，瞇著眼睛朝浴室看。「安妮？」沒有回應，她爬下床，過去敲浴室門。「你還好嗎？」她轉動門鈕往前推，但是沒法推開，有東西擋住門了。她更用力推，感覺到擋住的東西稍微移動，讓門打開一些。她隔著門縫往裡看，一開始不明白看到了什麼。

地板上有一道血流。

「安妮！」她喊道，用盡全身力氣往前推，終於把門推得夠開，可以擠進去。她發現安妮癱倒在角落，肩膀卡住門，她廉價的睡袍拉到了腰部上方。馬桶座上頭濺滿了血，馬桶裡面的水染成深紅色。安妮的大腿間忽然冒出一道暖流，淹到莫莉的腳趾。

她驚恐地後退，撞到洗臉台。

啊老天，啊老天，啊老天。

雖然安妮沒動，但她的肚子在動；那腹部蠕動著，裸露的皮膚縮成一個緊繃的肉球。更多血湧出來，流過浴室地板。那血的暖意流淌著，圍繞住莫莉冰冷的雙腳，讓她從發愣狀態醒覺過來。她逼自己跨過那灘深紅的血，來到安妮蜷縮的身體旁。她得把她從門後移開。她抓住安妮的一隻手臂用力拉，但兩腳老是在血裡頭打滑。安妮發出一個高音調、小聲的呻吟，像是氣球洩氣的聲音。莫莉更用力拉，終於想辦法把安妮拖了幾呎。接下來她兩腳抵著門框撐住，抬起安妮的身體。

安妮滑出浴室。

莫莉現在抓著她的雙臂，把她完全拖出浴室門。接著她打開臥室的燈。

安妮還在呼吸，但雙眼往後翻，那張臉一片死白。

莫莉跑出前門，下了樓梯。她敲著一樓那戶的門。「幫幫我！」她喊道，「拜託，幫幫我！」

沒人來應門。

她跑出樓房，來到街上的公用電話亭，撥了九一一。

「緊急專線。」

「我需要一輛救護車！她在流血——」

「你的姓名和地址？」

「我的名字是莫莉・匹克。我不曉得地址。我想我是在憲章街——」

「靠近哪條路的交叉路口？」

「我看不到！她快死了——」

「你知道最接近的門牌號碼是幾號嗎？」

莫莉轉身，拚命尋找著那棟樓房的門牌。「一〇七六！我看到有個一〇七六。」

「傷患在哪裡？她是什麼狀況？」

「她在樓上的公寓——她流血流得地板上到處都是——」

「我馬上派一輛救護車過去。請你在電話線上等——」

管你去死，莫莉心想。她留下話筒懸吊在那裡，又跑回那棟樓房裡。

安妮還躺在原處。雙眼睜開，但眼神失焦且呆滯。

「拜託，你得醒著。」莫莉抓住安妮的手，發現她沒有回握，那隻手毫無暖意。她盯著安妮的胸部，看到因為呼吸而微微起伏。*繼續呼吸。拜託繼續呼吸。*

然後另一個動靜吸引了她的視線。安妮的腹部似乎往上隆起，彷彿某個困在她身體裡的外星人想衝出來。一道血從她的兩腿間冒出來。

還有別的也跟著出來。粉紅色的。

是嬰兒。

莫莉跪在安妮的兩邊膝蓋之間，把她的大腿拉開。血水間有一隻伸出來的手臂。至少莫莉以為那是手臂。然後她看到這手臂沒有手指，沒有手，只有那隻發亮的粉紅色鰭狀肢，緩緩前後扭動著。

又一次收縮，最後一道血水湧出，那鰭狀肢也滑出來，隨著是整個身體。莫莉猛地往後退，尖叫著。

那不是嬰兒。

但它是活的，而且會動，兩隻鰭狀肢痛苦地掙扎扭動著。它沒有其他四肢，臍帶上那團粉紅色的肉只生了兩隻粉紅色的鰭狀肢。她看到上頭有幾叢毛髮，是黑色的粗毛，還有一顆突出的牙齒，以及一隻眼睛，不會眨，沒有睫毛。眼珠是藍色的。兩隻鰭狀肢拍打著，然後那整團生物開始移動，幾乎像是有明確的方向，有如一隻變形蟲在血水裡游泳。

莫莉啜泣著，跪在地上拚命爬，盡可能離得愈遠愈好。她緊靠在牆角，不敢置信地看著那東西掙扎求生。兩隻鰭狀肢開始無規律地抽搐起來，身體則不再滑動，只是在顫抖。最後鰭狀肢垂下不動，身體也停止抽搐，只剩那隻眼睛依然睜著，凝視她。

又一道血湧出，胎盤滑出來。

莫莉的臉貼著膝蓋，蜷縮成一團。

彷彿從很遙遠的地方，她聽到一個警笛鳴叫聲。然後過了一會兒，有個人大力敲著門。

「我們是救護員！哈囉？有人叫救護車嗎？」

「幫幫她，」莫莉發出氣音。然後她嗚咽著更大聲說：「幫幫她！」

門打開，兩名制服男子闖進來。他們盯著安妮的身體，然後目光循著她兩腿間發亮的血跡看過去。

「我的老天啊，」其中一個說，「那個是什麼鬼玩意兒？」

另一個人跪在安妮旁邊。「她沒有呼吸了。給我急救甦醒球——」

一個呼嘘聲傳來，一名男子正擠出空氣，經過面罩傳送到安妮的肺裡。

「沒有脈搏。我量不到脈搏。」

「好，開始心肺復甦術！一千零一、一千零二……」

莫莉看著他們，但一切似乎都好不真實。那就像是一部電影，或是電視影集。眼前不是安妮，而是一個假裝死人的女演員。那根針沒有真的插進她手臂。地板上的那些血其實是番茄醬。

還有那個東西——就躺在離她幾呎的地方……

「還是沒有脈搏——」

「心電圖是水平直線。」

「瞳孔呢?」

「固定的。」

「狗屎,繼續急救。」

一個無線電的爆擦音響起。「市立醫院。」

「這是十九號小隊。」那名救護員說,「我們有個白人女性,二十多歲,看起來是陰道大量出血——可能是想墮胎。血看起來很新鮮。沒有呼吸,沒有脈搏,瞳孔固定且位於中央。我們已經插了靜脈注射針,乳酸林格氏液。心電圖是水平直線。我們現在正在做心肺復甦術,沒有反應。要宣布死亡嗎?」

「先不要。」

「但是心電圖已經是水平直線了——」

「穩住後送來。」

那名救護員關掉無線電,看著自己的搭檔。「穩住什麼?」

「幫她插管再送上救護車就是了。」

「那……那個東西怎麼辦?」

「要命,我才不要碰呢。」

莫莉依然看著這齣有番茄醬鮮血的電視影集。她看到管子插入安妮的喉嚨裡。看到那兩名演員飾演的救護員把她放上一張活動擔架,然後持續按壓她的胸部。

其中一個男人看了莫莉一眼。「我們要送她去市立醫院，」他說，「病人叫什麼名字？」

「什麼？」

「她的姓名！」

「安妮。我不曉得她姓什麼。」

「聽我說，別離開公寓。你聽到沒，你得留在這裡不能走。」

「為什麼？」

「警察會來這裡找你談。不要離開。」

「安妮——那安妮怎麼辦？」

「你稍晚打電話去市立醫院。她會在那裡的。」

莫莉聽著他們把擔架搬下樓，接著聽到輪子喀啦推出前門，然後隨著救護車駛離，警笛的嗚聲逐漸遠去。

警察會來這裡找你談。

莫莉終於明白過來。她不想跟警察談。他們會問她叫什麼名字，然後會查出她去年因為向警察拉客而被逮捕。當時拉米把她保釋出來後，為了她這麼白痴而狠狠賞了她幾耳光。

警察會說是我的錯。不知怎地，這件事到最後全都會是我的錯。

她顫抖著起身。那個東西還躺在那裡，還在發亮，但藍色眼睛已經變乾且呆滯。她繞過它，避開那幾灘血，走到梳妝台前。最上方的抽屜裡有錢——安妮的錢——但安妮現在不需要了。莫莉從兩名救護員的談話中曉得了這一點。安妮死了。

她取出一捆二十元鈔票，迅速穿上安妮的衣服：一件腹部有彈性的伸縮質料長褲，一件胸部印著「啊，寶貝！」的大T恤。黑色運動鞋。她套上安妮的大風衣，把現金塞在皮包裡，然後溜出公寓。

她站在對街，看著那輛警車停在建築前面，車頂的藍色警燈旋轉著。兩名警察進入建築裡。幾秒鐘之後，她看到他們的剪影經過樓上安妮那個房間的窗子。

他們正看著那個東西。好奇那是什麼。

莫莉迅速繞過轉角，開始奔跑。她一直跑，直到喘不過氣來，直到腳步不穩。她鑽進一個門口，坐在門前階梯上。她的心臟跳得好快，似乎都跳到喉頭了。

天空開始變亮了。

她縮在那個門口，直到早晨到來，有個男人走出門，叫她離開。她只好乖乖離開了。走了幾個街區，她停在一座公用電話亭，打電話給市立醫院。「我要查我朋友的狀況，」她說，「救護車把她送來這裡。」

「你朋友的名字？」

「安妮。他們去她公寓帶走她，他們說她沒呼吸了——」

「可以請問你是家屬嗎？」

「不是，我只是——我的意思是——」

莫莉忽然全身僵住，看著一輛警車駛過，經過莫莉旁邊時似乎慢下速度，然後繼續往前駛去。

「喂，女士？請教你的名字？」

莫莉掛斷電話。那輛警車轉了彎，現在看不到了。

她走出電話亭，迅速離開。

若伊．許恩警探把他大大的臀部放在迪弗拉克實驗室工作檯旁的那張凳子上，問道：「好吧，普恩蛋白是什麼？」

迪弗拉克的目光從顯微鏡裡抬起來，看著許恩警探。「什麼？」

「我剛剛跟你的助理麗莎聊了一下。」

當然了。迪弗拉克心想。儘管迪弗拉克提出過忠告，許恩還是連續好幾天都跑來停屍間，他真正的目的不是看死屍，而是看活人。

「順便提一下，那位小姐真的很聰明，」許恩說，「總而言之，她說這個庫賈氏的玩意兒——希望我沒講錯——是由某種叫普恩蛋白引起的。」

「沒錯。」

「所以人會染上這玩意兒？它會飄浮在空氣裡？」

迪弗拉克低頭看著自己的手指，上回割傷的地方最近癒合了。「不是由一般管道傳染的。」

「托碧．哈波說有個疫情正在形成。」

迪弗拉克搖頭。「我跟疾病控制與預防中心，還有衛生局都談過。他們說沒有理由擔心。瓦倫堡主持的那個荷爾蒙臨床試驗計畫非常安全。衛生局也去查過布蘭特山莊的餐飲設施，沒發現任何違規。」

「那哈波醫師為什麼對布蘭特山莊這麼不滿？」

迪弗拉克暫停一下，然後不情願地說：「她現在壓力很大。她之前有個病人失蹤，家屬可能要告她。布瑞思醫師的死又讓她非常震驚不安。當我們生活中的一切都出錯，很自然就會想找一個人、或一件事怪罪。」他伸手去拿另一個玻片，放在顯微鏡底下。「我想托碧處於緊綳狀態已經很久了。」

「你聽說她母親發生的事情了嗎？」

迪弗拉克又猶豫了。「是的，」他低聲說，「托碧昨天打了電話給我。」

「是嗎？你們兩個還有聯絡？」

「為什麼不該聯絡？她現在需要朋友，若伊。」

「可能會有刑事起訴。奧普潤說看起來是虐待老人。保姆怪罪哈波醫師。哈波醫師怪罪保姆。」

迪弗拉克又朝顯微鏡低下頭。「她母親有腦內出血。那不見得是虐待，不見得是某個人毆打老人造成的。」

「但是大腿上還有瘀青。」

「老人常常自己撞出瘀青的。他們的視力不好，常常會撞到茶几什麼的。」

許恩咕噥。「你還真的很盡力在替她辯護。」

「我只是覺得，在沒有確切證據之前，她應該是無辜的。」

「但是有關這個所謂的疫情，她搞錯了嗎？」

「是啊，她搞錯了。要得到庫賈氏病不像得到流感。這種病只有少數幾種傳染途徑。」

「比方吃了狂牛症的牛肉？」

「美國牛沒有狂牛症。」

「但是美國人也會得到同樣的病。」

「如果沒有明顯的接觸史，人類得到庫賈氏病的機率是一百萬分之一。」

此時兩個男人都抬起目光，看著許恩愛慕的對象走進實驗室，朝他們露出微笑，然後彎腰打開一個放樣本的小冰箱。許恩被那誘人的背影迷得呆住了。直到麗莎直起身子走出去，許恩似乎才有辦法吸氣。

「那是天然的嗎？」他喃喃道。

「什麼是天然的？」

「頭髮。她天生就是金髮嗎？」

「我真的不曉得。」迪弗拉克說，又回去看顯微鏡底下的玻片。

「有個辦法可以查出來，你知道。」許恩說。

「問她嗎？」

「檢查別人看不到的毛髮。」

迪弗拉克往後靠坐，捏著鼻梁。「你還有別的事情要問我嗎，若伊？」

「啊，對了。我聽說過病毒，聽說過細菌。但是普恩蛋白是什麼鬼啊？」

迪弗拉克無奈地關掉顯微鏡的燈。「普恩蛋白，」他說，「不是我們通常所說的生物。不同於病毒，它不是DNA也不是RNA。換句話說，它沒有遺傳物質——或是我們認為是遺傳物質的東西。它是一種不正常的細胞蛋白，可以把宿主的蛋白質轉變為同樣不正常的形體。」

「但是要染上它，不像流感那樣。」

「對。要感染的話，就必須透過直接的組織接觸，比方腦部或脊椎神經的移植。或者透過神經組織的提取物，像是成長激素。比方說，你可能透過被污染的腦部電極而感染它。」

「那些英格蘭人是因為吃牛肉而感染。」

「好吧，也有可能因為吃到被感染的肉。食人族就是這樣得病的。」

許恩揚起雙眉。「這個就有趣了。你說的食人族是怎麼回事？」

「若伊，這個是完全不相干的——」

「不，我想聽。食人族怎麼了？」

迪弗拉克嘆氣。「在新幾內亞的一些村子裡，吃人肉是神聖儀式的一部分。唯一會得到庫賈氏病的是女人和小孩。」

「為什麼只有女人和小孩？」

「男人會分到最好的部位，就是肌肉。而女人和小孩則只能吃沒有人要的部分，包括腦部。」他等著許恩臉上會出現厭惡的表情，但許恩只是湊得更近。在某些方面，他也像是食人族，急著要吞食最駭人聽聞的資訊。

「所以吃人腦也會感染。」許恩說。

「必須是被感染的人腦。」

「光用看的，看得出那個腦是否被感染了嗎？」

「不，這種病要用顯微鏡才能診斷。我們談這些太蠢了。」

「這是個大城市，醫師。更怪的事情都會發生。我們接到過各式各樣的報案，吸血鬼、狼人——」

「那是他們認為自己是狼人。」

「誰曉得呢？現在有這麼多瘋狂的教派。」

「我不認為布蘭特山莊有什麼食人教派。」

許恩的呼叫器響了，他低頭看。「失陪一下。」他說，走出去打電話。

現在我終於可以專心工作了，迪弗拉克心想。

但是過了一會兒，許恩又回來了。「我要去北城區。你或許應該一起去看那個現場。」

「是什麼？兇殺案？」

「他們不確定。」許恩暫停一下。「連是不是人類都不確定。」

16

血的氣息好濃，令人作嘔且帶著金屬味，連在走廊都聞得到。迪弗拉克朝守在門口的巡邏警察點了個頭，從警方封鎖帶下頭鑽過去，進入那戶公寓。許恩和他的搭檔傑克·摩爾已經在裡頭了，還有鑑識小組的人。摩爾蹲在某個靠近角落的東西旁邊。迪弗拉克沒立刻朝他走去，而是停留在進門處，小心地四下掃視著。

地上鋪的亞麻仁油地板有黃白兩種顏色，不規則地隨機排列，床邊有一塊破舊的小地毯。靠近浴室的地板上，血還沒全乾——好多血。有一些塗抹痕，好像有什麼拖過地板，外加一連串亂糟糟的血鞋印。他還看到一些清楚的赤腳印，小小的，朝梳妝台延伸，然後逐漸消失。

他看著牆面，沒有動脈血的噴濺痕。事實上，噴濺痕非常少，只有一大片凝結的血。無論在這個房間裡流血的是誰，都是靜靜躺在地上，沒有恐慌和激動。

「醫師，」摩爾說，「過來看看這個。」

「這些腳印都拍照了嗎？」

「拍了，那些是救護員的。全都拍了照、錄了影。從那邊繞過來就行，小心那裡的那組腳印。」

迪弗拉克小心繞過那組赤腳的印子，來到摩爾和許恩蹲著的地方。

「你有什麼想法？」摩爾說著讓到一旁，讓迪弗拉克看地板上的東西。

「我們剛剛的反應也是這樣。所以這是什麼？」

迪弗拉克不知道要說什麼。他緩緩蹲下來，好看得更仔細。

他的第一個印象是，那是萬聖節前夕的鬼節惡作劇，一個用橡皮製作的獨眼、肉色的夢魘怪物。然後他看到它表面乾掉的一道道血痕，還有連著一條臍帶的局部胎盤。這個東西不是橡皮做的，而是真實的血肉。

他戴上手套，小心翼翼地碰觸那東西的表面。感覺上像真正的皮膚，冰冷，但是柔軟有彈性。那隻獨眼的眼珠是淡藍色的，有一片發育不全的眼皮，但是沒有睫毛。眼睛下方是兩個洞，像鼻孔，接著是一個張開的裂口。嘴巴？他幾乎看不出這團肉有任何正常的解剖結構。一叢叢毛髮從亂七八糟的角度冒出來。另外——老天在上——那個鰭狀肢旁邊突出來的，是一顆牙齒嗎？

他想起自己曾看過從一個女人腹部取出來的腫瘤。是畸胎瘤。那是卵巢細胞異常增生，結果變成了一個由異常分化細胞所構成的癌。球狀腫瘤的皮膚上還有牙齒和一叢叢毛髮。

他的目光忽然聚焦在地板上乾掉的血跡，注視著比較大的那灘血上頭抹出來的不規則血痕，還有拉直的臍帶。他明白自己在看的是什麼，驚駭得抽回了手。

「天啊。」

「狗屎，」他說，「它會移動。」

「我沒看到它動啊。」摩爾說。

「不是現在。是之前。它留下了那條痕跡。」他指著那條東倒西歪的血痕。

「你的意思是——它原先是有生命的？」

「看起來，它似乎不只是隨便一堆細胞組成的瘤而已。它有發育不全的肢體。它會移動，所以有某種骨骼結構和肌肉附著點。」

「還有一隻眼睛，」許恩喃喃道，「操他媽的獨眼人。而且這眼睛正在看著我。」

迪弗拉克看了摩爾一眼。「所以這裡是怎麼回事？你們是怎麼涉入的？」

「救護員通知我們的。清晨有個女性打電話說有醫療緊急狀況，於是救護車大約五點被派到這裡。他們發現一個女人就躺在那裡流血。浴室裡有更多血，還有馬桶裡。」

「從哪裡流出血的？」

「我想是陰道吧。他們不曉得這是無人協助的生產，或是企圖墮胎。」摩爾低頭看著那個有鰭狀肢的東西。「我的意思是，你能說那個是嬰兒嗎？或只是嬰兒的一部分？」

「我想它是多重先天畸形。但是我從來沒看過像這樣的。」

「是啊，唔，我希望永遠不會再看到另一個。你能想像在產房裡的父親會有什麼感想嗎？看到那個生出來？那會害我心臟病發。」

「被害人怎麼了？」

「那個女人在市立醫院，到院前死亡，所以就成了法醫的案子。我們認為她的名字是安妮．帕里尼——至少鄰居們所知道的是這個。」

「那另外那位女性呢？打電話的那個。」

「第一輛巡邏車還沒趕到，她就溜掉了。救護員說她看起來年紀很輕。十來歲。她跟緊急專線總機說的名字是莫莉．匹克。」

迪弗拉克走到浴室門口朝裡看。他看到更多血，濺在馬桶和淋浴間的瓷磚上。地上有一大灘血。「我得跟那個女孩談談。」

「你認為她也是造成死亡的原因之一？」

「我只是想知道她看到了什麼，還有她對被害人有什麼了解。」他轉身對著那個東西皺眉。

「如果安妮吃了某種藥物——而且因此造成那個——那麼這就是一種非常可怕的、導致胎兒畸形的新藥物。」

「藥物有可能造成這樣？」

「沒見過這麼嚴重的畸形。我會送去做遺傳分析。同時，我真的很想跟這個莫莉．匹克談談——如果她的名字真是這個的話。」

「我們有指紋。這地方到處都是她的。」摩爾指著浴室門框上的一組血指紋，還有另外一組在那個東西附近的牆上。「我們會確認她的名字。」

「幫我找到她。別嚇到她——我只是想跟她談談而已。」

「那安妮．帕里尼呢？」許恩問，「你要解剖她嗎？」

迪弗拉克往下看著地板上的血，點點頭。「我們在法醫處碰面了。」

解剖檯上的屍體現在只是一具掏空的軀殼，內臟都被取出了。整個解剖過程中，許恩和摩爾兩位警探都很少說話。從他們蒼白的臉色看來，兩個人都很不願意待在這裡。比起一般被害人，這一位更加令人難受，是因為她的年齡和性別。這麼年輕的女人，不應該躺在解剖檯上的。

迪弗拉克也將對話減到最低，把自己的評論保留給錄音機。心臟和肺臟都沒有異常。胃是空的。肝臟和胰臟的大小和外觀都正常。整體而言，是一具年輕、沒有疾病的身體。

他把注意力轉向撐大的子宮，之前已經整塊取出，放在砧板上，一盞明亮的燈照著。他割開子宮肌層和子宮內膜，露出子宮腔。

「這裡有答案了。」

兩名警探都不情願地往前走近了些。

「墮胎嗎？」摩爾問。

「看起來不是這樣。沒有子宮穿孔，沒有使用器械的證據。在舊時代，墮胎合法化之前，非法的墮胎師通常會把某種導管從子宮頸插入，讓子宮頸擴張，然後用填塞物或棉條固定導管的位置。但這裡完全沒有。」

「她有沒有可能是自然流產，沖進馬桶裡？」

「有可能。但我不認為事情的經過是這樣。」他用探針指著一大團血淋淋的組織。「這是沒有完全從子宮剝離的胎盤部分，叫做植入性胎盤。這可以解釋為什麼會出血。」

「那個，唔，是不尋常的狀況嗎？」

「也沒那麼不尋常。讓這個案例特別危險的，是植入性胎盤位於子宮下半部。這樣可能會導致早產。大量出血。」

「所以這位是自然死亡的。」

「我認為是這樣。」迪弗拉克直起身子。「她大概覺得疼痛，就去浴室，以為要上大號。結果出血流進馬桶裡，覺得暈眩，倒在浴室地板上。天曉得她躺在那裡多久，才有人發現。」

「那我們就輕鬆了，」許恩感激地說，退離砧板旁。「不是兇殺案。」

「我還是得跟公寓裡的另一個女性談。那些胎兒畸形完全不像我以前看過的。我不希望有任何造成胎兒畸形的新藥物在街道上流竄。」

「莫莉・匹克這個名字，我們查到了一筆紀錄，」許恩說，「去年因為拉客被逮捕。保釋她的那個男人應該是她的皮條客。我們會去找他談——他大概知道她在哪裡。」

「別嚇到她，好嗎？我只是想知道一些有關這個被害人的過往。」

「如果我們不稍微嚇嚇她，」許恩說，「她可能半個字都不會說。」

拉米過了糟糕的一天，而且現在還要延續到黑夜。他在蒙哥馬利街和西坎登街交叉口的角落踱步，想要保持溫暖。出門前應該抓件外套的，他心想，但是他離開公寓時還沒天黑，而且他沒料到建築物之間的風這麼大，像刀割似的。他也沒料到會要等這麼久。

操他的。要是他們想談，他們可以去他的地盤找他。

他離開那個街角，縮著肩膀開始往前走，雙手插進牛仔褲口袋保暖。才走了半個街區，他就發現一輛車在他旁邊停下。

「貝爾先生？」那男人透過暗色車窗玻璃的縫隙說。

拉米火大瞪著那輛車。「你遲到了。」

「路上塞車，否則我可以早一點到的。」

「是啦是啦。你滾吧。」他轉身繼續走。

「貝爾先生，我們得談談這個小問題。」

「我沒什麼好說的。」

「要是你想繼續跟我們做生意，上車是最符合你利益的。」然後頓一下。「而且如果你想領到酬勞的話。」

拉米停下，看著街道前方，狂風狠狠吹著他的臉，寒意直透進他的絲襯衫。

「車裡很溫暖，貝爾先生。談完之後我會送你回家。」

「搞什麼鬼。」拉米咕噥著，上了汽車後座。他坐好之後，注意力比較放在車子奢華的內部，而不是坐在駕駛座的人。一如往常，開車的是那個白金色頭髮的男子，他從來不看拉米的。

「你得找到那個女孩。」

拉米不耐地咕噥一聲。「你們付錢之前，我什麼都不必做。」

「兩星期之前，你就該把她送來給我們了。」

「是啊，唔，她不是我最聽話的小姐。我再找別的給你。」

「安妮．帕里尼今天早上被發現死了。你知道嗎？」

拉米瞪著她。「誰幹掉她的？」

「沒有人。是自然死亡。不過屍體還是交給當局了。」

「所以呢？」

「所以他們已經掌握一個樣本了。我們不能讓他們再發現另一個。你得把那個女孩帶來。」

「我不曉得她在哪裡。我也正在找。」

「你比任何人都了解她。你在街上有很多熟人，不是嗎？在她生產之前找到她。」

「她離生產還有一陣子。」

「我們從來就不打算讓她懷孕到最後，而且我們不曉得能不能持續九個月。」

「你的意思是，她隨時可能會生？」

「我們不知道。」

拉米大笑，看著窗外的建築物飛逝而過。「大哥，你們這些人快把我笑死了。你們晚太多了。他們已經來過了，問起她。」

「誰？」

「警察。今天下午去我那裡，想知道她在哪裡。」

那男子沉默了一會兒。在後視鏡裡，拉米看到那男人臉上掠過一絲緊張。莫莉寶貝，他心想，你搞得他們怕了。

「你會得到回報的。」那男人說。

「你要她完整的，還是切碎的？」

「我們要她活著。我們需要她活著。」

「活的比較困難。」

「一萬。貨到付款。」

「兩萬五，現在付一半，否則拉倒。」拉米伸手要拉門把。

「好吧。兩萬五。」

拉米好想大笑。這些人嚇得屁滾尿流，全都是因為愚蠢的莫莉寶貝。她根本不值兩萬五。照他來看，她連兩毛五都不值。

「你有辦法把她送到？」那男人問。

「或許吧。」

「如果你辦不到，我們那些投資人會很不高興。所以務必找到她。」他遞給拉米一個信封。「往後還有更多。」

拉米看了信封裡頭一眼，一疊五十元鈔票。這是前金。

汽車停在厄普頓街和崔芒特街交叉口，這裡是拉米的地盤。他真不想離開這個舒適的皮面座椅，走到外頭有如刀割的寒風中。他揮揮那個信封。「那剩下的呢？」

「貨到付款。你可以送過來嗎？」

*糊弄他，*拉米心想。*讓他以為很難。說不定價錢還可以抬高。*他說：「我會想辦法。」然後他下了車，看著那輛車開走。*害怕。那男人看起來很害怕。*

那信封摸起來厚厚的，感覺很美好；拉米塞在他的牛仔褲口袋裡。

*你躲好了，莫莉寶貝，*他心想。*不管你是不是準備好，我都要來找你了。*

布萊恩請她進屋，邀她喝杯葡萄酒。這是托碧第一次進入他家。她覺得很不安，不是因為布萊恩的家庭在性質上並不傳統：這一家有兩個男人，快樂地結為伴侶。托碧不安，是因為她坐在客廳的沙發上時，這才想到自己從來沒有以朋友的身分，花時間跟布萊恩相處。他之前去她家照顧她母親，餵她吃飯，幫她洗澡。而托碧的回報，就是每兩個星期開一張支票給他。友誼從來不是他的工作內容。

為什麼？她心想，看著布萊恩把一張紙餐巾和一杯白葡萄酒放在她面前的茶几上。為什麼兩星期開一張支票，就使得他們兩人之間不可能發展出真正的友誼？

她坐在那邊啜著那杯酒，很自責從來沒有努力過。也很羞愧直到現在，自己真的需要他的時候，才想到要來他家拜訪。

他在她對面坐下，兩人沉默了一會兒，各自喝著白酒，擺弄潮溼的紙餐巾。燈罩的拱形影子投射在挑高的天花板上。托碧對面的牆上掛了一張黑白照片，裡頭是布萊恩和諾爾在一片新月形的沙灘上，手臂攬著對方的肩膀。他們一臉微笑，顯然很懂得享受人生。這個本領是托碧始終學不會的。

布萊恩說：「我想你知道，牛頓市警局的人已經跟我談過了。」

「是我把你的名字給他們的。我想你可以證實我的說法。他們好像認為我是個很可惡的女兒。」她放下酒杯看著他。「布萊恩，你知道我絕對不會傷害我母親的。」

「我也是這麼告訴他們。」

「你認為他們相信你嗎？」

「不曉得。」

「他們問了什麼？」

他沒馬上回答，只是啜了口葡萄酒，她知道這是他拖延的方式。

「他們問起她吃的藥，」他最後終於說，「他們想知道愛倫是不是有吃任何處方藥，還問起她手上的燙傷。」

「你有解釋那是怎麼發生的嗎？」

「我重複講了好幾次。他們好像不喜歡我的回答。這是怎麼回事，托碧？」

她往後靠坐，雙手撫梳過頭髮。「是珍．諾蘭。我不曉得她為什麼要對我這樣……」

「對你怎樣？」

「我只想得出這個解釋。珍來到我家，她像是——像是上天送給我的禮物。她很聰明，很體貼，整個人完美極了。她忽然出現，挽救了我的人生。然後每件事都出錯。每件事。珍跟警察說是我的錯，那簡直就像是她蓄意要毀掉我的生活。」

「托碧，這聽起來太奇怪了——」

「有些人本來就很奇怪。他們會做出瘋狂的事情，去吸引別人的關注。我一直告訴警方，他們的注意力應該集中在她身上，應該要逮捕她。但他們什麼都不做。」

「我不認為攻擊珍．諾蘭是對你最有利的。」

「她一直在攻擊我，指控我企圖傷害我自己的母親。她為什麼要打電話報警？有關我媽手上的燙傷，她為什麼不直接問我？而且為什麼要把維琪也捲入這件事？她策動我自己的姊姊來對付我。」

「原因是什麼？」

「我不知道！她是瘋子。」

她看到布萊恩迴避她的目光，於是明白她才是聽起來有毛病、需要看心理醫師的人。

「我把整件事想了又想，想搞懂為什麼會發生，」她說，「搞懂我怎麼會讓這件事發生。我當初審核珍的時候不夠認真。」

「別把一切都怪到自己頭上，托碧。當初維琪不也幫你決定嗎？」

「沒錯，但是她對這些事情根本不懂，其實是我的責任。你辭職之後，我實在慌了。你給我找人的時間那麼短……」她暫停，忽然想到。這就是為什麼珍走進我的生活；因為布萊恩辭職。

「我很想給你更多時間，」他說，「但是他們希望我立刻開始上班。」

「他們為什麼選中你，布萊恩？」

「什麼？」

「你之前說，你沒在找新工作。然後忽然間，他們就要找你去。那是怎麼發生的？」

「他們打電話給我。」

「誰？」

「雙松安養院。他們想找個藝術治療師。他們知道我是照服員，也知道我是藝術家。知道我曾在三家商業畫廊展出過作品。」

「他們怎麼知道？」

他聳聳肩。「我想是有人推薦的。」

然後把你搶走，她心想。讓我慌忙要找個接手的人。

她離開布萊恩家時，心中未解的問題比原先更多了。

她開車到史普林格醫院醫院探望母親。

此時是晚上十點，探病時間已經結束了，但是沒有人阻止她進入愛倫的加護病房隔間。燈光調暗了，愛倫躺在半黑暗中。托碧在她床邊坐下，傾聽著呼吸器運轉的聲音。在床上方的監視器上，一條螢光綠的波浪形線條顯示著愛倫的心律。護士的記事板掛在床尾。托碧拿起來，打開閱讀小燈，瀏覽著最近的幾筆紀錄。

十五點四十五分：皮膚溫暖，乾燥；對疼痛刺激無反應。

十七點十五分：女兒維琪來探訪。

十九點零三分：生命徵象穩定；依然無反應。

她又翻到下一頁，看到最近的一筆。

二十點三十分：檢驗科人員來抽血，做七羥基華法林篩檢。

她立刻離開隔間，到護士站去。「誰要求做這個檢驗的？」她問，把記事板遞給病房職員。

「七羥基華法林篩檢？」

「針對哈波太太的嗎？」

「是的，她是我母親。」

那個職員從架上拿出愛倫的病歷，翻到醫囑部分。「是史坦格列斯醫師要求的。」

托碧拿起電話撥號，聽到響了兩聲。史坦格列斯醫師才剛講了「喂」，托碧就厲聲質問：「鮑伯，你為什麼要求對我母親做華法林篩檢？你有理由認為她服用過可邁丁，或是滅鼠藥嗎？」

「那是因為……因為那些瘀青，還有腦內出血。我跟你說過檢查結果，她的凝血酶原時間比正常的大很多——」

「昨天你說，你認為原因可能是肝臟發炎。」

「凝血酶原時間太不正常了。肝炎無法解釋。」

「那麼為什麼做華法林篩檢？她根本沒服用華法林啊。」

電話那頭沉默許久。「他們要求我下令做這個檢驗的。」史坦格列斯終於說。

「誰？」

「警方。他們叫我打電話給法醫尋求意見。法醫建議做華法林篩檢。」

「跟你談的是哪一位？哪個法醫？」

「是迪弗拉克醫師。」

半睡半醒間，迪弗拉克在黑暗中摸索著電話，終於在第四聲鈴響時接起來。「喂？」

「為什麼，丹尼？為什麼你這麼做？」

「托碧？」

「我以為我們是朋友，現在我卻發現你是在另一邊。我不懂我對你的判斷怎麼會這麼離譜。」

「聽我說，托碧。」

「不，你聽我說！」她的嗓子啞了，掉下淚來，但她狠狠把啜泣聲嚥回去。「我沒傷害我母親。我沒給她下毒。要是有任何人傷害她，那就是珍・諾蘭。」

「沒有人說你做了任何不對的事。我沒有這麼說。」

「那你為什麼沒跟我說你要檢查她的血液裡面有沒有華法林？為什麼你背著我做這件事？要是你有她被下毒的資訊，你應該跟我談，告訴我的。而不是在我不知情的狀況下，偷偷去做這個檢驗。」

「我稍早打過電話給你，想要解釋，但是你不在家。」

「我在醫院。不然我還能在哪裡？」

「好吧，我想我應該試著打去史普林格醫院找你的。對不起。」

「道歉也沒用，因為你暗算我。」

「事情不是這樣的。奧普潤警探打電話給我，說你母親的凝血時間不正常。他問我原因可能是什麼，要求我跟她的醫師談。檢驗華法林是很合邏輯的下一步。」

「邏輯。」她苦笑一聲。「是啊，很像你的作風。」

「托碧，她凝血時間異常，還有半打其他可能的原因。華法林本來就是可能的原因之一。警方要我建議，我就說了。這是我的職責。」

她一時沒說話，但他聽得到她顫抖地吐出一口氣，知道她正忍著不要哭出來。

「托碧？」

「我想，出庭作證對我不利，也是你的職責吧。」

「不會發展到那個地步的。」

「如果會呢？如果真的會發展到那樣呢？」

「天啊，托碧。」他煩躁地嘆氣。「我不會回答這個問題。」

「算了，」她說，「你已經回答了。」然後掛斷電話。

奧普潤的雙眼像猻猴——明亮、好奇，很快就注意到種種細節。他好像沒辦法站在同一個位置超過一分鐘，一直在解剖檯旁踱步來去；而若是不踱步時，他就兩腳不斷交換重心。他對解剖檯上的屍體毫無興趣，他來這裡，是要找迪弗拉克的，有整整十分鐘，他一直不耐地等著解剖結束。

終於，迪弗拉克關掉他的口述錄音機，於是奧普潤說：「現在我們可以談了嗎？」

「請便。」迪弗拉克說，沒有抬起頭，目光還審視著那具屍體。這是一名年輕男子，軀幹從脖子到恥骨被打開來掏空了。我們裡頭都是一樣的，他心想，望著那空的體腔。我們都有同樣的內臟，外頭包著不同色澤的皮膚。他拿起針線開始縫合體腔，針深深刺入屍體的肌膚。沒有仔細的必要，這只是收尾工作，好讓屍體可以轉到殯儀館而已。這個差事通常是麗莎做的。

奧普潤顯然對於這個可怕的針線工作不以為意，他走向解剖檯。「檢查有結果了，」他說，「那個——你們怎麼說來著？高效什麼的？」

「高效液相層析。」

「對。總之，醫院的檢驗科剛剛打電話給我。結果是陽性。」

迪弗拉克僵住片刻。然後他逼自己繼續，把空體腔之上的皮膚縫合起來。奧普潤注意到了嗎？他納悶著。

「所以這是什麼意思？」

迪弗拉克目光仍緊盯著手上的工作。「高效液相層析是一種篩檢測試，可以確認是否有七羥基華法林。」

「那是什麼？」

「華法林的一種代謝物。」

「那華法林是什麼？」

迪弗拉克打了一個結，又伸手去拿縫合線。「一種會影響正常血液凝結的藥物。可以導致過度瘀血、出血。」

「比方腦內出血？像哈波太太那樣？」

迪弗拉克暫停一下。「是的。也可以解釋她大腿上的瘀青。」

「所以這就是為什麼你建議做這個檢驗。」

「史坦格列斯醫師跟我說她的凝血酶原時間不正常。華法林中毒是可能的原因之一。」

奧普潤忙著記下來，同時問了下一個問題。「這種藥，華法林，要怎麼弄到？」

「某些滅鼠藥有這個成分。」

「讓老鼠流血至死？」

「要花一些時間才會見效。不過最後老鼠會內出血。」

「真是愉快的畫面啊。還有什麼方法可以弄到華法林？」

迪弗拉克又頓了一下。他不想談這件事，不想考慮種種可能性。「可以當成處方藥，藥名是可邁丁。用來當成一種血液稀釋劑。」

「一定要有處方箋才買得到？」

「對。」

奧普潤的筆寫得更快了。「這樣我就有事情做了。」

「什麼？」

「當地藥局。收到過可邁丁處方箋的，我去查開藥的醫師名字。」

「這種處方不算太罕見。你會發現有不少醫師開過這種藥。」

「我只要找其中一個特定的名字，哈波醫師。」

迪弗拉克放下持針鉗，看著奧普潤。「為什麼只查她？那個照服員呢？」

「珍．諾蘭的紀錄無懈可擊。我們查過她以前的三個雇主。而且別忘了，當初打電話給我們、提起虐待問題的人，就是她。」

「或許是為了掩蓋她自己的行徑？」

「從哈波醫師的觀點看這件事吧。她長得不錯，但是沒有丈夫，沒有自己的家庭。大概連男朋友都沒交過。她被這個不肯死的老母親給綁住了。然後她工作開始出錯，壓力愈來愈大。」

「於是導致她企圖謀殺？」迪弗拉克搖頭。

「第一號法則：先查家人。」

迪弗拉克在屍體上綁了最後一個結，剪斷縫線。

奧普潤看了那縫合完畢的軀幹一眼，厭惡地咕噥著：「天啊，這是科學怪人嘛。」

「反正全都會藏在一套大禮服底下。就算是乞丐，在棺材裡也可以看起來很體面。」迪弗拉克脫掉罩袍和手套，去水槽洗了手。「那麼，意外中毒呢？」他說，「那個母親有阿茲海默症，很難說她會把什麼塞進嘴裡。他們家裡可能有滅鼠藥。」

「所以女兒就順便不收好，讓老媽可以隨手拿到。對。」

迪弗拉克只是繼續洗手。

「我發現很有趣的是，現在哈波醫師都不肯跟我談話，除非有律師陪同。」奧普潤說。

「這麼做並不可疑，而是聰明。」

「不過呢，這種事會搞得你想很多。」

迪弗拉克擦乾手，沒看奧普潤，因為沒有勇氣看。我不該對這個案子做出評論。他心想。我不夠超然。我不想協助檢方起訴托碧·哈波。但這種事是他應該做的，是他工作的分內之事。檢視證據，推出合理的結論。

他不喜歡這些證據所顯示的結論。

顯然那位老太太被下毒了，但是眼前難以判定是意外或故意的。他無法相信托碧是罪魁禍首。或者他只是拒絕相信？只因為受她吸引，他就失去了自己的客觀性？

昨天一整夜，他都努力按捺著打回去給她的衝動。他都兩度拿起電話了，但是又放下，提醒自己不能跟一個可能的嫌犯討論證據。然後今天早上，她又試著打電話給他。他讓秘書擋掉了，還要求往後一概過濾掉托碧的電話。他覺得很難受，但是實在沒辦法。托碧現在沒有朋友又脆弱，而他卻沒法安慰她。

奧普潤離開後，迪弗拉克回到隔壁的實驗室。一盒盒組織切片堆在工作檯上，等著他檢查。這是一份安靜、孤單的工作，他很慶幸是如此。一整個小時，他坐在那邊弓身對著顯微鏡，把世界關在外頭，唯一的聲響就只有玻璃玻片偶爾發出的叮噹聲。他就像個關在自己小房間的隱修者，與世隔絕。通常他很樂於在孤立狀態工作，但今天他覺得好悲慘，無法專心。

他低頭看自己的手指，之前解剖刀的割傷已經癒合，留下一個小疤痕。這道疤提醒他生命有限，一些似乎微不足道的小事有可能導致大災難。太早走下人行道邊緣，搭上更早班的飛機，睡覺前抽最後一根菸。死神總是在觀察，等待著機會。他注視著那道疤，想像自己的神經元此刻正面臨危險，被一群陌生的普恩蛋白逼得自我毀滅。

他也不能做什麼，只能等待並觀察徵象。一年，最多兩年。如果都沒事的話，他就可以重拾自己的人生了。

他關上切片盒，注視著眼前空白的牆壁。*我什麼時候才能真正擁有自己的人生？*他在想，現在才開始，會不會已經太晚了。

他四十五歲了，前妻已經再婚且過得很好，唯一的兒子已經開始獨立生活。迪弗拉克上回度假是六個月前，在愛爾蘭的自駕旅遊，一家接一家酒館喝過去，享受著偶爾的人類接觸，無論多麼短暫而表面。他從來不覺得自己是需要同伴的人，直到有天傍晚他來到西部的一個小村子，發現唯一的酒館關門了。他站在空蕩的街道上，置身於一個沒有人知道他名字的地方，突然被一股深深的絕望攫住，於是他趕緊爬上車，直接開到都柏林。

現在他瞪著牆壁，可以感覺到那種同樣的絕望開始出現。

對講機發出聲響。他嚇了一跳，站起來接起聽筒。「什麼事？」

「你有兩通電話。一線是托碧．哈波。你要我繼續幫你擋掉嗎？」

他用盡了所有意志力才說：「跟她說我沒空。不曉得要忙到什麼時候。」

「另一通電話是許恩警探，在二線。」

迪弗拉克按下二線的鍵。「若伊？」

「我們有後續消息，有關那個死掉的嬰兒，或不管那是什麼玩意兒。」許恩說，「你知道打電話叫救護車的那位年輕女性？」

「莫莉．匹克？」

「對。我們找到她了。」

17

「對不起，但是迪弗拉克醫師沒辦法接你的電話。」托碧掛斷電話，懊惱地看了自己的手錶一眼。她一整個白天都想聯絡迪弗拉克。每一通電話都被拒絕。她知道警方正在蒐集對她不利的證據，要是能跟迪弗拉克談一下，她或許可以說服他，以朋友的身分，透露一下警方有什麼證據。

但是他不肯接她的電話。

她離開加護病房的護士站，走向母親的小隔間。她站在窗外，看著母親的胸膛起伏。愛倫一直昏迷不醒，而且無法自主呼吸。上回的電腦斷層掃描顯示出血擴大了，現在腦橋也有出血的問題。一名護士在床邊，正在調整靜脈注射速率。那護士感覺到有人在看，於是轉向窗子，看到托碧，她很快就又別開目光。太快了，沒有打招呼，連客氣點個頭都沒有，卻充分說明了態度。醫院裡的人員再也不信任托碧了。沒有人信任她。

她離開醫院，到停車場上了自己的車，但是沒發動引擎。她不曉得要去哪裡。回家是不考慮的——太空蕩、太安靜了。現在是下午四點，還不到吃晚飯的時間，何況她也沒胃口。她身體的生理節奏已經習慣夜間，現在還沒調回白天狀態，不曉得飢餓或疲倦什麼時候會襲來。她只知道自己的腦子糊塗了，所有的事情感覺都不對勁。她以往井井有條的生活，現在搞得一塌糊塗，而且無法挽回了。

她打開皮包，拿出珍．諾蘭的履歷。她一直帶在身上，預定要打電話給珍的四位前任雇主詢問，希望他們能暗示這位「完美」的護士其實沒有那麼完美。她已經跟三位護理主任在電話裡談過，三個人對珍的評語都是熱烈讚美。

你唬過他們了。但是我知道真相。

她唯一還沒談過的雇主是維塞德安養院，地址就在幾哩外。

她發動車子。

「我們隨時歡迎珍回來，」護理總監桃樂絲．梅肯說，「在我們所有護士裡頭，她似乎是最受病人喜愛的。」

現在是維塞德安養院的晚餐時間，送餐推車才剛嘩啦啦地推入用餐室。各種意識狀態不等的病人各自坐在四腳用餐桌前，沒說什麼話。房間裡唯一的人聲就是員工放下餐盤時說的：這是你的晚餐，親愛的。需要我幫你圍上餐巾嗎？我來幫你切肉……

桃樂絲審視著那些白髮老人說：「他們會非常喜歡某個特定護士，你知道。一個熟悉的聲音，一張友善的臉，對他們來說就是一切。他們不見得都有家人，所以我們就變成了他們的家人。」

「珍跟他們處得很好？」

「一點也沒錯。如果你考慮雇用她，那麼你很幸運，有這麼優秀的人選。當初她離開我們，接了歐卡特健康集團的工作時，我們覺得好遺憾。」

「歐卡特？我在她的履歷上沒看到這一家。」

「我知道她離開這裡之後，去那邊工作了至少一年。」

托碧打開珍的履歷。「上頭沒寫。在你們這裡之後，列出來的是園林安養院。」

「啊，那家就是歐卡特旗下的。他們是一個安養院集團，都是屬於同一家公司的。如果你在歐卡特工作，就可能被派到旗下的任何一家。」

「他們有幾家？」

「十多家吧？我不確定。不過他們是我們最大的競爭對手之一。」

歐卡特，托碧心想，為什麼這名字聽起來這麼熟？

「我都不曉得珍回到麻州來找工作了，」桃樂絲說，「可惜她沒打電話給我們。」

托碧又把注意力放回桃樂絲身上。「她之前離開了麻州？」

「幾個月前，她從亞利桑那州寄了一張明信片給我們，說她結婚了。現在過著悠閒的生活。那是我最後一次聽到她的消息。我猜想她搬回來了。」桃樂絲好奇地看著托碧。「如果你考慮要雇用她，為什麼不直接跟她談？她會解釋她的履歷啊。」

「我想從別的管道再確認一次，」托碧說謊，「我在考慮雇用她，不過她有點讓我不太放心。是為了我母親，她實在沒辦法照料自己。我得小心一點。」

「唔，我可以替珍擔保。她對病人好極了。」桃樂絲走到一張用餐桌前，一手放在一個老女人肩膀上。「蜜瑞安，親愛的。你還記得珍，對不對？」

那女人微笑，一匙洋芋泥停在沒有假牙的嘴巴前。「她要回來了嗎？」

「不，親愛的。我只是希望你告訴這位小姐你喜不喜歡珍。」

「我愛珍。她好久沒來看我了。」

「珍離開了，親愛的。」

「還有那個嬰兒！不曉得現在多大了。叫她回來玩。」

桃樂絲直起身子看著托碧。「我想這是相當好的推薦吧。」

回到車上，托碧坐在那裡沮喪地看著儀表板。為什麼沒人發現真相？珍以前的病人愛她；她的前雇主愛她。她飽受大家喜愛，是個聖人。

而我則成了魔鬼。

她的手伸向啟動器，正要轉動鑰匙，忽然想起她是從哪裡聽到過歐卡特了。

羅比．布瑞思。那天夜間，在布蘭特山莊的病歷室裡，他曾提到那個房間是歐卡特健康集團旗下所有安養院的檔案儲存中心。

她下了車，又回到安養院裡。

桃樂絲．梅肯正在護理站勾選訂貨單。她抬頭，顯然很驚訝看到托碧又回來。

「我還有另一個問題，」托碧說，「在用餐室的那位老婦人。她提到有個嬰兒。珍有小孩嗎？」

「一個女兒。怎麼了？」

「她從來沒提到過……」托碧暫停，思緒同時朝十幾個不同的方向發展。那個嬰兒後來死了嗎？她真的有小孩嗎？或者珍只是懶得提起她有個女兒？

桃樂絲一臉困惑地看著她。「對不起，但是這跟你要不要雇用她有關嗎？」

她為什麼從來沒提過她有小孩？托碧忽然直起身子。「珍長得什麼樣子？」

「你沒有面試過她嗎？你自己也親眼看過她——」

「珍長得什麼樣子？」

桃樂絲被托碧嚴厲的語氣嚇了一跳，盯著她一會兒。「她——呃——她長得很普通。沒有什麼特別的地方。」

「她個子多高？她的頭髮是什麼顏色？」

桃樂絲站起來。「我們有員工團體照。每年都會拍一張。我可以指給你看。」她帶著托碧到走廊，那裡掛著一連串的裱框照片，每張都標示著拍攝日期。最早是一九八一年——應該就是維塞德安養院開始營運的那一年。桃樂絲停在兩年前的那張彩色照片前面，瀏覽著裡頭的一張張臉。

「找到了，」她說，指著一個穿著白色制服的女人。「這就是珍。」

托碧注視著照片中的那張臉。那個女人站在接近左端，胖嘟嘟的臉在微笑，制服上身像個沒形狀的帳篷，罩著她過重的龐大身軀。

托碧搖頭。「這不是她。」

「啊，但是我可以跟你保證，」桃樂絲說，「我們的居民也可以。這個絕對就是珍．諾蘭。」

「我們是在北城區找到那個女孩的，」那名巡邏警察說，「幾個目擊者看到有個男人在毆打她，想把她拉進一輛汽車。她拚命尖叫，然後那些目擊者就介入幫忙了。我們是第一個趕到現場的警察。發現那個女孩坐在人行道邊緣，嘴唇破掉，一隻眼睛有黑眼圈。她說她的名字是莫莉·匹克。」

「打她的那個男人是誰？」迪弗拉克問。

「我猜是她的皮條客吧。她不肯告訴我們。而且我們到的時候，那個傢伙已經離開了。」

「那個女孩現在人呢？」

「坐在巡邏車上。她不想進來這裡。不想跟任何人談。她只想回到街上。」

「好讓那個拉皮條的再揍他？」

「她的智商不是很高。」

迪弗拉克嘆氣，走出大門到艾班尼街上。他對於這次訪談並不樂觀。一個悶悶不樂的少女，加上大概很無知，這樣是個糟糕的病史來源。那個女孩沒有被逮捕，隨時可以離開，但是她大概不知道這點。他當然不打算提醒她，要先有機會問問她，不管她知道多少。

那個巡邏警察指向巡邏車，他的搭檔坐在前座等。後座是一個褐髮蓬亂、嘴唇破掉的女孩。她穿著一件過大的風衣，蜷縮著身子坐在那裡，抓著膝蓋上一個廉價的漆皮皮包。

那個警察打開後車門。「你下車吧，小姐？這位是迪弗拉克醫師。他想跟你談談。」

「我不需要醫師。」

「他是法醫處的。」

「我也不需要檢查。」

迪弗拉克身體探入車內，朝那女孩微笑。「嗨，莫莉。我們進去裡頭談吧。這裡太冷了，你不覺得嗎？」

「你把車門關起來就不冷了。」

「我等上一整天也沒關係。我們可以現在談，也可以拖到半夜再談。看你。」他站在那裡，望著車內的她，看她要多久才會厭倦被人盯著瞧。三個男人都望著她，兩名警察和迪弗拉克，沒有人說話。

莫莉深吸一口氣，懊惱地吐出來。「你們那裡有洗手間嗎？」她問。

「那當然。」

「我真的很急。」

迪弗拉克讓到一邊。「我帶你去。」

她掙扎著下了巡邏車，太大的風衣拖在身後，像個巨大的斗篷。一直到她直起身子，迪弗拉克的目光才突然集中在女孩的腹部。她懷孕了。他估計至少是六個月。

那女孩注意到他的目光。「沒錯，我被搞大肚子了。」她厲聲說，「那又怎樣？」

「我想我們應該帶你進去。懷孕的女人需要坐下。」

她露出一副你是在開玩笑，對吧？的表情，然後走進建築內。

「乖女孩，」那個警察咕噥著，「你要我們留在這裡等嗎？」

「你們可以離開。我談完了之後，會幫她叫輛計程車。」

迪弗拉克發現那女孩正站在大門內等著他。

「洗手間在哪裡？」她問。

「樓上有一間，就在我辦公室旁邊。」

「那就走吧。我得上小號。」

他們搭電梯上樓時，她一個字都沒說；從她專注的臉看來，她的注意力都集中在膀胱了。他在員工洗手間外頭等著她。她一點都不著急，十分鐘後才出來，身上有肥皂味。她洗了臉，腫起的嘴唇在蒼白的臉上是醒目的紫色。

他帶她進入他的辦公室，關上門。「坐吧，莫莉。」

「會要很久嗎？」

「要看你是不是能幫上我的忙。看你知道些什麼。」他又朝椅子指了一次。

她臭著臉坐下，拉住風衣包緊自己，活像那是個保護罩。她的下唇突出，瘀青而頑固。迪弗拉克大腿後方靠辦公桌站著，往下看她。「兩天前，你打電話到緊急專線叫救護車。總機錄下了你的聲音。」

「打電話叫救護車又不犯法。」

「救護員趕到時，他們發現一個女人已經流血至死。你當時也在公寓裡。發生了什麼事，莫莉？」

她沒吭聲，只是垂著頭，直直的長髮遮在臉上。

「我不是說你做錯了什麼。我只是必須知道是怎麼回事。」

那女孩不肯看他。她雙臂抱住自己，開始在椅子上前後搖晃。「不是我的錯。」她低聲說。

「我想離開。我可以離開嗎？」

「不行，莫莉。我們得先談談。你可以看著我嗎？」

她不肯，還是垂著頭，好像看他就表示認輸了。

「你為什麼不肯講話？」

「我為什麼應該講話？我又不認識你。」

「你不必怕我。我不是警察，而是醫師。」

他的話造成反效果。她在椅子上縮得更低，打了個哆嗦。他搞不懂這個女孩。她對他來說是外星生物。所有十來歲小孩都是。他不確定要怎麼繼續下去。

他桌上的對講機響了起來。

「托碧．哈波醫師來了。」他的秘書說。

「我沒空。」

「我不認為她會離開。她堅持要上樓去找你。」

「聽著，我現在真的沒辦法跟她談。」

「要請她等嗎？」

他嘆氣。「好吧。請她等。但可能要一陣子。」

迪弗拉克又回頭轉向莫莉．匹克，火大極了。有一個女性要求跟他談，而另一個女性則拒絕說半個字。

「我知道。」

「莫莉，」他說，「我得知道你朋友的事情。安妮，死掉的那位。她有吸毒嗎？或是服用任何藥物？」

那女孩又打了個哆嗦，蜷縮成一顆球。

「這件事很重要。安妮有個嚴重畸形的胎兒。我得知道她接觸到什麼。這對其他懷孕的女人可能是非常重要的資訊。莫莉？」

那女孩開始搖晃。一開始迪弗拉克不明白是怎麼回事。他以為她很冷，在發抖。然後她往前翻倒，頭撞在地板上。她的四肢開始抽動，整個身體都痙攣。

迪弗拉克跪在她旁邊，著急地想脫掉她圍著脖子的風衣，但是她的四肢不斷揮打，帶著超人的力量。最後他總算拉開領子。她還在發作，臉是一種嚇人的紫色，雙眼後翻。現在我該怎麼辦？我是病理學家，不是急診室醫師……

他急忙站起來，按了對講機按鈕。「我需要哈波醫師！請她立刻上來！」

「可是你剛剛說——」

「我這邊有醫療緊急狀況！」

他把注意力又轉回莫莉身上。那女孩不再揮動四肢，但臉色依然深紅，前額撞到地板的地方隆起一個腫塊。

別讓她嗆咳。把她翻為側躺。

恐慌之餘，他終於逐漸想起醫學院時學過的課程。他跪在女孩旁邊，立刻把她翻身往左側躺，她的臉微微朝下。要是她嘔吐，那些嘔吐物就不會滑進胃裡。他摸她的脈搏——跳得很快，但是很強。而且她還在呼吸。

好吧，氣道暢通，她在呼吸，也有心跳。我還忘了什麼？

辦公室的門打開，他抬頭看到托碧．哈波走進來。她的目光立刻往下落到那女孩身上，然後跪下。

「發生了什麼事？」

「她有某種發作——」

「任何病史？癲癇？」

「我不知道。她有脈搏，也有呼吸。」

托碧看了額頭的瘀青一眼。「她是什麼時候撞到頭的？」

「發作開始後。」

托碧拉開風衣，露出那女孩的軀幹。她停頓一拍，然後是驚愕。「她懷孕了。」

「是的，我不曉得多久了。」

「你知道她任何事嗎？」

「她有被逮捕紀錄。賣淫。她的皮條客今天揍了她。我只知道這些。」

「你有醫療包嗎？」托碧問。

「在我的辦公桌抽屜——」

「去拿來。」

那女孩呻吟，頭動了一下。

托碧翻著醫療包找工具時，迪弗拉克把女孩的一隻手臂從風衣袖子裡拉出來。她睜開眼睛看著他，忽然開始掙扎，掙脫了他。

「沒事的，」他說，「放輕鬆——」

「放開她，」托碧命令道，「她在癲癇發作後期，腦子很迷糊。你嚇到她了。」

迪弗拉克放開那隻瘦得可憐的手臂，往後退。

「好了，蜜糖，」托碧低聲說，「看著我。我就在這裡。」

那女孩目光轉向自己上方的托碧。「媽媽。」她說。

托碧緩慢而溫柔地說：「我不會傷害你的。我只是想朝你的眼睛照一點光。好嗎？」那女孩只是持續盯著她，彷彿很驚奇。托碧把筆型手電筒照向女孩的瞳孔。「兩邊大小相等，對光有反應，而且她四肢都會動。」托碧伸手去拿血壓袖套。袖套緊束著女孩的手臂時，她發出一聲虛弱的嗚咽，但她雙眼還是盯著托碧，似乎很放心。

托碧皺眉看著血壓計的指針緩緩往回指。她迅速鬆開袖套拿掉。「她得送去醫院。」

「波士頓市立醫院就在對街。」

「我們送她去他們急診室吧。她的血壓是二一〇／一三〇，而且她懷孕了。我想這解釋了她的癲癇發作。」

「子癇？」

托碧迅速點了一下頭，闔起那個黑色醫療包。「你抱得動她嗎？」

迪弗拉克彎腰把那個女孩抱起來。儘管懷孕了，但感覺上她好虛弱，好輕盈。也或許他臂上腺素大量分泌，感覺不到沉重。托碧在前面幫忙開門，他們一路走出建築物大門，來到艾班尼街。

過馬路時，建築物之間的狂風猛竄，颳起砂礫刺著他的臉。那女孩在他懷裡掙扎，她的風衣抽打著他的腿，她的頭髮飛到他臉上，迪弗拉克踉蹌著到了對街人行道，爬上坡道來到急診室大門。雙扇門滑開。

在櫃檯窗口後頭，一位檢傷分類的男護理師抬頭看到迪弗拉克抱著的女孩。「發生什麼事了？」回答的是托碧，她往前來到窗口，打開莫莉．匹克那個廉價的小皮包找證件。「懷孕少女有癲癇發作，現在是發作後期。血壓二一〇／一三〇。」

那位檢傷分類的護理師明白了，然後喊著要輪床。

注射針扎入皮膚，讓莫莉完全清醒過來。她掙扎著，想掙脫按住她的那幾隻手，但是對方人太多了，全都困住她、折磨她。她想不起自己是怎麼來到這個可怕地方的，也不曉得自己做錯了什麼要受到這個懲罰。對不起，不管我做錯了什麼，對不起。拜託不要再傷害我了。

「狗屎，我刺破血管了！再給我一根十八號針——」

「試另一邊手臂。那條血管看起來不錯。」

「你得按住她。她這隻手一直在猛抓。」

「那是癲癇發作嗎？」

「不，她是在反抗我們——」

一雙手固定住她的臉；一個聲音命令道：「小姐，你得保持不動！我們要幫你插靜脈注射針！」

莫莉恐慌地注視著眼前那張往下看的臉。是個穿著藍衣服的男子。脖子上像蛇似的繞著一條聽診器。這個男子的雙眼很憤怒。

「她還是沒搞懂，」他說，「趕緊插靜脈注射針就是了。」

另兩隻手抓住她一隻手臂，壓在床墊上。莫莉想掙脫，但那雙手壓得更緊，把她的皮膚又掐又扭。針刺入她皮膚，莫莉尖叫。

「好了，插進去了！接上管線。快點，快點。」

「點滴注射有多快？」

「現在是保持靜脈暢通的最低流速。我要五毫克的肼屈嗪靜脈注射。掛上一袋硫酸鎂注射液。然後幫她抽血。」

「醫師，一位胸痛病人剛送到。」

「為什麼他們就是不肯讓我閒下來？」

又一根針刺入，又是一陣疼痛。莫莉在輪床上掙扎。有個東西掉在地上摔碎了。

「該死，她就是不肯躺著不動！」

「不能幫她打鎮靜劑嗎？」

「不行，我們得監測心理狀態。說服她安靜。」

「我一直在試。」

「把那個女人找進來，就是送她來的那個。或許她可以安撫她。」

莫莉再度扯著約束帶，她的頭好痛，隨著每一波新的聲音而抽痛。那些急速的談話聲，金屬櫃轟然關上的鏗鏘聲。

走開，走開，走開。

那個聲音喊她，她覺得一隻手輕柔地放在她頭髮上。

「莫莉，是我。哈波醫師。沒事了。一切都沒事了。」

莫莉盯著那女人的臉，她認得這張臉，但是不記得在哪裡見過。她只知道這張臉跟疼痛沒有關聯。那雙冷靜的眼睛讓她覺得安全。

「你躺著千萬不能動，莫莉。我知道這些針扎得你很痛，但是他們正在想辦法幫你。」

「對不起。」莫莉低聲說。

「為了什麼？」

「為了我所做過的壞事。我不記得了。」

那女人微笑。「你沒做任何壞事。現在他們要幫你扎針，好嗎？只是有點刺痛。」

莫莉閉上眼睛，一根針刺入她的手臂時，她忍著沒吭聲。

「好了，這樣才乖。現在全都結束了，不會再有打針了。」

「你保證？」

對方頓了一下才回答：「我不能保證。但是從現在開始，如果要扎針，一定會先警告你，好嗎？我會交代他們的。」

莫莉去抓那女人的手。「別離開我……」

「你沒事的。這些人會好好照顧你。」

「可是我不認識他們。」她直直看著那女人，對方終於點頭。

「我會盡量待久一點。」

另外一個人開始講話；那女人轉頭聽，然後又往下看著莫莉。

「我們必須知道你的身體狀況。你有固定看的醫師嗎？」

「沒有。」

「有吃任何藥物嗎？」

「沒有。啊，有的。在我皮包裡。」

莫莉聽到那女人擰開漆皮夾扣，聽到一個瓶子裡面的藥片嘩啦聲。「是這個嗎，莫莉？」

「對。我胃不舒服的時候會吃一顆。」

「這個藥瓶上沒有藥房的標籤。你是哪裡拿到的？」

「拉米。一個朋友。他給了我這些藥。」

「好吧，那過敏呢？你對什麼過敏嗎？」

「草莓。」莫莉嘆氣。「可是我好喜歡草莓——」

另一個聲音打岔。「哈波醫師，超音波技術員來了。」

莫莉聽到機器推進房間的滾輪聲，目光轉往旁邊看。「他們打算做什麼？又要扎我了嗎？」

「不會痛的。這只是超音波檢查，莫莉。他們得檢查你的寶寶，他們要利用聲波看它。」

「我不想檢查。他們不能放過我嗎？」

「對不起，但是一定要檢查，看寶寶是不是沒事。看它現在有多大，成長得怎麼樣了。你今天發作了一次，在迪弗拉克醫師的辦公室。你知道發作是什麼嗎？」

「就像癲癇？」

「沒錯。你有癲癇。當時你失去意識，整個身體都在發抖。那樣非常危險。你得住院，好讓他們控制你的血壓。另外也可以看有沒有辦法救寶寶。」

「寶寶有什麼不對勁嗎？」

「你懷孕就是癲癇發作的原因，也是你血壓高的原因。」

「我不想再做什麼檢查了。跟他們說我想離開——」

「聽我說，莫莉。」哈波醫師的聲音平靜但堅定。「你的狀況有可能致死的。」

莫莉安靜了。她看著哈波醫師的臉，在她眼中看到了毫不迴避的真實。

哈波醫師朝技術員點個頭。「開始做超音波檢查吧。我會在外面等。」

「不，」莫莉說，「留下來陪我。」她抓住她的手，那是無聲的懇求。

托碧猶豫了一會兒，再度握住了莫莉的手，坐在輪床旁的凳子上。

那技術員用一張素色布巾蓋住莫莉的大腿和陰部，然後拉起她的病人袍，露出她隆起的腹部。「這個會有一點涼，」他說，擠出一團透明凝膠在她腹部的皮膚上。「這個可以讓音波更容易看清楚。」

「不會痛嗎？你保證不會痛？」

「一點都不會。」他舉起手上握著的那個方形裝置。「我要把這個東西的邊緣在你的肚子上滑動，好嗎？我們可以在這個螢幕上看到影像。」

「你看得到我的寶寶？」

「沒錯。你看。」他把那個手握裝置沾了那團凝膠，放在她的皮膚上。

「癢癢的。」莫莉說。

「但是不會痛，對嗎？你就承認吧。」

「對，不會痛。」

「所以你就放輕鬆，看這場表演，好嗎？」他把那個裝置緩緩滑過她的腹部，雙眼專注看著螢幕。莫莉也看著螢幕，看到一團團黑影閃爍著掠過。寶寶在哪裡？她期待看到真正的影像，像照片那樣，而不光是一堆灰點而已。

「它在哪裡？」她問。

超音波技術員沒有回答。莫莉望著技術員，發現他盯著螢幕看，表情僵住了。

「你看到了嗎？」莫莉問。

技術員清了清嗓子。「先讓我檢查完吧。」

「是男孩還是女孩？看得出來嗎？」

「不，我沒辦法……」他把那裝置先滑向一個方向，然後又另一個，雙眼盯著螢幕上閃爍的圖像。

只有一堆灰色的光點，莫莉心想。有一團比較大的，圍繞著其他比較小的。她望著哈波醫師。「你看到它了嗎？」

她的問題只得到沉默的回答。哈波醫師一直來回看著螢幕和那位技術員，兩個人都沒看莫莉，也都沒說話。

「你們為什麼都不跟我講話？」莫莉低聲說，「有什麼不對勁？」

「不要動就是了，蜜糖。」

「有什麼出錯了，對不對？」

哈波醫師捏捏她的手。「別動。」

最後那個技術員終於直起身子，擦掉莫莉腹部的凝膠。「我會把影片拿去給我們的醫師看，好嗎？你繼續休息就好。」

「但是她就是醫師啊。」莫莉說，看著哈波醫師。

「我所受的訓練沒辦法看懂這個。要專科醫師才有辦法。」

「那你看到了什麼？有什麼不對勁嗎？」

哈波醫師和那技術員交換了一個眼色。

然後那個技術員說：「我不知道。」

18

「暫停那個畫面。」希博利醫師說。他摘下眼鏡，看著螢幕，注意力完全被那個超音波影像吸住了。有好一會兒，房間裡寂靜無聲。然後希博利喃喃道：「那是什麼鬼玩意兒……」

「你看到了什麼？」托碧問。

「不知道。我真的不知道我看到的是什麼。」希博利轉向超音波技術員。「你指的就是這裡的這個影子嗎？」

「對。就是那一塊。我不曉得那是什麼。」

「是胎兒的組織嗎？」托碧問。

「看不出來。」他朝那技術員點了個頭。「好吧，繼續。我們再看其他的。」影像閃爍著掠過螢幕時，希博利彎腰湊得更近。「這個組織有兩種不同的密度，結實狀和囊腫狀都有。」

「那看起來像個頭。」

「是啊，有個概略的頭顱形狀。另外你看到了這邊的鈣化嗎？」

「一顆牙齒？」

「我也是這麼想。」希博利暫停一下，看著螢幕上的畫面移到另外一處。「胸部在哪裡？」他喃喃道：「我沒看到胸部。」

「但是有牙齒？」

「只有一顆。」希博利坐在那裡不動，望著螢幕上光與影的交錯。「手腳，」他輕聲說，「一個在這裡，還有一個在這裡。很結實。但是沒有胸部……」他緩緩往後坐，戴上眼鏡。「這不是胚胎。是個腫瘤。」

「你確定嗎？」托碧問。

「這是一球組織。原始的微生物細胞發瘋了，製造出牙齒，或許還有毛髮。它沒有心臟，沒有肺。」

「但是有胎盤。」

「是的。病患的身體認為自己懷孕了，於是就提供這個腫瘤營養，協助它長大。我懷疑這是某種畸胎瘤。研究發現，這類腫瘤會形成各式各樣怪異的結構，從牙齒到製造荷爾蒙的腺體。」

「那麼這不是先天的畸形了。」

「對。這是一團亂糟糟的組織。一大團肉。應該要盡快移除——」希博利忽然往後一縮，眼睛直瞪著螢幕。「倒退！快點！」他對技術員厲聲說。

「你看到什麼了？」

「倒退就是了！」

螢幕空白了一陣子，然後又亮起來，重新播放著影像。

「這不可能啊。」希博利說。

「什麼？」

「它動了。」他看著技術員。「你當時挪動了病人的腹部嗎？」

「沒有。」

「那你看看。那根附肢——看到它改變位置了嗎？」

「我當時沒碰病人的腹部。」

「那麼一定是病人改變位置了。腫瘤不會自己動的。」

「那不是腫瘤。」迪弗拉克說。

每個人都轉頭看著他。他之前太安靜了，托碧都不曉得他進了房間，此時正站在她身後。他緩緩地走向螢幕，目光定在那個凍結的畫面。「它會動。它有手臂，它有眼睛，它有牙齒。或許它甚至會思考……」

希博利嗤之以鼻。「太荒謬了。你怎麼知道？」

「因為我看過一個跟它一樣的。」迪弗拉克轉身看著他們，表情震驚。「我得打個電話。」

在莫莉黑暗的房間裡，托碧看得到微量點滴幫浦的機器一明一滅，靜靜地表明藥物確實滴入病人的靜脈中。托碧關了房門，坐在床邊的一張椅子上，聽著女孩呼吸的聲音。紅色的微量點滴幫浦眨著一種催眠的韻律。一整天下來，托碧頭一次讓自己的四肢放鬆，心思漫遊。她剛剛打去史普林格醫院問了母親的狀況，對方跟她保證毫無改變。就在此刻，在另一家醫院的另一張床上，她心想，我母親正在黑暗中睡覺，同時她床邊的微量點滴幫浦也閃爍著紅燈，就像這個女孩一樣。

托碧看了手錶一眼，想著迪弗拉克不曉得什麼時候會回來。今晚稍早，她試著要跟他說珍·諾蘭的事情，結果很懊惱，因為他顯然不想聽她說完。他也有很多要操心的事情——跟莫莉有關的危機。然後他的呼叫器響起，他就離開了，要去醫院的大廳跟某人碰面。

她在椅子上往後靠坐，正打算小睡一下，莫莉的聲音忽然從昏暗中傳來：「我好冷。」

托碧直起身子。「我都不曉得你醒著。」

「我一直躺在這裡，想著……」

「我來幫你找條毯子。可以把燈打開嗎？」

「好。」

托碧打開床頭燈，那女孩因為突然的光亮而畏縮了一下。她額頭的瘀青在蒼白的臉上是黑色的，枕上的頭髮看起來像一條條骯髒的污痕。

在櫃子裡的架上，托碧找到了一條醫院的備用毯子。她抖開來，蓋在女孩的身上。然後她又關掉燈，摸索著回去坐在椅子上。

「謝謝。」莫莉低聲說。

她們共享黑暗，兩人都沒說話，沉默對兩人都有鎮靜和撫慰的作用。

莫莉說：「我的寶寶不正常，對不對？」

托碧猶豫著。然後判定最仁慈的答案就是實話。「對，莫莉，」她說，「它不正常。」

「它看起來是什麼樣？」

「很難說。超音波圖不像普通的圖像。不容易解讀。」

莫莉沉默地思索著。托碧準備要應付更多問題，不曉得自己應該講得多具體。你的寶寶甚至不是人類。它沒有心臟、沒有肺臟、沒有軀幹，只是一團可怕的肉和牙齒。

讓托碧鬆了一口氣的是，莫莉沒有繼續追問下去。或許她害怕聽到全部的事實，不想知道她子宮裡現在正在長大的恐怖全貌。

托碧身體前傾。「莫莉。我跟迪弗拉克醫師談過。他說有個女人——是你認得的——她也有個不正常的孩子。」

「安妮。」

「這是她的名字？」

「對。」莫莉嘆氣。儘管托碧在黑暗中無法看清那女孩的臉，但聽得出嘆息聲中的疲倦，那種疲憊不光是身體上的。

托碧的目光集中在莫莉模糊的臉部輪廓，眼睛逐漸適應黑暗，可以勉強看到女孩眼睛的微光。「迪弗拉克醫師說，你和安妮可能接觸過同樣的毒素，使得你們兩個人的寶寶都不正常。你覺得有可能嗎？」

「你說毒素……那是什麼意思？」

「藥物或毒藥。你和安妮有嗑藥嗎？藥片？注射？」

「只有我跟你說過的藥片，拉米給我的那些。」

「這個拉米，他還給過你們任何藥物嗎？任何非法的？」

「不，我不嗑藥的，你知道？我也從來沒看過安妮嗑藥。」

「你跟她有多熟？」

「不太熟。她讓我在她家住幾星期。」

「你們在一起只有幾個星期？」

「我只是需要一個地方睡覺。」

托碧懊惱地嘆了口氣。「這樣說不通。」

「什麼意思？」

「你們的寶寶那些不正常的狀況，不管原因是什麼，都發生在懷孕的非常初期。前三個月期間。」

「當時我還不認識安妮。」

「你是什麼時候發現自己懷孕的？」

女孩思索著。在談話的間歇沉默中，她們聽到走廊傳來醫療推車經過的吱嘎聲，還有護士們模糊的談話聲。

「是在夏天。當時我生病了。」

「你去看了醫生嗎？」

那女孩頓了一下。托碧看到白色的毯子起伏，似乎是因為顫抖引起的。「沒有。」

「但是當時你知道你懷孕了？」

「我感覺得出來。我的意思是，過了一陣子之後，就不難明白了。拉米跟我說他會處理。」

「你說處理是什麼意思？」

「打掉。然後我就想著，如果能抱著一個寶寶有多好，可以跟它玩，它會喊我媽媽……」床單發出沙沙聲，女孩的雙臂在毯子底下移動，撫摸著自己的肚子。她尚未出生的孩子。

只不過那不是個孩子。

「莫莉？孩子的父親是誰？」

她又嘆了口氣，這回更疲倦了。「我不知道。」

「有可能是你的朋友拉米的嗎？」

「他不是我朋友。他是幫我拉皮條的。」

托碧什麼都沒說。

「你知道我的事情，對吧？知道我是做什麼的？以什麼為生……」莫莉在床上翻身，背對著托碧。她的聲音變得模糊，彷彿是從遠處傳來。「你會習慣的。你學會不要想太多。你不能想。那就像是你的腦子變得模糊了，你知道？有點飄到別的地方去了。而在你兩腿間發生的事情，其實沒有真的發生在你身上……」她自貶地笑了一聲。「那種生活很有趣。」

「那種生活不正常。」

「是啊。」

「你幾歲了？」

「十六。我十六歲。」

「你是南方人，對不對？」

「是的。」

「你怎麼會大老遠跑來波士頓這裡呢？」

莫莉長嘆一聲。「拉米帶我來的。當時他跑去畢佛特，找一些朋友。他有種特別的地方，你知道？他的眼珠很黑。從來沒看過白人小夥子有那麼黑的眼珠。他當時對我很好……」她清了清嗓子，托碧聽到床單的窸窣聲，那是莫莉舉起手擦臉。床上方的靜脈注射管搖晃著，發出銀光。

「我想他帶你來波士頓之後，對你就沒有那麼好了。」

「是的。沒錯。」

「那你為什麼不回家，莫莉？你總是可以回家的。」

莫莉沒回答。托碧只有從床的顫抖，才知道女孩在哭。莫莉沒發出聲音，彷彿她的悲慟困在一個罐子裡，她的哭聲除了自己之外，沒有人聽得到。

「我可以幫你回家。如果你只是缺交通費的話——」

「我沒辦法。」那回答聲音好小。女孩在床單底下緊緊縮成一團。托碧這才意識到她在痛哭，莫莉的悲慟終於從那罐子的真空中洩出來。「我沒辦法，我沒辦法……」

「莫莉。」

「他們不希望我回去。」

莫莉伸手碰觸她，幾乎可以感覺到那女孩的痛苦隔著毯子滲出來。

一個敲門聲，接著門打開來。

「可以跟你談一下嗎，托碧？」迪弗拉克說。

「現在？」

「我想你應該出來聽聽這個。」他猶豫著，看了一眼莫莉的床。「是有關超音波的。」

托碧低聲跟莫莉說：「我馬上回來。」然後跟著迪弗拉克進入走廊，把病房門帶上。

「她跟你說了什麼嗎？」他問。

「她講的事情，都對了解這個狀況沒有幫助。」

「我晚一點再試試看去跟她談。」

「我不認為你會有任何收穫。她似乎不信任男人，原因也很明顯。總之，有太多因素可能造成胎兒異常。莫莉完全沒辦法確定會是什麼原因。」

「這個不光是胎兒異常而已。」

「你怎麼知道？」

他指著走廊盡頭的一間小會議室。「我要跟你介紹一個人。她可以解釋得比我更清楚。」

迪弗拉克說她，但是當托碧走進小會議室時，看到坐在電視螢幕前的那個背影，覺得比較像個男人——深灰色的頭髮，剪得很短。寬闊的肩膀，穿著一件黃褐色的牛津襯衫。香菸的煙霧在那個方正的腦袋上方形成一個飄移的白圈。螢幕上，正緩緩重播著莫莉．匹克子宮的超音波圖像。

「我還以為你戒菸了。」迪弗拉克說。

那個人旋轉過來，托碧看到椅子上的確是個女人。她六十出頭，一對直率的亮藍色眼珠，樸素的臉上絲毫沒有化妝品的痕跡。她的香菸裝在一個象牙菸嘴上，拿菸的姿態帶著一種安逸的優雅。

「這是我唯一的罪，丹尼。」那女人說，「我拒絕放棄。」

「那我猜蘇格蘭威士忌就不算了。」

「蘇格蘭威士忌不是罪，而是一種補品。」那女人轉向托碧，抬起一邊眉毛打量著她。

「這位是托碧．哈波醫師，」迪弗拉克說，「這位是亞歷珊卓拉．瑪克斯博士。瑪克斯博士是波士頓大學的發育遺傳學教授，我讀醫學院時是她的學生。」

「那是很久以前了，」瑪克斯博士說。她伸手跟托碧握手，一般女人不會預期另一個女人來跟自己握手的，但來自亞歷珊卓拉卻似乎自然極了。「我一直在重播這個超音波掃描的影片。你們對這個女孩知道些什麼？」

「我剛剛才跟她談過，」托碧說，「她十六歲。是妓女。她不知道父親是誰。另外她否認曾接觸到任何毒素，唯一服用的藥物是一瓶藥片。」

迪弗拉克說：「我去找醫院的藥師確認過。他認出藥片上的標記碼。那是蘋果酸丙氯陪拉辛。」他看著瑪克斯博士。「這種藥通常是治療噁心的，沒有引起胎兒異常的證據。所以這個狀況不能歸咎於藥物。」

「那個皮條客怎麼有辦法弄到處方藥？」托碧問。

「現在街上什麼藥都弄得到。或許她沒老實告訴你她還吃了其他什麼藥。」

「不，我相信她。」

「她懷孕多久了？」

「根據她的記憶，或許五個月或六個月。」

「所以這個影片裡的胎兒，應該是第二孕期的。❺」瑪克斯博士轉身回去面對螢幕。「裡頭絕對有個胎盤，還有羊水。另外這裡這個，我相信是臍帶。」瑪克斯博士身體前傾，審視著螢幕上閃動的影像。「我想你說得沒錯，丹尼。這不是腫瘤。」

「所以是胎兒異常？」托碧問。

「不是。」

「那不然還有什麼可能？」

「介於兩者之間的。」

「腫瘤和胎兒之間？怎麼可能？」

瑪克斯博士吸了一口菸，吐出一團煙霧。「這是個全新的世界。」

「我們有的就只是超音波掃描的影像，裡頭幾個灰影子。那位放射線科的希博利醫師認為這是腫瘤。」

「希博利醫師沒見過這種的。」

「但是你見過？」

「你問丹尼吧。」

托碧望著迪弗拉克。「她說的是什麼？」

他說：「那個死於生產的女人——安妮．帕里尼——我之前把她的胎兒送去給瑪克斯博士做

❺三個月為一個孕期（trimester），故第二孕期即為懷孕第四至第六個月。

遺傳分析了。」

「我只做完初步研究，」瑪克斯博士說，「我們做了組織切片和染色。要完成DNA分析得花上好幾個月。但是純粹根據這個……這個東西的組織學，我推出了幾個理論。」瑪克斯博士旋轉椅子，面對托碧。「坐吧，哈波醫師。我們來談談果蠅。」

這到底會談到哪裡去？托碧納悶著，坐在會議桌旁的一張椅子上。迪弗拉克也坐下來。瑪克斯博士坐在桌首，一副嚴厲的姿態看著他們兩個，像是教授面對著兩個要補課的學生。「你們聽說過瑞士巴塞爾大學利用黃果蠅所做的研究嗎？就是最常見的一般果蠅？」

「你指的是哪個研究？」托碧問。

「跟異位眼有關的。果蠅發育出複眼所需的基因有兩千五百個，科學家已經找出一個活化這些基因的主控基因。這個基因叫做『無眼』，因為如果缺了這個基因，果蠅生下來就沒有任何眼睛。瑞士科學家曾設法在果蠅胚胎的各種部位活化『無眼』基因，得到了非常有趣的結果。複眼出現在各種怪異的地方，翅膀上、膝蓋上、觸角上。一隻果蠅長了十四個複眼！而這只是因為一個基因的活化。」瑪克斯博士暫停下來，擰熄香菸。她又裝了一根在她的象牙菸嘴裡。

「我不懂果蠅研究跟現在這個狀況有什麼關係。」托碧說。

「我快要說到了，」瑪克斯博士說，點著了菸。她吸了一口，滿足地嘆了口氣，往後靠坐。

「現在我們跨過物種界限，來談老鼠吧。」

「我還是不明白有什麼相關性。」

「我試著從一個很基本的程度開始談。你和丹尼不是發育生物學家。你大概不曉得打從你醫學院畢業後，發育生物學這方面的種種進展。」

「唔，那倒是真的。」托碧承認。「要跟上臨床醫學的發展就已經夠辛苦了。」

「那麼我來幫你簡報一下，補上進度。」瑪克斯博士彈了一下菸灰。「我要講的是老鼠。更精確地說，是老鼠的腦下垂體。腦下垂體對新生老鼠的存活至關重要。它被稱為『主腺』是有原因的。它製造的荷爾蒙控制各式各樣功能，從生長到繁殖到體溫。還有些荷爾蒙的作用我們不知道，甚至還沒鑑別出來。沒有腦下垂體的老鼠，生下來二十四小時之內就會死掉——這個腺體就是重要到這個地步。

「接下來要談到那份研究了。在國家衛生研究院，他們正在研究腦下垂體的胚胎發育。他們知道，所有形成腦下垂體的不同細胞，都源自一個原基，也就是一批前驅細胞。但是促使這些前驅細胞製造出腦下垂體的是什麼？」她先後看著兩個補課的學生。

「一個基因？」托碧試探地說。

「當然了。一切都要回到DNA，生命的基本單位。」

「哪個基因？」迪弗拉克問。

「在老鼠身上，就是LHX3。一種LIM同源序列基因。」

迪弗拉克大笑。「講得還真清楚啊。」

「我不期待你們完全了解，丹尼。我只是希望你們了解基本概念，那就是：主控基因會促使原細胞以某種方式發育。一種主控基因會製造出眼睛，另一種會製造出手或腳，另一種製造出腦下垂體。」

「好吧，」迪弗拉克說，「我想到這部分，我們算是懂了。」

瑪克斯博士微笑。「那麼下一個概念對你們來說應該很容易。我希望你們把這兩種研究加起來，想想兩者在一起表示什麼。一個主控基因可以促成腦下垂體的形成。另外，一隻果蠅天生就有十四隻眼睛。」她看著托碧，然後又看迪弗拉克。「你們明白我指的是什麼嗎？」

「不明白。」托碧說。

「不明白。」迪弗拉克也幾乎同時說。

瑪克斯博士嘆氣。「好吧。那麼我就告訴你們我在組織切片裡面發現的。我把丹尼送來給我的樣本做切片——他認為那是一個畸胎。我檢查過幾千個畸胎，從來沒見過像這樣的。好，根據估計，人類的基因組有十萬個基因。這個東西看起來只是正常基因組的一部分，而且那些基因被破壞得很嚴重，整個基因組發生了某種大災難。結果？那就像是你把一個胎兒拆開來，然後胡亂重組起來。手臂、牙齒、大腦，全都硬湊在一起。」

托碧忽然好想吐。她看著迪弗拉克，發現他一臉蒼白。瑪克斯博士讓他們想像的畫面，讓他們兩個都覺得作嘔。

「它活不下來，對吧？」托碧問。

「那當然了。它的細胞之所以能活著，純粹是靠胎盤的血液循環。它利用母親當它的營養來源。你可以說它是寄生蟲。不過話說回來，所有的胎兒都是寄生蟲。」

「我從來沒這樣想過。」

「唔，胎兒是寄生蟲；母親是宿主。她的肺供氧給血液，她攝取的食物提供葡萄糖和蛋白質。這個寄生蟲——這個東西——只要待在子宮裡、跟母親的血液循環相連，就能活著。但只要一排出，它的細胞很快就會開始死亡。」瑪克斯暫停一下，目光往上看著升起的香菸煙霧。「無論如何，它都不是一種獨立的生物。」

「如果它不是胎兒，那你說這個東西是什麼？」托碧問。

「我不確定。我們準備了好幾個組織切片，染了色，我自己檢查過，同時也請我們系上的一位病理學家看過。我們都一致同意。其中有一種特定形態的組織一再出現，看起來是有系統的細胞叢。啊，也有其他的組織，比方肌肉和軟骨，甚至眼睛。但那些似乎是隨機出現的。真正有系統、而且分化良好的就是那些重複出現的細胞叢。那是一種腺組織，但屬於哪裡的，我們還認不出來。」她暫停一下。「這個東西，簡單地說，看起來像是一個製造組織的工廠。」

迪弗拉克搖頭。「對不起，但是這聽起來太瘋狂了。」

「為什麼？它是在實驗室製造出來的。我們可以讓果蠅的翅膀長出眼睛來！我們可以把腦下垂體的主控基因打開或關掉！如果這種事可以發生在實驗室，那麼也可以發生在自然環境裡。總之，在這個女孩身上，人類胚胎細胞發育出大量的相同基因。當然，這表示那些胚胎沒有正常分化。所以沒有腿，沒有軀幹。真正生長出來的，就是這些特定的細胞叢。」

「有什麼可能造成這種不正常？」托碧問。

「除了在實驗室裡頭？毀滅性的事物。某種致畸因子，是我們從沒見過的。」

「但是莫莉不記得接觸過任何這類事物。我問過她好幾次——」托碧暫停，目光轉向房門。有人在尖叫。

「是莫莉！」托碧說，猛地站起來。她衝出房間，沿著走廊奔跑，迪弗拉克緊跟在後。等到她抵達莫莉的病房，已經有個護士站在床邊，正在安撫莫莉。

「發生了什麼事？」托碧問。

「她說她房間裡有人來過。」那護士說。

「他之前就站在床邊這裡！」莫莉說，「他知道我在這裡。他跟蹤我——」

「誰？」

「拉米。」

「病房的燈是關著的，」那護士安撫地指著。「你可能是在作夢。」

「他跟我說話了！」

「我沒看到任何人，」那護士說，「我的辦公桌就在轉角那邊——」

一個甩門的聲音從走廊傳來。

瑪克斯博士的頭探入病房。「我剛剛看到一個男人跑進樓梯間。」

「通知警衛，」迪弗拉克對那護士說，「請他們檢查往下的幾層樓。」

然後他奔入走廊，托碧就跟在後頭。「丹尼，你要去哪裡？」

他推開樓梯間的門進去。

「讓警衛處理這件事！」她也跟著進入樓梯間。

在下方某處，迪弗拉克奔下水泥石階的砰砰腳步聲傳來。

她也跟著下樓，一開始猶豫不決，接著她下定決心，速度逐步加快。她現在生氣了，氣迪弗拉克這麼瘋狂而魯莽地追逐，也氣拉米——如果那真是拉米——居然敢跑到醫院來找莫莉。他怎麼會查到她的下落？是從迪弗拉克的辦公室跟蹤他們過來的嗎？

她加快腳步，飛奔經過二樓的樓梯平台。她聽到下方有一扇門轟然打開，然後又甩上。

「丹尼！」她大喊。沒有回答。

最後她終於來到一樓，推開一扇門出去，旁邊就是面對著艾巴尼街的急診室入口。柏油路面被雨水淋得溼亮。一陣強風帶來溼柏油路面的強烈氣味，颳過她的臉，她瞇起眼睛。

在她左方，隔著小雨，一個輪廓出現了。是迪弗拉克。他停在一盞街燈下，往左看一眼，然後往右看。

她跑上人行道加入他。「他跑去哪裡了？」

「我在樓梯間看到他一眼。但是他一離開醫院大樓後，我就沒再看到他了。」

「你確定他離開了醫院大樓？」

「對。他一定就在這附近。」迪弗拉克開始要過街，走向醫院的發電站。

輪胎刮過路面的尖嘯聲傳來，他們兩人同時轉身。

那輛廂型車從黑暗中竄出，朝他們直衝過來。

托碧僵住了。

迪弗拉克把她往旁邊推，她踉蹌跌倒，膝蓋擦過柏油路面。

那輛廂型車轟然駛過，車尾燈沿著艾巴尼街遠去消失。

托碧掙扎著要站起來，發現迪弗拉克已經朝她伸出手，然後他扶著她回到人行道。她跌倒撞到的地方才剛開始發痛，一開始是膝蓋隱隱的抽痛，然後是神經末梢刮過的尖銳刺痛。他們站在街燈下，兩人都震驚得一時無法言語。

迪弗拉克說：「對不起剛剛那麼用力推你。你還好吧？」

「只是有點受傷。」她朝街道前方那輛車剛剛消失的方向看了一眼。「你看到車牌號碼了嗎？」

「沒有。我也沒看到駕駛人。一切都發生得太快了——我當時急著要把你推開，免得被撞上。」

他們兩個都轉身，看著一輛救護車停在急診室入口，車頂的警燈閃爍著。在遠處，第二輛救護車的警笛聲逐漸接近。

「他們的急診室會忙得一團亂，」迪弗拉克說，「我辦公室有急救箱。我們去那裡幫你清理傷口吧。」

迪弗拉克扶著她一邊手臂，她一拐一拐地過了馬路，隨著每走一步就愈痛。等到兩人進入他樓上的辦公室，她已經滿心害怕著稍後消毒藥水沾上傷口的刺痛。

他把自己辦公桌上的紙張挪到一邊，讓她坐在上頭，旁邊就是他兒子捕獲大魚的那張照片。急救箱打開，一股消毒酒精和優碘的氣味散發出來。他蹲在她面前，用一個沾了雙氧水的棉花球輕拭著她的擦傷。

她痛得驚跳一下。

「對不起，」他說，往上看了一眼。「實在沒辦法，一定會痛。」

「我真是太沒用了，」她輕聲說，抓住辦公桌的邊緣。「繼續吧，動手就是了。」

他繼續擦拭她的膝蓋，一手放在她大腿上，另一隻手則清掉塵土和碎石。他忙著清理傷口時，她往下看。他專注地低著頭，深色頭髮近得她可以伸手撫亂。至少他跟我單獨在一起了，她心想。沒有危機，沒有讓人分心的事情。這可能是我的唯一機會了，讓他聽我講，讓他相信我。

她說：「你認為我傷害我母親，對不對？這就是為什麼你不肯跟我談，為什麼你一直在躲我的電話。」

他什麼都沒說，只是又去拿一個棉球。

「我是被陷害的，丹尼。他們利用我母親來報復我。而你在幫他們，甚至都不聽我這邊的說法。」

「我一直有在聽你的說法，托碧。」他清理完她的傷口，取出一捲膠帶，撕下一段，把方形紗布貼在她膝蓋上。

「那你為什麼不肯告訴我，你是不是相信我？」

「我認為你應該做的，」他說，「就是去跟你的律師談，把所有你知道的都告訴他。然後讓他去跟奧普潤討論。」

「我不信任奧普潤。」

「那你覺得你可以信任我？」他抬頭看著她。

「我不知道！」她吐出一口氣，然後雙肩垂下，心中明白要讓他在乎是沒有希望的。「我跟奧普潤談過了，今天下午。」她說，「我剛剛告訴你的，我都跟他說了。說布蘭特山莊是在報復我。他們想毀了我。」

「他們為什麼要花這個力氣？」

「不曉得為什麼，我嚇到他們了。我做了一些事、說了一些話，讓他們覺得受到威脅。」

「你不能再把你所有問題的來源，都歸咎給布蘭特山莊。」

「但是現在我有證據了。」

他搖搖頭。「托碧，我想要相信你。但是你母親的狀況怎麼會跟布蘭特山莊有關係？我實在看不出來。」

「聽我說就是了，拜託。」

他關上急救箱。「好吧。你說，我在聽。」

「我雇用來照顧我母親的那個女人，不是她自稱的那個身分。今天我跟一個幾年前曾跟珍·諾蘭共事的人談過——真正的珍·諾蘭。」

「所以還有另一個？」

「假的那個。我雇的那個。兩個人完全不同。我會找維琪幫我作證。」

他保持沉默，沒吭聲，他的目光頑固地盯著急救箱。

「我看到了一張照片，丹尼。真正的珍超重了大約四十五公斤。那不是我雇用的女人。」

「那麼她就是瘦下來了。難道不可能嗎？」

「還有別的。兩年前，真正的珍所服務的那家安養院，是屬於歐卡特健康企業。歐卡特所屬的集團，就是布蘭特山莊所擁有。既然珍以前是布蘭特山莊的員工，那麼他們檔案裡頭就有她的履歷。他們知道她離開麻州了，所以很容易安排一個女人冒用珍的名字去我家工作，有珍的種種專業資格。要不是我看到了那張照片，我永遠猜不到真相。」

他什麼都沒說，但現在抬起目光看著她了。他終於認真聽我講了，終於會仔細考慮我的說法了。

「你這些都跟奧普潤說了嗎？」他問。

「說了。我告訴他，他只要去跟真正的珍談一下就行了。問題是，沒人知道她現在住在哪裡，也不曉得她結婚後改的夫姓是什麼。我試過要追查她的下落，但是我連她是不是還在這個國家都不知道。顯然布蘭特山莊特地挑了一個很難找到的人。我們連她是不是還活著都不曉得。」

「那社會保險紀錄呢？」

「我跟奧普潤提議過。但是如果珍目前沒就業，有可能要花上好幾個星期才能查到她。我不確定奧普潤願意花這個力氣。因為他從一開始就不相信我。」

迪弗拉克起身，站在那裡看了她一會兒，好像第一次真正看到她。他點頭。「不管有沒有用，我會跟他談的。」

「謝謝，丹尼。」她嘆出一口氣，身上的緊繃也隨之一掃而空。「謝謝。」

他伸出一隻手要幫她離開辦公桌。她抓住他的手臂，扶著站起身，然後抬頭迎上他的目光。就只是目光的交會而已，這樣就夠了。她感覺他另一隻手抬起來摸她的臉，手指緩緩沿著她的臉頰滑下。然後她在他眼中看到了跟自己同樣的渴望。

第一個吻太短暫，只是兩人輕掠過對方的唇，羞怯的初次碰觸。他一隻手臂攬住她的背部，將她拉近。兩人嘴唇再度相觸時，她發出喜悅的呢喃聲，接著又一吻。她身子往後，臀部靠著辦公桌。他繼續吻她，低語聲配合著她的輕嘆。她往後傾斜，倒在辦公桌上，拉著他一起往下。紙張到處散落。他雙手捧著她的臉，嘴唇更進一步探索她的。她伸手想攬住他的腰，中途撞開一個東西。

玻璃摔碎了。

兩個人都嚇一跳，看著彼此，呼吸沉重而急促。他們臉同時紅了起來。他後退，幫著她重新站好。

迪弗拉克兒子的照片落在地上，面朝下。

「哎呀，」托碧小聲說，看著那破掉的玻璃。「對不起，丹尼。」

「沒事的。買個新相框就好了。」他蹲下身，把玻璃碎片撿起來，丟進垃圾桶。然後他站起身，看著她，臉又紅了。「托碧……我沒想到……」

「我也沒想到——」

「但是我不後悔。」

「是嗎？」

他暫停一下，像是在思索剛剛那句話的真實性。然後他堅定地說：「我一點都不後悔。」

他們凝視彼此一會兒。

然後她微笑吻他。「你知道嗎，」她低聲說，「我也不後悔。」

他們手牽手穿過艾巴尼街回到醫院。托碧整個人輕飄飄，忘了自己的瘀青和擦傷，注意力完全放在旁邊握著她手的男人。在電梯裡，他們又接吻了，門打開時，他們都還沒停下。

走出電梯時，一台急救推車經過，推著的是一名神情恐慌的護士。

*現在又怎麼了？*托碧心想。

那護士推著推車繞過轉角消失了。院內的公共系統傳來聲音：

「急救狀況，三一一病房……」

托碧和丹尼．迪弗拉克警覺地看著對方。

「那不是莫莉的病房嗎？」她問。

「我不記得──」

他帶頭循著剛剛那位護士的路線繞過轉角。托碧的膝蓋還因為繃帶而僵硬，一時跟不上他。他停在一間病房外頭，看著門內。「不是莫莉，」他對著剛趕上的托碧說，「是隔壁房的病人。」

托碧望著他身後，看到了混亂的狀況。

瑪克斯博士正在做心肺復甦術。一名穿著刷手服的住院醫生大聲下令，同時一名護士翻著那輛急救推車的抽屜。在那些擁擠的醫護人員中，幾乎看不見病人；托碧唯一能看到的，就是床單上一隻裸露而枯瘦的腿，無名、無性別。

「他們不需要我們。」迪弗拉克喃喃道。

托碧點頭。她轉向莫莉的病房，輕敲一下門，然後打開。

裡頭燈亮著。病床是空的。

她趕緊看了浴室一眼，也是空的。她又去看床，忽然注意到床邊的點滴注射架，塑膠管懸吊著，末端還連著靜脈注射導管。地上積了一小灘發亮的葡萄糖注射液。

「她人呢？」迪弗拉克問。

托碧走到衣櫥前，打開櫥門。莫莉的衣服不見了。

她跑回走廊，頭探入三一一號病房，裡面的急救還在進行中。

「莫莉．匹克離開醫院了！」托碧說。

護理長抬頭看了一眼，顯然忙不過來。「我現在不能離開！去找警衛。」

迪弗拉克把托碧拉出房間。「我們去大廳找。」

他們跑向電梯。

到了樓下，他們在大門旁找到一名警衛。

「我們要找一個女孩，」迪弗拉克說，「大約十六歲，褐色長髮，穿一件風衣。你看到她離開了嗎？」

「我想她幾分鐘前走出去了。」

「朝哪個方向走？」

「我不知道。我只看到她走出前門，沒注意她往哪邊走。」

托碧走出大門，一陣雨絲吹到她臉上。溼溼的柏油路像一條發亮的絲帶往兩旁延伸。

「才幾分鐘而已，」迪弗拉克說，「她不可能跑太遠的。」

「去開我的車吧，」托碧說，「我車上有電話。」

上車後，他們先繞了這個街區一圈，沒看到莫莉的影子。兩人都沒說話，只聽到雨刷吱嘎著左右掃動，同時他們張望著人行道。

繞第二圈時，迪弗拉克說：「我們應該打電話給警方。」

「他們會把她嚇跑的。要是她看到警察，她就會跑掉。」

「她已經跑掉了。」

「你會驚訝嗎？她很怕那個叫拉米的男人。她待在醫院裡，就等於是個不動的靶子。」

「我們可以安排警察保護她。」

「她不信任警察，丹尼。」

托碧又繞著那個街區開了一圈，然後決定擴大搜尋範圍。她緩緩沿著哈里森街往東南方行駛。如果那個女孩想躲到人多的地方，就會走這條路——靠近唐人街的忙碌街道。

二十分鐘後，她終於停在路邊。「這樣找下去沒有用。那個女孩不想被人發現。」

「我想現在該打電話給警方了。」迪弗拉克說。

「要他們逮捕她？」

「你也說過她有危險的，不是嗎？」

托碧頓了一下，才點了頭。「以她的血壓，有可能又會癲癇發作，或是中風。」

「那就不用多說了。」迪弗拉克拿起車裡的電話。

他打電話時，托碧則望著窗外，想著在雨中跋涉有多慘，冰冷的雨水會滲進你的鞋子，會流進你的衣領內。她想著自己在車上要舒適得多。有皮革座椅，暖氣從通風口吹出來。

十六歲。我十六歲的時候，有辦法在這樣的街道上倖存嗎？

而且那女孩懷孕了，還加上她的血壓危險得像顆定時炸彈。

外頭，雨開始變大了。

19

四個街區外，一家印度餐廳後頭的小巷子裡，莫莉．匹克蜷縮在一個紙箱裡。偶爾，她會聞到一陣做菜的氣味——她說不出那陌生、辛辣的香氣是什麼，但是被引得口水直流。然後風轉了向，她聞到旁邊大型垃圾拖車廂的臭味，被那些腐爛食物熏得作嘔。

她的胃在飢餓和想吐之間轉來轉去，於是她把自己抱得更緊了。雨水已經滲入紙箱，箱頂開始下垂，垮在她的雙肩上，成了一件潮溼厚紙板做成的斗篷。

那家印度餐廳的後門打開，燈光洩入巷子內，莫莉眨了眨眼。一名包著頭巾的男子走出來，吃力地提著兩個垃圾袋，拿去垃圾拖車廂。他打開金屬廂蓋，把垃圾扔進去，然後讓廂蓋再度往下轟然關上。

莫莉打了個噴嚏。

那男人突然安靜下來，於是莫莉知道他聽到了。他的輪廓緩緩出現在紙箱開口，包著頭巾的腦袋大得嚇人。他看著她，她也看著他。

「我好餓。」她說。

他朝廚房看了一眼，然後點點頭。

「你等一下。」他說，然後回到屋裡。

過了一會兒，他再度出現，帶著一個餐巾裹住的小包。裡頭是溫暖的麵包，芳香且柔軟，像枕頭。

「你離開吧。」他說，但是並不嚴厲。那不像是批評，比較像是溫和的建議。「你不能待在這裡。」

「我沒有地方可以去。」

「要我幫你打電話給誰嗎？」

「我也沒人可以打電話。」

他往上看了天空一眼。雨勢已經減成緩慢的微雨，他褐色的臉因潮溼而發亮。「我不能帶你進去，」他說，「三個街區外有一家教堂。天氣冷的時候，他們會提供床。」

「什麼教堂？」

他聳聳肩，好像覺得基督教的教堂都差不多。「你從那條街一直走，就會看到。」

她顫抖著站起身，四肢都因為窩在箱子裡太久而僵硬。「謝謝。」她低聲說。

他沒回答。她還沒走出巷子，就聽到他回到餐廳裡的關門聲。

雨又開始變大了。

她走向那男子告訴她的方向，同時一邊狼吞虎嚥著那塊麵包。她不記得自己吃到過滋味這麼美妙的麵包，就像在吃雲朵似的。她心想，有一天，我會付錢給他，好報答他對我的好。她總是記得對她好的人；腦袋裡有一份清單。酒鋪裡把放了一天的熱狗送給她的女人、包頭巾的男人，還有那個哈波醫師。他們都沒有理由對莫莉好，但他們就是這麼做。他們是她的聖人，她的天使。

她想著，等到有一天她有了錢，那會有多好。可以把一疊鈔票放進信封裡，遞給那個包頭巾的男人。或許到時候他已經老了。她會在裡面放一張紙條：*謝謝你的麵包*。他不會記得她，那是當然。但她會記得他。

我不會忘記。我永遠不會忘記。

她停下來，雙眼看著對街的那棟建築。大大的白色十字架底下有幾個字：**教會收容所。歡迎。**門口上方有一盞燈亮著，溫暖而誘人。

莫莉一時之間無法動彈，看著那盞燈在小雨中亮著，召喚她走出黑暗。她走下人行道要過馬路時，忽然感覺到一種陌生的幸福感。

一個聲音喊道：「莫莉？」

她僵住。恐慌地望向聲音的來源。那是個女人的聲音，來自一輛停在教堂旁的廂型車。

「莫莉．匹克？」那女人喊。「我想幫你。」

莫莉後退一步，準備要溜掉了。

「過來這裡。我可以帶你去一個溫暖、安全的地方。你不上車嗎？」

莫莉搖頭。她緩緩後退，注意力完全集中在那女人身上，因而沒聽到身後接近的腳步聲。

一隻手摀住她的嘴，掩蓋掉她的尖叫，抓著她的頭往後使勁拽，她覺得自己的脖子好像快斷了。然後她聞到他的氣味，是拉米，他的鬍後水甜膩得令人作嘔。

「猜猜我是誰，莫莉寶貝？」他咕噥道。「我他媽的一整個下午都在追著你跑。」

莫莉被拖過街，一路扭動又掙扎。那廂型車的門滑動打開，另一雙手把她拖進去，推到地板上，然後迅速用膠帶綁住她的手腕和腳踝。

那廂型車急忙往前駛，輪胎尖嘯著駛離路邊。經過街燈下時，莫莉看到坐在兩呎外的那個女人一眼——個子嬌小，雙眼靈動，一頭深色短髮。她一手放在莫莉隆起的肚子上，滿足地輕嘆一聲，那微笑僵硬得像屍首。

「我們該回去了。」

他們已經開車繞了一小時，掃視過附近每一條街道至少兩次。現在他們坐在停下的車上，累得無法交談，兩人呼出的氣息在車窗上結了一層白霧。外頭雨終於停了，馬路上一灘灘積水潤澤發亮。希望她平安，托碧心想。希望她待在一個溫暖而乾燥的地方。

「她熟悉街頭生活，」迪弗拉克說，「她可以找到遮蔽處的。」他伸手緊握了她一下。他們在黑暗中注視彼此，兩人都累了，但沒有一個人完全準備好要結束這一夜。

他朝向她傾斜，嘴唇才剛碰上她的，他的呼叫器響了。

「有可能是關於莫莉的。」她說。

他拿起她的車上電話回撥。過了一會兒他掛掉嘆氣。「不是關於莫莉的。不過我們的這一晚結束了。」

「你得回去工作？」

「很不幸，沒錯。你可以送我過去嗎？他們給了我一個地址，我得趕過去，就沿著這條街往前開。」

「那你的車呢？」

「我會搭運屍車的便車回來。」

她發動引擎。他們駛往北邊唐人街的方向，沿路溼亮的街道映著多彩的街燈。

迪弗拉克說：「那裡——就在前面。」

她已經看到閃爍的警燈了。三輛波士頓警局的巡邏車以亂七八糟的角度停在一家中華餐館外頭的路邊。一輛側面印著「麻州」字樣的白色運屍車正在倒車進入耐普街。

她停在一輛巡邏車後頭，迪弗拉克踏出車外。

「如果你聽到任何有關莫莉的消息，會打電話給我吧？」她問。

「會的。」他微笑著朝她揮個手，然後走向警方的封鎖膠帶圈。一名巡邏警察認出他，揮揮手讓他進去。

托碧手放在排檔上，然後又放開，往後靠坐了一會兒，觀察著街上聚集的人群。即使在午夜時分，還是有不少人好奇跑來看熱鬧。現場有一種奇怪的輕佻氣息，兩個男子互相擊掌，還有幾個女人在大笑。只有警察們一臉嚴肅的表情。

迪弗拉克就站在封鎖線內的邊緣，跟一個便衣男子在交談。應該是警探。那男人指向一條巷子，然後邊講話邊翻著筆記本。迪弗拉克點頭，目光掃視著地面。接著那警探說了什麼，讓迪弗拉克驚訝得抬起頭。那一刻他似乎注意到托碧的車還停在原地。那警探注視著迪弗拉克忽然拋下他，鑽過封鎖膠帶，走向托碧的車。

她降下車窗。「我只是想觀察一會兒，」她說，「我想我跟這些人一樣有種病態的好奇。這群圍觀的人很奇怪。」

「是啊，總是有一群奇怪的人在圍觀。」

「那條巷子裡發生了什麼事？」

他湊近車窗，低聲說：「他們發現了一具屍體。死者身上的證件姓名是拉繆勒斯．貝爾。」

她的反應是一臉茫然。

「他平常用的名字是拉米，」迪弗拉克說，「就是莫莉．匹克的皮條客。」

那屍體趴在柏油路面上，被一輛藍色的福特Taurus汽車遮得幾乎看不見。他的左臂彎曲壓在身軀下頭，右臂往外伸，好像指著巷尾的那家餐廳。這是處決，迪弗拉克心想，看著屍體右太陽穴上的子彈穿入傷。

「沒有目擊證人，」史卡皮諾警探說。他年紀比較大，接近退休了，向來以他很爛的遮禿假髮聞名。今晚，那頂假髮看起來像是匆忙間倒扣上去的一樣。「大約十一點半，一對剛走出那家中華餐館的情侶發現了屍體。那輛就是他們的車。」史卡皮諾指著藍色Taurus汽車。「樓上的房客大約十點左右進來過這條巷子丟垃圾，當時沒看到屍體，所以我們猜想，事情是發生在十點後。證件就在被害人的皮夾裡。有名巡邏警察認得這個名字。他昨天才跟被害人講過話，問起你們在找的那個女孩。」

「今天晚上大約九點時，有人在波士頓市立醫院看到過貝爾。」

「誰看到的？」

「那個女孩，莫莉．匹克。他跑去她的病房。」迪弗拉克掏出一雙乳膠手套，彎下腰好把屍體看得更仔細。被害人年約三十出頭，身材修長，黑色直髮抹了厚厚的髮油，往後梳成貓王的髮型。他的皮膚還是溫的，外伸的那隻手臂很壯，曬成黃褐色。

「容我多說一句，醫師，這樣看起來就是不好。」

「什麼不好？」

「你跟那位醫師搭同一輛車。」

迪弗拉克直起身子，轉身面對史卡皮諾。「什麼意思？」

「局裡正在調查她。據我聽說的，她母親恐怕撐不過去。」

「你還聽說了什麼？」

史卡皮諾暫停一下，往巷子另一頭看了人群一眼。「聽說已經在找新證據了。奧普潤的人正在查市區裡的藥房想查出確切的證據。要是那個母親死了，這個案子就會變成兇殺案，事情看起來就會很尷尬。你和她，一起開車到一個犯罪現場。」

迪弗拉克脫下手套，忽然很氣史卡皮諾。剛剛跟托碧．哈波相處的那幾小時，讓他不相信她會做出暴力的事情，更別說是對自己的母親施暴。

「狗屎，有幾個記者就站在那邊，」史卡皮諾說，「他們全都認得你。很快地，他們也會認得哈波醫師的臉了。他們都會記得看到你們兩個在一起過，然後砰！他媽的就上頭版了。」

他說得沒錯，迪弗拉克心想。但這只是搞得他更火大。

「這樣看起來就是不好。」史卡皮諾又強調了一次。

「她沒被控告任何罪名。」

「只是還沒而已。你去跟奧普潤談就知道了。」

「聽我說，我們能不能專心在這個案子上頭？」

「是啊，當然了。」史卡皮諾厭惡地看了一眼拉繆勒斯．貝爾的屍體。「我只是想給你一點小建議，醫師。像你這樣的男人，不需要惹那種麻煩。一個會打自己母親的女人──」

「史卡皮諾，幫我一個忙。」

「什麼忙？」

「他媽的少管別人的閒事。」

那天夜裡，托碧睡在愛倫的床上。從唐人街的俗麗場景開車回家後，她走進自己的房子，感覺像是進入一個沉悶而死寂的房間。她覺得被困住、活埋了。

在自己的臥室裡，她打開收音機聽一個深夜的古典音樂節目，聲音大得連她淋浴時都能聽到。她非常需要音樂，需要聲音──任何聲音都好。

等到她出了浴室，正在用毛巾擦乾自己的溼頭髮時，音樂爆出了靜電雜音。她關掉了。在突來的寂靜中，她格外感覺到愛倫不在了，強烈得像是一種身體上的痛。

她進入走廊，來到她母親的房間。

她沒開燈，只是站在那片半黑暗中，吸入愛倫的氣息，微微的甜香，就像她那麼認真照顧的那些夏日花朵。玫瑰和薰衣草。

她打開衣櫥，剛好摸到一件掛在裡頭的衣服。光是那個質地，她就認得是哪一件：她母親夏天穿的亞麻直筒連身裙，那件連身裙好舊，托碧還記得愛倫曾穿去參加維琪的大學畢業典禮。結果現在還掛在衣櫥裡，連同其他愛倫多年來捨不得丟的衣服。我上次帶你去購物是什麼時候？我不記得了。我不記得上回我買衣服給你是什麼時候了……

她關上衣櫥門，坐在床上。她幾天前已經換過床單，還希望她母親最後能回家。現在她簡直後悔自己這麼做；所有她母親的痕跡都跟著那些床單被剝除了，現在這張床聞起來就只有洗衣粉的氣味。她躺下來，想著愛倫曾佔據這塊空間的那些夜晚，想著這裡的空氣是否印著她母親存在過的影子。

她閉上眼睛，深深吸氣。然後就睡著了。

次日早上八點，維琪的電話吵醒了她。電話鈴響了八聲，托碧才踉蹌回到她自己的臥室，接起電話。半睡半醒間，她幾乎無法搞懂她姊姊要講什麼。

「現在必須做決定，但是我自己一個人沒辦法，托碧。這對我來說實在負擔太大了。」

「什麼決定？」

「媽的呼吸器。」維琪清了清嗓子。「他們說要關掉。」

「不行。」托碧完全醒了。「不行。」

「他們做了第二次腦波檢查，說就跟——」

「我馬上趕過去。別讓他們動任何東西。你聽到沒，維琪？別讓他們動任何東西。」

四十五分鐘後，她走進史普林格醫院的加護病房。維琪站在愛倫的隔間裡；史坦格列斯醫師也是。托碧直奔她母親的床邊，彎腰低聲說：「我在這裡，媽。我就在這裡。」

「第二次腦波檢查是今天早上做的。」史坦格列斯醫師說，「她的腦部沒有活動。新的腦橋出血很嚴重。她沒有辦法自主呼吸，沒有——」

「我不認為我們應該在房間裡談這個。」托碧說。

「我知道你很難接受，」史坦格列斯醫師說，「但是我們現在說的話，你母親不可能理解的。」

「我不會在這裡跟你討論的。」托碧說，然後走出隔間。

在加護病房區的小會議室裡，他們圍桌而坐，托碧嚴肅而沉默，維琪在落淚邊緣。而托碧以前向來覺得能幹但冷漠的史坦格列斯醫師，則顯然對於自己要擔任這場家庭危機顧問的新角色覺得很不自在。

「我很抱歉要提出來，」他說，「但這個問題真的必須解決。到現在已經四天了，我們沒看到任何進步。兩次腦波檢查都顯示沒有活動。之前的腦部出血很嚴重，讓她的腦完全失去功能。呼吸器只是……延長這個狀況而已。」他暫停一下。「我相信關掉呼吸器，會是最仁慈的。」

維琪看著妹妹，然後又看著史坦格列斯醫師。「如果你真的認為沒有機會——」

「他不知道，」托碧說，「沒有人知道。」

「但是她在受苦，」維琪說，「那根管子插在她喉嚨裡——還有那麼多針——」

「我還不希望關掉呼吸器。」

「我只是考慮到媽媽會希望怎麼樣。」

「這事情輪不到你決定，你不是照顧她的人。」

維琪在自己的椅子裡往後縮，難過得雙眼睜大。

托碧頭埋進雙手裡。「啊老天，對不起。我沒有那個意思。」

「我想你就是有那個意思。」維琪站起來。「好吧，那就由你做決定。因為你好像覺得你是唯一愛她的人。」維琪走出去。

過了一會兒，史坦格列斯醫師也走出去了。

只剩托碧待在房間裡，低著頭顫抖，因為自我厭惡和憤怒。氣自己。氣那個自稱珍·諾蘭的女人。*只要我能找到你，只要讓我跟你單獨相處片刻。*

到了那天下午，她的憤怒和腎上腺素都已經消耗殆盡。她沒有力氣再去聯絡迪弗拉克了，此刻她不想跟任何人講話。坐在愛倫床邊的椅子裡，她往後靠，閉上眼睛，卻關不掉她母親躺在幾呎外的影像。隨著呼吸器發出的每個呼嚕聲，她腦中就清楚浮現出她母親胸膛起伏的模樣。肺充滿了空氣。氧氣充足的血液從肺泡流到心臟，然後到腦部，在那裡循環，無用且沒必要。

她聽到有人走進隔間，於是睜開眼睛，看到史坦格列斯醫師站在愛倫的床尾。「托碧，」他低聲說，「我知道這對你來說很難受。不過我們必須做決定。」

「我還沒準備好。」

「我們現在的狀況很為難。加護病房的病床滿了。要是有個心肌梗塞的病人送到醫院，我們會需要空間。」他暫停一下。「在你做決定之前，我們會繼續讓她用呼吸器。但你要了解我們現在的處境。」

她沒說話，只是注視著愛倫，心想：她看起來好脆弱。隨著每一天過去，她似乎都縮得更小了。

「托碧？」

她看著史坦格列斯醫師。「再給我一點時間。我得確定才行。」

「我可以讓神經科醫師跟你談。」

「我不需要聽其他意見了。」

「或許你需要。或許——」

「拜託，別來煩我行不行？」

史坦格列斯醫師後退一步，被她聲音裡的怒氣搞得措手不及。在隔間外頭，幾個護士朝隔間裡看。

「對不起，」托碧說，「給我一點時間。我需要時間。再一天。」她拿起皮包，走出加護病房區，每一步都強烈意識到那些護士在盯著她看。

我現在要去哪裡？她想著，走進電梯。當我遭受四面八方的攻擊時，應該如何反擊？

對方的勢力太龐大了。奧普潤警探、珍．諾蘭、她的老仇人道格．凱瑞。

還有瓦倫堡。一開始她因為要求驗屍而得罪了他。然後她又提起關於他兩個庫賈氏病人的麻煩問題。她肯定製造了一個敵人，但是據她所知，並沒有對他造成嚴重的損害。

那麼，布蘭特山莊為何要千方百計破壞我的名譽？他們想隱瞞什麼？

電梯停在二樓，兩個剛下班的批價處職員進入電梯。托碧看了手錶一眼，發現超過五點了；週末已經正式開始。她看到行政區的走廊一眼，忽然有了個想法。

她擠出電梯，沿著走廊走向醫學圖書室。門還沒鎖，但圖書室的人已經走光了。她走到查詢電腦前，打開電源。

螢幕上出現醫學資料庫Medline的搜尋頁面。

在「作者姓名」的空格裡，她打上：卡爾・瓦倫堡。

五篇文章的標題出現，以時間反向排序。最近的一篇是三年前發表在《細胞移植》上的：〈細胞懸浮神經移植於大鼠後之血管形成〉，上頭列出另外兩個共同作者，分別是紀登・亞博羅醫學博士，以及摩妮卡・崔默爾博士。

她正要往下看第二篇文章時，目光短暫停留在「紀登・亞博羅」這個名字上。她想起在羅比葬禮上那個禿頭男子，高高的，穿得很考究，她和瓦倫堡在爭辯時，他曾設法要調停。當時瓦倫堡醫師喊那個人紀登。

她走到查詢桌，從書架上抽出《專科醫師名錄》，查到這個名字列在外科醫師部分：

紀登・亞博羅，神經外科

達特茅斯大學生物學士。耶魯大學醫學博士。

住院醫師：哈特福醫院，外科；彼得・本特・布萊根醫院，神經外科。醫師認證：一九八八年。

博士後研究：康乃狄克州格林威治鎮，羅斯林研究院，研究老化。

目前執業：麻州衛斯理鎮，郝華茲外科治療中心。

羅斯林研究院。就是瓦倫堡曾工作的那家研究機構。羅比．布瑞思說過，瓦倫堡跟一個同事研究員為了一個女人而鬧翻，於是離開了羅斯林。一段三角戀愛。

亞博羅就是另一個男人嗎？

她拿著《專科醫師名錄》回到電腦前，這回她在「作者姓名」底下打了亞博羅的名字。電腦上出現了幾篇文章，其中一篇就是她之前看到過發表在《細胞移植》的那篇。她把螢幕往下拉到最後面，看到第一篇發表的論文是在六年前，她閱讀論文摘要。裡頭描述這些實驗，是將大鼠胎兒的腦組織片段取出，以胰蛋白酶分解為單獨的細胞，然後注射到成鼠的腦部。之後這些移植的細胞持續增生，形成有功能特性的群落，還會生出新的血管。

一股寒氣開始沿著她的脊椎往上爬。

她點了下一篇文章，是發表在《實驗神經生物學期刊》上的。亞博羅那些共同作者的名字她不認得。文章標題是：〈大鼠胚胎腦組織移植的構造功能性整合〉。沒有附論文摘要。

她又往上拉，看下一篇文章的標題：〈大鼠胎兒移植與宿主腦部溝通的機制〉。

〈大鼠胎兒腦細胞移植的妊娠期選擇〉。

〈大鼠胎兒腦部移植組織的超低溫保存〉。這篇論文附了摘要：「胎兒的中腦細胞用超低溫冷凍法保存在液態氮中九十天後，其存活量比起新鮮細胞大幅減少。若要使移植細胞有最佳存活率，新採集的胎兒腦組織必須立刻進行移植。」

她注視著最後一句：新採集的胎兒腦組織。

此時那股寒氣已經一路延伸到她的頸背。

她點了最新的一篇文章，是三年前的：〈胎兒腦下垂體移植於老年猿猴：延長自然壽命的可能影響〉。共同作者是亞博羅、瓦倫堡，以及摩妮卡．崔默爾博士。

這是他們發表的最後一篇論文；之後沒多久，瓦倫堡和他的研究夥伴就離開羅斯林了。迫使他們離開的，是這個有爭議的研究嗎？

托碧起身走到圖書室的電話。她心跳加速，撥了迪弗拉克家裡的電話號碼。電話一直響，沒人接。她往上看了一眼牆上的時鐘，發現已經五點四十五分了。接著轉到電話答錄機，然後是一段錄音：我是丹尼。請留下你的姓名和號碼……

「丹尼，接電話，」托碧說，「拜託接電話吧。」她暫停，希望能聽到真人的聲音，但沒人接電話。「丹尼，我在史普林格醫院的醫學圖書室，分機二五七。這裡的醫學資料庫Medline有些資料，你得來看一下。拜託，拜託馬上回電——」

圖書室的門打開。

托碧轉身，看到夜間警衛探頭進來。他看到她，表情大概就跟她一樣驚訝。

「女士，我得把這裡鎖起來了。」

「我正在打電話。」

「你可以講完電話。我等你。」

她懊惱地掛斷電話，走出圖書室。直到她走進樓梯間，才想起剛剛忘了關電腦。

她到停車場上了自己的車，用車上電話打到迪弗拉克在法醫處辦公室的專線。又是轉到電話錄音。她沒留話就掛斷了。

她狠狠扭了啟動器，發動車子，駛出停車場。純粹出於習慣，她開向家的方向，一心想著她剛剛在電腦資料庫上閱讀到的。*神經移植。胎兒腦細胞。延長自然壽命。*

原來瓦倫堡醫師在羅斯林就是研究這個。他當時的同事紀登．亞博羅是神經外科醫師，現在就在附近的衛斯理鎮執業……

她轉入一個加油站，跑進去，找結帳職員要衛斯理鎮的電話簿。

在商用電話簿的醫師部分，她查到她要找的：

郝華茲外科中心

多種專科治療

艾斯利街一三八八號

郝華茲。這個名字她記得在哈利．司拉金的病歷裡看到過。羅比帶她去布蘭特山莊查哈利的病歷時，他們在醫囑單上頭看到過：

手術前給予煩寧，早上六點以廂型車將病人送到衛斯理的郝華茲外科中心。

她回到車上，開向衛斯理鎮。

開到郝華茲那棟建築時，她已經開始把一切都拼湊在一起了，真相令人駭然，但又完全合理。

她把車停在對街，隔著昏暗的天色看著那棟單調的兩層樓房。建築物外頭籠罩著濃密的灌木叢，前面有個小停車場，現在一輛車都沒有。樓上的窗子都是暗的；至於樓下，入口和接待區亮著燈，但沒看到裡頭有任何動靜。

托碧下了車，過街來到大門口。門鎖住了。窗子上印著醫師的姓名：

梅爾．連姆，醫學博士，產科與婦科

羅倫斯．瑞明頓，醫學博士，一般外科

紀登．亞博羅，醫學博士，神經外科

有趣了，她心想。哈利．司拉金被人從布蘭特山莊送來這裡，說是要進行鼻中膈彎曲手術。但是這三位醫師都不是耳鼻喉科醫師。

建築物裡傳來模糊的機器嗡響聲。暖氣火爐？發電機？她無法確定是什麼。

她繞到建築側面，但是濃密的灌木叢讓她完全看不到裡面的窗子。那低沉的嗡響聲忽然關掉了，留下全然的寂靜。她繞到角落，發現建築物後方有一小片鋪了柏油的空地。三輛車停在上面。

其中一輛是深藍色的SAAB。珍・諾蘭的。

這棟建築物的後門鎖著。

托碧回到自己車上，拿起電話，再一次撥了迪弗拉克在辦公室的專線。她其實並不真期待他會接，所以聽到他說：「喂」，她嚇了一跳。

她急忙說：「丹尼，我知道瓦倫堡在做什麼了。我知道他的病人是怎麼感染──」

「托碧，聽我說。你得馬上打電話給你的律師。」

「他們不是注射荷爾蒙，而是從胎兒腦部取出腦下垂體細胞，進行移植！但是有事情出了差錯。總之他們也傳播了庫賈氏病。現在他們想掩飾──想隱瞞這個大災難，免得被公開──」

「聽我說！你有麻煩了。」

「什麼？」

「我剛剛才跟奧普潤通過話。」他暫停一下，低聲說：「他們已經對你發出逮捕令了。」

一時之間她什麼都沒說，只是瞪著對街的那棟建築物。領先一步，她心想。他們總是領先我一步。

「我認為你應該做的是，」他說，「打電話給你的律師。要他陪你到警察局，柏克里街的總部。這個案子已經轉到那邊去了。」

「為什麼？」

「因為你母親的……狀況。」

他的意思是兇殺。這個案子很快就會被當成兇殺案。

「別讓奧普潤去你家逮捕你，」迪弗拉克說，「那只會引來一大堆媒體報導。你就自願去警局吧，要盡快。」

「他們為什麼要發出逮捕令？為什麼是現在？」

「他們有了新證據。」

「什麼證據？」

「托碧，你趕快去警局就是了。我可以先跟你碰面，然後陪你一起去。」

「我哪裡都不去，除非先讓我知道這個證據是什麼。」

迪弗拉克猶豫了。「你家附近的一個藥劑師說，他按照處方，配了一份藥給你母親。六十片的可邁丁。他說是你打電話開出這個處方的。」

「那是撒謊。」

「我只是告訴你那個藥劑師說了什麼。」

「他怎麼知道我打了那個電話？有可能是另一個女人，宣稱是我。有可能是珍。他也不會曉得。」

「托碧，我們會查清楚的，我保證。現在你最好的辦法，就是去警局。自願去，不要拖延。」

「然後怎麼樣？我要在監獄裡過一夜？」

「如果你不去警局，就可能會在監獄裡待好幾個月了。」

「我沒有傷害我母親。」

「那就去警局告訴奧普潤。你拖得愈久，看起來就愈像是有罪。我會陪著你的。拜託，去警局就是了。」

她挫敗得說不出話來，也疲倦得無法考慮現在得做的各種工作：打電話找律師，跟維琪談。要安排付掉各種帳單，要找人幫忙照顧房子，還要找人把她的車開回去。另外還有錢——她得把退休存款戶頭裡的錢拿出來。律師費很貴……

「托碧，你明白你必須做什麼事嗎？」

「是的。」她輕聲說。

「我現在要離開辦公室了，你希望在哪裡跟我碰面？」

「警察局。跟奧普潤說我就要去了。跟他說不要派人去我家。」

「都照你說的做。反正我會等著你。」

她掛斷電話，手指因為抓著聽筒而麻痺。所以風暴現在終於來襲了，她心想。她坐在那邊，準備好要面對接下來的考驗。按指紋，拍檔案大頭照，記者。真希望她能溜到某個地方去，整理一下思緒。但是現在沒時間了；警方在等她過去。

她伸手正要轉動啟動器裡的鑰匙，忽然瞥見了車頭大燈的閃光。她往旁邊看，發現珍的SAAB開出了郝華茲的車道。

等到托碧開著她的賓士車掉頭，那輛SAAB已經繞過轉角，看不見了。她深怕跟丟了，趕緊也轉彎，於是又看到那輛SAAB的後車燈。托碧立刻放慢速度，讓她的獵物往前，保持在剛好可以看到的距離。到了下一個十字路口，那輛車往左轉。

幾秒鐘之後，托碧也左轉。

那輛SAAB朝西行駛，進入比較昂貴而時髦的衛斯理鎮。開車的不是珍，而是一名男子；托碧看得到他在對面車頭大燈照射下的輪廓。她完全專注在自己的獵物身上，這一帶環境她只匆忙看到幾眼：鐵柵門和高高的樹籬，多窗的房子裡透出燈光。那輛SAAB加速，車尾燈在黑夜中遠去。一輛卡車從岔路轉進來，擋在托碧和那輛SAAB之間。

托碧懊惱地按喇叭。

那輛卡車減速，往右駛入慢車道。她終於超車到前面。

前面的馬路是空的。

她詛咒著掃視黑暗，想找尋那對車尾燈，然後發現在右邊漸去漸遠。原來那輛SAAB車已經轉入一條私人車道，在一排濃密的樹後行駛。

她狠狠踩下煞車，往右轉入同一條路。她心跳好快，於是暫停下來，給自己一點時間冷靜一下，讓脈搏減緩。那輛SAAB車的尾燈在樹後方消失，但她已經不再擔心會跟丟了；這條路似乎是進出這個產業的唯一道路。

路口有個信箱，側邊的紅旗豎起來，表示有寄出的信待取。她下車去看，信箱裡頭有兩個信封，是繳付電費的。寄件人[6]是崔默爾。

她又回到自己車上，深吸一口氣。她關掉車頭大燈，只靠停車燈，沿著那條私人道路緩緩往

[6] 美國一般獨棟住宅外的信箱上有一個可以豎起的小紅旗。此信箱除了收信，若是自家有信件要寄出，也可以貼好郵票，將信放在信箱內，並撥起小紅旗。表示信箱內有待寄郵件，提醒郵差收走。

前開。馬路在樹林間蜿蜒，呈緩坡往下降。她一路踩著煞車，在停車燈的昏暗光線中，讓車子沿著那些幾乎看不見的急轉彎往前緩行。那條曲折的路經過了一叢叢濃密的常綠樹，彷彿永無止境。她看不見路的盡頭，透過樹枝，只能間歇看到斷續的燈火閃爍。更深入敵人的巢穴了，她心想。但是她沒有回頭；過去這幾個星期的痛苦和憤怒迫使她向前。羅比的死。很快地，愛倫也會死了。找個生活重心吧，瓦倫堡曾這麼嘲笑她。

現在這就是我的生活重心。我的生活只剩下這個了。

路變寬了，通向一條車道。她把車停到路邊，輪胎滑過松針，然後關掉引擎。

前方的黑暗中矗立著一棟大宅。樓上的窗子是亮的，一個女人的剪影經過其中一扇窗，然後又焦躁地踱回來。托碧認得那個輪廓。

珍。她住在這裡嗎？

托碧往上注視著，巨大的屋頂遮去了半個天空。她看到了四個煙囪，還有三樓窗子透出的微光。珍是來這裡作客的嗎？或只是受雇的員工？

一個淡色頭髮的男子出現在樓上的窗內——剛剛開著珍那輛SAAB的駕駛人。他們兩人交談，他看了一眼手錶，然後雙手比了個「我怎麼知道」的手勢。現在珍似乎更焦躁了，也或許是憤怒。她走到房間另一頭，拿起電話。

托碧從她的醫藥包裡拿出一支筆型手電筒，然後下了車。

那輛SAAB停在靠近前廊處。她想查出這是誰的車，看珍是在為誰工作。她走到那輛車旁，手電筒照進車窗內。車裡很乾淨，連一片紙都看不到。她試了乘客座的車門，發現沒鎖。在前座置物匣裡，她找到了行車執照，上頭登記的名字是理察．崔默爾。她解開後行李廂的鎖，然後繞到車後。她身子前傾，用手電筒照著行李廂的內部。

她身後傳來小樹枝斷裂的聲音，還有某個東西在灌木叢中移動的窸窣聲。接著是一個威脅的低沉吼聲。

托碧猛地轉身，看到牙齒一閃，同時那隻杜賓狗躍起。

那力道撲得她倒地。她直覺地舉起雙手護住喉嚨。那狗咬住她的上臂，牙齒深及骨頭。她尖叫，朝牠猛打，但那杜賓狗不肯鬆口。牠的腦袋開始反覆晃動，牙齒撕扯著肉。她痛得眼睛都看不見，伸出一隻手抓住那狗的喉嚨，想掐得牠鬆開嘴巴，但牠的牙齒似乎永遠嵌在她手臂裡了。直到她去抓牠的眼睛，那狗才痛叫著放開她。

她翻身急忙爬起來，血從她手臂流下，她奔向自己的車。

那杜賓狗又朝她衝來。

牠撲上她的背，撞得她跪地。這回牠的下巴只咬住她的襯衫，牙齒撕破布料。她用力推開那狗，聽到牠撞上車。但那杜賓狗很快就又站起來，準備要做第三次攻擊。

一個男人喊道：「坐下！」

托碧踉蹌起身，但沒能回到車上。這回抓住她的是兩隻人類的手，推著她面朝下趴在SAAB車的引擎蓋上。

那隻杜賓狗拚命吠叫著，像是要求主人容許牠殺戮。

托碧扭著身子想掙脫。她看到的最後一樣東西是手電筒的光束，在黑夜裡劃出一道弧線，然後狠狠擊中她的太陽穴，讓她往旁邊倒下。她覺得自己往下墜落，跌入黑暗。

冷。非常冷。

她彷彿泡在冰水裡往上漂浮，想冒出水面而恢復意識。一開始她感覺不到四肢；不曉得手腳在哪裡，甚至不曉得手腳是否還連在自己身上。

一扇門砰地關上，發出一連串陌生的金屬回音，像是托碧腦袋裡面發出的鈴響。她呻吟著翻身側躺。地板冷得像冰。她蜷縮成球，躺在那邊顫抖，同時努力思考，想讓自己的四肢有反應。現在她的手有感覺了，疼痛一路啃噬著，穿透麻痹。她睜開眼睛，光線刺入她的視網膜，她瑟縮了一下。

她的襯衫上有血。一看到那些血，她整個嚇醒了。她盯著撕爛的袖子，被血浸得溼透。那隻杜賓狗。

她想起被狗咬的事情，同時也開始感到疼痛，痛得她懷疑自己又要昏過去了。她努力保持清醒。翻身想仰天躺著，撞到了一張檯子的桌腳。有個東西落下來，在她腦袋上方搖晃。她往上看，看到一隻光裸的手臂從檯桌邊緣伸出來，手指就垂在她臉部上方。

她猛吸一口氣，翻身躲開，努力跪爬起來。腦袋暈眩的感覺只持續幾秒鐘，然後眼前的一切都清晰起來。

檯桌上有一具屍體，蓋著塑膠罩布。只有那隻手臂露出來，皮膚在日光燈的照射下是泛藍的白色。

托碧站起來，依然暈眩，不得不伸手扶著旁邊的檯面穩住自己。她的目光重新聚焦在那具屍體上，看到房間裡還有另一張檯桌，上頭也有一個蓋著塑膠罩布的形體。一個通氣孔裡吹出冰冷的強風。

她緩緩評估這個環境——牆面上都沒有窗子，沉重的鋼製門——明白這是什麼地方。光是那個惡臭，就應該清楚表明了。

這是個冷藏室，用來存放屍體的。

她再度注視著那隻懸垂的手臂，然後走到檯桌旁，拉開罩布。

那個男人很老了，深褐色的頭髮有銀色的髮根，染得很糟糕。他的眼皮張著，露出呆滯的藍色眼珠。她把罩布全部拉開，看到那裸體上沒有任何明顯的傷口。僅有的瘀青是在他的手臂上，她認得出那是靜脈注射後所留下的痕跡。他的兩邊腳踝間塞著一個牛皮紙信封，上頭寫著一個姓名：吉姆·畢格羅。她打開信封，看到裡面是這名男子人生最後一個星期的病歷。

第一筆紀錄是十一月一日。

有人看到病患早餐時動作笨拙，想把牛奶倒進杯子裡，卻倒在盤子上，有人問他是否需要幫忙，他露出困惑的表情。於是有人將病患帶到診所做進一步診斷。

檢查時，輕微顫抖。小腦反應陽性。無其他局部化徵象。

永久移轉程序啟動。

這筆紀錄沒有簽名。

她努力想搞清這些病歷的意思，但頭痛使得每個字都好難懂。最後一筆紀錄是什麼意思？永久移轉程序？

她往後翻，經過幾筆紀錄，來到十一月三日。

病患需輔助才能走路。腦波檢查結果非特異性。顫抖惡化，小腦徵象更顯著。電腦斷層掃描顯示腦下垂體增大，無急性改變。

十一月四日：

失去定向感兩次。肌抽躍發作。小腦功能持續惡化。所有檢驗數據仍為正常。

最後一筆紀錄，十一月七日：

病患予以四肢約束。大小便失禁。二十四小時靜脈輸液與鎮定劑。末期。隨後進行解剖。

她把病歷放在那男人裸露的大腿上。一時之間，她以一種奇怪的客觀與超然注視著屍體，看著那胸部的銀毛，腹部的皺紋，陰毛間無力的陰莖。他生前知道風險嗎？她納悶著。他是否想到過，若要長生不老，就得付出代價？

老者以幼者為食。

她身體一晃靠向解剖檯，抽痛的頭讓她視線模糊。她花了好一會兒，視線才恢復清晰。然後她把目光轉向另一具屍體。

她離開第一張檯桌，過去站在第二具仍蓋在罩布下的屍體旁。她拉開罩布。儘管已經有心理準備，但她還是沒想到那張檯桌上的景象那麼駭人。

那個男子的屍體已經被剖開，胸腔和腹腔從中間俐落地劃出切口，把皮膚往旁邊攤開來，露出一團團內臟。解剖的人取出過內臟，然後又不管原來的位置胡亂塞回去。

她忽然覺得想吐，於是後退。這具屍體的臭味顯示死去的時間比第一具屍體要久。

她逼自己又走近屍體，去看塑膠手腕帶。上頭用黑色麥克筆寫的名字是菲力普．多爾。她沒看到病歷，沒有記錄這名男子疾病的證明文件。

然後她逼自己看死者的臉。是另一個老年男子，眉毛黑灰夾雜，臉部垂垮得很奇怪，像是橡皮面具似的。然後她才注意到頭皮已經從耳後被割開。掀開的頭皮鬆皺，露出一片珍珠色的弧形頭皮。她輕輕拉著屍體的頭髮，小心地把頭皮往前拉。

顱骨頂部掉下來，摔在地板上。

她驚叫一聲，慌忙退開。

頭蓋骨被打開了，像個空碗。裡頭什麼都沒有；腦部已經取出了。

20

「她會來的，」迪弗拉克看著奧普潤用手裡的鉛筆敲著辦公桌。「有耐心一點。」

奧普潤看了自己的手錶。「都兩個小時了。我想你搞砸了，醫師。你不該告訴她的。」

「你才不該急著下結論。這次的逮捕令申請得太早了。你根本還沒完成初步調查。」

「是喔，我應該浪費我的時間尋找真正的珍．諾蘭？我寧可逮捕真正的哈波醫師。不過也得先找到她才行。」

「給她一個自己來的機會。或許她是在等律師。或許她是回家要把一些事情處理掉。」

「她沒回家。我們半個小時前就派了一輛巡邏車過去了。我想哈波醫師是把油門踩到底，趕緊跑路了。現在她大概已經在一百哩外，想著要把那輛車丟掉。」

迪弗拉克注視著牆上的時鐘。他無法想像托碧．哈波成了逃犯；她似乎不像那種會逃走的人，而是會轉身反擊的。現在他不得不懷疑自己的直覺，不得不重新思考他所知道的每一件事，或者思考自己對她的所知。

奧普潤顯然從這一切得到某種程度的滿足感。醫學博士迪弗拉克搞砸了；這回警察奧普潤對性格的判斷比較準。迪弗拉克沉默坐在那裡，一肚子怒氣，氣奧普潤那副神氣的模樣，氣托碧辜負他的信任。

奧普潤接了一通電話。等到他掛回聽筒，雙眼閃現著一種冷酷而沾沾自喜的光芒。「發現她的賓士車了。」

「在哪裡？」

「羅根機場。她把車留在乘客下車區。看來她是忙著要去趕搭飛機。」他站起來。「沒有理由再等下去了，醫師。她不會來了。」

迪弗拉克開著車回家，收音機關掉了，車內的寂靜只是讓他更焦慮。托碧跑了，他心想，這個行動只有一個解釋，就是良心不安，而且確定自己會遭到懲罰。但是某些細節還是讓他覺得困擾。他推估著逃亡的托碧會採取的一連串行動。她開車到羅根機場，把車子留在乘客下車區，匆忙走進航廈，搭上一架飛機，終點不明。

但是不合理。把一輛車留在乘客下車區，只會招來注意。任何想謹慎一點逃亡的人，都會把車停在機場外圍的那些擁擠停車場，這樣大概好幾天都不會有人發現。

所以她沒登上飛機，奧普潤可能認為她就是這麼笨，但迪弗拉克比較了解托碧。奧普潤跑去查羅根機場飛出的航班，只是在浪費時間。

她一定是用其他方式離開波士頓。

迪弗拉克一走進自己家，就立刻直奔電話。他現在很火大，因為托碧的背叛，也因為自己的愚蠢。他拿起聽筒要打給奧普潤，然後發現答錄機的小燈正在閃，於是又放下。他按了播放鍵。

電子語音說明這則留言的時間是下午五點四十五分。接著是托碧的聲音：

「丹尼，我在史普林格醫院的醫學圖書室，分機二五七。這裡的醫學資料庫Medline裡頭有些東西，你得來看一下。拜託，拜託馬上回電……」

他們上回談話是大約七點三十分，所以這則留話是在他們最後一次談話之前。他還記得當時她想告訴他什麼，但還沒來得及解釋她的發現，就被他打斷了。

史普林格醫院的醫學圖書室……這裡的醫學資料庫Medline裡頭有些東西，你得來看一下。拜託，拜託馬上回電……

那疼痛出現時，像是一拳敲扁她腹部，壓得好緊，讓她沒辦法出聲。莫莉閉著眼睛，緊咬牙關，雙手握成拳頭，扯緊了綁住她手腕的約束帶。直到那收縮停止，她才紓解地嗚咽了一聲。她沒想到生小孩這麼安靜。她曾想像自己尖叫，而且很大聲，她以為那種疼痛會很吵。但是等到她自己碰上了，感覺到收縮的頭一絲痕跡，然後是子宮的疼痛，她卻完全發不出聲音，根本不想尖叫，只想縮成一球，躲在黑暗裡。

但是他們不肯放過她。

他們有兩個人，兩個都穿著藍色手術服，只看得到口罩和帽子之間那條窄縫中的眼睛。一個男人和一個女人。兩個人都不跟莫莉講話；對他們來說，她只是一個物體，一個躺在診療檯上的愚蠢動物，她的大腿張開，兩腿用帶子約束在腿托上。

收縮終於緩和下來，疼痛的迷霧消失後，莫莉又再度意識到周圍的環境。上方有三盞燈，亮得像太陽。靜脈注射架發出冷酷的光澤，塑膠管通到她的血管。

「拜託，」她說，「好痛。實在太痛了……」

他們不理會。那女人的注意力集中在點滴瓶裡，那男人的注意力則集中在莫莉張開的大腿間。要是他的表情有一絲絲淫慾，莫莉都會覺得能有某些掌控、某些權力。但她在他的目光中看不到半點慾望。

又要開始收縮了。她扯著手腕的約束帶，努力想蜷縮起來，疼痛突然轉為憤怒。她氣得前後扭動，診療檯也隨著金屬的嗶啦聲而顫動。

「靜脈注射可能會被她扯掉，」那女人說，「不能迷昏她嗎？」

那男人回答：「那樣她的子宮就不會收縮了。不能用麻醉劑。」

「放開我！」莫莉尖叫。

「我被她吵得受不了。」那女人說。

「那就把催產素調高，讓她快點把那個該死的東西排出來。」他向前傾身，戴了手套的手指探查著莫莉的雙腿之間。

「放……開……我！」莫莉喘著氣說，然後聲音忽然沒了力氣，因為一波痛苦的大浪淹沒了她。那男人插入的手指更使疼痛加劇，她閉上眼睛，眼淚流下來。

「子宮頸全開，」那男人說，「快了。」

莫莉的腦袋往前傾，憤怒地咕噥了一聲。

「很好，她在用力。加油，拜託。用力。」

莫莉硬擠出話來：「操你的。」

「用力，該死，不然我們就要用別的方法把它弄出來了。」

「操你的，操你的，操你的……」

那女人狠狠賞了莫莉一耳光，打得她腦袋往側邊猛扭。有好幾秒鐘，她只是震驚而無聲地躺在那邊，臉頰刺痛，視線模糊。子宮收縮的疼痛逐漸褪去。她感覺到熱熱的液體從她的陰道滲出，聽到那液體滴落在她臀部下的紙罩巾上。然後她的視線又清晰起來，她重新對焦在那個男人身上，這才發現，他臉上的表情是期待，還有不耐。

他們等著要取出我的寶寶。

「增加催產素，」那男人說，「我們把這個結束掉。」

那女人抬起手去撥靜脈注射的滴速調整器，過了一會兒，莫莉感覺到另一波抽痛開始了，這回加速得好快、好狠，猛烈得讓她震驚。她的頭從診療檯上抬起，臉竭力朝向胸部湊近，同時用力。血從她雙腿間湧出；她聽到血濺落在手術罩巾上的聲音。

「用力。快點，用力！」那女人命令道。

疼痛增強到難以負荷的程度。莫莉深吸一口氣，再度用力。她覺得眼前發黑。新的疼痛忽然在她腦袋爆發。她聽到自己叫出來，但那聲音好陌生，像是一隻垂死動物的尖叫。

「就是這樣。加油，加油……」那男人說。

她最後一次用力，感覺兩腿間的痛苦忽然變成了肉撕開的疼痛。

然後，幸好，事情結束了。

她昏昏沉沉，滿身汗水溼黏，動不了也說不出話。或許她睡著了——她不確定，只知道時間逐漸過去，房間裡有活動。濺水聲，金屬櫃噹啷關上。她花了很大的力氣，但終於緩緩睜開眼睛。

一開始，她只看到眩目的光，三個明亮的太陽在她正上方照耀。然後她注視著一個男人的模糊形影，站得離她張開的兩腿很近，接著她看到他雙手裡拿著的東西。

它有毛髮，一叢叢又粗又黑，上頭凝結著血塊。不成形的肉是粉紅色的，像是一團切下來的肉，軟綿綿地放在那男子戴了手套的雙手裡。一開始輕顫，然後是劇烈的抖動，那塊肉成為球形，毛髮像受驚的貓般豎起。

「基本的肌肉功能，」那男人說，「另外還有基本的濾泡和牙齒結構。附肢也沒有消除。」

「沖洗的食鹽水準備好了。」

「隔壁都安排好了嗎？」

「病人已經躺在診療檯上了。現在只需要組織。」

「我先秤一下這個。」那男人把那團肉放在一個桌秤上，就離莫莉的腦袋不遠。

莫莉瞪著看。一隻沒有眼皮、沒有靈魂的眼睛也回瞪著她。

她的尖叫碎裂成一千萬片刺耳的回音。她不斷尖叫，聲音充滿驚駭。

「我們得讓她閉嘴！」那女人說，「病人可能會聽到。」

那男人拿一個橡皮罩蓋住莫莉的嘴巴和鼻子，莫莉聞到一陣毒氣味。她扭開臉。他抓住她的下巴，設法讓她固定不動，好吸入那些氣體。莫莉咬住那男人的小指，像個恐慌的動物般狠狠咬下，那男人大叫。

一拳狠狠擊中莫莉的太陽穴，那力道好大，害她像是腦袋裡有一百盞燈同時發亮。

「賤貨！他媽的賤貨！」那男人喘氣道。

「老天，你的手指。」

「注射器。去拿注射器！」

「什麼？」

「鉀。快點。」

莫莉緩緩睜開眼睛。她看到那女人站在上方，手裡拿著注射器。她看到那針尖刺入靜脈注射管裡。

莫莉的手臂像是有一道火緩緩延燒。她痛喊著想要掙脫，但是手腕被約束帶綁住了。

「全部，」那男人厲聲說，「把那玩意兒全都給她。」

那女人點頭。把針筒柱塞推到底。

這回的數量令人意想不到。至少有三十三個不同的腦下垂體腺，嵌在那些盤繞的胎兒腦部組織裡，比之前歷次胚胎植入所產生的都要多。那些細胞在顯微鏡底下看起來很健康，沒有疾病，而且那個女孩的血液檢測一直都很正常。他們不能讓任何傳染病有機會傳播出去。他們在第一批接受移植的病人身上犯過這個錯，當時他們找了墨西哥一個貧窮村落的幾個女人懷胎，而那個村落的牛已經染上了狂牛症。

他知道這個組織很乾淨，因為它源自他自己實驗室裡培養的基因改造胚胎。

紀登·亞博羅博士切下三個腦下垂體腺，放進一個小玻璃瓶內，裡頭的胰蛋白酶已經加熱到攝氏三十七度。胎兒的其他部分——如果可以把那團肉稱之為胎兒的話——則沖洗過，放入一大罐漢克氏平衡鹽溶液中。那團肉在裡頭浮沉，藍色眼睛浮出水面，往上看著他。那隻眼睛後頭沒有腦部在運作，沒有靈魂，但亞博羅還是覺得毛骨悚然。他把那罐子蓋住，放在旁邊。稍後，他會摘取其他的腦下垂體。這次的收成很寶貴；足以移植到十個病人身上。二十分鐘過去了。

他用食鹽水沖洗那個裝了三個腦下垂體的小玻璃瓶。此時裡頭的胰蛋白酶已經將組織分解，渾濁的液體在裡頭打轉，瓶內已經沒有腦下垂體的實體，變成了懸浮的一個個細胞。一個全新腦下垂體腺的基本單位。他小心地以注射器抽取那些懸浮液，然後拿到隔壁房間，他的助手已經在裡頭等著他了。

那個病人已經施打過鎮靜劑煩寧，躺在診療檯上。一名七十八歲的老年男子，還算健康，可以感覺到自己的老化。他希望自己能夠重拾年輕，也願意花錢，願意忍受一點不舒適，以取得青春復返的機會。

現在這位老人的頭部對齊一個立體定位架，同時把頭骨固定住。X光所拍攝的放大影像投射在一面十五吋的螢幕上。畫面中可以看到蝶鞍，這塊小小的骨頭裡安放著這位病人老化的腦下垂體腺。

亞博羅朝老人的右鼻孔裡噴了些局部麻醉劑，又用古柯鹼溶液擦拭裡頭。然後他把一根長針插入右鼻孔，注射了一些麻醉劑到鼻腔黏膜裡。

病人發出一個不舒服的咕噥聲。

「我只是在麻醉這個部位，拉夫特先生。你做得很好。」他把注射針筒交給助手。然後拿起電鑽。

這個電鑽有個小小的螺絲鑽頭，幾乎像針一樣細。他把鑽頭插入鼻孔，看著螢幕上的影像當指引，亞博羅開始鑽著骨頭，鑽頭嗡響著穿透蝶骨底部。等到鑽到另一頭，刺穿固有硬膜，即腦下垂體表面的膜層，病人忽然大喊一聲，肌肉緊繃起來。

「沒事的，拉夫特先生。那是最糟糕的部分。應該只會痛個幾秒。」

一如他的預言，那病人緩緩放鬆，不適過去了。刺穿硬膜總是會引起額頭的短暫劇痛。亞博羅並不擔心。

他的助手遞給他裝了細胞懸浮液的注射器。

亞博羅把針尖穿過蝶骨那個剛鑽的洞，輕輕把注射器裡面的液體注射到蝶鞍內。他想像那些細胞旋轉著進入它們的新家，成長，迅速繁衍為健康的群體。細胞工廠會大量分泌出年輕腦部的荷爾蒙。那是拉夫特先生自己再也沒有辦法分泌的。

他抽回針。沒有流血；一次美好、乾淨的手術。

「進行得很完美，」他告訴病人。「現在我們要拿掉頭部的架子。我們會讓你躺在這裡大約半個小時，觀察你的血壓。」

「就這樣？」

「都好了。你已經順利完成了。」他朝助手點了個頭。「我會留下來觀察他。等到一切都沒問題，我會打電話請廂型車送他回布蘭特山莊。」

「那我們要怎麼處理有關……」那助手朝房門瞥了一眼，那是另外一個房間的方向。

亞博羅脫掉手套。「那個我也會處理的，摩妮卡。你回到房子裡，去處理另一個問題吧。」

牆上的溫度計顯示是將近攝氏二度。

托碧蜷縮在角落裡，膝蓋縮到胸前，肩膀圍著一張塑膠床單。這是裹屍布，上頭充滿了福馬林的氣味。一開始她很受不了，光想到把蓋住死人的罩布拿來自己用，她就覺得想吐。但接著她被凍得發抖，知道自己沒有選擇了。這是唯一保持體溫的辦法。

但光是這樣，還不足以讓她活下去。隨著幾個小時過去，她的手腳已經凍到毫無感覺。她的手臂終於不再痛了。但她也難以思考，思緒慢到完全無法專注去想任何事，只能努力保持清醒。

但是很快地，她就連這一點意志力都沒有了。

她的頭逐漸往下垂，覺得四肢無力。她兩度逼自己醒過來，發現自己側躺著，燈還是亮著。之後，她就睡著了，而且還作夢。夢到的不是畫面，而是聲音。有兩個人在講話，一個男人和珍·諾蘭，他們的聲音扭曲、刺耳。她感覺自己在一片黑水中漂浮，感覺到一股親切的暖流貼著臉。

然後她往下沉。

她驚醒了，發現自己側躺在黑暗裡，臉頰貼著地毯。一道模糊的光切穿陰影，一扇門吱嘎著關上。她想動，但是沒辦法，因為雙手被反綁在背後，兩腳麻痹無力。她又聽到另一扇門關上，然後是車子發動的引擎聲。

一個男人說：「你不是應該要拴上柵門嗎？」

回答的聲音是珍·諾蘭：「我已經把狗拴起來了。牠出不去的。我們上路就是了。」

他們駛上一條顛簸的路。離開房子的路，托碧心想。他們要帶她去哪裡？

廂型車猛地一顛，她的左肩膀朝地板一撞，痛得她差點叫出來。她是側躺，受傷的那隻手臂朝下，之前在那個冰冷房間的麻痺已經逐漸消褪。她努力扭動了一陣子，總算轉為仰躺，但現在她發現自己緊挨著某個冰冷而有彈性的東西。路燈和經過汽車的光線開始透入黑暗。她轉頭去看一直撞著自己的那個東西是什麼，發現自己面對著一具屍體的臉。

托碧驚駭的吸氣聲吸引了前座的注意。那個男人說：「嘿，她還醒著。」

「你繼續開車就是了，」珍說，「我去封住她的嘴。」她解開安全帶，爬到廂型車後頭，跪在托碧旁邊，在半黑暗中摸索著，找到一捲手術膠帶。「沒想到我們還會再聽到你的聲音。」

托碧竭力想掙脫兩手，但是被綁得太緊了。「我母親——你傷害我母親——」

「那是你的錯，你知道，」珍說，撕下一段膠帶。「你太執迷了，哈波醫師。太忙著擔心外面的幾個老人，連自己家裡正在發生的事情都沒注意到。」她把那段膠帶貼在托碧嘴上，嘲弄而反感地說：「你還敢自稱是好女兒呢。」

賤貨，托碧心想。你這個謀殺的賤貨。

珍發出嘖嘖聲，又撕下一段膠帶。「我本來不想傷害你母親的。我去那裡，只是為了要留意你，看你會追到什麼地步。但後來那一晚，羅比．布瑞思打電話去你家，一切就完全失控了……」她把第二段膠帶貼在托碧的嘴上。「然後要製造有關你的意外、讓你閉上嘴巴，已經太遲了。人們是很願意相信死人的。」她又撕下最後一段長長的膠帶貼上，橫過托碧的臉貼著。「但是他們會相信一個傷害自己母親的女人嗎？我不認為。」她往下注視著托碧一會兒，彷彿在評估自己的手工。在廂型車的半黑暗中，只偶爾有經過的車頭大燈，珍的雙眼似乎會發光。有多少次，愛倫醒來時發現這對眼睛往下注視著她？我早該知道的。我早該感覺到家裡有個惡魔。

那廂型車忽然轉彎，珍伸手穩住自己。

不，她的名字不是珍，托碧忽然想到，她的名字是摩妮卡．崔默爾。瓦倫堡醫師在羅斯林研究院的同事。

廂型車駛入一條蜿蜒的路，車身不時搖晃。柏油路轉為起伏不平的泥土路，托碧可以感覺到那老人的屍體撞著她，他的肉撞擊著她的。車子煞車停下，側門滑開。

一名男子的輪廓站在外頭，背後是沒有月亮的夜空。「紀登還沒到。」那男子說。是卡爾．瓦倫堡的聲音。

那女人爬下車。「他得來這裡參與這件事。我們必須到齊。」

「病人需要觀察。紀登在陪他。」

「他不在場，我們不能做這件事。這回責任必須大家一起分攤，卡爾。每個人平均分攤。理察和我已經做太多了。」

「我不想做這件事。」

「你非做不可。坑挖好了嗎？」

回答是一聲嘆氣：「是的。」

「那我們來完成吧。」那女人轉向已經爬下車的司機。「把他們弄出來吧，理察。」

那司機抓住托碧被綁住的雙腿，把她半拖出來。接著瓦倫堡醫師抓住托碧的雙肩，她奮力扭動著。

他幾乎抓不住。「天啊！她還活著。」

「趕緊搬就是了。」摩妮卡說。

「老天，我們真的非得用這種方式嗎？」

「我沒帶注射針來。這種方式不會流血。我不希望有任何證據濺得到處都是。」

瓦倫堡深呼吸幾次，然後再度抓住托碧的雙肩。兩個男人把她搬下車，走過黑夜。一開始托碧不曉得這是什麼地方，只知道地面起伏不平，兩個男人在黑暗中很難搞清方向。她看到幾眼理察·崔默爾的頭，那白金色的頭髮在月光下特別明顯。然後她看到一輛建築起重機的拱形影子橫過星空。她轉頭，注意到一道籬笆有燈光透過來，同時認出遠方那棟建築物：布蘭特山莊的護理之家。他們是要把她搬進另一座新建築物的地基坑。

瓦倫堡踉蹌了一下，原先抓著托碧肩膀的雙手滑掉。她往下墜，腦袋砰地摔在泥土地上，砸得她下頷猛地闔上。舌頭一陣疼痛劃過，然後她嚐到血，感覺鮮血累積在她嘴裡。

「天啊。」瓦倫堡醫師咕噥著。

「卡爾，」摩妮卡說，聲音刺耳，但是沒有高低起伏。「把這事情結束掉就是了。」

「媽的，你來做！」

「不，該你了。這回你的手要弄髒。紀登也是。現在趕緊做完吧。」

瓦倫堡醫師深吸幾口氣，再度把扭動的托碧抬起來，走向地基坑。兩個男人停下。托碧往上剛好看著瓦倫堡醫師的臉，但是襯著背後月光照耀的天空，看不見他臉上的表情。她只看到一個黑暗的橢圓形，一陣風吹動頭髮，他把她往旁邊甩，然後放手。

雖然她已經準備好要落地，但那種突然的撞擊還是把她肺裡的空氣搾光。一時之間，她只看到黑暗。漸漸地，視線逐漸恢復了。她看到圓拱形天空上懸著的星星，明白自己躺在一個坑的底部。旁邊滾下來一堆泥土，刺痛她的雙眼。她頭往旁邊扭，感覺到小石頭抵著她的臉頰。

兩個男人走開了。*就是現在，她心想。這是我唯一的機會。*她努力想掙脫，往一邊扭，然後是另一邊，泥土從她上方撒落，同時她貼著坑壁努力扭動。沒有用；她的手腕和腳踝被綁得太緊了，掙扎只是讓雙手麻痹而已。不過她臉上一條膠帶的角落開始脫落。她臉抵著碎石摩擦，雖然刮破了皮膚，但是膠帶鬆開得更多了。

快點。快點。

一陣陣泥土害她又咳又嗆。又一吋膠帶鬆開了，她的嘴唇露出來。她吸了口氣尖叫。

一個身影出現在土坑上方，往下看著她。「沒人聽得到的，」摩妮卡說，「這個坑相當深。明天洞就不見、被填平了。明天他們會倒進碎石，然後是水泥地基。」她轉身，同時兩個男人再度出現，抬著一具屍體。他們把屍體扔進坑裡，落在托碧旁邊。那老男人的頭撞在她肩膀上，她朝坑裡另一頭蜷縮，又一陣剛落下的泥土撒在她臉上。

所以最後的結局就是這樣。三具骸骨埋在一個洞裡。被水泥封住了。

兩個男人離開了，去搬另一具屍體。

托碧再度大喊求助，但她的聲音在那個深深的坑裡似乎消失了。

摩妮卡蹲在那個坑的邊緣，往下看著。「今天晚上很冷。每個人都關緊家裡的窗子。他們什麼都聽不見的，你知道。」

托碧再度大叫。

摩妮卡丟了一把土到她臉上。托碧咳著往旁邊扭，發現自己瞪著那具屍體。摩妮卡說得沒錯，沒有人會聽到她的叫聲。

兩個男人回來了，全都累得呼吸沉重。他們把最後一具屍體丟進坑裡。

那具屍體落在托碧上方，裹屍布翻拍著蒙住她的臉。她在那屍體的重量下幾乎無法移動，但她聽得到上方的人聲，還有一把鏟子刮過泥土的聲響。

第一鏟泥土落入坑內，掉在托碧的雙腿上。她想甩掉，但接著另一鏟又掉下來，然後是另一鏟。

「等一下紀登，」摩妮卡說，「這件事他必須參與。」

「他會來收尾的。我們趕緊動手吧，」她丈夫說。他悶哼著，又一鏟泥土落在最上方的屍體上，緩緩滑動到托碧的頭髮間。她又試著在那具屍體底下移動。那裹屍布往下溜，露出她的眼睛。她往上看著三個人影站在坑外，他們似乎感覺到她正在看著他們，一時沉默下來。

摩妮卡說：「好了。把坑填上吧。」

托碧喊道：「不！」但她的聲音被裹屍布和她上面那具屍體的重量壓住了。

泥土滾落下來，她眨掉刺痛她雙眼的泥土。另一鏟泥土落在她頭髮上，然後又是更多泥土，不斷撒落在她身體周圍，蓋住她的四肢。她掙扎著想動，但是她上方的屍體，還有持續落下的泥土，都把她困在原地。她耳中聽到自己的心跳好大聲，還有一陣陣吸氣聲。當她的臉埋在裹屍布之下時，她看到最後一眼星空。

然後她的頭被掩埋，完全看不見亮光了。

21

輪到他鏟土了。

卡爾．瓦倫堡顫抖的雙手握住鏟柄，挖起第一鏟土。他在坑的邊緣暫停一下，往下看著裡頭的黑暗，想著那個女人，還活著。心臟還在跳，血液還在流動。一百萬個神經元在死前的恐慌痛苦中發出訊息。在那層土壤之下，她處於垂死狀態。

他把那一鏟泥土扔進坑裡，又挖起一鏟。他聽到摩妮卡讚許的咕噥聲，心裡痛罵她逼他做這麼可怕的事情。這是最後一批要處理掉的證據，只要把這兩具屍體解決，就可以掩蓋一個出了恐怖大錯的實驗。

我們挑選懷孕者應該要更小心的。我們應該篩檢的致命物質不應該只有細菌和病毒。我們從來沒想到普恩蛋白的可能性。

但是當時亞博羅忙著要移植細胞，堅持組織必須是新鮮的。細胞懸浮液必須在摘取七天後移植，否則無法在新宿主的腦中存活、繁殖。等著要接受移植的名單那麼長，三、四十名老年男女付了訂金，吵著要得到回復青春的機會。無風險，他們得到這樣的保證。而且這其實是個無害的手術：局部麻醉，以X光引導，將胎兒腦下垂體細胞注射到病患腦部，幾個星期後，腦下垂體腺細胞就緩緩回春了。他和紀登已經做過幾十次了，沒有併發症，直到羅斯林因為道德立場，把這個計畫停掉。要不是因為必須使用流產的人類胎兒，整個手術會被讚揚為醫學上的突破。青春之泉，從尚未出生、不需要的胎兒的腦部提取出來。

這是個突破，沒錯。卻因為政治因素而永遠喊停了。

他暫停一下，呼吸沉重，皮膚上的汗水已經冷卻。那個坑快填滿了。此時那女人的肺部會吸入塵土，她的腦細胞會缺氧，心跳會逐漸停止。他不喜歡托碧・哈波，他贊成必須讓她噤聲，但他真希望能讓她死得不那麼痛苦，免得自己以後會被困擾很多年。

他從來不是故意害死任何人的。

幾個胎兒被犧牲了，沒錯，但只有一開始而已。現在他們利用複製組織，幾乎不算是人類了，把細胞移植到子宮裡培育。他對於組織的來源問心無愧。他的病人也沒有感覺到任何不安；他們只不過是想要，而且願意付錢。只要布蘭特山莊完全不知道，他的工作就能保住，私下的金錢收入也會持續。

但接著麥奇死了，然後是其他人。現在他有可能失去的不光只是金錢，還有他的地位、他的聲譽，以及他的未來。

值得為此犯下謀殺嗎？

就連他持續把泥土鏟入迅速填滿的坑內時，他也痛苦地知道下頭埋的那個女人正在走向死亡。但其實，我們每個人都在走向死亡。有些人的死法比較恐怖而已。

他放下鏟子，覺得自己快要吐了。

「再多填一點土。把它填平，」摩妮卡說，「這裡必須融入背景中，不能讓建築工人注意到。」

「你來。」他把鏟子朝她遞。「我做夠了。」

她接過鏟子，審視他一會兒。「好吧，我想你的確做得夠多了。」她終於說，「現在你跟我和理察陷得一樣深了。」她暫停一下，腳踩在鏟子上，正準備要挖一鏟土。

「亞博羅來了。」理察說。

瓦倫堡轉身看到車頭大燈接近。亞博羅的黑色林肯車彈跳著駛上泥土路，在建築圍籬旁煞車停下。駕駛座旁的門打開，然後又甩上。

一道明亮的光線亮起，照向那個建築大坑。瓦倫堡醫師踉蹌後退，遮著眼睛以擋掉那突來的強光。他聽到其他汽車輪胎匆忙輾過碎石子的聲音，然後又兩扇車門甩上，還有奔跑的腳步聲。

他瞇著眼睛，看到幾個身影突然出現在泛光燈前。*不是亞博羅，他心想，你們是誰？*

兩名男子走向他。

新鮮空氣湧入她的肺，寒冷得讓她喉嚨灼痛。她又猛吸了一口氣，再一口，邊咳邊咻咻吸著氣。有個什麼壓在她臉上，她努力想避開，扭動著要掙脫抓住她頭的那兩隻手。她聽到有人講話的聲音，太多人同時說話，無法聽懂。

「把氧氣罩套回她臉上！」

「她在掙扎——」

「嘿，我這裡需要幫忙！靜脈注射針沒辦法打進去。」

她扭動著，雙手盲目地亂抓。遠方有一盞燈亮著，她努力掙扎著想衝破黑暗，在那光消失前趕過去。但她覺得雙臂癱瘓；有個什麼把她往下壓。她吸入的空氣有橡膠味。

「托碧——別再反抗我們了！」她覺得一隻手抓住她的手，彷彿要把她拖離黑暗。

一道黑色的簾幕似乎在她眼前拉開了，她出現在一道光中。她看到幾張臉往下看著她。現在她看到更多燈光了，藍色和紅色的，轉著圈。好美，她心想。那些顏色——實在太美了。靜電雜音在黑夜中噪響。是警方的無線電。

「醫師，你最好過來看看這個。」一個警察說。

迪弗拉克沒反應；他的雙眼還是盯著駛上泥土路的救護車，車尾燈顫抖著，要載托碧到史普林格醫院。今夜不應該讓她孤單一人，他心想。我應該陪著她；我想跟她去醫院，想陪在她身邊。

他轉身面對那警察，這才發現自己雙腿不太穩，其實還在發抖。這個夜晚有種瘋狂的霓虹特質。那麼多巡邏警車，那麼多燈光。建築圍籬外還聚集了一批看熱鬧的人——犯罪現場可以預料到的群眾，但是這一批人比較老，是布蘭特山莊的居民，聽到了好幾個警笛的聲響，於是好奇地出門來看，身上還穿著浴袍。他們嚴肅地站成一排，隔著鐵絲網望著地基坑，之前裡頭找到了兩具屍體，現在放在坑外的泥土地上。

「許恩警探在前頭那邊等你，」那警察說，「他是唯一碰過的人。」

「碰過什麼？」

「屍體。」

「又一個？」

「恐怕是這樣。」

迪弗拉克跟著那警察離開地基坑旁，兩人一路蹣跚走向圍籬。

「在那輛車的後行李廂裡面。」那警察邊爬邊喘。

「哪一輛？」

「亞博羅醫師的林肯汽車。我們從郝華茲中心一路跟蹤到這邊來的那輛。看起來他是最後一刻又多帶來一具屍體。我們打開他的後行李廂時，完全沒想到會看到那個。」

他們走過那群老年圍觀群眾，來到亞博羅的車旁，就停在圍籬邊。許恩警探站在打開的後行李廂外。「今天夜裡是壞事成三。」他說。

迪弗拉克搖頭。「我不確定我今天晚上還有辦法處理這些。」

「你還好吧，醫師？」

迪弗拉克暫停，想著接下來要忙好一陣子。想著他還要花好幾個小時，才能去陪托碧。也沒辦法了，眼前他非得處理不可。

他從口袋掏出兩隻乳膠手套。「來辦正事吧。」他說，朝後行李廂內看。

許恩把手電筒的光對準屍體的臉。

一時之間，迪弗拉克一個字都說不出來。他呆立看著那女孩的臉，看著那脆弱皮膚上的瘀青，看著那灰色的眼珠，睜著但沒有靈魂。裡頭曾經有靈魂的；他看過，閃閃發亮的靈魂。你現在去了哪裡？他心想。希望是個美好的地方。一個溫暖、仁慈、安全的地方。

他往下伸出手，輕輕地闔上莫莉．匹克的眼睛。

走廊裡幾個護士發出笑聲，把迪弗拉克從斷續的睡眠中吵醒。他睜開雙眼，看到天光照進窗子。他坐在托碧醫院病床邊的一張椅子上。她還在睡覺，呼吸緩慢而平穩，臉頰紅紅的。她臉上大部分的泥土昨天夜裡已經擦掉了，但他還看到幾粒細沙在她頭髮間發亮。

他站起來伸展一下，想讓脖子的僵硬消失。至少今天是個大晴天，他心想，看著窗外。藍天裡只有幾小縷白雲飄浮著。

他身後傳來一個低語聲：「我作了個好可怕的噩夢。」

他轉身，迎上托碧的目光。她朝他伸出一隻手。他握住了，坐在她旁邊。

「但那其實不是夢，對吧？」她說。

「對，恐怕這一切都太真實了。」

她沉默了一會兒，皺著眉頭，似乎想收攏所有的記憶碎片，拼成一個可以理解的圖像。

「我們找到他們的醫療紀錄了。」迪弗拉克說。

她看著他，雙眼詢問著。

「他們留著所有腦部移植的資料。七十九個檔案，存放在郝華茲外科中心的地下室裡。病人的姓名、手術筆記、後續腦部掃描等等。」

「他們還整理了資料？」

他點頭。「好證實他們所宣稱的成功。從表面看來，那些移植的確有益處。」

「但是也有風險。」她輕聲補充。

「沒錯。去年初有一批病人，當時瓦倫堡還在使用流產的胎兒。五個男人接受了同一組胎兒細胞的移植。他們都同時感染了。但是花了一年，才有第一個人出現症狀。」

「麥奇醫師？」

他點頭。

「你剛剛說有七十九個檔案。那其他病人呢？」

「都還活得好好的，而且充滿活力。這也就出現了一個道德困境。要是這個治療真的有效呢？」

從她不安的表情中，他知道她有同樣的疑慮。為了延長生命，我們要不擇手段到什麼地步？我們要犧牲多少人性？

她忽然說：「我知道哈利．司拉金在哪裡了。」她看著他，眼神出奇地清澈。「布蘭特山莊——那棟新的護理之家翼樓。幾個星期前，他們才剛把地基灌入水泥。」

「是的，瓦倫堡醫師告訴我們了。」

「是嗎？」

「他們現在正在狗咬狗，瓦倫堡和紀登同夥對抗崔默爾夫婦。兩邊搶著把責任推到對方頭上。眼前，崔默爾夫婦似乎責任最大。」

托碧停頓一下，這才鼓起勇氣問了下一個問題。「那羅比呢？」

「是理察．崔默爾。那把槍登記在他名下。我們預料彈道測試會確認。」

她點點頭，沉默地消化這個令人心痛的資訊。他看到她眼中淚光閃閃，決定先不要告訴她關於莫莉的消息。現在不是讓她承受另一個悲劇的時候。

有人敲了一下門，然後維琪走進病房。她前一夜來探望過托碧，迪弗拉克覺得她今天臉色更蒼白，而且有種異樣的恐懼。她暫停在病床的幾呎之外，好像不太願意再往前。

迪弗拉克站起來。「你們私下聊吧。」他說。

「不。拜託，」維琪說，「你不必離開。」

「我不會去哪裡。」他彎腰吻了托碧一下。「我就在外頭等。」他直起身子，走向房門。然後他暫停一下。

他回頭看一眼，發現維琪忽然突破某種無形的束縛。她迅速走了三步，來到床邊，然後擁住托碧。

迪弗拉克一手撫過眼睛，默默離開病房。

兩天後

呼吸器以每分鐘二十次的頻率送氣，發出呼嘘聲；接著是一聲嘆息，肋骨和胸廓往下沉。托碧梳理她母親的頭髮，幫她手腳和軀幹擦澡時，覺得那節奏很能撫慰人心。毛巾滑過她逐漸熟悉的一個個界標。左手臂的星形斑、乳房的組織切片疤痕、關節炎的鉤形手指，但膝蓋的這個疤是怎麼來的？托碧納悶著。看起來像是個非常舊的疤，癒合得很好，幾乎看不見，它的起源已經埋藏在她母親遺忘的童年裡。在加護病房隔間那些明亮的燈光下看著這個疤，她心想：這麼多年來，媽媽都一直有這個疤，而我卻到現在才發現。

「托碧？」

她轉身，看到迪弗拉克站在隔間門口。或許他已經在那裡好一會兒，只是她沒注意到。迪弗拉克就是這個作風。在托碧住院的一天半，她醒來時會以為只有自己一個人，然後轉頭才看到他還坐在病房裡。沉默而不引人注目，守護著她。就像現在一樣。

「你姊姊剛到，」他說，「史坦格列斯醫師在樓下，正要上樓來。」

托碧低頭看著母親。愛倫的頭髮披散在枕頭上，不像是老人的頭髮，而像是年輕女郎的一片柔亮，有如被風吹拂過的銀緞。托碧彎腰吻了一下愛倫的額頭。

「晚安，媽。」她低聲說，然後走出隔間。

在觀察窗的另一頭，她站在維琪旁邊。迪弗拉克站在他們後方，但感覺像是隱形的。隔著玻璃，他們看到史坦格列斯醫師進入隔間，走到呼吸器前。他望著托碧，眼中無言地詢問著。

她點點頭。

他關掉呼吸器。

愛倫的胸部靜止下來。十秒鐘沉默地過去了。

維琪握住托碧的手，握得很緊。

愛倫的胸部還是毫無起伏。

現在她的心跳減緩了。先是暫停一下，跳得不順暢。然後，終於，完全靜止下來。

從我們出生的那一刻起，死亡就是我們的最終目的地，托碧心想。只是不曉得抵達的日期和時間。

對愛倫來說，這趟旅程結束於這個深秋午後的兩點十四分。

對丹尼．迪弗拉克來說，死亡可能是在兩年後到來，也可能是在四十年後。或許會有手部微微顫抖的前兆，也或許是在毫無預警的夜間睡夢中，同時他的孫子還睡在隔壁房間。他將會學習應付這種不確定性，因為人類都要學會應付人生的種種不確定性。

那麼，對我們其他人呢？

托碧一手貼在玻璃上，指尖感覺到自己的脈搏，溫暖且有力。我已經死過一次了，她心想。

這是一趟全新的旅程。

參考文獻

Berny, P. J., Buronfosse, T,. and Lorgue, G., “Anticoagulant Poisoning in Animals,” *Journal of Analytical Toxicology,* Nov.-Dec. 1995; 19（7）: 576-80.

Boer, G. J., “Ethical Guidelines for the Use of Human Embryonic or Fetal Tissue for Experimental and Clinical Neurotransplantation and Research,” *Journal of Neurology,* Dec. 1994; 242（1）: 1-13.

Carey, Benedict, “Hooked on Youth,” *Health,* Nov.-Dec. 1995; 68-74.

Hainline, Bryan E., Padilla, Lillie-Mae, et al., “Fetal Tissue Derived from Spontaneous Pregnancy Losses Is Insufficient for Human Transplantation,” *Obstetrics Gynecology,* April 1995: 85（4）: 619-24.

Halder, G., Callaerts, P., and Gehring, W. J., “Induction of Ectopic Eyes by Targeted Expression of the Eyeless Gene in Drosophila,” *Science,* Mar. 24, 1995; 267（5205）: 1788-92.

Hayflick, L., and Moorhead, P. S., “The Cell Biology of Human Aging,” *New England Journal of Medicine,* Dec. 2, 1976; 295（23）: 1302-8.

O’Brien, Claire, “Mad Cow Disease: Scant Data Cause Widespread Concern,” *Science,* March 29, 1996; 271（5257）: 1798.

Prusiner, Stanley, "The Prion Diseases,"
Scientific American, Jan. 1995; 272（1）: 48-57.

Rosenstein, J. M., "Why Do Neural Transplants Survive?"
Experimental Neurology, May 1995: 133（1）: 1-6.

Roush, Wade, "Smart Genes Use Many Cues to Set Cell Fate,"
Science, May 3, 1966; 272（5262）: 652-53.

Sheng, Hui, Zhadanov, Alexander, et al., "Specification of Pituitary Cell Lineages by the LIM Homeobox Gene Lhx3,"
Science, May 1996; 272（5264）: 1004-7.

Vinogradova, O. S., "Some Factors Controlling Morphofunctional Integration of the Transplanted Embryonic Brain Tissue,"
Zhurnal Vysshei Nervnoi Deiatelnosti Imeni I.P. Pavlova（Moscow）, May-June 1994; 44（3）: 414-30.

Weinstein, P. R., and Wilson, C. B., "Stereotaxic Hypophysectomy,"
Youmans Neurological Surgery, vol. 6, Julian Youmans, Ed., 3rd ed., Philadelphia: Saunders, 1990.

謝辭

非常感謝：

Emily Bestler，可以讓任何書變得出色。

Ross Davis，醫學博士、神經外科醫師，以及文藝復興人。

Jack Young，樂意回答我種種最古怪的問題。

Patty Kahn，感謝她的種種研究協助。

Jane Berkey與Don Cleary，我在出版界的引導人。

最重要的，感謝Meg Ruley，總是指點我正確的方向，然後陪我同行。

Storytella 110

急診醫生

Life Support

急診醫生/泰絲.格里森作 ; 尤傳莉譯. -- 初版. -- 臺北市 : 春天出版國際文化有限公司, 2021.05
面； 公分. -- (Storytella ; 110)
譯自 : Life Support
ISBN 978-957-741-339-0(平裝)

874.57　　110006110

ISBN 978-957-741-339-0
Printed in Taiwan

作　者　泰絲・格里森
譯　者　尤傳莉
總編輯　莊宜勳
主　編　鍾靈

出版者　春天出版國際文化有限公司
地　址　台北市大安區忠孝東路四段303號4樓之1
電　話　02-7733-4070
傳　眞　02-7733-4069
E－mail　frank.spring@msa.hinet.net
網　址　http://www.bookspring.com.tw
部落格　http://blog.pixnet.net/bookspring
郵政帳號　19705538
戶　名　春天出版國際文化有限公司
法律顧問　蕭顯忠律師事務所
出版日期　二〇二一年五月初版
　　　　　二〇二三年九月初版十八刷

定　價　460元

總經銷　楨德圖書事業有限公司
地　址　新北市新店區中興路二段196號8樓
電　話　02-8919-3186
傳　眞　02-8914-5524
香港總代理　一代匯集
地　址　九龍旺角塘尾道64號 龍駒企業大廈10 B&D室
電　話　852-2783-8102
傳　眞　852-2396-0050